Lilli Beck

Die Zuverlässigkeit des Zufalls

Roman

Atlantik

Atlantik ist ein Imprint des Hoffmann und Campe Verlags, Hamburg.

1. Auflage 2025
Copyright © 2025 Hoffmann und Campe Verlag, Hamburg
www.hoffmann-und-campe.de
Umschlaggestaltung: Johannes Wiebel | punchdesign, München
Umschlagabbildung: stock.adobe.com und shutterstock.com
Satz: Pinkuin Satz und Datentechnik, Berlin
Gesetzt aus der Adobe Caslon
Druck und Bindung: GGP Media GmbH, Pößneck
Printed in Germany
ISBN 978-3-455-01843-1

Die automatisierte Analyse des Werkes, um daraus Informationen
insbesondere über Muster, Trends und Korrelationen gemäß § 44b UrhG
(»Text und Data Mining«) zu gewinnen, ist untersagt.

Ein Unternehmen der
GANSKE VERLAGSGRUPPE

Der Zufall kennt Wege,
da kommt die Absicht niemals hin!

Prolog

Paris

Ich blinzle träge in die letzten Sonnenstrahlen, die durch das hohe Fenster fallen und das Hotelzimmer in goldenes Licht tauchen. Ich wünsche mir, die Strahlen hätten Zauberkräfte und würden die Zeit anhalten. Um für den Rest meines Lebens in Paris zu bleiben. Für immer in Erics Armen zu liegen. Das süße Kribbeln in meinem Magen zu spüren, wenn er mich küsst, seinen warmen Atem an meinem Ohr. Laut zu lachen, wenn er zärtlich hineinpustet und es kitzelt. Oder ihn jeden Tag neu kennenzulernen. Noch einmal den magischen Moment erleben, als wir uns zum ersten Mal in die Augen gesehen haben.

Eric ist meine große Liebe. Die eine schicksalhafte Liebe, die alle Schwierigkeiten überwindet, die nichts erschüttern kann und die ein Leben lang anhält. Die der Zufall perfekt eingefädelt hat. Auf den Zufall ist immer Verlass, glaubt Eric. Ich war von dieser angeblichen Zuverlässigkeit nicht überzeugt. Für mich gehörten Zufälle in die Schublade mit den Unglückstagen. An denen ich bei Regenwetter in eine Pfütze trete, den Bus verpasse oder die Schulkameradin treffe, die mich früher wegen meiner rotblonden Haare mit dummen Sprüchen geärgert hat.

Das änderte sich, als ich Eric kennenlernte. Die Situation hätte absurder nicht sein können, aber unter dem Aspekt des hochgepriesenen Zufalls betrachtet, war sie einfach nur perfekt. Wenn ich daran denke, muss ich kichern.

»Darf ich mitlachen?« Eric dreht den Kopf und schaut mich an. Das späte Sonnenlicht lässt seine moosgrünen Augen noch ein wenig grüner erscheinen. Setzt seinem zerzausten rotblonden Schopf einen glänzenden Kranz auf. Lässt sein gut geschnittenes Gesicht wie gemeißelt aussehen.

»Ich musste daran denken, wie Zufälle das Leben verändern können.«

»Und sogar Leben retten. Das Penicillin beispielsweise wurde von Sir Alexander Fleming nur zufällig entdeckt«, doziert Eric gespielt belehrend und haucht mir einen Kuss auf die Wange. »Dass der Zufall aber uns beide zusammengebracht hat, war ein *Masterpiece*. Als wäre ich die Kugel auf dem Roulettetisch deines Lebens gewesen und direkt auf *Zero* gerollt.«

Ich gluckse bei dem Vergleich. »Damit wurde quasi die Bank gesprengt. *Rien ne va plus.*«

»*Oui, ma chérie.*«

Ich kuschle mich in seine Halskuhle, atme den Duft nach Zedernholz ein. »Woran hast du vorhin gedacht, als wir einfach nur dagelegen und in die Sonne geblinzelt haben?«

»An die berühmte Frau auf dem Eiffelturm, die angeblich jeden Tag hinauffährt, weil sie diesen verdammten Turm hasst und es der einzige Platz in ganz Paris ist, wo sie ihn nicht sehen kann.«

»Echt jetzt?« Ich weiß, er will mich nur zum Lachen bringen, simuliere aber Empörung und schnappe übertrieben nach Luft. »Wir liegen eng umschlungen in einem luxuriösen Polsterbett, und du denkst an eine andere Frau? Du liebst mich nicht mehr!«

»Wie kommst du nur auf so eine absurde Idee?« Er zieht mich fest an sich, küsst mich zärtlich auf den Mund. »Ich liebe dich mit jedem Atemzug mehr. Mit jedem Tag intensiver. Solange ich lebe.«

»Dann will ich jetzt sofort die französischste und romantischste Liebeserklärung! Eine, wie die Welt sie noch nicht gesehen hat. Eine, die den Eiffelturm ins Wanken bringt. Eine, die uns unsterblich macht. Bitte, bitte ...«, bettle ich und lächele ihn an.

»Hmm ... mal überlegen ...« Er lockert seine Arme und dreht sich langsam aus unserer Umarmung. Richtet sich auf. Rutscht an die Bettkante, fasst sich an die Brust. Plötzlich keucht er. Sein Atem geht schwer.

Ich beuge mich zu ihm. »Alles in Ordnung?«

Er nickt, holt tief Luft und lässt sie langsam, aber sehr geräuschvoll ausströmen. Es klingt ein wenig nach dem Pfeifen eines Wasserkessels. »Schon vorbei.«

Er lügt. Ich weiß es ganz sicher. Aber ich darf nichts sagen. Ich darf keine Angst haben. Und vor allem darf ich meine Angst nicht zeigen.

Er stützt sich mit den Fäusten an der Bettkante ab. Ich sehe, dass er sich konzentrieren muss, ehe er mit dem nächsten Atemzug relativ schwungvoll aufsteht. »Bin gleich zurück ...« Er steuert Richtung Badezimmer, das links neben der Zimmertür liegt.

Ich beiße mir auf die Lippen. Bezwinge den Impuls, ihm zu folgen, nachzusehen, ob es ihm auch wirklich gut geht. Eric hasst es, bemuttert zu werden. Also beherrsche ich mich und bewundere stattdessen seinen athletischen Körper. Seinen muskulösen Rücken. Die breiten Schultern. Den wohlgeformten Po. Eric ist attraktiv und sein Körper trotz der Krankheit wunderschön. Er kann es mit jeder griechischen Marmorstatue aufnehmen. Von allen Seiten. Hört man allerdings seinen nordischen Namen, betrachtet man seine helle Haut mit den Sommersprossen und das rötlich blonde Haar, denkt man vielleicht an einen modernen

Wikinger. An einen, mit dem man sofort auf ein Schiff steigen und über die Meere fahren möchte.

Als er aus dem Badezimmer zurückkommt, hat er meinen Lippenstift in der einen Hand und in der anderen den kleinen runden Spiegel, den ich zum Schminken benutzte. Als er vor dem Bett steht, sehe ich, dass er seine Lippen geschminkt hat.

Unwillkürlich muss ich laut lachen. »Was hast du vor?«

Er streckt mir den Schminkspiegel und den Lippenstift entgegen. »Lippen anmalen.«

»Rote Lippen für eine Liebeserklärung?«

Er grinst übermütig. »Lass dich einfach überraschen.«

Ich rapple mich hoch und überkreuze die Beine zum Schneidersitz, ehe ich mir den Mund schminke. Die Konturen werden nicht ganz sauber, weil ich ständig grinsen muss, aber es wird schon gehen. Als ich es endlich geschafft habe, schaue ich zu ihm auf. »Gut so?«

»Niedlich, als hätte es eine Dreijährige gemacht«, urteilt er und verlangt den Lippenstift zurück. »Aber es ist der schönste Mund der Welt, und es wird trotzdem funktionieren. Komm bitte mit zum Fenster …« Er streckt mir seine Hand entgegen.

Jetzt bin ich wirklich gespannt. Schnell entknote ich die Beine und lasse mich von Eric aus dem Bett ziehen.

Der Blick aus dem Fenster über die Dächer von Paris ist einfach atemberaubend. Die Sonne ist hinter den Häusern verschwunden, die Stadt glitzert in der Dämmerung, wir können den beleuchteten Eiffelturm sehen, und ich bin froh, dass wir noch kein Licht angemacht haben und niemand bei uns hineinschauen kann.

Plötzlich beugt sich Eric an die Fensterscheibe, drückt seine Lippen darauf und hinterlässt einen Abdruck. »Jetzt du, direkt darüber …«, sagt er, »vielleicht ein bisschen schräg, damit man erkennen kann, dass es zwei Lippenpaare sind …«

Ich komme mir etwas seltsam vor, als ich die kühle Fensterscheibe küsse, gleichzeitig kribbelt mein ganzer Körper, weil es auf eine leicht verrückte Art romantisch ist. Und genau deshalb habe ich mich in ihn verliebt. Erics Ideen sind immer überraschend und niemals gewöhnlich.

Eric legt seinen Arm und mich. Wir treten einen halben Schritt zurück und betrachten unser Werk.

»Moment ... es fehlt noch was«, sagt Eric. Mit dem Lippenstift schreibt er *Je t'aime ... moi non plus* über die Abdrücke und umrandet das Werk mit einem großen Herz. Dann dreht er sich zu mir und lächelt mich liebevoll an. »Mach ein Foto. Was immer die Zukunft bringt, es wird dich an Paris erinnern.«

Meine Augen füllen sich mit Tränen, als ich mein Smartphone vom Nachttisch nehme, auf die Kamerafunktion tippe und ein wenig zurücktrete. Dann einen Minischritt zur Seite, um die ultimative Perspektive zu suchen.

Gefunden!

Der Eiffelturm im Hintergrund, überall Lichtpunkte und im Vordergrund das Herz mit unseren Lippen.

Eine Liebeserklärung für die Ewigkeit.

Und der Turm wackelt ein bisschen. Könnte aber auch an meinem Tränenschleier liegen, der alles um mich herum verschwimmen lässt. Als würde ich in das Traumland blicken, in dem ich meine große Liebe gefunden habe.

Heute

1

Ich drücke meine Nase in die Freilandrosen der Sorte Aphrodite und atme den berauschenden Duft ein. Sie duftet nicht nur berauschend, sondern erinnert mit den gefüllten blassrosa Blütenköpfen auch an Biedermeierrosen. Gebunden mit Schleierkraut werden sie zu einem romantischen Strauß.

»Aua ...«

Ich habe mich an den Dornen gestochen und muss sofort an den Spruch meiner Mutter denken: Wer Rosen liebt, darf sich nicht an den Dornen stören, der muss den kurzen Schmerz ertragen. Wenn es das nur wäre: ein kurzer Schmerz. Ohne das kleinste Zucken würde ich ihn aushalten, wenn ich dafür dieses große Leid nicht mehr spüren müsste, das mich an manchen Tagen schier zu Boden drückt, mir den Schlaf raubt und mein Leben wie einen langen schwarzen Tunnel erscheinen lässt, aus dem es kein Entrinnen gibt.

Eric ist nicht mehr da.

Meine große Liebe. Verloren an die Ewigkeit.

»Nina-Marie?«

Die Stimme meiner Mutter aus dem Hinterzimmerbüro. Nur

sie nennt mich bei meinem doppelten Vornamen, der zustande kam, weil meine Eltern sich nicht auf den Namen einigen konnten. Sie fand Nina so hübsch, aber mein Vater wollte mich unbedingt Marie nennen, nach seiner Mutter. Den Kompromiss habe ich jetzt am Hals. Mir war das schon im Kindergarten zu doof. Wollte jemand meinen Namen wissen, habe ich »Nina« geantwortet. In der Schulzeit hat sich das manifestiert, und es ist bis heute dabei geblieben. Nur Mama bleibt stur.

»Bei den Rosen«, rufe ich ihr über die Schulter zu.

Wir verkaufen die beiden vielleicht schönsten Dinge der Welt: Bücher und Blumen, weshalb unser Laden auch *Buch & Blume* heißt. Meine Mutter Paula ist gelernte Floristin, ich bin ausgebildete Buchhändlerin. Im Blumenladen helfe ich am Morgen, wenn sie manchmal vor Ladenöffnung auf den Großmarkt fährt, um frische Ware zu besorgen oder sehr viele Bestellungen vorzubereiten sind. Aber am liebsten bin ich in meiner Buchhandlung, die ich mir schon als Teenager gewünscht habe. Mein Traum wurde wahr, als die Änderungsschneiderei neben dem Blumenladen schloss. Das war kurz nach Erics Tod. Kurzerhand hatte meine Mutter das Ladenlokal angemietet, und ich konnte endlich meinen eigenen Buchladen eröffnen. Mit einer exklusiven überschaubaren Auswahl, mehr ist auf fünfzig Quadratmetern nicht möglich. Wie sich bald herausstellte, war die neue Aufgabe genau die richtige Therapie für mich. Mich in die Arbeit zu stürzen, mich mit dem besonderen Duft von frisch gedruckten Büchern zu betäuben und mit den Kunden über Neuerscheinungen zu plaudern, lenkt mich ab, wenigstens kurzzeitig. Außerdem sind Blumen und Bücher eine unschlagbare Kombination. Wer sich ein Buch als Geschenk einpacken lässt, dem empfehle ich je nach Anlass einen Strauß oder eine einzelne Blume dazu. Das wertet auch das schmalste Büchlein auf.

Sekunden später steht Mama neben mir. »Wie geht es dir?«

Sie schaut mich aus blaugrauen Augen an und lächelt über das runde Gesicht auf diese liebevoll-besorgte Art, wie es nur Mütter vermögen.

Dennoch kann ich diesen Kontrollblick nicht leiden. Aber egal, wie oft ich versichere, dass es mir gut geht und ich mich nicht in der nur wenige Minuten entfernten Havel ertränken will – sie macht sich unablässig Sorgen. Nicht zuletzt, weil sie weiß, wie es sich anfühlt, wenn man plötzlich allein dasteht. Sie wurde vor fünf Jahren von meinem Vater wegen einer anderen Frau verlassen.

»Bestens«, behaupte ich, halte ihrem Blick stand und hänge noch ein: »Ich habe auch hervorragend geschlafen« an. Dass ich wie so oft die halbe Nacht gelesen habe, würde ich ihr niemals gestehen. Normalerweise glaubt sie mir sowieso nicht. Im Grunde ist es unwichtig, was ich sage.

Auch heute kauft sie mir meine Ausrede nicht ab, das sehe ich an ihrem Blick, der mich durchdringend scannt. »Du solltest mal wieder ausgehen, dich amüsieren. Verabrede dich mit deiner Freundin Suse, zieh dir was Hübsches an und unternimm was mit ihr. Flirte ein bisschen. Immer nur zwischen Grünzeug und Büchern, das macht auf Dauer depressiv.«

Ich schenke ihr ein Lächeln. »Verabredungen nennt man heute Dates, Mama.«

»Ist doch schnurz, wie das jetzt heißt. Du bist jung, du solltest dich amüsieren und nicht jeden Abend bei mir auf dem Sofa hocken«, merkt sie an, wendet sich schließlich ab und betrachtet die Rosen. »Ah, die Freiland-Aphrodite, die wir direkt bei einem Großhändler in Südfrankreich beziehen, ist pünktlich eingetroffen. Frau Lehmann hat eben angerufen und drei große Sträuße bestellt. Du weißt ja, wie immer keine bestimmte Sorte, Hauptsache, sie duften.« Sie beugt sich über den schwarzen Kunststoffkübel, in dem fünfzig Stängel mit je drei oder vier Blütendolden stehen, und atmet tief ein. »Betörend, einfach betörend. Diese Sorte ist definitiv eine der schönsten.«

»Wann möchte sie die Sträuße abholen?« Frau Lehmann ist meine Lieblingsstammkundin.

»Am Nachmittag, so gegen vier, da wäre sie ohnehin unterwegs.«

»Das schaffen wir locker. Es ist ja noch nicht mal zehn.«

Meine Mutter blickt auf ihre altmodische Armbanduhr. Sie ist aus Gold mit einem runden Ziffernblatt an einem braunen Lederarmband, und sie trägt sie, seit ich denken kann. Würde ich in einer Menschenmasse nur einen Arm mit dieser Uhr erblicken, wüsste ich sofort, das ist Mama.

»In einer Minute ist es so weit. Soll ich aufsperren?« Erneut mustert sie mich, als wäre ich zu schwach, um die Ladentür auch nur anzufassen.

»Danke, ich mach's gleich. Nur noch schnell den Tisch säubern, sieht sonst so unordentlich aus, wenn überall Blätter liegen.«

Verständnislos mustert sie den Tisch, der bis auf zwei grüne Rosenblätter sauber ist, und zuckt die Schultern. »Wie du meinst.« Sie streicht sich beiläufig über das kastanienbraune Haar und informiert mich im Weggehen: »Ich bin im Büro.«

»Okay, Mama.«

Zu unserem Team gehört noch Ellen, eine fünfundzwanzig Jahre alte Floristin, groß gewachsen, schwarzes, sehr kurzes Haar und meist Doc-Martens-Stiefel an den Füßen. Dass sie Blumen über alles liebt, kann man sofort erkennen, wenn sie an warmen Tagen luftige Klamotten trägt und jeder ihre wunderschönen Blumen-Tattoos bewundern kann.

Ellen und ich kümmern uns um die Kunden, Mama um die Bestellungen, die Anrufe und den leidigen Papierkram, wofür ich ihr ewig dankbar bin. An einem Schreibtisch würde ich noch mehr grübeln, als ich es ohnehin schon tue. Die Arbeit mit Büchern zwingt mich zur Konzentration. Sie verleiht meinen Tagen Struktur und gibt mir Halt. Die Blumen sagen mir, ich darf den Kopf nicht hängen lassen.

Ursprünglich war vorgesehen, dass mein älterer Bruder Armin eines Tages den Blumenladen von Mama übernimmt. Leider ist er allergisch gegen Blütenpollen und zahlreiche Gräser. Seit zehn Jahren serviert er jetzt Cocktails, Biolimo und kleine vegane Gerichte in seiner schummrigen Bar in Berlin-Kreuzberg.

Ich nehme noch einen tiefen Atemzug von Aphrodite und schiebe den ansehnlichen Bund dann zur Seite. Die Hälfte davon reserviere ich für Frau Lehmann, der Rest wird verkauft sein, ehe der Tag zur Neige geht. Was ich schon jetzt bedaure, aber wir leben ja vom Verkauf. Leider bekommen wir von der Aphrodite nur eine begrenzte Anzahl. Noch kurz die Glasfläche des Arbeitstisches säubern und ich bin bereit, aufzusperren.

Buch & Blume liegt in der Ritterstraße mitten in der idyllischen Altstadt von Spandau und öffnet täglich um zehn. An Muttertagen, vor Ostern, Pfingsten, Weihnachten und ähnlichen Stoßzeiten schließen wir eine Stunde früher auf. Und die Sache mit dem »zuverlässigen Zufall« geschah an Muttertag.

An der Tür trafen sich unsere Blicke zum ersten Mal.

An der Tür habe ich mich in ihn verliebt.

An der Tür erinnere ich mich jeden Morgen an diese Situation. Es ist wie ein unsichtbares Band zwischen Eric und mir. Das sich immer wieder neu vor mir aufrollt. Im Moment des Türöffnens sehe ich ihn vor mir, wie er mich mit hochgezogenen Augenbrauen so vertraut anlächelt, als würden wir uns schon ewig kennen.

Der heutige Tag beginnt gemächlich. Die erste Kundin im Buchladen, eine Mutter mit einem Baby im Tragesack vor der Brust, hat einen ähnlichen Sorgenblick wie meine Mutter.

Ich lächle besonders freundlich, als ich ihre Bestellung aufnehme; zwei Bücher über die Entwicklung eines Babys im ersten Jahr.

Als sie den Laden verlassen hat, sause ich in unsere Minitoilette und werfe einen prüfenden Blick in den ovalen Spiegel über dem Waschbecken. Dunkle Schatten unter meinen Augen lassen mich ein wenig krank aussehen.

Ab morgen werde ich mich zusammenreißen, motiviere ich mich streng. Ab morgen werde ich nie mehr ohne Make-up aus dem Haus gehen und nur noch positiv denken. Angeblich soll es schon genügen, die Mundwinkel nach oben zu ziehen, und schon meldet das Gehirn: Alles mega!

Nüchtern betrachtet besteht kein Grund zur Klage. Ich bin gesund. Neunundzwanzig Jahre alt. Das ganze Leben liegt noch vor mir. *Think pink!*

Mit hochgezogenen Mundwinkeln verkaufe ich tatsächlich zwei Krimis von Curt Fernau. Ich liebe seine Bücher, habe alle Bände gelesen und selbstverständlich vorrätig. Es sind keine »Leichenpornos«; ein Literaturkritiker hat diesen Begriff für jene Bücher verwendet, in denen mit brutalsten Methoden massenhaft Tote produziert werden. Fernaus Geschichten sind anders, eher psychologisch mit raffiniert durchdachten Plots. Ich kann nicht genug von ihnen kriegen.

Später erinnert mich meine Mutter noch an den Brautstrauß, der bald abgeholt wird. Unweigerlich muss ich an den Ring denken, den Eric ... Nein! Ich verdränge die Erinnerung. Ich würde nur in Tränen ausbrechen. Entschlossen ziehe ich die Mundwinkel nach oben und konzentriere mich auf die Arbeit.

Cremeweiße Rosen und exotischer Korallenfarn, die ich zu einem kugelrunden Bouquet binde und mit feiner Perlenschnur umwickle. Ich befestige gerade weißes Kreppband um die Stiele, als ein junger Mann den Laden betritt.

Er hält mir ein Handy vor die Nase. »Ich hätte gern so einen Strauß ...«

Auf dem Display erkenne ich Erdbeeren, Ananasstückchen und dunkle Weintrauben, gesteckt auf lange Holzstäbchen und mit hellgrüner Zitronenmelisse zu einem halbrunden Gebilde vereint, zusammengehalten von einer roten Schleife. »Meine Freundin will eine Diät beginnen.«

»Wie romantisch. Allerdings muss ich erst Obst besorgen, es kann also etwas dauern. So gegen fünf können Sie ihn abholen.«

»Schon klar«, sagt er grinsend. »Sie sind ja kein Obstladen.«

Mit einem einzigen Satz ist es dem jungen Mann gelungen, meine Melancholie zu vertreiben.

Mittags erkundigt sich ein älterer Herr mit grau melierten Locken, die bis auf den Hemdkragen reichen, nach dem Band *Liebesgedichte* von Hermann Hesse. »Für meine Frau zum siebzigsten Geburtstag.«

Heute scheint Tag der Romantik zu sein, denke ich gerührt. »Leider ist das Büchlein nicht vorrätig. Aber ich kann es gerne bestellen, dann wäre es morgen da. Oder ich schicke es mit der Post.«

»Ja, bitte, bestellen Sie es, ich hole es dann am Nachmittag ab.«

Nach dem Bezahlen verabschiedet er sich mit einem Augenzwinkern, als wären wir Verbündete in Sachen Geburtstagsüberraschung.

Kurz nach vier betritt Frau Lehmann den Laden. Die in Jeans und rot-weißem Streifenpulli gekleidete blonde Endvierzigerin ist nicht nur wegen des ansehnlichen Umsatzes meine Lieblingskundin, sondern auch wegen ihrer Leidenschaft für Bücher. Sie liest gerne und kauft regelmäßig im Buchladen. Was sie beruflich macht, hat sie mir noch nicht verraten, sie direkt zu fragen, hat sich leider noch nicht ergeben. Es interessiert mich aber sehr. Ich kann es nicht genau benennen, doch es scheint, als habe sie ein

Geheimnis. Keine speziellen Wünsche bezüglich der Blumen zu äußern, ist extrem ungewöhnlich und macht mich neugierig. Und was verbindet sie mit dem Duft? Heute werde ich noch mal versuchen, Frau Lehmann »durch die Blume« auszufragen.

»Kleinen Moment, Ihre Sträuße stehen bereit …« Ich begebe mich in unseren angrenzenden kühlen Arbeitsraum, wo Ellen gerade die grüne Bindeware sortiert.

Gemeinsam bringen wir die in Kübeln stehenden Sträuße nach vorne und stellen sie auf den Ladentisch. »Heute habe ich diese Freilandrose mit weißem Flieder gemischt, den wir ja leider nur jetzt im Mai bekommen. Meiner Meinung nach ist es eine sehr hübsche Kombination, auch in der Duftrichtung. Aber wenn Sie gerne etwas anderes hätten …«

»Nein, nein, die Zusammenstellung sieht wunderschön aus und …«, sie beugt sie zu einem Strauß, »riecht traumhaft. Sie haben wirklich ein Händchen für die Auswahl.«

So viel zu meinem Talent, jemanden auszufragen.

Während Frau Lehmann ihr Portemonnaie aus dem sandfarbenen Ledershopper holt, daraus eine Kreditkarte nimmt und bezahlt, erkundigt sie sich, welches Buch ich gerade lese.

»Den zuletzt erschienenen Krimi von Curt Fernau. Den fand ich einfach supergut und wollte ihn noch mal lesen … Kennen Sie ihn?« Als sie verneint, gebe ich den Inhalt in Kurzform wieder. »Ich bin ein großer Fan seines Schreibstils und warte sehnsüchtig auf ein neues Buch.«

Frau Lehmann hat aufmerksam zugehört, während sie mir beim Verpacken der Blumen zugesehen hat. »Sie können gut erzählen, das ist mir schon mehrmals aufgefallen. Macht Spaß, Ihnen zuzuhören. Ich lese gerade ein Sachbuch.« Ohne den Titel oder das Thema des Buches zu erwähnen, steckt sie die Kreditkarte zurück in ihre Geldbörse und die in den Shopper. »Und danke für die traumhaften Sträuße. Leider bin ich heute sehr in Eile …«

Ich entschlüssle das als Themenwechsel und biete an, beim Transport der Blumen ins Auto behilflich zu sein.

»Sehr freundlich, aber mein Wagen steht nur drei Minuten entfernt auf dem Parkplatz Altstadt-West.« Sie holt einen grünen Kunststoffbeutel aus ihrer Umhängetasche, den sie auseinanderfaltet und aufhält. »Damit kann ich die Blumen gut transportieren.«

Vorsichtig verstauen wir die eingewickelten Sträuße in der grünen Tasche und verabschieden uns mit einem Lächeln.

Irgendwann werde ich das Geheimnis der Duftsträuße herausfinden.

2

Nach Ladenschluss eile ich in die fußläufig zu erreichende Stadtbibliothek an der Carl-Schurz-Straße, die noch bis zwanzig Uhr geöffnet hat.

Als geborene Spandauerin ist das ehemalige Postgebäude im historischen Stadtkern ein vertrauter Anblick für mich. Wie wunderschön das rote, teilweise von Efeu bewachsene Backsteinhaus mit den Erkern und Säulen ist, bemerke ich deshalb kaum noch. Viel zu selten habe ich Zeit, durch den großen Torbogen und das kunstvoll geschmiedete Eisentor in den Innenhof zu gehen. Oder mich auf die Bank unter dem Schatten spendenden Baum zu setzen und zu lesen. Zu Schulzeiten habe ich hier Bücher ausgeliehen, heute möchte ich meine ausgelesenen Exemplare in den öffentlichen Bücherschrank stellen. Manchmal nehme ich mir auch welche mit, denn mich nur in meinem Laden zu bedienen, wäre auf Dauer zu kostspielig. Bücher helfen mir durch die schlaflosen Nächte, in denen sich das Gedankenkarussell unablässig dreht. In denen mich die Sehnsucht nach Eric wach hält.

Um Liebesromane oder Reiselektüre mache ich einen großen Bogen, aber mit einem spannenden Krimi kann ich vergessen, was geschehen ist. Höre auf, darüber nachzudenken, warum das Schicksal so grausam war.

Ich setze bewusst ein Lächeln auf und stoppe am schwarzen Brett in der Nähe des Eingangs. Hier werden die unterschiedlichsten Kurse angeboten; mal sehen, ob für mich etwas dabei ist. Yoga für Anfänger? Der Bastelkurs für Kinder fällt mangels Nachwuchs auch flach. Günstige Sprachreisen wären schon eher eine Überlegung wert. Aber *das* ist interessant: Lebenskrise meistern, Verlust verarbeiten! Neugierig lese ich die Informationen dazu:

Stecken Sie in einer Lebenskrise? Haben Sie einen schweren Verlust erlitten? Vielleicht hilft es Ihnen, sich mit Betroffenen auszutauschen. Jeden Donnerstag kommen wir zusammen und reden darüber. Nicht nur über den Tod oder lebensbedrohliche Krankheiten. Vielleicht ist der Ruhestand doch nicht so erfüllend wie erhofft. Oder Sie müssen eine Trennung verarbeiten. Jeder ist herzlich willkommen. Anmeldung nicht erforderlich, einfach vorbeikommen. Teilnahme ist kostenlos.

Ich lese den Text ein zweites Mal und muss an das Katzenpärchen denken, das mein Bruder und ich als Kinder hatten. Die beiden Pelznasen sind mit zwölf Jahren fast zeitgleich gestorben, und ich war am Boden zerstört. Armin nahm es weniger tragisch; Katzen leben nicht so lange wie Menschen, hat er mir altklug erklärt. Ich war trotzdem untröstlich. Nie hätte ich es für möglich gehalten, dass er einmal Veganer wird, und zwar aus Mitgefühl für die geschundenen Kreaturen der Massentierhaltung.

Als ich mir die Adresse des Treffpunkts einpräge, frage ich mich, warum ich mir gerade diesen Aushang merke? Ob mir der

Zufall gerade zugezwinkert hat? Ob ich vor fremden Menschen darüber reden möchte, dass ich Eric verloren habe? Ob es mich trösten würde? Beim nächsten Gedanken weiß ich, dass Eric die Zuverlässigkeit des Zufalls beschwören würde. Dass er mich drängen würde, die Gelegenheit zu nutzen. Dass es mir helfen könnte.

Meine Augen füllen sich mit Tränen, mein Herz beginnt zu rasen, und mir wird heiß wie unter hohem Fieber. Ich merke, wie mich eine tiefe Traurigkeit erfasst und durchschüttelt.

Um mich zu beruhigen, hetze ich nach draußen und spaziere am Viktoria-Ufer unter den Schatten spendenden Bäumen entlang. Und überlege ernsthaft, die Selbsthilfegruppe auszuprobieren. Frei zu reden macht mir keine Probleme, nicht mal in der Grundschule hatte ich Angst, aufzustehen und laut vorzulesen. Aber möchte ich vor Fremden über meine Liebe zu Eric reden? Darüber, was wir erlebt haben? Warum ich den Verlust auch nach über zwei Jahren nicht überwunden habe? Ganz sicher wird das in einem Weinkrampf enden. Ich heule ja schon los, wenn ich nur an Eric denke. Nein, lieber doch nicht.

Ganz blöde Idee.

Vorhaben gestrichen.

Aufatmend marschiere ich nach Hause.

Ich lebe wieder in meinem Teenagerzimmer. Mit Eric habe ich in Berlin-Charlottenburg gewohnt und war in einer Buchhandlung angestellt. Das Leben in der Metropole war anders als das, welches ich jetzt im beschaulichen Spandau führe. Bunt. Schnell. Aufregend. Abwechslungsreich. Überraschend. Auch wenn Spandau zu Berlin gehört, hat es den Charme einer Kleinstadt mit den entsprechenden Vorteilen. Einer davon ist die Nähe unseres Betriebs in der Ritterstraße zu Mamas Vierzimmerwohnung am Lindenufer. Meine Eltern haben die gut geschnittene Altbauwohnung mit der Wohnküche in den Neunzigern bezogen. Zeitgleich konnte mein Vater, der gelernter Gärtner ist, den zauberhaften antiken Blumenladen in der Ritterstraße übernehmen. Nach einer Renovierung wurde er zu *Blumen Danner* und später dann zu *Buch & Blume*. Die Wohnung am Lindenufer hat meine Mutter nach der Trennung wegen der unschlagbar günstigen Miete behalten. Mit dem Scheidungsurteil in der Hand hat sie sich noch am selben Tag an die Umgestaltung gemacht. Die alte Resopalküche war zuerst an der Reihe. Mit hellen modernen Schränken, einer Kochinsel und Sitzecke am Fenster wurde sie zu einer behaglichen Wohnküche umgebaut, in der wir die meisten Mahlzeiten einnehmen.

Kurz vor acht betrete ich die Wohnung in der vierten Etage und werde von einem verführerischen Duft nach Gebratenem empfangen. Nach dem Drama um Eric konnte ich lange Zeit kaum etwas essen, mein Appetit kam nur sehr langsam zurück. Jetzt läuft mir das Wasser im Mund zusammen, und mein Magen meldet sich mit leisem Knurren. Ich bin hungrig. Wie jeden Tag habe ich nicht gefrühstückt und mittags nur ein halbes Käsebrot und einen Apfel gegessen. Eindeutig zu wenig für die teilweise anstrengende körperliche Arbeit.

Im Flur streife ich die Sneakers von den Füßen. »Hallo, Mama«, rufe ich in Richtung Küche, in der sie gerade kocht. Einmal am Tag muss der Mensch was Warmes in den Bauch bekommen, ist ihr Credo.

»Hallo, Nina-Marie, wir können gleich essen.«

In eingespielter Routine decke ich den Tisch mit dem guten Porzellan. Dazu Kristallgläser und feines Silberbesteck, als wäre es ein besonderer Tag.

Nach der Küchenrenovierung hat Mama den »schön gedeckten Tisch« eingeführt. Von Oktober bis April zünden wir sogar Kerzen an. Sie wollte jeden einzelnen Tag feiern, an dem sie nicht mehr hintergangen wird. Keine Träne wollte sie dem untreuen Hallodri nachweinen. Er sei es nicht wert, sich in ein Loch zu verkriechen und elend zu fühlen. Das einzig Wertvolle, was ihr aus dieser Ehe abgesehen von uns Kindern geblieben sei, sei die goldene Uhr, scherzt sie gerne.

Die Zucchinipuffer mit der würzigen Joghurtsauce schmecken köstlich. Ich nehme eine zweite Portion und lobe Mamas Kochkünste. Sie ist eine hervorragende Köchin, ganz im Gegensatz zu mir. Ich gehöre zu den Menschen, die am Herd keine gute Perfomance abgeben, um es mal vorsichtig auszudrücken.

»Das Rezept stammt von Armin, ich gebe aber ein Ei dazu. Wenn ich deinen Bruder besuche, bekocht er mich, ich assistiere und passe gut auf. Er ist ja so unglaublich kreativ«, erklärt sie und ich höre deutlich, wie stolz sie auf ihren Erstgeborenen ist.

»Ich werde ihm bald wieder einen Besuch abstatten, war schon viel zu lange nicht mehr da«, entgegne ich und meine es auch so.

»Das würde dir bestimmt guttun, dann kommst du mal wieder unter Menschen. Du solltest dich amüsieren, flirten, lachen und was ihr jungen Leute sonst noch so alles treibt.«

Ich weiß, sie meint es gut, aber nach ausgehen, feiern, tanzen, daten oder gar flirten ist mir überhaupt nicht. Allein der Gedanke daran lässt mich frösteln.

»Du hast heute endlich mal gut gegessen«, lobt mich Mama, als wäre ich nicht neunundzwanzig, sondern drei und müsste zum Essen gedrängt werden, was leider zutrifft.

»Was hältst du von einer Selbsthilfegruppe, in der über Lebenskrisen geredet wird?«, wechsle ich das Thema.

Meine Mutter lässt das Besteck auf ihren Teller sinken und sieht mich erstaunt an. »Selbsthilfegruppe? Da sitzt man doch im Kreis auf Stühlen und redet über seine Probleme, richtig? Kenne ich aus Fernsehfilmen. Stelle ich mir ein bisschen wie im Kindergarten vor, da machen sie doch auch Stuhlkreise.« Sie lacht vergnügt. »Wie kommst du jetzt auf die Idee?«

Ich erzähle von dem Aushang am Schwarzen Brett und dass ich überlege, es auszuprobieren.

»Wunderbar, ganz wunderbare Idee, Nina-Marie. Meine Bemerkung wegen des Kindergartens tut mir leid, fiel mir nur so ein. Wenn du meinst, dass es was bringt oder dich sogar tröstet, nur zu«, sagt sie in aufmunterndem Tonfall und fragt, wann die Gruppe sich trifft.

»Donnerstags um acht in der Nähe der Bibliothek. Die Uhrzeit ist eigentlich ungünstig, weil wir dann immer essen. Andererseits ...« Ich räume den Tisch ab und stelle das Geschirr in die Spülmaschine.

»Einen Tag in der Woche kann ich darauf verzichten. Du kannst dir ja vorher eine Pizza in den Laden liefern lassen. Dann marschierst du dorthin und guckst dir die Teilnehmer an. Wenn sie dir nicht gefallen, sagst du einfach, du hättest dich in der Tür geirrt.«

Typisch meine Mutter, immer eine Lösung parat. Nur für den Riss in meinem Herzen hat sie keine. Und Pizza ist schon gar keine Lösung, die bringt mich erst recht an den Rand der Tränen.

3

Zwei Tage später wird mir um fünf vor sieben eine Pizza mit Spinat und Mozzarella geliefert. Ellen verabschiedet sich drei Minuten später. Ich schließe hinter ihr ab und begebe mich mit dem würzig duftenden Pizzakarton in Mamas Büro.

Der Raum hat ein Fenster, durch das man in den begrünten Hinterhof schauen kann. Ein rechteckiger Glastisch auf Chrombeinen aus den neunziger Jahren dient als Schreibtisch. Ein Bildschirm mit Tastatur steht in der Mitte des Tisches, der Rechner darunter. Davor ein schwarzer Schreibtischstuhl mit ergonomischem Rückenteil auf Rollen. Die restliche Einrichtung – Aktenregale, ein Schubladencontainer, die Kaffeemaschine, dazu Teekanne, Tassen, Teller und Besteck – ist zweckmäßig. Mama möchte sich trotzdem neu einrichten, sobald es die Umsätze zulassen. Nur die neongrün geschriebene Weisheit an der Wand über der Kaffeemaschine dürfte bleiben: *Bücher fürs Herz, Blumen für die Augen, mehr braucht es nicht zum glücklich sein!*

Kaum habe ich den Pizzakarton geöffnet, sehe ich Eric vor mir, wie er ein Stück auf der Hand balanciert, bemüht, dass der Mozzarella nicht hinabgleitet. Eine Zeit lang haben wir uns von kaum etwas anderem ernährt. Wir haben uns gegenseitig mit Pizza gefüttert oder gewettet, wer die längsten Käsefäden ziehen kann.

Die Erinnerung macht mich traurig und ich überlege, die Selbsthilfegruppe sausen zu lassen. Doch dann gebe ich mir einen Schubs und renne um zehn vor acht in das nahe liegende Hotel, wo das Treffen stattfindet.

Es ist ein lauer Maiabend, die meisten Geschäfte in der Altstadt schließen in wenigen Minuten. Kaufwillige sind kaum noch unterwegs. Ich sehe auch keine verliebten Pärchen, worüber ich sehr dankbar bin. Händchenhaltende Paare lassen mich unweigerlich melancholisch werden.

Vor dem Hotel zittern meine Hände, und ich friere. An der Frühlingsluft kann es nicht liegen, ich bin eindeutig nervös. Aber ein Rückzieher wäre feige. Ich atme durch und kontrolliere mein zurückgebundenes rotblondes Haar in der gläsernen Eingangstür, ehe ich sie aufschiebe.

An der Rezeption erfahre ich von einer dunkelhaarigen Endvierzigerin, wo das Treffen stattfindet.

»Rechts am Lift vorbei, dann die zweite Tür links, kleiner Konferenzraum«, erklärt sie freundlich.

In der weißen Hemdbluse mit dem blauen Seidentuch über der Schulter könnte sie auch Flugbegleiterin sein, das perfekte Lächeln beherrscht sie bereits.

Es ist ein kurzer Weg durch einen schummrigen Flur. Bei jedem einzelnen Schritt auf dem dunkelgrünen Noppenteppich suche ich nach Gründen, das Vorhaben doch noch abzubrechen. Am *Konferenzraum* bin ich immer noch unschlüssig und starre die Tür an. Ich sollte da nicht reingehen. Vielleicht sind Kunden unter den Teilnehmern, und vor denen mein Leid auszubreiten, wäre mir peinlich. Vielleicht würde dann auch niemand mehr bei mir kaufen.

Ich drehe mich zum Gehen und pralle beinahe mit einem Mann zusammen, der offensichtlich inkognito unterwegs ist. Eine Basecap verdeckt sein Haar, ein Vollbart die untere Gesichtshälfte, eine Sonnenbrille seine Augen. Er ist einen halben Kopf größer als ich und trägt Jeans und einen Blouson.

»Niemand da?« Er zieht ein Handy aus der Tasche der grauen Sportjacke und guckt über den oberen Brillenrand auf das Display. »Zwei Minuten vor acht. Komisch, es hieß acht Uhr. Normalerweise gibt es doch immer ein paar Übereifrige, die bei solchen Treffen superpünktlich sind.« Mit dieser Erklärung schiebt er die Brille wieder auf die Nasenwurzel, legt seine Hand auf die Türklinke und drückt sie locker auf.

Ich weiß vor Peinlichkeit nicht, was ich sagen soll.

Falls er meine Unsicherheit bemerkt, übergeht es sie. »Die hat geklemmt ...«, behauptet er höflich, tritt einen Schritt zur Seite und lässt mich vorgehen.

Ich hebe den Kopf und begebe mich in einen Raum, den ich auf den ersten Blick etwa halb so groß wie meine Buchhandlung einschätze. Auf Armlehnenstühlen sitzen sieben Personen im Kreis. Unwillkürlich muss ich an die Bemerkung meiner Mutter denken, Stuhlkreis wie im Kindergarten. Möglichst unauffällig betrachte ich die Anwesenden. Drei Frauen, zwei Männer, einer mit Glatze. Niemand davon gehört zu meiner Kundschaft, auch der Sonnenbrillenmann neben mir nicht.

»Hallo, herzlich willkommen, setzt euch«, begrüßt uns eine der Frauen. Sie scheint anzunehmen, dass der neben mir stehende Sonnenbrillenmann und ich zusammengehören.

»Ähm ...« Ich räuspere mich und suche nach passenden Worten, den Irrtum aufzuklären, da hat sich der »Türöffner« schon einen der vier seitlich bereitstehenden Stühle geschnappt und zu der Runde gesetzt.

»Mein Name ist Sandra, ich bin die Leiterin der Gruppe. Nimm dir doch auch einen Stuhl«, spricht sie mich nun direkt an und lächelt aufmunternd.

Die geschätzte Enddreißigerin mit den üppigen Kurven und der auf die Schultern fallenden dunklen Lockenpracht wirkt sympathisch. Und in ihrem geblümten Wickelkleid mit den halblangen Ärmeln hebt sie sich positiv von den durchweg dunkel gekleideten Anwesenden ab.

Ich murmle ein »Dankeschön« und hole mir einen Stuhl.

Sandra rutscht etwas zur Seite. Ich verstehe das als Aufforderung, mich neben sie zu platzieren. Was ich gerne tue.

»Für die Neuen unter uns ...«, beginnt Sandra und schaut in die Runde. »Wir duzen uns und nennen uns beim Vornamen. Wir starten mit einer kurzen Vorstellungsrunde, wer seinen Klarnamen nicht nennen mag, überlegt sich ein Pseudonym. Aber bitte keine Phantasienamen wie Einhorn oder Dino ...« Einige reagieren mit Kichern. »Es ist auch nicht nötig, etwas über die Familie oder den Beruf zu erzählen. Wer anonym bleiben möchte, findet bestimmt eine Möglichkeit, sein Thema zu umschreiben oder nur so viel zu verraten, damit wir im Bilde sind.«

Ich überlege, ob ich als Pseudonym eine Rose, vielleicht Aphrodite wählen sollte? Nein, das ist schräg, ich werde mich Marie nennen. Im Moment bin ich ohnehin noch unentschlossen, ob ich bleibe. Der Sonnenbrillenmann macht mich nervös. Vielleicht beobachtet er mich durch seine dunklen Gläser.

»Und noch eine Info für die Neuen«, redet Sandra weiter: »Worüber wir reden und was wir von uns preisgeben, bleibt in dieser Gruppe. Wir tragen nichts nach außen und erzählen niemanden von unseren Gesprächen. Mit der Teilnahme verpflichtet ihr euch automatisch zu Stillschweigen. Verstanden?«

Allgemeines Nicken und zustimmendes Gemurmel.

Anschließend erzählt Sandra noch von sich. Sie ist von Beruf Sozialpädagogin, hat diese Gruppe gegründet und finanziert die Miete für den Raum sowie ihr Honorar aus öffentlichen Geldern.

»Das war's erst mal von mir. Möchte sich jemand vorstellen?«

»Ich«, meldet sich der Mann, der mir die Tür geöffnet hat. »Mein Name ist Peter, ich bin hier, weil ein Freund durch einen schweren Unfall sein Augenlicht verloren hat. Leider gibt es keine Heilung. Seitdem hat er sich vollkommen zurückgezogen. Er geht nicht mehr aus dem Haus, achtet nicht mehr auf sich und lehnt jede Hilfe ab. Ich komme nicht mehr an ihn ran, und das macht mich traurig und oft auch wütend. Was natürlich ungerecht ist. Dann wieder bin ich vollkommen verzweifelt, kann mich nicht auf meine Arbeit konzentrieren und hatte deshalb bereits Schwierigkeiten. Ich weiß einfach nicht weiter.« Erst jetzt nimmt er die Sonnenbrille ab und starrt mit düsterer Miene auf das dunkelbraune Gestell in seinen Händen. »Seit einigen Wochen trage ich nun ständig diese extrem dunkle Brille. Ein Versuch, um nachvollziehen zu können, wie es ist, von ständiger Dunkelheit umgeben zu sein. Ein hilfloser Versuch, ich weiß, denn ich sehe ja immer noch alles, nur ein wenig abgedunkelt.« Er kneift die Lippen zusammen, als habe er zu viel von sich preisgegeben, und lässt den Kopf sinken.

Mich hat sein kurzer Vortrag berührt. Blind zu sein, stelle ich mir entsetzlich vor. Und mich verwundert, wie klar er gesprochen hat, ohne nachzudenken, frei und flüssig. Er könnte ein junger Lehrer sein, ich schätze ihn auf Anfang dreißig. Auf jeden Fall scheint es für ihn vollkommen normal zu sein, vor Menschen zu reden.

Sandra nickt ihm zu. »Danke Peter, für deine Offenheit. Mag jemand dazu etwas sagen?« Sie schaut ein weiteres Mal in die Runde, erhält aber keine Antwort.

Nach kurzer Pause seufzt die Nachbarin neben Peter. »Mein Name ist Ursula. Ich bin dreiundfünfzig, seit zwei Jahren geschieden und fühle mich einsam ... allein zu leben ist schrecklich ...« Schniefend drückt sie ein Papiertaschentuch an die Nase.

»Wolltest du dich nicht für einen Sprachkurs anmelden? Davon hast du doch das letzte Mal gesprochen«, erinnert sich die ungefähr gleichalte Nachbarin. »Meine Scheidung ist gerade mal neun Monate her, ich bin anfangs verrückt geworden. Dann habe ich erkannt, dass Untätigkeit mich nicht weiterbringt. Niemand wird an meiner Tür klingeln und mich aus dem Loch rausholen. Das muss man selber machen. Änderungen muss man aber auch wollen. Schon Kleinigkeiten helfen. Ich bin übrigens Marlene und komme seit einem halben Jahr hierher. Mir hat es geholfen, einfach über meine Situation zu reden, und ich merke, wie es jeden Tag besser wird. Auch wenn ich noch lange nicht über den Berg bin. Deshalb freue ich mich jede Woche auf das Treffen.« Sie lächelt Sandra dankbar an.

»Ich weiß, ich weiß ...« Ursula überkreuzt die Beine, verschränkt die Arme und kauert sich zusammen, soweit das auf dem Stuhl überhaupt möglich ist. »Ich schlafe aber immer noch so wenig, komme morgens nur schwer aus dem Bett und bin den ganzen Tag erschöpft. Oft schaffe ich kaum den Haushalt, kann mich nicht einmal aufraffen, einzukaufen. Wie könnte ich mich da auf so etwas Schwieriges wie eine Fremdsprache konzentrieren?«

Ich kann Ursula gut nachfühlen. Ohne meine Mutter, ohne *Buch & Blume* hätte ich die erste Zeit nicht überstanden. Gerade anfangs hätte ich mich ohne die Motivation durch den neuen Buchladen monatelang unter der Bettdecke verkrochen. Bücher und Blumen haben mein Leben gerettet.

Der Glatzkopf hebt zögerlich die Hand, lässt sie aber gleich wieder fallen.

»Jens, bitte, du hast dich ja ziemlich verändert.« Sandra betrachtet ihn mit einem Lächeln.

»Ja, also … ich bin der Jens, und ich wurde von meiner Freundin mit meinem besten Freund betrogen. Habe ich ja schon mal erzählt. Ich habe dadurch gleich *zwei* Menschen verloren …« Er zieht die Nase hoch, ich sehe Tränen in seinen strahlend blauen Augen. »Das …«, er streicht mit der linken Hand kurz über den kahlen Kopf, »hab ich gestern machen lassen, wie damals Yoko Ono wegen John Lennon. Ich musste irgendwas tun, die Wut hat mich innerlich aufgefressen. Wenn ich jetzt in den Spiegel schaue, ist da ein ganz anderer Jens. Ich glaube, dass es mir hilft.«

Diese Phase der Selbstzerstörung habe ich bereits hinter mir. Eine Glatze habe ich mir zwar nicht scheren, aber mein Haar streichholzkurz schneiden lassen.

»Auch wenn das gemein von deinem Freund und deiner Freundin war, ist das nicht wirklich zu vergleichen. Lennon wurde umgebracht, Yoko Ono musste ihren toten Mann betrauern … ich heiße übrigens Markus«, meldet sich der Grauhaarige neben Jens und mustert ihn durch die randlose Brille.

Markus könnte um die sechzig sein, sitzt kerzengerade und hat seine feingliedrigen Hände auf den übergeschlagenen Beinen abgelegt. In dieser Pose und dem sehr gut sitzenden hellgrauen Anzug mit dem rosa Hemd, dem offen stehenden Kragen und einem rosa Einstecktuch wirkt er auf mich nicht wie jemand, der in einer Krise steckt.

»Für mich *ist* die Schlampe gestorben.« Jens wischt sich ein paar Tränen aus dem Gesicht. »Sie hat mir das Herz gebrochen und mir auch noch meinen besten Freund genommen.«

Es entbrennt eine Diskussion um radikale Schnitte, wie sinnvoll sie sind und ob sie tatsächlich helfen. Das Scheidungsopfer Marlene ist der Meinung, es könne helfen, zum Beispiel Bilder vom untreuen Ehemann zu verbrennen, wie sie es getan hat.

Ich gehöre eher zu den »Ursulas«, die weinend im Bett liegen und mit dem Schicksal hadern. Dann wieder habe ich die Wohnung bis zur Erschöpfung geschrubbt. Ich hätte jeden Putzwettbewerb gewonnen. Nach Hungerphasen habe ich mich abwechselnd mit Süßem oder Salzigem vollgestopft und auch exzessiv Sport betrieben. Ich bin auf dem Laufband im Gym oder an der Havel entlanggejoggt, oft bis an den Rand eines Kreislaufkollapses.

»In der Medizin gibt es den Spruch: Wer heilt, hat recht. Das würde ich auch für uns anwenden wollen«, erklärt Sandra. »Was immer man glaubt, tun oder unternehmen zu müssen, einfach ausprobieren, natürlich nur, solange man sich selbst oder jemand anderem damit keinen Schaden zufügt. Und Bilder zu verbrennen ist ungefährlich, sofern es im Spülbecken stattfindet. Das nur als kleiner Tipp.«

»Ich kann dich gut verstehen«, sagt Markus und nickt Jens aufmunternd zu. »Mein Mann ist vor einem halben Jahr gestorben. Lungenkrebs. Er war starker Raucher, wir wussten beide, wie es endet, sobald wir die Diagnose bekamen. Aber sein Tod hat eine große Lücke hinterlassen, und ich war anfangs zutiefst verzweifelt, wusste nicht, wie ich weiterleben soll. Er war meine große Liebe, wir waren über dreißig Jahre zusammen und haben geheiratet, sobald es für Homosexuelle erlaubt war. Mir helfen diese Treffen sehr, und das Tagebuch, ich habe ja schon davon erzählt ...« Er nimmt seine randlose Brille ab und massiert die Nasenwurzel mit dem Mittelfinger der linken Hand.

»Das klingt interessant«, sagt Peter, der inzwischen die dunkle Brille in die Jackentasche gesteckt hat.

Markus erzählt, dass er nach dem Tod seines Mannes angefangen hat, gemeinsame Erlebnisse aufzuschreiben. »So eine Art Erinnerungsbuch. Alles, was mir spontan einfällt, vom ersten Kennenlernen bis zu seinem letzten Atemzug. Und ich klebe ganz altmodisch Fotos dazu, die noch aus der analogen Zeit stammen. Es ist ein schönes Gefühl, die Bilder von Urlauben, Geburtstagen oder unseren Weihnachten zu berühren. Einfach über sein Gesicht zu streicheln. Manche würden es kitschig nennen, aber es ist wie eine Verbindung ...«, er schluckt sichtbar vor Rührung, »zu meiner großen Liebe.«

»Ich finde, es ist eine sehr schöne Idee, Markus. Und ich kann mir gut vorstellen, wie hilfreich es sein kann, Bilder aus der gemeinsamen Zeit anzusehen. Zahlreiche Studien belegen auch, dass Schreiben bei der Verarbeitung helfen kann«, kommentiert Sandra den Bericht von Markus. Dann dreht sich überraschend zu mir. »Möchtest du dich auch vorstellen?«

Bis jetzt habe ich gehofft, hier als stumme Zuhörerin sitzen zu können. Nicht wahrgenommen zu werden. Den anderen Schicksalen zu lauschen. »Ja ... ähm ... ich bin ... Nina ...«, sage ich und gebe meinen Klarnamen nun doch preis. Falls einer der Anwesenden jemals Bücher oder Blumen bei uns kauft, wird es keine Irritationen geben. »Und ich ...« Wieder stocke ich und suche nach einer möglichst unverfänglichen Formulierung. Zu blöd, dass ich mir das nicht vorher überlegt habe. Schließlich fällt mir ein, wie ich meine Situation schildern kann: »... habe einen sehr wichtigen Menschen verloren. Seitdem bin ich nur noch traurig und verzweifelt.« Ich mache eine Pause, möchte weiterreden, überlege es mir aber anders und starre vorbei an den Anwesenden ins Leere.

»Es wird besser, jeden Tag ein bisschen, versprochen«, sagt Markus und nickt mir zu.

»Danke«, sage ich leise, glaube aber nicht daran. Ich warte schon so lange auf Besserung.

Kurz darauf ist die Stunde vorbei. Sandra betont noch einmal, dass jeder Einzelne nächste Woche wieder herzlich willkommen ist. Dann wünscht sie uns allen eine gute Nacht ohne Albträume. Sie scheint zu wissen, dass manche von uns darunter leiden.

Gedankenverloren begebe ich mich auf den Nachhauseweg. Bisher habe ich nur mein eigenes Schicksal gesehen, nicht darüber nachgedacht, dass auch andere Menschen Schlimmes durchgemacht haben. Zu hören, wie andere mit ihrem Schicksal umgehen, hat mir gezeigt, dass man den Schmerz überwinden kann. Vielleicht nicht sofort, aber ich werde daran arbeiten.

4

Das monotone Geräusch von Regen holt mich aus dem Schlaf. Träge öffne ich die Augen. Fahles Morgenlicht fällt durch einen schmalen Spalt des Verdunkelungsvorhangs. Ich taste nach meinem Handy, das auf dem runden Nachttisch liegt. Das Geräusch kommt von der Regen-App, die ich zum Einschlafen benutze. Gewöhnlich stelle ich dazu den integrierten Timer auf zwei Stunden. Gestern Abend habe ich es offenbar vergessen. Normalerweise hätte der Akku schlappmachen müssen, aber das Telefon steckt am Ladekabel. Es hat also unablässig »geregnet«, und ich konnte durchschlafen. Die ganze Nacht. Unglaublich.

Heute ist Donnerstag, aber ich habe beschlossen, nicht noch

einmal zu der Selbsthilfegruppe zu gehen. Ich fühle mich einfach unwohl bei dem Gedanken, Fremden von meinem Schicksal zu erzählen oder warum ich nur bei Regen einschlafen kann.

Die unablässig fallenden Tropfen erinnern mich an romantische Regennächte im Campervan, wenn Eric und ich unterwegs waren. Als wir Arm in Arm im eingebauten Bett lagen und den Tropfen lauschten, die auf das Blechdach trommelten.

Ehe mich die Emotionen niederdrücken, verdränge ich die Erinnerung mit einem tiefen Atemzug und schäle mich aus der Bettdecke.

Ohne die antike Blütenlampe anzuschalten, tapse ich zum Fenster, um die blickdichten Vorhänge aufzuziehen. Im Halbdunkel stolpere ich über die Sneakers, die ich gestern achtlos von den Füßen gekickt habe. Unwillkürlich denke ich an Peter, der von seinem erblindeten Freund erzählt hat. Von allen Schicksalen hat mich das am meisten berührt. Ich kann mir nicht vorstellen, wie es wäre, für den Rest meines Lebens in Dunkelheit zu leben. Unselbstständig und auf Hilfe angewiesen zu sein.

Doch ich kann meine Schlamperei *sehen*, sobald Tageslicht den Raum flutet, und dafür bin ich heute direkt dankbar. In den Läden halten wir penible Ordnung. Achten darauf, dass keine Blätter auf dem Kachelboden herumliegen. Dass der Verkaufstisch mit der Kasse sauber ist und ihn keine Wasserflecken zieren. Dass die Bücherregale ordentlich aussehen und die herausgenommenen Exemplare schnellstens wieder einsortiert werden. Zu Hause schaffe ich es seltsamerweise nicht. Solange ich arbeite, bin ich wie ein vollgeladener Akku. Nach Feierabend ist er sofort leer.

Die Abende verbringe ich mit Mama auf dem Sofa, meist vor dem Fernseher. Zum Glück ist meine Mutter kein Fan von endlosen Krimiserien, Dating- oder Quizshows. Sie liebt Filme und hatte neulich sogar Spaß an einem lakonischen Aki-Kaurismäki-

Film, der zu meiner Stimmung gepasst hat. Dennoch sollte ich nicht die restlichen Abende meines Lebens mit meiner Mutter auf der Couch verbringen. So bequem das auch ist. So sehr mir diese Gewohnheiten auch das Gefühl verleihen, es sei alles in Ordnung. Dass ich in Sicherheit bin. Und mein Leben nicht in unzählige Scherben zerbrochen ist, die ich nicht zusammensetzen kann. Denn genau das ist vor zwei Jahren geschehen, damals, als Eric starb.

Seitdem verharre ich in einem Vakuum und schaffe es nicht, mich daraus zu befreien.

Seit Wochen merke ich, wie erschöpft ich bin. Wie mich jeder Anfall von Trauer körperlich anstrengt. Dass ich mich an manchen Tagen wie ein zerfleddertes Buch mit Leserillen und umgeknickten Seiten fühle. Wie sehr sehne ich mich danach, wieder ein normales Leben führen zu können, ohne ständig in Tränen auszubrechen. Wenn schon kleine Veränderungen das bewirken können, bin ich bereit, es zu versuchen. Wieder unter Menschen zu gehen, wie meine Mutter vorgeschlagen hat. Diese Stunde in der Selbsthilfegruppe war nicht unbedingt das, was man unter einem lustigen Abend versteht. Aber ich habe die »gewohnten Pfade« verlassen, und das ist doch ein erster Schritt?

Ob ich mich mal wieder mit Suse in einen Club wage? Wie früher, bevor ich Eric kennenlernte. Wir haben die Nächte durchgetanzt. Im Morgengrauen auf der Schönhauser Allee bei Konnopke Berlins berühmteste Currywurst gefrühstückt. Und dann den restlichen Sonntag verschlafen.

Während ich eine lange Dusche genieße, nehme ich mir fest vor, Suse eine Nachricht zu schicken. Sie ist meine beste Freundin. Und die Einzige, die nach zwei Jahren Trauer und Tränen noch bereit ist, mich zu treffen. Die nicht genervt die Augen verdreht, wenn ich stumm neben ihr sitze und seufzend meinen Gedanken nachhänge. Die den Mut hat, mich anzuschubsen und zu sagen: »Nina, so leid es mir tut, für heute ist dein Kontingent an Seufzern verbraucht.« Dazu macht sie ein Froschgesicht, und ich muss lachen. Dann verziehen sich die dunklen Wolken, Sonnenstrahlen kommen hervor, und alles wird heller.

Suse war mit mir auf dem Gymnasium und wechselte nach dem Abi auf eine Schauspielschule. Wenn ich sie anderen als Schauspielerin vorstelle, fügt sie »eine arbeitslose« hinzu, falls sie gerade ohne Engagement ist. Was ihr jedoch selten etwas ausmacht. Sie jobbt dann als Kellnerin und behauptet, das wäre wie ein Kurs in *Method Acting*. An mir studiert sie »Trauer«. Da Suse noch keinen schweren Verlust hinnehmen musste, bin ich ein geeignetes Studienobjekt. Zumindest ein paar Stunden lang.

Frisch geduscht und die Haare gewaschen, creme ich mein Gesicht verschwenderisch ein. Vielleicht wird so das Grau meiner Haut absorbiert. Die Kosmetikindustrie verspricht der geschätzten Kundin doch gerne die Wirkung eines Jungbrunnens. Mir würde es genügen, wenn die dunklen Schatten unter meinen Augen verschwinden. Im Vertrauen auf diese Versprechungen knete ich auch noch ein spezielles Öl in mein wieder schulterlanges Haar.

Eine Veränderung kann ich sofort in die Tat umsetzen: nicht mehr ohne Frühstück aus dem Haus gehen. Meist trinke ich nämlich nur eine Tasse Kaffee. Zeit genug habe ich. Es ist noch nicht einmal sieben. Ich werde meine Mutter mit einem üppigen Frühstück überraschen. Am Herd bin ich zwar keine Sterneköchin, aber Kaffee und ein Ei kochen kriege ich locker hin.

Ich schlüpfe in mein »Putzfrauenkleid« aus grün-weiß gestreiftem Hemdenstoff und betrete voller Tatendrang die nach Osten ausgerichtete Küche. Der Raum wird bereits von den ersten Sonnenstrahlen erhellt, die es zu dieser frühen Stunde über die Dächer geschafft haben.

Konzentriert decke ich zuerst den Tisch. Anschließend fülle

ich den Wassertank der Maschine auf. Es ist ein ziemlich altes Gerät ohne digitale Finessen und problemlos zu bedienen. Ich erinnere mich an einen Löffel pro Tasse und einen für die Kanne, und nehme fünf gestrichene Teelöffel. Dazu eine Prise Salz, das hebt den Geschmack. Noch zwei Eier in einen Topf mit Wasser legen und Herd einschalten nicht vergessen.

Während das Wasser in den Goldfilter tröpfelt und sich bald würziges Kaffeearoma verbreitet, beginnen auch die Eier zu kochen.

Jetzt habe ich Zeit für eine WhatsApp an Suse:

Lust auf einen Method-Acting-Kurs?

Die Antwort lässt auf sich warten. Nicht ungewöhnlich. Vermutlich hat Suse bis spät am Abend gekellnert und schläft noch. Oder war meine Frage derart schräg, dass sie keine Lust hat zu antworten? Ich überlege gerade, ob ich mich gedulden oder erneut schreiben soll, als meine Mutter die Küche betritt. Im Morgenrock, und auch ihr rundes Gesicht ist mit einer zarten Fettschicht überzogen.

»Was riecht denn hier so verbrannt?« Sie schnüffelt mit gekräuselter Nase und steuerte dann direkt auf den Toaster zu. »Dämlicher Kasten«, knurrt sie, klopft mit der flachen Hand an die Seite und erst jetzt springen die Toastscheiben heraus.

»Der klemmt manchmal«, informiert sie mich und lässt die komplett schwarzen Brotscheiben in den Mülleimer plumpsen. Sie wendet sich dem gedeckten Tisch zu, und ein Lächeln liegt auf ihren Lippen. »Wie schön. Und der Kaffee blubbert auch schon.«

»Probier lieber erst, ehe du dich freust«, warne ich sie vorsichtshalber.

Wie sich herausstellt, ist mein Kaffee etwas zu dünn geraten.

Dafür sind die Eier nach gefühlt fünfzehn Minuten ganz bestimmt »durch«.

»Die Absicht zählt«, sagte sie großzügig und setzt frischen Kaffee auf.

Mein erster Versuch, etwas zu ändern, war also ein Fiasko. Nur die Eier sind genießbar – in Scheibchen auf perfekt goldgelb geröstetem Toastbrot.

Desillusioniert verlasse ich um zehn vor neun die Wohnung. Heute allein, Mama hat einen Friseurtermin und wird gegen Mittag aufkreuzen. Ihr Angebot, für mich einen Termin bei ihrem Friseur zu vereinbaren, habe ich abgelehnt. Für heute habe ich genug von Veränderungen. In einem Anfall von Schmerz und Trauer würde ich vielleicht eine radikale Rasur verlangen. Und einmal Stoppelfrisur hat genügt. So ein Armeelook verwächst sich ja nicht von heute auf morgen. Es dauert Monate, ehe man sich wieder im Spiegel erkennt. Ich bin ja schon erleichtert, dass dieses Haaröl tatsächlich wie versprochen gewirkt hat und meine spröden Naturlocken jetzt glänzen wie die eines Supermodels, das seine Mähne über die Schultern wirft und siegessicher in die Kamera lächelt.

Der Weg zu *Buch & Blume* führt durch die teils sehr idyllischen Straßen der Altstadt. In den letzten Jahrzehnten wurden etliche noch gut erhaltene Altbaugebäude renoviert und herausgeputzt. Und die Inhaber der kleinen Läden, die Andenken, Kleidung oder Zigarren anbieten, geben sich große Mühe mit ihren Dekorationen. Gewöhnlich betrachte ich die Auslagen der Geschäfte und lasse mich inspirieren. Heute checke ich die WhatsApp-Nachrichten. Suses Antwort bleibt aus. Schade. Noch bin ich voll motiviert, mit ihr am nächsten Samstagabend irgendeinen Club zu stürmen.

Die Stunde vor der Öffnung um zehn Uhr ist meine Lieblingszeit. Zuerst schlendere ich einmal über die Verkaufsfläche und schöpfe Kraft aus der Tatsache, dass der Traum von einer eigenen Buchhandlung wahr geworden ist. Stolz betrachte ich die deckenhohen dunkelbraunen Bücherregale, die auf dem honigfarbenen Eichenparkett richtig edel wirken. Darin die alphabetisch und nach Genre sortierten Exemplare. Krimis, Thriller, Rom Coms, Romanbiographien und historische Romane. Die Spiegel-Bestseller liegen auf einem Extratisch in der Mitte des Raumes, damit die Kundschaft direkt darauf zuläuft. Kinderbücher führe ich keine. Ohnehin könnte ich nicht mit dem Kinderbuchladen in der nächsten Querstraße konkurrieren. Auch Koch- und Sachbücher, Lyrik und Klassiker fehlen in meinem Sortiment. Aber ich bestelle gerne das Gewünschte. Werde ich gefragt, welches von den vorrätigen Büchern ich gelesen habe, antworte ich meist: »Testen Sie mich und wählen Sie ein Buch aus.« Die Klappentexte kann ich meist wiedergeben und damit die Zweifler beeindrucken.

Als Nächstes überprüfe ich das Wechselgeld in beiden Kassen. Sobald neue oder für Kunden bestellte Ware geliefert wird, widme ich mich meiner Lieblingsaufgabe: Bücher auspacken, den ganz speziellen Duft einatmen und die Exemplare einsortieren.

Kurz vor Ladenöffnung wird ein Karton für den Blumenladen geliefert. Ich kann mich nicht erinnern, etwas bestellt zu haben. Der Absender ist ein Großversand für Gartenbedarf. Gespannt krame ich ein Teppichmesser aus der Schublade unter der Kasse. In dem Moment piepst mein Smartphone.

Wie elektrisiert lege ich das Messer weg und greife nach dem Telefon, das hinten in der Jeanstasche steckt.

WhatsApp von Suse: Hi, Nina, was für ein Zufall! Wollte mich auch melden. Sitze im Zug nach Hamburg. Vertrag mit Theatertruppe ergattert. Tournee auf Kreuzfahrtschiff. Megagute Kohle. Melde mich demnächst. Love Suse ☺

Dazu ein Selfie im Zugabteil. Sie strahlt über das hübsche Gesicht, die blonden Locken nachlässig zu einem Dutt auf dem Oberkopf gebunden, und auf der Stupsnase sitzt eine verspiegelte Sonnenbrille.

Was für eine Überraschung. Angeblich verdienen Künstler auf diesen Schiffen tatsächlich überdurchschnittlich gut. Ich freue mich für sie und schreibe sofort zurück:

> WOW! Megatolle News. Viel Erfolg und ich freu mich auf ein Treffen. ☺ Bis bald, Umarmung! Love Nina

Ich kann es kaum erwarten, Suse wiederzusehen. Mich mit ihr zu amüsieren. Ich überlege sogar, neue Klamotten anzuschaffen.

Gut gelaunt widme ich mich dem Karton. Fahre mit dem Teppichmesser durch das Paketband und halte gleich darauf die nächste Überraschung in Händen.

Zehn Solarspringbrunnen.

Dass Ellen und ich diese praktischen Springbrunnen bestellt haben, ist mit tatsächlich entfallen. Es sind flache kreisrunde Scheiben von zwanzig Zentimetern Durchmesser, die mittels eines Akkus von der Sonne aufgeladen werden. Die Scheibe legt man einfach in einen großen Pott oder eine Wanne mit Wasser, und nach etwa einer Stunde Ladezeit sprudelt die Fontäne los. Seerosen, künstliche oder echte dazu, fertig ist ein zauberhafter Miniteich.

Im Vorratsraum steht eine Vintage-Metallschale, die in einem gusseisernen Gestell ruht und sich perfekt als Insekten- und Vogeltränke eignet. Umringt von blühenden Topfpflanzen wird sie zum Eyecatcher, der Passanten zum Innehalten vor dem Laden und natürlich zum Kauf animieren soll.

Als ich den Pappkarton mit den Füßen flach trete, sehe ich vor dem Schaufenster einen dunkelhaarigen jungen Mann, der mich mit zusammengekniffenen Augen anstarrt. Er kommt mir bekannt vor, und ich deute zur Eingangstür als Zeichen, dass ich aufschließen werde. Doch er dreht sich um und läuft mit großen Schritten davon, als hätte ich ihn bei etwas Verbotenem erwischt. Eigenartig.

Kurz vor neun erscheint Ellen. Wie gewöhnlich in dunkler Kleidung, den unvermeidlichen Docs an den Füßen und heute mit Sonnenbrille.

Begeistert begutachtet sie die Lieferung. »Wie cool, dann hole ich die antike Schale und mache mich sofort ans Dekorieren«, sagt sie und stürmt los.

Der Vormittag ist relativ ruhig, nur eine Kundin im Buchladen, die eine Bestellung abholt. Wir können in Ruhe die Topfpflanzen vor dem Laden arrangieren. Bis der Akku des Springbrunnens aufgeladen ist und wir endgültig zufrieden sind mit der Anordnung der Töpfe und den Schnittblumen in den Kübeln, vergehen dann doch zwei Stunden. Der erwünschte Effekt stellt sich aber sofort ein, und bei Ladenschluss haben wir die Hälfte der Solarspringbrunnen verkauft. Dazu reichlich Topfpflanzen, Schnittblumen und eine Anzahl Kakteen. Zum ersten Mal seit vielen Wochen überkommt mich ein Gefühl der Zufriedenheit.

Als meine Mutter die Abrechnung erledigt hat, ist auch sie ganz begeistert. »Was für ein großartiger Umsatz. Fast so gut wie an Muttertagen.«

Muttertag!

Das Wort trifft wie ein vergifteter Pfeil mitten ins Herz. Ich schnappe möglichst unauffällig nach Luft. Sie bemerkt es trotzdem.

»Tut mir leid, Nina-Marie«, sagt sie sofort bedauernd und streicht mir sanft über den Rücken. »Vergiss, was ich gesagt habe, es hat doch nur mit Geld zu tun.«

Wenn vergessen nur so einfach wäre. Ein Wort, und die Erinnerungen springen mich an wie tollwütige Hunde.

5

Auf dem Nachhauseweg laufe ich schweigend neben meiner Mutter her. Beobachte junge Frauen, die mit Kinderwagen zielstrebig durch den Ort laufen, ohne auch nur eine Sekunde in die Schaufenster zu blicken. Ich freue mich für die Hunde der Rentner, die an jeder Ecke stehen bleiben oder Stadttauben aufscheuchen und ihre Häufchen schnell noch beschnüffeln dürfen, ehe sie weitergezogen werden. Ich recke meine Nase in den Abendwind, der viel zu heiß ist für Ende Mai, und genieße den Weg durch das abendliche Spandau. In diesen Minuten fällt die Hektik des Tages von mir ab.

»Heute ist doch Donnerstag«, stellt meine Mutter fest.

»Hm ...«

»Warum gehst du nicht noch mal zu dieser Gruppe?«, flüstert sie mir dann zu, als hätten wir ein Geheimnis.

Ich schrecke aus meinen Gedanken hoch. »Wohin?«

Sie wiederholt ihren Vorschlag und fügt hinzu: »Die Gruppe hat dir nämlich gutgetan. Auf mich hast du am nächsten Tag jedenfalls spürbar fröhlicher gewirkt.«

»Du übertreibst«, werfe ich ihr vor.

»Überhaupt nicht. Und du darfst mir ruhig glauben, ich kenne dich nämlich seit Ewigkeiten«, sagt sie und grüßt einen vorbeieilenden Herrn. »Hallo, Herr Sarnezki.«

»Genau seit neunundzwanzig Jahren«, rechne ich ihr vor.

Wenn meine Mutter mit Ich-kenne-dich-seit-Ewigkeiten argumentiert, bedeutet das: Sie kennt meine Bedürfnisse besser als ich selbst.

»Und, gehst du?«

»Nee, ich habe Hunger und will lieber mit dir zu Abend essen. Die Gruppe trifft sich auch nächsten Donnerstag wieder.« Mein Einwand wird zuerst kommentarlos hingenommen.

Dann aber sagt sie: »Vorschlag: Wir gehen gemeinsam zu dieser Imbissbude ums Eck, essen ungesunde Currywürste, und dann gehst du zu der Gruppe.«

Meiner Mutter scheint heute kein Trick zu billig. Ich gebe nach. »Also gut, ich gehe, aber nur, weil ich heute zufällig auch an Currywurst gedacht habe«, ergebe ich mich und erzähle von Suse.

»Na, siehste Kleene, denn is doch allet jut«, berlinert sie unerwartet, hakt mich unter und schiebt mich Richtung Currywurstbude.

Kurz nach acht stehe ich tatsächlich vor der Tür *Kleiner Konferenzraum*. Wieder zögere ich, hineinzugehen. Wie viel angenehmer wäre es, umzudrehen und einen gemütlichen Abend auf der Couch zu verbringen.

Genau das wollte ich doch nicht mehr, motiviere ich mich, drücke auf die Klinke und trete ein.

Was ich erblicke, lässt mich staunen. Das letzte Mal haben die meisten der Anwesenden eher traurig gewirkt. Heute sehen alle gelöst, direkt aufgedreht aus. Fast wie bei einem Kaffeekränzchen.

Der Grund für den Stimmungswechsel ist ein kleiner schwarzer Hund mit Wuschelfell. Er sitzt bei Ursula auf dem Schoß, während die anderen Teilnehmer milde lächeln und sich entspannt unterhalten.

Sandra, die Gruppenleiterin, hat mein Eintreten bemerkt und dreht sich jetzt zu mir. »Hallo, Nina, schön, dass du dich wieder zu uns gesellst …«

»Entschuldigung, ich bin zu spät. Tut mir sehr leid.«

»Schon in Ordnung. Wir freuen uns, dass du es geschafft hast. Nimm dir einen Stuhl und setz dich dazu.«

Ich hole einen der seitlich aufgereihten Stühle, nehme neben Sandra Platz und lächele entschuldigend in die Runde.

»Das ist Lucy«, sagt Ursula, als ich sitze, und krault den Hund am Kopf.

»Niedlich«, entgegne ich, was ehrlich gemeint ist.

Ursula blickt mich trotzdem unsicher an. »Ich hoffe, du hast keine Angst vor Hunden oder eine Tierhaarallergie. Sandra meint, es wäre in Ordnung, wenn ich den Hund mitbringe. Alle anderen sind einverstanden.«

»Ich mag Hunde, für mich ist es okay«, beruhige ich sie.

Ursula sieht völlig verändert aus. Sie ist leicht gebräunt, ihre Haut glänzt rosig, ihr kinnlanges Haar schimmert in einem frischen Goldblond, und sie strahlt sichtbar positive Energie aus.

»Sehr gut.« Ursula atmet auf. »Ich habe Lucy aus dem Tierheim geholt und ... ach, sie ist einfach so lieb, und seit ich sie habe, geht es mir viel besser«, schwärmt sie mit glänzenden Augen.

»Wie kamst du auf die Idee, dir einen Hund anzuschaffen?«, möchte Sandra wissen.

»Das war Zufall. Eine Nachbarin musste zum Zahnarzt und hat mich gefragt, ob ich ihren kleinen Pudel am Nachmittag Gassi führen kann. Dabei habe ich bemerkt, was für ein schönes Gefühl es ist, einen Hund zu haben. Ich hätte das schon viel früher tun sollen«, erzählt sie und tätschelt Lucy.

»Hunde haben die Gabe, Herzen zu öffnen«, sagt nun Markus, der einen dunklen Anzug und ein weiß getupftes rotes Seidentuch im offenen Hemdkragen trägt. Irgendwie erinnert er mich heute an einen englischen Aristokraten.

»Als Kind hatte ich mal einen Rüden«, meldete sich Jens zu Wort, auf dessen Glatze ein dunkler Flaum zu erkennen ist. »War ein Mischling, schwarz-weiß, mit einer weißen Pfote, Socke hab ich ihn genannt. Hab ihn geliebt, nur das Aufstehen und Gassi gehen war mir an manchen Tagen *too much*.« Er verdreht die strahlend blauen Augen.

»Wie ist das jetzt bei dir, Ursula?«, greift Sandra das Thema auf. »Du hast letztes Mal erzählt, dass du morgens kaum aus dem Bett kommst.«

»Geht mir super. Mit Lucy hab ich jetzt einen guten Grund aufzustehen. Die frische Luft bekommt mir. Und …« Sie kichert verschämt. »Verrückt, wie viele Menschen man plötzlich kennenlernt, hätte ich nie gedacht.«

»Das kann ich mir gut vorstellen«, bemerkt die neben Ursula sitzende Marlene, streichelt Lucy vorsichtig über den Rücken und meint schließlich: »Vielleicht sollte ich mir auch ein Hündchen zulegen.«

Ursula strahlt Marlene an. »Mach mal, dann können wir gemeinsam in den Park gehen.« Die beiden nicken sich lächelnd zu.

»Und wie ist es dir diese Woche ergangen, Jens?«, wendet sich Sandra an den jungen Mann, der letzte Woche noch voller Wut auf seine Freundin war, die ihn mit seinem besten Freund betrogen hat.

Er zuckt die Schultern, zieht eine Schnute und schweigt, als wäre Sandra eine Klassenlehrerin, die nach seinen Hausaufgaben fragt.

Markus beäugt Jens durch die Brillengläser. »Hoffst du auf eine Versöhnung?« Der Tonfall klingt freundlich.

Jens schaut kurz hoch, verschränkt dann die Arme vor der Brust, lässt den Kopf fallen und sinkt in sich zusammen, als wäre er gerne unsichtbar. Wenn ich seine Körpersprache richtig deute, möchte er nicht über sein Problem reden.

»Was macht dein Erinnerungsbuch, Markus?«, greift Sanda in die einseitige Unterhaltung ein. »Schreibst du eigentlich jeden Tag darin oder nur sporadisch?«

Markus, sichtlich erfreut über die Frage, dreht sich auf seinem Stuhl zu Sandra. »Anfangs habe ich jeden Tag etwas aufgeschrieben. Fotos sortiert und Notizen gemacht. An manchen Tagen fallen mir bestimmte Situationen oder Erlebnisse ein, die ich dann versuche, in Worte zu fassen. Oft weiß ich auch noch genau, was mein Mann in dieser Situation gesagt hat, dann male ich Sprechblasen in das Foto. Mit der Zeit wurde daraus fast ein Roman. Aber ich mach mir keinen Druck, wenn mir was einfällt, schreibe ich, und wenn nicht, dann eben an einem anderen Tag. Oft sind die Erinnerungen sehr schmerzhaft, dann krieg ich keine einzige Zeile zustande. Aber die Erinnerung an meine große Liebe wird ja nicht von heute auf morgen verblassen.«

Sandra hat Markus' kleinem Vortrag aufmerksam zugehört. »Das war sehr interessant. Danke Markus, dass du es mit uns teilst. Und ich muss zugeben, dass ich dein Buch gerne gedruckt sehen würde. Hast du in dieser Richtung irgendwelche Ambitionen?«

»Himmel, nein!«, platzt Markus lachend heraus. »Ich wäre am Boden zerstört, wenn meine Ergüsse von irgendjemandem kritisiert würden. O Gott, allein die Vorstellung ist grauenvoll ...« Er schüttelt den Kopf so heftig, dass die Brille auf der Nase verrutscht.

Ursula findet diese gespielt übertriebene Abwehr lustig und lacht vergnügt. Markus reagiert darauf mit hochgezogenen Augenbrauen und lautem Räuspern. Er ist eindeutig gekränkt. Augenblicklich verfliegt die heitere Stimmung.

»Nina, wie war deine Woche?«, wendet sich Sandra an mich.

Ich habe nicht damit gerechnet, angesprochen zu werden, und zucke innerlich zusammen. »Ähm ... ganz gut. Ich habe viel gearbeitet, das hilft mir, nicht nachzudenken. Nur die Nächte ...« Ich stocke. Es fällt mir immer noch nicht leicht, über meinen Verlust zu sprechen.

»Sind einfach nur grauenvoll!«, ergänzt Markus und schenkt mir einen mitfühlenden Blick. »Ich kann ein Lied davon singen. Manche Nächte sind die Hölle. Wenn ich es nicht mehr aushalte, stehe ich auf und gehe spazieren. Sogar morgens um zwei oder drei. Ganz egal, Hauptsache raus und Bewegung.«

Die Anteilnahme eines Leidensgenossen tut gut. Ich überlege, ihm die Regen-App zu empfehlen, lasse es aber doch. Die meisten Menschen mögen keinen Regen. Stattdessen sage ich: »Mir gefällt die Idee mit dem Erinnerungsbuch. Ich habe überlegt, ob mir so ein Projekt in schlaflosen Nächten helfen würde.«

»Versuch das unbedingt!«, bestätigt Markus und empfiehlt, ohne langes Nachdenken noch heute anzufangen.

Sandra ist der gleichen Meinung. »Probiere es doch einfach aus.«

Die aufmunternden Ratschläge motivieren mich so sehr, dass ich mir fest vornehme, einen Versuch zu wagen. Einen Hund als Tröster anzuschaffen, wäre zeitlich unmöglich. Das arme Tier würde den ganzen Tag nur in Mamas Büro rumliegen müssen, weil niemand Zeit für einen Spaziergang hat.

An diesem Abend liege ich trotz der positiven Gruppenstunde lange wach. Auch die Regen-App kann mich nicht einlullen. Seit ich mich hingelegt und das Licht gelöscht habe, starre ich in die Dunkelheit.

Schließlich schalte ich die Blütenlampe ein und greife nach dem Buch, das daneben liegt. Ein Krimi von Curt Fernau, den ich bereits gelesen habe, der aber auch beim zweiten Mal noch spannend ist. Doch mir fehlt die Konzentration, und ich klappe das Buch wieder zu.

Seit ich denken kann, bin ich eine leidenschaftliche Leserin und habe stets ein Buch zur Hand. Mit fünfzehn hatte ich sogar Ambitionen, eines Tages Schriftstellerin zu werden. Damals habe ich Tagebuch geführt. Kurze Einträge über die Schule, meine Freundinnen oder Schwärmereien für Jungs.

Über die aufregende, fantastische, wundervolle Zeit mit Eric zu schreiben, würde bedeuten, alles noch einmal zu durchleben. Ich weiß nicht, ob ich das schaffe.

Ich werde Eric niemals vergessen. Er wird für immer meine große Liebe bleiben. Aber kann ich diese quälenden Gedanken loswerden, wenn ich darüber schreibe?

Ich hole mir ein Glas Apfelsaft aus dem Kühlschrank und trinke es in kleinen Schlucken aus. Danach wandere ich in meinem Zimmer umher und schnaufe vor mich hin.

Die Bewegung fühlt sich angenehmer an, als im Bett zu liegen und an die Decke zu starren, wie Markus gesagt hat. Er scheint Profi in Sachen Trauerbewältigung zu sein. Aber nachts durch die Straßen laufen, um meine Gedanken zu besänftigen, wage ich nicht. Die Emanzipation hat uns Frauen zwar ziemlich weit gebracht, und offiziell existieren keine Grenzen für unsere Träume; wir können *alles* tun. Aber allein durch die Nacht zu tigern, scheint mir trotzdem zu riskant.

Was also hält mich davon ab, mich an das Erinnerungsbuch zu wagen? Nicht länger zu zögern, sondern einfach anzufangen?

Laptop aus der Kommodenschublade hervorholen. Damit aufs Bett setzen. Kissen in den Rücken stopfen. Rechner hochfahren. Schreibprogramm öffnen. Datei anlegen. Schrift auswählen. Das war einfach. Fehlt nur noch der erste Satz. Einer, der sofort den zweiten bedingt. Einer, mit dem der Rest wie von selbst läuft. Theoretisch. In der Praxis starre ich auf den Desktop und suche nach Worten.

Das Geniale an Schreibprogrammen ist, dass ich nicht stundenlang über geistreiche Sätze grübeln muss. Ich kann mit irgendeinem Wort beginnen, und wenn es nicht passt, einfach löschen. Ganz anders als im analogen Leben, wo Worte nicht zurückgenommen werden können.

Vielleicht beginne ich mit dem Sonntag, als wir die Idee hatten, einen Kuchen zu backen. Als das Ergebnis ein »Diätkuchen« war, weil wir den Zucker vergessen hatten.

Wir haben immer viel gelacht, wenn wir zusammen waren. Das vermisse ich vielleicht am meisten. Erics Lachen. Das verwegene Glitzern in seinen moosgrünen Augen. Seinen Übermut. Seine furchtlose Art, sich in jedes Abenteuer zu stürzen, ohne zu fragen, was dabei rauskommt. Ob es gefährlich ist, wir uns den Hals brechen oder ob es gut geht. »Solange du bei mir bist, kann mir ohnehin nichts passieren«, behauptete er oft, als hätte ich Zauberkräfte. Wenn es nur wahr gewesen wäre.

Wir hatten auch geplant, einen Kochkurs zu besuchen. Vielleicht sollte ich es jetzt angehen. Essen hält Leib und Seele zusammen, heißt es doch. Ein paar Kilo mehr würden mir auch guttun. Ich habe in den letzten zwei Jahren ziemlich abgenommen, und mit den hohen Wangenknochen wirkt mein Gesicht ausgemergelt. Ich könnte die zu weit gewordenen Klamotten wieder anziehen, auch das rote Mohnblumenkleid, das Eric so geliebt hat. Das ich an jenem Muttertag anhatte, als wir uns kennenlernten. Ich sehe den Moment unserer ersten Begegnung wieder vor mir. Dieser Morgen, als er in der Tür stand.

Damit werde ich beginnen. Am Anfang. Am Tag, als Eric in mein Leben gestolpert ist.

Jetzt muss ich mich noch für eine Erzählperspektive entscheiden. Logisch wäre die Ich-Erzählung. Doch ich zögere, es wäre quälend. Möglich wäre auch die neutrale Perspektive, auch auktorialer Erzähler genannt. Oder die personale Perspektive als Nina.

Mein Grübeln wird von Schritten auf dem Flur unterbrochen.

Ein leises Klopfen an der Tür und die Stimme meiner Mutter lassen mich zusammenzucken.

»Nina-Marie, ist alles in Ordnung?«

»Ja, alles gut, mach dir keine Sorgen. Ich lese nur noch ein Kapitel.«

»Fein … dann schlaf gut nachher …« Die Schritte entfernen sich. Sie geht ins Badezimmer, huscht dann zurück über den Flur und zieht die Tür zu ihrem Schlafzimmer zu.

Aus der Beobachterperspektive stelle ich mir sie vor, und plötzlich weiß ich, welche Perspektive die beste ist. Ich bin ja nicht nur Nina, ich bin auch Marie. Als Marie kann ich mit etwas Abstand erzählen.

3 Jahre vorher

Marie war spät dran. Ausgerechnet am Muttertag, wo bereits um neun anstatt wie sonst um zehn geöffnet wurde. Die Blumentreppe sollte längst vor dem Laden stehen. Die Topfpflanzen auf den Stufen dekoriert und die Eimer mit den Schnittblumen aufgestellt sein. Gewöhnlich erledigte sie das vor der Ladenöffnung, doch heute musste ohnehin alles früher passieren, und verschlafen hatte sie auch noch.

Der gestrige Abend mit ihrer Freundin Suse hatte länger gedauert als geplant. Erst waren sie im Kino, danach noch in einem Club und um zwei Uhr morgens hatten sie sich eine Currywurst mit Cola unter der S-Bahn-Brücke an der Schönhauser Allee gegönnt. Mit Suse unterwegs zu sein, bedeutete Spaß ohne Limit und gern ein paar Drinks zu viel.

Eine Minute vor neun Uhr steckte Marie den Schlüssel in das Türschloss des Blumenladens. Dass hier Blumen verkauft wurden, war auch an der antiken grünlackierten Holztür zu erkennen, deren obere Hälfte ein Glaseinsatz mit gefrästen Blumengirlanden zierte.

Marie drehte den Schlüssel um, drückte die Messingklinke nach unten, und die Tür flog mit solcher Wucht auf, als lehne ein zentnerschwerer Sack dagegen.

»Wow«, schrie sie erschrocken auf.

Der »Sack« entpuppte sich als junger Mann, der direkt vor ihren

Füßen gelandet war. Verblüfft reckte er sein Handy in die Höhe, als wäre das ein Karton mit frischen Eiern, die er unbedingt schützen musste.

Auch der junge Mann erschrak sich. »Wow, wow, wow!«

Ein Fliesenboden war kein weiches Sofa, nicht mal, wenn er aus traumhaft gemusterten antiken Kacheln bestand.

»Sind Sie verletzt?«, erkundigte sich Marie, ging in die Hocke und begutachtete ihn voller Sorge. Aber äußerlich schien er okay zu sein. Sogar mehr als okay. Rotblondes Haar, attraktives Gesicht voller Sommersprossen, rötlich schimmernder Dreitagebart.

Grinsend schaute er ihr direkt in die Augen, fasste sich dann an die Brust und schnaufte übertrieben: »Das Herz schlägt noch.«

Erleichtert atmete Marie durch. »Dann will ich Ihnen mal aufhelfen ...« Sie streckte ihm die Hand entgegen. Gleich würden zahlreiche Kunden ihre Bestellungen abholen. Ein Verletzter, der gar einen Notarzt benötigte, wäre da eine Katastrophe.

Er nahm ihre Hand, war schnell auf den Beinen und sagte mit beinahe feierlicher Stimme: »Vielen Dank, Sie haben mir das Leben gerettet. Jetzt sind wir für immer miteinander verbunden. Der Zufall wollte es so.«

»Ähm ... Wie bitte?« Marie musterte ihn jetzt noch einmal gründlich. Womöglich hatte er doch eine Gehirnerschütterung davongetragen und redete deshalb so wirr. »Ich werde doch lieber den Notarzt verständigen. So ein Sturz auf einen harten Kachelboden ist nicht zu ungefährlich.«

»Nicht nötig. Mir geht es gut.« Er klopfte sich unsichtbaren Staub von den Hosenbeinen, ehe er sie mit seinen moosgrünen Augen anblitzte. »Einer asiatischen Weisheit zufolge muss sich eine Lebensretterin auch später noch um den Geretteten kümmern. Ich würde sogar behaupten, bis zu seinem letzten Atemzug.«

Netter Scherz, dachte Marie. Er schien doch ganz in Ordnung zu sein. »Sie übertreiben. Aber wie konnte das überhaupt passieren?«

»*Ganz einfach, ich möchte meiner Mutter einen opulenten Strauß schenken und wollte kein Risiko eingehen, dass die schönsten Blumen ausverkauft sind, wenn ich zu spät komme.*«

»*Das wäre doch kein Drama, in der Altstadt wimmelt es nur so von Blumenhändlern.*«

»*Mag sein, aber ich habe mir sagen lassen, dass es hier ganz besondere Sträuße gibt. Deshalb war ich rechtzeitig da, habe mich vor die Tür gesetzt, und während ich mit meinem Handy beschäftigt war, wurde aufgesperrt. Ende der Geschichte. Andererseits …*«

Er stockte und schaute Marie mit erstaunt hochgezogenen Augenbrauen auf eine Weise an, dass ihr heiß wurde. »*Andererseits?*«

»*Je genauer man plant, desto wirkungsvoller trifft einen der Zufall, sagte einst Friedrich Dürrenmatt. Und auf den Zufall ist immer Verlass.*«

»*Ich kenne Dürrenmatts Weisheit, verstehe aber trotzdem nicht.*«

»*Eines Tages werden Sie verstehen.*« *Etwas förmlich streckt er Marie die Hand entgegen.* »*Ich heiße Eric.*«

»*Hallo, Eric, ich bin Marie.*« *Sein Händedruck war fest, aber nicht unangenehm. Es war sein Blick, bei dem ihr ein sanftes Kribbeln über den Rücken lief, obwohl sie sich dagegen wehrte. Die Enttäuschung mit einem attraktiven Blumengroßhändler aus Holland hatte sie noch deutlich in Erinnerung.*

Eric erstand fünfzehn sonnengelbe Rosen, die Marie mit weißem Schleierkraut – »*Das liebt meine Mutter ganz besonders*« *– und den länglichen Aspidistrablättern als Manschette zu einem hübschen Strauß band. Mit kompostierbarer Folie umwickelt wurde das Ganze zu einem wunderschönen Präsent.*

Marie tippte den Betrag in die Kasse ein, nannte die Summe, und Eric legte einen Geldschein auf den Tresen. »*Darf ich Sie zum Essen einladen, als Dank für die Lebensrettung?*« *Dabei schaute er Marie an, als habe sie ihn vor einem fahrenden Zug gerettet.*

»*Sehr freundlich, aber das ist wirklich nicht nötig*«, *wehrte Marie höflich ab*, als in dem Moment eine Stammkundin den Laden betrat. Sie hatte keine Zeit für einen Flirt. Im Arbeitsraum warteten zahlreiche Herzgestecke, Sträuße und Orchideen darauf, verpackt zu werden.

»Doch, doch, das ist unbedingt nötig. Wir dürfen uns nicht aus den Augen verlieren«, flüsterte Eric, steckte das Wechselgeld in die Hosentasche, klemmte sich den Strauß unter den Arm und ging zur Tür. Dort drehte er sich noch einmal um und zwinkerte ihr zu.

Der Stammkundin war der kleine Flirt ganz offensichtlich nicht entgangen. »Das war aber nicht Ihr Bruder, oder?«

»Wie kommen Sie denn auf die Idee?«, wunderte sich Marie.

»Nun, diese Ähnlichkeit … Sie haben beide rotblondes Haar, Sommersprossen und eine ähnliche Gesichtsform.« Die Kundin nickte heftig, wie zur Bestätigung ihrer Beobachtung.

»Ist mir nicht aufgefallen, aber wir sind nicht verwandt … Dann hole ich mal Ihre Bestellung …« Marie eilte in den angrenzenden Raum zu den Bestellungen.

Am Muttertag war nur von neun bis zwölf geöffnet. In diesen drei Stunden blieb Marie kaum Zeit zum Luftholen oder Nachdenken, obwohl sie zu zweit waren, sobald ihre Mutter erschienen war. Die Gedanken an einen rotblonden jungen Mann, der sie so eindringlich angesehen hatte, ließen sich trotz der Hektik nicht abstellen. Was er wohl gemeint hatte: »Eines Tages werden Sie verstehen.« Als könnte er in die Zukunft sehen. Marie musste sich ein Lachen verkneifen; wie er auf den Fliesen gelegen und gegrinst hatte, als wäre es vollkommen normal »mit der Tür ins Haus zu fallen«. Selten hatte eine Floskel so genau gepasst. Sie dachte auch an das Kribbeln, das sie bei seinem Blick gespürt hatte. Und jetzt ärgerte sie sich über ihre reservierte Antwort auf seine Einladung. Was hätte groß passieren können, wenn sie angenommen hätte? Sie würde es nie erfahren. Nur eines war gewiss; ihr blieb eine erneute Enttäuschung erspart.

Als der letzte Kunde den Blumenladen verließ, war einer der um-

satzstärksten Tage des Jahres vorbei. Marie verfrachtete die übrig gebliebenen Schnittblumen in den Nebenraum. Auch die Blumentreppe und der Sonnenschirm fanden dort Platz.

Beim Absperren der Tür ertappte sie sich dann doch, dass sie suchend durch den Glaseinsatz schaute, ob nicht zufällig ein attraktiver rotblonder Mann vor dem Laden wartete.

Als letzte Erledigung stand noch das Aufkehren der Blätter und Stängelabschnitte, die beim Binden der Sträuße heruntergefallen waren, auf dem Plan. Dann war auch dieser Muttertag geschafft. Maries Beine schmerzten, es war anstrengend, aber auch sehr befriedigend, wenn die Geschäfte florierten. Wenn sie morgens den Laden betrat, war sie glücklich. Atmete den Blumenduft ein, berauschte sich an der Farbenpracht, und manchmal bedauerte sie, die Blumen verkaufen zu müssen.

Marie war keine Floristin, sondern gelernte Buchhändlerin, und ihr Traum war immer eine eigene kleine Buchhandlung. Aufgegeben hatte sie dieses Ziel nicht, nur vorübergehend die Branche gewechselt, um ihre Mutter zu unterstützen.

Die Eltern hatten den Blumenladen in den neunziger Jahren übernommen. Marie ging damals noch in den Kindergarten. Dann die Scheidung vor drei Jahren. Plötzlich stand ihre Mutter mit dem Laden und allem, was daran hing, allein da. Marie kündigte ihren Buchhändlerinnenjob und das WG-Zimmer in Berlin-Mitte und kam zurück nach Spandau. Sie hatte schon als Schülerin im Laden mitgeholfen, und jetzt für eine Weile Blumen statt Bücher zu verkaufen, war kein großes Opfer. Außerdem war sie durch den Ortswechsel auch ihren damaligen Freund losgeworden, von dem sie sich schon länger hatte trennen wollen.

Marie band aus den noch vorhandenen Blumen einen bunten Strauß, stellte ihn in eine Vase und brachte ihn ins Büro hinter dem Verkaufsraum.

Ihre Mutter war noch mit dem Papierkram beschäftigt.

»Mach Feierabend, Mama, lass uns was essen gehen, ist doch auch dein Tag heute. Ich lade dich ein.«
Ihre Mutter blickte auf, strich sich eine Strähne ihres kastanienbraunen Haars aus der Stirn und schnaufte hörbar erschöpft. »Hast recht, meine Kleine. Gehen wir essen und lassen uns bedienen. Wir haben es verdient.«

Ich strecke mich, gähne ausgiebig und schaue auf die Zeitanzeige am unteren Rand des Laptops. Über eine Stunde habe ich getippt, als ginge es um mein Leben. Ich lese den Text noch einmal durch. Vielleicht ist er nicht perfekt, aber der Anfang ist gemacht, und das fühlt sich wundervoll an. Morgen werde ich weiterarbeiten. Oder übermorgen. Oder an einem anderen Tag.

6

Als ich meinen Job in einer großen Berliner Buchhandlung gekündigt habe, um meine Mutter nach ihrer Scheidung zu unterstützen, sollte es nur für ein paar Monate sein. Aber wie so oft mit Plänen, sie gehen selten auf. Der Zufall mit Namen Eric hat dazwischengefunkt und dafür gesorgt, dass nichts mehr war wie noch am Tag vorher.

Seit ich begonnen habe, die Geschichte meiner großen Liebe aufzuschreiben, denke ich wieder häufig über Zufälle nach. Wie sehr sie mein Leben und auch das vieler anderer Menschen bestimmen. Wie Ursula sich nur »zufällig« einen Hund angeschafft hat. Manche würden es Schicksal nennen. Ich bleibe bei Zufällen, den überraschenden Wendungen, die dem Leben die richtige Würze verleihen, damit es nicht langweilig wird. Wie die perfekte Menge Knoblauch und Chili in *penne all'arrabbiata*, ohne die es nur normale Pasta mit Tomatensoße wäre. Die scharfen Penne waren Erics und mein liebstes Nudelgericht, die wir meist bei *Vincenzo*, unserem Stammitaliener, genossen haben. »Chili und Knoblauch macken Liebe in die Pfanne«, erklärte uns Vincenzo in seinem charmanten, grammatikalisch nicht ganz korrekten Deutsch beim Servieren.

Eine Woche ist vergangen, seit ich das Erinnerungsbuch angefangen habe. Und es hat sich einiges verändert: Ich schlafe besser. Gestern habe ich sogar vergessen, die Regen-App zu aktivieren. Morgens springe ich aus dem Bett und freue mich auf die Arbeit und darauf, den ganzen Tag von Blumenduft umgeben zu sein, für Kunden das passende Buch zu finden oder über die neuesten Erscheinungen zu plaudern. Kleine Kunstwerke aus zarten Blüten zu erschaffen. Obwohl ich keine Ausbildung als Floristin vorweisen kann, bin ich mittlerweile doch ein ziemlicher Profi. Ich kann problemlos zwischen unseren beiden Läden wechseln, und genau diese Abwechslung liebe ich so sehr. Es kann herausfordernd sein, geduldig zu bleiben, wenn schwierige Kunden sich bei der Blumenauswahl nicht entscheiden können und dann ohne Strauß wieder gehen. Oder Bücher nur begutachten und nichts kaufen. Spontan fällt mir der Professor ein. Er besucht den Buchladen regelmäßig, scheint kein Genre zu bevorzugen und greift wahllos nach vier, fünf Büchern. Liebesromane, Krimis oder Bestseller vom Extratisch und setzt sich damit in unseren mit Rosenstoff bezogenen Lesesessel. Er liest zwanzig Minuten oder eine halbe Stunde, legt die Exemplare zurück und verabschiedet sich mit freundlichem Lächeln.

Ich kenne weder seinen Namen noch weiß ich, wo er wohnt oder warum er nichts kauft. Er muss um die fünfzig sein, trägt altmodische Anzüge, eine Fliege unterm Kragen und immer einen Hut, den er höflich abnimmt. Deshalb ist er für mich der Professor. Ich vermute, seine finanziellen Mittel sind begrenzt, aber er liebt Bücher genauso sehr wie ich. Und auf irgendeine verschrobene Art passt er in den Rosensessel. Der ja genau dafür angeschafft wurde: damit Interessierte bequem sitzen, wenn sie in Bücher reinlesen. Ursprünglich hatte ich mal an Lesungen gedacht. Um Autoren und Leser zusammenbringen und mehr Einnahmen zu generieren. Die erste Veranstaltung sollte unbedingt mit Curt Fernau stattfinden. Leider hat der Verlag geantwortet, dass der Autor für Veranstaltungen nicht zur Verfügung stehe. Sobald sein nächster Roman erscheint, werde ich es noch einmal versuchen. Vielleicht ändert Fernau seine Meinung eines Tages.

Dieser Dienstagvormittag verläuft ohne große Aufregung. Am Wochenanfang hält sich der Kundenansturm gewöhnlich in Grenzen, und wir haben mehr Zeit für die organisatorischen Arbeiten. Nicht so prickelnd, aber ohne die läuft die »Chose« nicht, wie wir Berliner sagen.

Ellen ist mit dem Auftrag für ein Restaurant beschäftigt, das regelmäßig kleine Gestecke für seine Tische bestellt. Ich sortiere Exemplare aus, die länger als sechs Monate nicht verkauft wurden und die ich remittiere. Eine Beschäftigung, die mir verhasst ist, denn in jedem Buch stecken so unendlich viel Arbeit und Liebe und nicht zuletzt Ressourcen. Leider muss ich wirtschaftlich denken. Ein nicht verkauftes Buch ist totes Kapital, als Minibetrieb können wir uns solchen Luxus nicht leisten. Unsere finanziellen Mittel sind begrenzt. Meine Mutter erinnerte mich immer wieder daran. Sie ist der rationale Kopf, ich der emotionale Bauch von *Buch & Blume*. Und als solcher stöbere ich lieber in den Verlagsvorschauen und freue mich auf Neuerscheinungen. Damit könnte ich Tage verbringen, was hochgefährlich ist. Meine Bestellungen würden kein Ende nehmen und letztlich in den Bankrott führen. Um das zu verhindern, habe ich mir selbst ein Limit gesetzt, das ich nicht überschreiten darf.

Nachmittags erscheint Frau Lehmann. Sie wirkt abgehetzt, ihr dunkelblondes Haar sieht nicht ganz so tadellos aus wie an anderen Tagen.

»Hallo, Frau Lehmann«, begrüße ich sie mit einem besonders herzlichen Lächeln. »Das Übliche?«

Sie nickt. »Leider habe ich vergessen, vorzubestellen, ich hoffe, das macht keine Probleme.«

Ich breite meine Arme aus. »Es sind reichlich Blumen da. Welcher Duft darf es denn heute sein?«

Sie schmunzelt über meinen Scherz. »Ganz egal. Wie immer drei große Sträuße.«

»Sehr gerne«, versichere ich und frage, ob sie warten oder in einer halben Stunde wiederkommen möchte.

»Keines von beiden«, entgegnet sie. »Ich habe einen überaus wichtigen Termin, der länger dauert. Deshalb wollte ich um Lieferung bitten. Wenn möglich noch heute.«

»Selbstverständlich«, antworte ich. Frau Lehmann deutet auf den Notizblock neben der Kasse. »Darf ich? Den Empfänger werden Sie vermutlich kennen«, sagt sie, während sie schon schreibt.

Als ich den Namen lese, bin ich kurz sprachlos. Im Umgang mit den Kunden schätze ich mich normalerweise als reaktionsschnell ein, aber jetzt starre ich nur ungläubig auf den Zettel. Mein Herzschlag erhöht sich, und mir wird heiß, als stünde ich in der prallen Sonne. Schließlich murmle ich andächtig: »Curt Fernau?« und schaue Frau Lehmann fragend an, als wolle sie mich veräppeln.

Frau Lehmann amüsiert sich offensichtlich über meine Verblüffung. »Ich dachte mir schon, dass Sie es kaum glauben können. Aber das Leben ist doch voller verrückter Zufälle, oder?«

»Es ... es haut mich um!« Womöglich darf ich den berühmten Schriftsteller kennenlernen, den ich so sehr verehre. Einfach so! Ohne große Anstrengung. Ohne unzählige Mails an den Verlag.

Ohne Tricks anzuwenden. Oder ihn zu stalken, obwohl ich bis zu diesem Moment ja gar nicht wusste, wo er wohnt, geschweige denn, dass es ganz in der Nähe ist. Eric hätte seine Lieblingsweisheit zitiert: *Der Zufall kennt Tricks, davon hat die Absicht null Ahnung.*

»Und wenn Sie schon mal da sind, hätte ich einen weiteren Auftrag für Sie«, setzt Frau Lehmann wieder an. »Die Wohnung wurde erst vor wenigen Wochen bezogen und verfügt über eine tolle Dachterrasse, die begrünt werden müsste. Vielleicht sehen Sie sich ein wenig um und überlegen, welche Pflanzen sich eignen würden. Pflegeleicht sollten sie sein und möglichst duften. Die Einzelheiten besprechen wir dann demnächst.«

»Das erledige ich … sehr gerne«, stammele ich und freue mich über einen Auftrag, der in jeder Hinsicht immer besser wird. Schon sinniere ich über eine raffinierte Formulierung, mit der ich Fernau von einer Lesung überzeugen könnte. Wenn er erfährt, dass *Buch & Blume* eine Einheit bilden, lässt er sich vielleicht erweichen. Ich schätze mal, die duftenden Sträuße beleben seine Kreativität. Und ich bin die Blumenfee, die auch noch seine Bücher liebt. Wenn ich ihm das erzähle, müsste er doch erkennen, dass wir ein »Dream-Team« sind.

Frau Lehmann kramt ihre Geldbörse aus der Tasche.

»Wir können das gerne beim nächsten Mal abrechnen«, biete ich an. »Noch kann ich Ihnen den genauen Preis ja gar nicht nennen.«

»So machen wir es. Bis die Tage dann, ich melde mich.« Frau Lehmann steckt die Börse wieder ein und verabschiedet sich mit einem Winken.

»Schönen Abend«, rufe ich ihr hinterher.

Als sie aus der Tür ist, die wegen des milden Maiwetters offen steht, sause ich ins Büro zu meiner Mutter. Sie sitzt am gläsernen Schreibtisch, eine Hand auf einem geöffneten Aktenordner, die andere an der Computermaus, den Blick auf den Bildschirm gerichtet.

»Du errätst nie, was gerade passiert ist!«

Sie dreht den Kopf zu mir und schaut mich erwartungsvoll an: »Du hast einen dicken Auftrag an Land gezogen, und wir können endlich das Büro renovieren?«

»Schon möglich. Kommt darauf an, was an der Dachterrasse alles zu begrünen ist«, sage ich kryptisch und genieße das erwartungsvolle Flackern in ihren blaugrauen Augen.

»Welche Dachterrasse?«

Aufgeregt berichte ich von den Einzelheiten. »Es ist doch beinahe unheimlich, dass wir jetzt endlich erfahren haben, wer hinter den Bestellungen steckt.«

»Das nenne ich mal einen glücklichen Zuf...« Meine Mutter bricht ab und mustert mich ängstlich, ehe sie mein Grinsen wahrnimmt und das ihrer Meinung nach »verbotene« Wort dann doch ausspricht.

»Ich würde gerne sofort aufbrechen, sobald die Sträuße gebunden sind. Das bedeutet, du müsstest dann den Buchladen übernehmen. Ellen bleibt bei den Blumen«, informiere ich sie.

»Mach nur. Ich bin gespannt, was du später alles erzählen kannst. Und warum es egal ist, wie die Bouquets aussehen, Hauptsache sie duften. Das würde *mich* nämlich brennend interessieren. Blumen sind doch auch was fürs Auge, nicht nur für die Nase.«

»Ich werde mir jedes Wort von ihm einprägen. Sofern ich ihn überhaupt kennenlerne«, schiebe ich vorsichtshalber ein. Ich verdrehe schwärmerisch die Augen und spüre aufkommende Nervosität. Wir vereinbaren noch, dass sie beide Läden schließt, falls es wegen der Dachterrasse später würde.

Während Ellen und ich die Blumen auswählen und sie nach allen Regeln der Floristikkunst binden, treibt meine Fantasie »Blüten«: Ich sehe mich mit Curt Fernau über seine langjährige

Karriere plaudern. Vielleicht berichtet er mir von seinem aktuellen Projekt, was ihm daran Spaß oder Schwierigkeiten bereitet. Oder er fragt mich nach meiner Einschätzung als Buchhändlerin, was momentan so gelesen wird, und zum Buchmarkt im Allgemeinen. Womöglich trinken wir Tee oder was Stärkeres. Er raucht, fabriziert coole Rauchkringel und sagt bedeutungsschwere Sätze wie:

»Ohne Schreiben wäre ich verloren.«

»Ohne Blumenduft bringe ich keine einzige Zeile zustande.«

»Ohne Kaffee und Zigaretten würde ich von einer Schreibblockade in die nächste schlittern.«

Was immer Curt Fernau bereit ist, mir von sich, seinem Leben als Schriftsteller oder einem aktuellen Projekt zu verraten, ich werde an seinen Lippen hängen und mich geehrt fühlen.

7

Ich steige mit drei duftenden Blumensträußen in ein Taxi. Unser Firmen-VW-Caddy ist zur Inspektion in der Werkstatt, und obwohl Curt Fernau fußläufig wohnt, wäre es mit den Bouquets in der Tragetasche ein beschwerlicher Weg. Außerdem habe ich es eilig, ich kann es kaum erwarten, meinem Lieblingsautor gegenüberzutreten.

»Donnerlüttchen«, schnauft der Taxifahrer, als er nach einigen Metern an einer roten Ampel halten muss. »Dit is aber en Parfüm mit Betäubungsgarantie, wa?«

»Manche Blumen duften eben besonders intensiv«, erkläre ich lachend. »Öffnen Sie gerne alle Fenster, ehe Sie davon noch Kopfschmerzen bekommen.«

Er betätigt den elektrischen Fensterheber. »Und Ihnen macht der Jeruch nüscht aus?«

»Ich arbeite in einem Blumenladen«, antworte ich. »Wenn Sie mal einen besonders schönen Strauß benötigen oder spannenden Lesestoff suchen, kommen Sie bei *Buch & Blume* vorbei.«

»Ick vastehe, immun jegen Jerüche, wa?«

»Könnte man sagen«, entgegne ich.

Drei rote Ampeln später sind wir angekommen. Ich bezahle und runde den Fahrpreis großzügig auf. Der Fahrer springt hinter seinem Steuer hervor, sprintet um den Wagen herum und öffnet mir die Tür. »Denn wünsch ick noch jute Jeschäfte.«

»Danke schön. Ihnen auch. Und der Duft verfliegt bei offenem Fenster sicher sehr bald.«

»Dit will ick hoffen. Nicht dit mir der nächste Jast noch umkippt!« Grinsend tippt er sich an die Schildmütze und steigt wieder in seinen Wagen.

Ich stehe vor einem hochmodernen sechsgeschossigen Gebäudekomplex direkt an der Havel. Es hat einen hellgrauen Anstrich, Fensterrahmen, die im späten Nachmittagslicht golden schimmern, und eine auffallend breite und hohe Haustür in kontrastreichem Schwarz.

Beeindruckend.

Als ich auf den obersten Knopf der ultracoolen Klingelanlage mit Kameraauge drücke, beginne ich vor Aufregung leicht zu schwitzen. Nur noch wenige Minuten oder auch nur Sekunden und ich werde Curt Fernau persönlich begegnen. Hibbelig trete ich von einem Fuß auf den anderen. Erst jetzt fällt mir ein, dass ich mein Haar heute Morgen nur mit einem dicken Gummi nach oben gebunden habe. Geschminkt bin ich natürlich auch nicht. Und mein Outfit – eine praktische weite Jeans und ein bedrucktes rosarotes Shirt – ist alles andere als schick. Immerhin sind die Hände gewaschen und meine Nägel sauber. Für alles andere ist es zu spät.

Nach circa zehn Minuten stehe ich immer noch vor der verschlossenen Haustür. Ist etwa niemand zu Hause? Nein, das kann ich mir nicht vorstellen. Dann hätte mich Frau Lehmann doch niemals um Lieferung gebeten.

Ich klingle erneut.

Wieder keine Reaktion. Ob Fernau gerade an einer spannenden Stelle schreibt und keine Störung wünscht? Das würde ich verstehen. Ich gedulde mich weitere zehn Minuten.

Dritter Versuch.

Endlich höre ich ein mürrisches: »Wer ist da?«

Höflich trete ich einen halben Schritt zurück, damit mich das Kameraauge über den Klingelknöpfen erfassen kann. »Hallo, Herr Fernau, hier ist Nina von ...«

»Verschwinden Sie«, werde ich schroff unterbrochen.

»Moment, ich bin von *Buch & Blume*. Frau Lehmann hat mich gebeten, drei Blumensträuße zu liefern.« Ich halte die Tasche hoch.

»Frau Lehmann ist unterwegs.«

»Ich weiß«, sage ich in die Gegensprechanlage, bekomme aber keine Antwort mehr. Und auch kein Summen des Türöffners. Seltsam. Dieser Schnösel kann doch unmöglich Curt Fernau sein. Wer immer das ist, er muss doch gesehen haben, dass aus der Tasche Blumen herauslugen.

Ich klingle noch einmal. Diesmal Sturm. Ist mir jetzt egal, ob das unhöflich ist. Ich will die Blumen abliefern. Es dauert wieder ewig, bis erneut das unhöfliche »Wer ist da?« aus der Sprechanlage dröhnt.

»Hier ist immer noch Nina vom Blumenladen mit drei großen Sträußen.«

»Sechster Stock!« Endlich ertönt das Summen.

Im vollverspiegelten Aufzug zerre ich eilig den Haargummi vom Nackenknoten und ordne hektisch meine Mähne mit den Fingern.

Oben angekommen, stehe ich erneut vor verschlossener Tür. Dieses Mal vor einer hochglänzenden in Hellgrau, schwarz gerahmt. Sehr edel, wie alles in diesem Haus.

Das gleiche Spiel wie unten vor der Eingangstür. Klingeln und warten. Dann höre ich: »Stellen Sie das Zeug einfach vor die Tür.«

Wie unverschämt! Hat der Mann seine Manieren in der Gosse gelernt? Ich lege doch meine geliebten Blumen nicht einfach auf die Fußmatte. »Entschuldigung!«, rufe ich ungeduldig. »Frau Lehmann hat mich gebeten, die Dachterrasse zu begutachten.«

»Waaas?«

»Die Terrasse soll begrünt werden ... bitte öffnen Sie doch. Es dauert nur ein paar Minuten, versprochen.«

Aber es dauert gefühlt Stunden, bis die Tür schließlich geöffnet wird und ich – vor Curt Fernau stehe.

Ich bin derart verblüfft, dass ich ihn nur mit offenem Mund anstarre und vergesse, wenigstens freundlich zu lächeln. Ich erkenne ihn natürlich sofort, trotz des fleckigen Jogginganzugs und des ungewohnten grauen Vollbarts. Es ist die typische Sonnenbrille, sein Markenzeichen, ohne die er noch nie in der Öffentlichkeit gesehen wurde. Es existiert kein einziges Foto, auf dem seine Augen zu sehen sind. Auch auf den Autorenfotos in den Büchern trägt er diese verspiegelte Brille in Pilotenform. Aber er war glatt rasiert und sein jetzt nackenlanges Haar war kurz geschnitten.

»Hallo, ich bin Nina Danner von *Buch & Blume*«, stelle ich mich noch einmal vor und quassle dann hektisch los. »Sie haben ja schon mehrmals Blumen von uns bekommen, die sonst Frau Lehmann immer abgeholt hat. Heute liefere ich persönlich und soll bei der Gelegenheit auch gleich die Terrasse begutachten. Freut mich sehr, Sie kennenlernen zu dürfen.« Ich strecke ihm die Hand entgegen und strahle ihn mit nun breitem Lächeln an.

Er ignoriert meine Hand genauso wie mein Lächeln, hebt aber den Kopf ein wenig und schnuppert in meine Richtung, als interessiere er sich ausschließlich für den Duft. »Tach«, brummt er kaum hörbar, dreht sich um und geht langsam den endlosen Flur entlang, der, wie ich sehen kann, in einen Raum führt.

Ich deute das als Aufforderung, einzutreten, und schließe die Wohnungstür, ehe ich ihm folge.

Fernau hat ausgelatschte Stoffturnschuhe an den Füßen, läuft zögerlich und hält dabei den Kopf leicht schräg, als wäre er krank.

Ich bleibe zwei Schritte hinter ihm und frage mich, warum er sich so eigenartig benimmt. Wenn ich aus seinem Wikipedia-Eintrag nicht wüsste, dass er einundsiebzig ist, würde ich auf neunzig tippen. Sein Äußeres und der unsichere Gang erfüllen das Klischee eines alten Mannes, der leicht dement ist und sich nicht mehr allein zurechtfindet. Könnte er tatsächlich krank und das der Grund für seine abweisende Haltung sein? Dass er deswegen niemanden in die Wohnung lassen möchte?

Nein!, durchfährt es mich zeitgleich mit der Eingebung: *Der Mann leidet unter einer handfesten Schreibblockade!* Deshalb benimmt er sich so abweisend und kümmert sich nicht um sein Äußeres. Er leidet Höllenqualen, weil er nicht arbeiten kann. Sein letztes Buch kam vor zwei Jahren auf den Markt. Davor erschien jährlich ein neuer Roman. Bestimmt ist das der Grund. Und in seinem Fall ein schwerwiegender.

Angekommen in einem loftähnlichen Raum mit bodentiefer Fensterfront muss ich blinzeln. Strahlende Nachmittagssonne fällt schräg durch die Glasscheiben und blendet mich. Ich beschatte meine Augen mit der Hand, um den atemberaubenden Blick über die Havel wahrnehmen zu können.

Die Einrichtung ist extrem minimalistisch: ein schwarzes Ledersofa, zwei Ledersessel in Hellgrau, ein niedriger Tisch aus hellem Wurzelholz. Keine Kissen, kein Nippes, keine Stehlampen oder sonstiger Kram. Auch kein TV-Gerät von der Größe einer Kinoleinwand. Gemütliche Abende vor dem Fernseher sind hier wohl eher nicht geplant. Aber Frau Lehmann hatte ja erwähnt, dass die Wohnung erst vor kurzem bezogen wurde. Vielleicht taucht demnächst ja noch ein Innendekorateur auf und sorgt für ein bisschen Gemütlichkeit. Bis dahin könnte man wunderbar eine exklusive Lesung mit dem Hausherrn veranstalten. Hier hätten locker zwanzig Krimifans Platz. Eine Idee, die ihm vermutlich nicht gefallen würde und ich nicht wage vorzuschlagen.

Fernau ist mitten im Raum stehen geblieben. Jetzt hebt er den Arm und deutet in Richtung Fensterfront. »Da geht's zur Terrasse.«

»Ähm … danke«, sage ich und stelle die Tragetasche sehr vorsichtig auf dem penibel sauberen Fischgrätparkett ab. »Vielleicht sollten wir zuerst die Blumen ins Wasser stellen. Ich erledige das gerne für Sie …«

»In der Küche …« Er dreht sich abrupt um, läuft direkt auf mich zu, und ich kann gerade noch ausweichen, ehe wir zusammenprallen.

Ich hieve die Tasche wieder auf meine Schulter und trotte ihm nach wie ein folgsames Hündchen.

Wieder geht es durch den langen Flur, vorbei an einigen Zimmern in eine klinisch saubere Designerküche, die wie eben erst eingebaut wirkt. Gekocht wurde hier jedenfalls noch nie. Der schwarze Steinfußboden ist spiegelglatt, die hellgrauen Lackschränke schimmern, die Edelstahlspüle blitzt, und auf die Arbeitsfläche aus dunklem Granit fällt weiches Nachmittagslicht durch ein Fenster und ein Oberlicht. Falls doch schon mal ein Topf oder eine Pfanne auf dem Induktionsfeld stand, wurde auch noch der kleinste Fettspritzer entfernt.

Ob Frau Lehmann hier wirtschaftet? Ich habe keinen blassen Schimmer, in welcher Beziehung Fernau zu der gut aussehenden

Endvierzigerin steht. Dass sie Fernaus Zugehfrau ist, kann ich mir aber nicht vorstellen. Doch ich kann mich irren. Wer auch immer hier den Putzlappen schwingt, ist auf jeden Fall ein Profi. Würde ich hier wohnen, sähe es nach zwei Tagen anders aus.

»Wenn Sie mir jetzt noch verraten, wo ich drei große Vasen finde, dann …«

»Keine Ahnung. Suchen Sie einfach«, unterbricht mich Fernau mit barschem Tonfall. »Aber bringen Sie nichts durcheinander, die Türen wieder schließen, nichts rumstehen lassen und nichts dreckig machen.«

Ich erschrecke ob der unfreundlichen Anweisung, antwortete aber höflich: »Selbstverständlich. Sie können ganz beruhigt sein.« Das ist nicht mal falsch, denn bei der Arbeit bin ich fast pedantisch, und das hier ist Arbeit.

Schweigend verlässt Fernau den Raum.

Ich begebe mich auf die Suche nach Vasen. Öffne vorsichtig Türen und Schubladen, die alle über Selbsteinzug verfügen und sich automatisch wieder schließen. Da konnte man kaum Unordnung machen! Aber ich finde nur edelstes Silberbesteck, Geschirr wie vom Nobel-Italiener, teuerstes Kochgerät und was ein Profikoch sonst noch so an Utensilien benötigt. Jedenfalls drängt sich mir beim Anblick dieser luxuriösen Ausstattung der Gedanke auf, dass hier jemand mit größeren Ambitionen kocht. Ich wüsste mit neunzig Prozent der Sachen gar nichts anzufangen. Nur meine Mutter würde ausrasten vor Begeisterung. Wie gerne würde ich diese Traumküche für sie fotografieren. Aber ich beherrsche mich und suche weiter nach Behältern; die Blumen sollten langsam ins Wasser.

Nachdenklich blicke ich mich um und entdecke seitlich eine Tür, die mir nicht sofort aufgefallen ist. Sie führt in einen Nebenraum, Abstellkammer wäre zu profan, in dem sich Waschmaschine und Trockner befinden sowie alles, was eine Reinigungsfee benötigt. Inklusive Eimer, Schrubber, Bügelbrett, Saugroboter und – Champagnerkübel!

Beim Anblick der glänzenden Gefäße muss ich an den Tag denken, als Eric mit einer Flasche Champagner im Eiskühler in den Blumenladen kam. »Mach schnell Feierabend, sonst vereist mein Herz«, sagte er, den Kübel an die Brust gedrückt. Meine Augen werden feucht. Ich reiße mich zusammen, schnappe die edlen Pötte und stelle sie auf die Arbeitsfläche nahe ans Spülbecken.

Meine Sträuße werden traumhaft darin aussehen. Ein Klappmesser, um die Stängel frisch anzuschneiden, befindet sich in meiner Tasche. Auch an einen Zollstock habe ich gedacht, um nachher die Terrasse auszumessen. Es dauert etwa zehn Minuten, bis die Bouquets im frischen Wasser stehen.

Das Einwickelpapier stopfe ich in meine Tasche. Mit einem Lappen, den ich unter der Spüle gefunden habe, wische ich ein paar Wassertropfen von der Arbeitsfläche und poliere auch das Spülbecken auf Hochglanz.

»Alles in Ordnung bei Ihnen? Nichts stehen gelassen? Keine Flecken?«

Curt Fernau lehnt im Türrahmen. Will er nachsehen, ob ich aus dieser Traumküche auch nichts mitgehen lasse?

Der Mann verletzt mein Ehrgefühl. »Alles bestens. Sehen Sie ja selbst«, sage ich verschnupft und deute dann auf die Sträuße. »Wo darf ich die aufstellen?«

Er schlurft langsam auf mich zu. Dicht vor mir bleibt er stehen. »Welche Blumen sind es?«

Ich weiß nicht genau, welchen Strauß er meint und erkläre einfach alle drei: »Einmal Rosen in blassrosa mit lila Lavendel. Angenehm im Duft, optisch ein Klassiker. Dann haben wir noch weiße Madonnenlilien mit grünen Ziergräsern. Intensiv im Duft, verbreitet sich schnell im ganzen Raum und sind natürlich eine

Augenweide. Und zuletzt drei Stiele blaue Hortensien mit sieben Eukalyptuszweigen. Würzig-frisch im Duft, hält lange an, kann belebend wirken.«

»Ich liebe Lilien.«

Ich freue mich über die erste normale Regung und frage erneut, wohin damit.

»In mein Büro.« Er dreht sich um und verlässt die Küche.

Mit beiden Händen umklammere ich den Kübel mit den Lilien und folge ihm.

Wieder läuft er langsam, aber doch zielstrebig und öffnet schließlich eine der Türen im Flur.

Als *Büro* würde ich diesen Raum nicht bezeichnen, mehr als private Bibliothek. Und zwar eine, die ich eher in einem englischen Schloss erwarten würde. Hohe dunkelbraune Regale sind bis auf den letzten Zentimeter mit Büchern gefüllt. Und auch dieser Raum verfügt über bodentiefe Fenster mit Ausblick auf die Havel, wirkt aber durch das Mobiliar vollkommen anders, fast ein wenig altmodisch. Eine antike Récamiere, bespannt mit dunkelrotem Samt, lädt zum Lesen ein. Eine verschnörkelte Stehlampe mit Stoffschirm hinter der Rückenlehne spendet Licht. Am Fußende ein ovaler Beistelltisch mit Intarsien und geschnitzten Beinen. Am Fenster ein Ohrensessel in moosgrün. An der Decke ein venezianischer Blüten-Lüster. An den Wänden eine Sammlung Ölgemälde: Blumen in einer Vase. Mein erster Gedanke: Dieses Zimmer gehört einer Frau, die gerne liest. Vielleicht Frau Lehmann?

»Auf dem Tisch abstellen«, weist er mich an.

Die Hortensien mit den Eukalyptuszweigen trage ich auf seine Anweisung ins Badezimmer. Eine Wellnessoase in Marmor, Glas, Chrom und einem antiken Spiegel als Kontrast, erhellt von einem Oberlicht wie in der Küche.

Zuletzt hole ich den Rosenstrauß aus der Küche und hänge

mir auch gleich meine Tasche über die Schultern. Den Strauß positioniere ich auf Fernaus Wunsch auf dem Wurzelholztisch im großen Raum. »Gefällt es Ihnen?«

Fernau setzt sich auf das schwarze Ledersofa mit Blick auf die Rosen. »In Ordnung.«

»Dann bin ich bereit für die Terrasse«, sage ich.

»Nur zu …«

Ich gehe davon aus, dass er nicht mitkommen möchte, öffne die Fenstertür zu der nach Südwesten ausgerichteten Terrasse und trete hinaus. Der Blick ist atemberaubend. Es muss traumhaft sein, hier am Abend einen Cocktail zu genießen, aufs Wasser zu schauen oder einfach der Sonne zuzusehen, wie sie langsam über den Dächern der Altstadt versinkt. Aber ich bin ja nicht hier, um vom Feierabend zu träumen, sondern mir die Begrünung zu überlegen. Es gibt kein Gegenüber, große Sträucher oder immergrüne Gewächse als Sichtschutz sind unnötig. Es sei denn, sie sind gewünscht.

Fernau hat den Platz auf dem Sofa nicht verlassen, die Terrasse scheint ihm egal zu sein.

Aber ausmessen kann ich ohne ihn. Die Maße notiere ich in meinem Handy und schieße einige Fotos. Dann gehe ich zurück ins Zimmer und mache die Terrassentür wieder zu.

Fernau hat sich inzwischen in die Sofapolster zurückgelehnt und starrt unverwandt auf den Rosenstrauß.

»Die Terrasse ist einfach ein Traum. Und der Blick, vermutlich der schönste in ganz Spandau«, sage ich, bleibe höflich am Wurzelholztisch stehen und warte auf ein »Setzen Sie sich doch«. Aber da kommt nichts.

Stattdessen zuckt Fernau mit den Schultern und murmelt teilnahmslos: »Kann sein.«

»Im derzeitigen Zustand, ohne Blumen und Pflanzen, lädt sie natürlich nicht so zum Verweilen ein«, entgegne ich und leite zum Thema über, »aber das lässt sich ohne große Mühe ändern. Haben Sie speziellen Wünschen bezüglich der Begrünung? Sonst würde ich Vorschläge machen und eine Grafik am Computer erstellen?«

»Es ist mir vollkommen schnuppe, was Sie da draußen veranstalten«, brüllt er zornig. »Ich gehe nicht raus, weil ich sowieso *nichts* sehe. Kapiert?«

Irritiert schaue ich ihn an. Und dann, endlich, nach einigen Schocksekunden, kapiere ich.

Curt Fernau ist blind!

8

Ich bin fassungslos. Vollkommen geschockt. Fernau ist blind. Mein Lieblingsschriftsteller kann weder mich noch seine Umgebung sehen. Die Blumen natürlich auch nicht.

Deshalb hat er sich so eigenartig benommen. Deshalb der unsichere Gang. Deshalb hält er den Kopf schräg, um zu hören, was sich hinter seinem Rücken abspielt. Deshalb ist es ihm egal, wie Blumen aussehen. Er kann sie nur riechen.

Nachdem ich das in seiner ganzen Tragik begriffen habe, stehe ich mit hängenden Schultern vor ihm, stammle hilflos: »Kann ... kann ich etwas für Sie tun?«

»Und was stellen Sie sich da so vor? Wollen Sie mir die Brille putzen, weil sie verschmiert ist?« Er lacht bitter auf.

Ich verstehe seinen Sarkasmus. Trotzdem entspannt er die Situation ein wenig. »Bitte verzeihen Sie meine Naivität. Ich rede dummes Zeug. Aber ich hatte ja keine Ahnung, Frau Lehmann hat es nicht erwähnt.«

»Habe ich ihr auch verboten!« Er schnauft genervt und ruckt kurz mit dem Kopf. »Niemand weiß davon, und damit das so bleibt, möchte ich weder die Tür öffnen noch Besucher empfangen. Keine Ahnung, warum Yvonne sie hierhergeschickt hat. Aber nun wissen Sie um meinen Zustand und ich appelliere an Ihre Diskretion. Wenn die Presse davon Wind bekäme, würde mich dieses verdammte Journalistenpack überfallen wie eine Horde Heuschrecken.«

»Von mir erfährt niemand auch nur ein einziges Wort«, verspreche ich und würde ihn gern spontan umarmen. Was ihm nicht gefallen würde, so abweisend wie er sich vom ersten Moment an benommen hat. Also beherrsche ich mich. »Am besten ich vergesse einfach, wo Sie wohnen. Dass wir uns jemals persönlich begegnet sich. Oder miteinander geredet haben. Bei meiner Ehre als Buchhändlerin und als ihr großer Fan.«

»Ach, Sie sind Buchhändlerin?« Er richtet sich im Sofa auf und scheint plötzlich nicht mehr so teilnahmslos wie noch vorher. »Wie war noch mal Ihr Name?«

»Nina, Nina Danner, und ja, ich bin gelernte Buchhändlerin«, antworte ich mit gestrafftem Rücken. Ich bin stolz auf meinen Beruf, und er knüpft ein Band zwischen uns. Buchhandlungen sind seit jeher wie enge Freunde für Schriftsteller und ich wäre sehr gern eine gute Freundin für ihn. »Meine Mutter, unsere Floristin Ellen und ich, wir sind *Buch & Blume*. Wir verkaufen Blumen, Pflanzen und ich am liebsten Bücher. Ihre Krimis sind übrigens immer im Bestand. Und alle Fans warten schon sehnsüchtig …«

»Keine Chance!«, unterbricht er mich sofort. »Ich werde nie wieder schreiben. Nie wieder in meinem ganzen Leben. Wie auch?« Demonstrativ bedeckt er die Sonnenbrille mit beiden Händen. »Ich muss die Wörter sehen, die Sätze, die Seiten. Das ist unabdingbar für mich. Ich muss nachlesen und immer wieder nachlesen, was ich geschrieben habe. Nur so kommen meine Romane zustande.«

»Tut mir sehr leid, das war unüberlegt.«

Zu meiner Entschuldigung kann ich nur vorbringen, dass ich es bis zu diesem Moment noch nie mit einem blinden Menschen zu tun hatte. Weder privat noch beruflich. Was natürlich daran liegt, dass Blinde eher selten oder nie einen Buchladen betreten. Bücher in Brailleschrift führen wir leider nicht. Ich müsste erst mal recherchieren, wo ich sie beziehen könnte. Blumenläden kämen für Menschen ohne Sehkraft schon eher in Frage.

Sehkraft! Dieses Wort auch nur zu denken, verdeutlicht mir, was für ein Geschenk es ist, alles sehen, die Welt in ihrer Buntheit wahrnehmen zu können. Dazu zählt selbst eine kahle Terrasse. Und auch ein Wohnraum, dem jegliche Behaglichkeit fehlt. Der nur Ultrafans von Marie Kondo begeistern könnte.

Irgendwie fühle ich mich hilflos, weiß nicht, was ich sagen soll, und sage natürlich das Falsche. »Warum möchten Sie die Terrasse dann trotzdem begrünen lassen?«

»*Ich* will gar nichts. Mir ist es scheißegal, ob da draußen Betonwüste oder Dschungel herrscht. So egal wie Tag oder Nacht. Um mich herum ist immer Nacht. Immer! Selbst wenn ich mit einem Tausend-Watt-Scheinwerfer angestrahlt werde, ich würde höchstens die Wärme auf der Haut spüren. Aber Yvonne, also Frau Lehmann, lässt sich nicht davon abbringen, dass es mir an der frischen Luft zwischen Blumen und Pflanzen besser ginge. Sie will einfach nicht verstehen, dass es keinen Unterschied macht, wo ich mich aufhalte.«

»Es tut mir so leid«, wiederhole ich leise und komme mir sofort wieder dumm vor.

»Schon gut, kriegen Sie sich wieder ein. Es ändert überhaupt nichts, wenn Sie hier einen auf Mitleid machen, und es tröstet mich auch kein bisschen. Machen Sie einfach ihren Job, dann werde ich Yvonne beweisen, dass sie unrecht hat. Dafür lohnt sich der ganze Wirbel.«

»Ich verspreche, dass es wunderschön … Verzeihung …« Mist. Er wird es sich niemals ansehen können. Ich schäme mich. Auf der Peinlichkeitsskala bis einhundert.

»Geschenkt. Machen Sie Ihren Job!« Fernau hebt resigniert die Hand. »Aber unter einer Bedingung.«

»Schon erfüllt!«

»Keine fremden Leute in der Wohnung.« Seine Stimme ist plötzlich sehr laut. »*Sie* wissen nun leider um meine Situation, und das ist schon eine Person zu viel. Auch kein Wort zu Ihrer Mutter oder Ihrer Angestellten. Nichts für ungut, aber ich muss vorsichtig sein. Ich hoffe, Sie verstehen das.«

»Natürlich. Ich werde mit niemandem über unsere Bekanntschaft reden und allein arbeiten, versprochen! Zu den Pflanzen …«

»Das überlasse ich ganz Ihnen, oder besprechen Sie das mit Yvonne. Mir ist es wie gesagt völlig egal.«

»In Ordnung. Dann verabschiede ich mich jetzt.«

»Sie finden allein raus?«

»Klar, kein Problem. Dann auf Wieders…, ich meine, bis demnächst.« Ich schultere meine Tasche und verlasse die Wohnung.

Im Hausflur lehne ich mich kurz an die Wand und atme tief durch. Ich schließe die Augen, taste mich an der Hauswand Richtung Aufzug. Nach wenigen Schritten verlässt mich der Mut, und ich beende den Versuch, herauszufinden, wie sich Blindheit anfühlt.

Auf der Handyuhr sehe ich, dass es nach sieben ist und ich direkt nach Hause gehen kann.

Zu Fuß.

Um mich abzuregen.

Von dem Schock zu erholen.

Nach wenigen Schritten merke ich, wie viel bewusster ich die Umgebung wahrnehme. Wie ich an roten Ampeln die vorbeifahrenden Autos beobachte, ohne mich über den Verkehr zu ärgern wie sonst. Wie ich die grauen Wolken am Himmel betrachte und sie einfach nur schön finde, ohne den Regen zu fürchten. Wie ich mich nicht über einen Radfahrer ärgere, der so dicht an mir vorbeirast, dass ich gerade noch zur Seite springen kann.

Etwas später rufe ich Fernaus Wikipedia-Eintrag auf. Kein Wort über seine Erblindung oder sonst eine verdächtige Erwähnung. Es scheint tatsächlich ein Geheimnis zu sein. Das ich jetzt mit ihm teile. Ich bin nicht sicher, ob mir das gefällt.

Ich erinnere mich, von Augenkrankheiten gelesen zu haben, die mit dem Alter immer schlimmer werden und schließlich zu völliger Erblindung führen. Ihn direkt nach der Ursache zu fragen, werde ich mir verkneifen. Vielleicht ergibt sich eine Gelegenheit, wenn ich auf der Terrasse arbeite. Im Moment bin ich glücklich darüber, dass wir uns am Ende doch noch relativ normal unterhalten haben. Ich weiß nicht, wie *ich* mich in seiner Situation benehmen würde. Alle Menschen anschreien und rumbrüllen, wenn ich gegen eine Tür laufe oder mich irgendwann umbringen? Wie grausam muss es sein, zu wissen, wie die Welt und alles um einen herum aussieht, und eines Tages ist es für immer dunkel. Es muss die Hölle für ihn sein. Ich habe wirklich großes Mitleid mit Fernau. Wenn es irgendetwas gäbe, womit ich ihm helfen könnte, ich würde es sofort tun.

Zu Hause habe ich die Wohnungstür gerade zugemacht, als meine Mutter aus der Küche schießt. Ich ziehe die Sneakers im Flur aus und sage: »Hallo, Mama.«

»Hallo ...« Die Augen erwartungsvoll aufgerissen, das Kinn nach oben gestreckt steht sie vor mir. Sie ist etwas kleiner als ich und muss zu mir hochschauen. »Wie ist es gewesen bei dem berühmten Schriftsteller? Los, erzähl alles. Jede Einzelheit. Wie sieht er aus? Wie ist die Wohnung? Wie die Terrasse?«

»Ja ... es ist ... also er war ... ähm ...« Himmel, was soll ich ihr nur erzählen? Ich darf doch nichts verraten! Glaubwürdig muss es aber doch sein. »Er war ...«

»Also bitte, Nina-Marie, lass dir doch nicht alles aus der Nase ziehen.«

Ein weiteres »Ähm ...« und mir fällt die perfekte Ausrede ein. Ich schnaufe tief durch und sage: »Er war nicht da!«

»Was?«

»Er war nicht da!«, wiederhole ich jetzt mit ruhiger Stimme, hake mich bei ihr unter und schiebe sie in Richtung Küche. Dann erzähle ich in aller Ausführlichkeit, dass ich x-mal klingeln musste, eine unfreundliche Zugehfrau mich zuerst nicht reinlassen wollte, es dann aber doch getan hat. »Ich habe mich dann alleine etwas umgeschaut.«

»Eine Zugehfrau? Ist das zu glauben?« Meine Mutter ist fassungslos. »Da wirst du einmal zu diesem von dir so hochverehrten Schriftsteller eingeladen und er ist nicht da. Wie unhöflich.«

Mit einem schlechten Gewissen feixe ich still vor mich hin. Was bin ich doch für eine raffinierte Schwindlerin. Aber ein bisschen Wahrheit steckt in jeder Lüge. Zuerst dachte ich ja, dass ein Fremder in der Wohnung wäre.

»Es war doch Frau Lehmann, die mich beauftragt hat«, korrigiere ich meine Mutter. »Vielleicht hat Fernau überhaupt keine Ahnung von der geplanten Begrünung.« Der Satz geht mir wie geschmiert über die Lippen.

»Also«, schnauft sie, »wenn es seine Wohnung ist, wird er doch wohl wissen, was mit der Terrasse geschehen soll. Was hat denn die Zugehfrau gesagt?«

»Dass er nicht da ist.«

»Schon klar. Aber sie muss doch noch mehr gesagt haben. Wusste sie denn nicht, wann er wiederkommt? Dann hättest du warten und ihm zumindest mal die Hand geben können.«

Ich finde es ja sehr süß von ihr, wie sie »für mich« enttäuscht ist, weil sie weiß, wie »enttäuscht« ich sein muss, mein Idol nicht kennengelernt zu haben. Aber mit ihrer Bohrerei bringt sie mich in die Bredouille, was ich weniger süß finde. »Sie spricht nur gebrochen Deutsch, und ich wollte sie auch nicht mit endlosen Fragen nerven. Und sooo tragisch ist es doch nicht. Wenn ich das nächste Mal bei ihm bin, werde ich ihn bestimmt treffen.«

Meine Mutter nickt, sieht aber immer noch ziemlich betrübt aus. Um sie zu trösten, zeige ich ihr die Fotos von der Terrasse. Damit verrate ich das Geheimnis ja nicht.

»Traumhaft, und der Blick, Wahnsinn. Gleich gibt's Essen«, wechselt sie dann das Thema und bittet mich, den Tisch zu decken.

Sie serviert Spargel mit brauner Butter, neue Kartoffelchen und Lachsschinken. Dazu einen spritzigen Weißwein. Die Kartoffeln beziehen wir von einem Biobauern aus der Umgebung, der uns auch mit Sommerblumen aus seinem Bauerngarten beliefert.

Während ich die doppelte Portion esse, vermutlich ist das noch der Schock, lenke ich unser Gespräch auf Pflanzen, die sich für eine nach Südwesten gelegene Terrasse eignen. »Sie müssen viel Sonne vertragen, denn es gibt keinen Schatten. Und wie gehabt gerne was Duftendes.«

Meine Mutter gerät ins Schwärmen. »Volle Sonne, sicher von zehn Uhr vormittags bis zum Sonnenuntergang. Da würden sich Duftgeranien in verschiedenen Farben für die Kästen eignen. Du weißt schon, diese neue Züchtung, die gefüllte Blüten hat. Eine sehr dekorative Pflanze. Oder die niedrigen Rosensträucher in Begleitung von Katzenminze. Katzenminze lässt sich trocknen und als Tee aufbrühen. Die kleinen Rosen gibt es auch in allen Farben. Zwischen den blühenden Stauden würde ich duftende Kräuter pflanzen. Zitronenmelisse, Salbei oder Rosmarin. Als

Kübelpflanzen vielleicht Orangen- und Zitronenbäumchen. Oder den zauberhaften Duft-Schneeball. Ein rundlicher Strauch, winterhart, braucht wenig Pflege.«

Ich spieße gerade eine Spargelstange auf, als meine Mutter noch anmerkt: »Dann hat man ein echtes Bienen- und Insektenparadies und tut was gegen das Aussterben!«

Mir fällt der Spargel von der Gabel. »Was?«

»*Was?*«

»Hast du gerade gesagt, es wird ein Bienenparadies?« Bei mir schrillen sämtliche Alarmglocken.

»Genau! Mit Duftpflanzen wird es dann nur so wimmeln von Biene Maja und Co. Herr Fernau könnte direkt zum Stadtimker werden.« Sie nimmt einen Schluck Wein. »Ah, köstlich.«

»Sehr schöne Vorschläge, Mama. Die Einzelheiten werde ich mit Frau Lehmann besprechen.«

»Am liebsten würde ich mitkommen und dir helfen. So einen Auftrag hatten wir schon ewig nicht mehr. Wir könnten Werbung damit machen: Blumen Danner begrünt Dachterrassen von berühmtem Schriftsteller.«

Mitkommen?! Werbung machen?! Am Ende noch die Presse einladen!!! Nein, nein, nein!!! Auf gar keinen Fall!!!

Mir wird heiß. Meine Mutter ist imstande und begleitet mich einfach, auch wenn ich das nicht will. Im schlimmsten Fall taucht sich noch unangemeldet dort auf. »Das wäre schön, aber du musst dich um den Buchladen kümmern, wenn ich nicht da bin. Ellen hat mit den Blumen genug zu tun, sie kann nicht allein zwei Läden managen.«

»Hmm … hmm … hmmm …« Sie zerdrückt ein Stück Kartoffel auf einem Rest brauner Butter. »Wir könnten mal einen Nachmittag lang schließen.«

Mein Herzschlag verdoppelt sich. »Kommt nicht in Frage!«, fahre ich sie unwirsch an.

»Deshalb musst du mich nicht so anbrüllen. War nur ne Idee.«
»Tut mir leid.« Ich senke meine Stimme und trinke den Rest Weißwein aus. »Du weißt, der Buchladen ist mein ganzer Stolz, und wenn er geschlossen ist, gehen die Kunden ganz schnell zur Konkurrenz. Das können wir uns nicht leisten.«
»Hast ja recht.«
Ich bin erleichtert. Gefahr gebannt. Wenn sich meine Mutter nämlich etwas in den Kopf setzt, ist sie nicht zu bremsen, dann rast sie mit Vollgas auf ihr Ziel zu.

Nach dem reichhaltigen Essen fallen mir fast die Augen zu und ich verzichte schweren Herzen aufs Dessert. Ich helfe noch beim Aufräumen, dann verziehe ich mich ins Bett.

Einschlafen kann ich trotz Regen-App nicht sofort. Ich wünsche mich jedoch nicht in Erics Arme, wie sonst jeden Abend. Ich kann einfach nicht aufhören, an Curt Fernau zu denken. Sehe ihn auf dem schwarzen Ledersofa sitzen, wie er mit beiden Händen die Sonnenbrille bedeckt.

Über dieses Schockerlebnis mit niemandem reden zu dürfen, empfinde ich als belastend. Eigentlich wollte ich ja Suse mal wieder treffen, aber sie kennt mich zu genau und würde schnell merken, wenn mich etwas bedrückt. Und nicht lockerlassen, ehe sie die Ursache rausgefunden hat. Auch die Selbsthilfegruppe, die ich noch mal besuchen wollte, ist gestrichen. Sobald dieser Peter über seinen blinden Freund reden würde, könnte ich mich verplappern. Wenn mir dann auch noch »Schriftsteller« herausrutscht, hätte ich mein Wort gebrochen.

Selbsthilfegruppe definitiv gestrichen.

Schade.

9

Vier Uhr morgens. Und ich bin hellwach. Vermutlich, weil ich dann doch schon gegen neun eingeschlafen bin. Den gestern erlebten Schock habe ich trotzdem noch nicht verarbeitet: Dass Curt Fernau blind ist, war mein erster Gedanke.

Wolfsstunde wird die Zeit zwischen drei und vier Uhr nachts genannt. Die Stunde, in der nur noch die Wölfe wach sind und den Mond anheulen, weil es die einzige Lichtquelle ist. Eine Geschichte aus alten Zeiten ohne Elektrizität und ohne Straßenbeleuchtung, die vielleicht noch für das Leben auf dem Land zutrifft. Wer in Großstädten wie Berlin, Paris oder New York lebt, der kann die Nacht zum Tag machen.

Vier Uhr morgens ist aber auch die Zeit, in der wir mit den Geistern in Verbindung treten können. Ellen, eine leidenschaftliche Anhängerin feinstofflicher Weisheiten, hat mir das mit den Geistern und Wölfen erklärt, als ich nach Erics Tod viele Nächte nicht durchschlafen konnte. Wissenschaftler haben herausgefunden, dass diverse Hormone schuld an diesen Schlafstörungen sind. Mir gefällt die Geisterversion weitaus besser. Die Vorstellung, dass Eric nachts zurückkommen kann. Sich neben mich legt. Mich in den Arm nimmt. Wie in: *Ghost – Nachricht von Sam*, als Patrick Swayze Demi Moore noch einmal umarmen konnte.

Ehe mich die Sehnsucht nach Eric wieder in eine endlose Trauerspirale zieht, knipse ich die Blütenlampe auf dem Nachttisch an und schalte meinen Laptop ein. Versuche, mir den Tag ins Gedächtnis zu holen, als Eric plötzlich ein zweites Mal vor dem Blumenladen stand.

3 Jahre vorher

Am Montag nach Muttertag war Marie allein im Blumenladen, ihre Mutter hatte einen Termin beim Steuerberater. Montage waren meist sehr ruhige Tage, und heute regnete es auch noch. Kein Shoppingwetter. Marie konnte sich auf die vom Großhändler gelieferte Bestellung konzentrieren: die Schnittblumen aus den traurigen Transportcontainern befreien, auf Schäden begutachten, anschließend in die hauseigenen dunkelblauen Kübel verteilen und frisches Wasser einfüllen. Die langen Stiele der Gerbera umdrahten, ohne Stützhilfe ließ die edle Nichtduftende schnell den Kopf hängen. Zuletzt noch das Bindegrün sortieren: den exotischen Korallenfarn, der Brautsträußen das gewisse Extra verlieh. Die leicht rötlichen herzförmigen Galaxblätter, die zarte weiße Schnittblumen so wirkungsvoll einrahmten. Auch das vielseitig verwendbare feine Lilly-Gras war mitgeliefert worden. Und Maries Lieblingsgrün, die gezackten Xanadublätter, die eine hübsche Manschette für gebundene Sträuße abgaben. Sobald es aufhörte zu regnen, würde sie die Kübel mit den Schnittblumen auf einer langen Bank vor den Laden stellen.

Der Vormittag verstrich mit allerlei Aufräumarbeiten und Bestellungen, bei denen Marie immer wieder an Eric dachte. Eine Woche war seit dem denkwürdigen Tag vergangen. Der attraktive Mann ging ihr einfach nicht aus dem Kopf. Es war aber auch zu komisch, wie er da auf den Fliesen gelegen hatte und in dieser Situation auch noch zum Scherzen aufgelegt war.

Als sie nach Ladenschluss die hellgrüne Schürze an den Garderobenhaken im Arbeitsraum hängte, hörte sie ein Klopfen. Vermutlich jemand, der in letzter Sekunde noch einen Strauß benötigte?

Sie warf einen Blick zur Eingangstür. Eric! Unter einem aufgespannten Regenschirm und mit einem breiten Grinsen im Gesicht schaute er durch den Glaseinsatz.

Marie öffnete die Tür und betrachtete ihn mit einem Lächeln. Wie er dastand, eine Hand in der Tasche der sandfarbenen Hose, das blau-weiß gestreifte Hemd nicht ganz zugeknöpft, die Ärmel zur Hälfte aufgekrempelt, sehr cool. Und jetzt bemerkte sie auch, wie ähnlich sie sich tatsächlich sahen. Das gleiche rotblonde Haar und eine Menge Sommersprossen im Gesicht.

»Hallo, Eric, was für eine Überraschung.«

»Ich war zufällig in der Gegend«, erklärte er. »Dachte, ich schau mal vorbei, wenn du keine Pläne für den Abend hast, würde ich dich gerne zum Essen ausführen.« Er redete mit ihr, als wären sie alte Bekannte.

Marie konnte nicht anders, als laut zu lachen. Und sich zu freuen, ihn wiederzusehen. Sofort wurde ihr klar, warum sie die ganzen Tage an ihn gedacht hatte. »Ach ja, mal wieder der Zufall.«

Eric schien ihr Lachen als ein Ja zu verstehen. »Ich habe Tische in sieben verschiedenen Restaurants reserviert.« Dann zählte er auf, wo genau; es war alles dabei, von asiatischer bis gutbürgerlicher Küche.

Amüsiert hob Marie die Augenbrauen. »Sieben sagst du?«

»So ist es. Damit du wählen kannst. Alles darf man dem Zufall auch nicht überlassen. Hätte ich beim Chinesen reserviert und du magst kein Asian Food, hätte ich vielleicht einen Korb kassiert.«

Marie verschränkte die Arme und lehnte sich an den Türrahmen. »Clever!«

Eric strahlte, als habe er einen Wettbewerb gewonnen. »Für meine Lebensretterin ist mir keine Anstrengung zu viel.«

»*Das war doch selbstverständlich*«, *winkte Marie ab.* »*Ich war erleichtert, dass du dich nicht verletzt hast. Hätte auch eine Gehirnerschütterung werden können. Angeblich kann man bei solch einem Sturz sogar sein Gedächtnis verlieren.*«

Eric schüttelte leicht den Kopf. »*Nein, ich kann mich noch an jede Einzelheit erinnern. Dass es ein Glückstag war, als ich dir vor die Füße gefallen und dir infolgedessen etwas schuldig bin. Mindestens ein Essen. Ich vermute, die Blumenschlepperei macht hungrig. Diese Kübel mit Wasser wiegen doch Tonnen.*«

»*Ja, tonnenschwer, kaum zu schaffen.*« *Marie zog eine Grimasse und stöhnte theatralisch.*

»*Na dann los.*« *Er streckte ihr die Hand entgegen, als wollte er sie aus dem Laden ziehen.* »*Meine Einladung ist aber nicht ganz uneigennützig.*«

»*Das klingt ja sehr mysteriös …*« *Marie schaute ihn gespannt an. Irgendwas schien nicht zu stimmen. Sieben Reservierungen und jetzt diese Andeutung. Auch wenn sie neugierig war, tendierte sie beinahe dazu, doch noch abzulehnen.*

»*Keine Sorge, alles ganz legal und ohne Hintergedanken. Ich bin vielleicht etwas ungeschickt, aber harmlos.*« *Grinsend legte er den Kopf schief und blinzelte mehrmals.*

Marie spürte, wie ihre Bedenken sich zerstreuten wie Staubkörner im Wind. »*Okay. Aber einen Hinweis musst du mir schon geben, sonst komme ich noch auf die Idee, du verschleppst mich an eine Imbissbude.*«

»*Imbissbuden stehen auf meiner Liste, sind aber heute nicht an der Reihe.*«

»*Welche Liste?*«

»*Das hat mit meinem Job zu tun. Einzelheiten erzähle ich dir, sobald wir in dem Lokal sitzen, das du ausgewählt hast. Deal?*« *Er streckte ihr die Handfläche entgegen.*

»*Deal!*« *Marie klatschte ab und bat ihn, die Restaurants noch einmal aufzuzählen. Sie entschied sich für den Italiener.*

»Warum gerade der?«

Marie musste nicht lange nachdenken. »Es ist die vielfältigste Küche überhaupt. Müsste ich unter allen Küchen der Welt wählen, dann die italienische.«

»So ein Zufall! Das wäre auch meine Wahl.«

»Und wenn ich asiatische Küche gesagt hätte, wäre es dann auch deine gewesen?« Marie wartete lauernd ab. Sollte er die Frage bejahen, würde sie die Einladung doch ablehnen. Dann war er nichts weiter als ein Aufschneider, der ihr nach dem Mund redete.

»Nein«, antwortete Eric und schaute ihr dabei direkt in die Augen. »Aber ich war mir ziemlich sicher, dass wir beide die Italiener lieben.«

»Wie das?«

»Weil Italien seit den sechziger Jahren der Deutschen liebstes Urlaubsland ist. Einschließlich der Küche. Angeführt von Pizza, gefolgt von Pasta. Frag mal Kinder, welches ihr Lieblingsessen ist ...«

Kopfschüttelnd musste Marie grinsen. Erics unverstellte Ehrlichkeit hatte etwas Entwaffnendes. »Okay, du Zufallsspezialist. Ich wasche mir noch die Hände, dann können wir los. Dauert zwei Minuten. Leider muss ich absperren, sonst könnte jemand auf die Idee kommen, ich würde nach Geschäftsschluss noch verkaufen.«

Eric wackelte mit dem Schirm. »Lass dir Zeit, ich storniere die anderen Reservierungen und tanze im Regen. Wollte ich schon ewig mal machen.«

Marie schloss die Ladentür von innen, eilte in die Toilette und kicherte beim Händewaschen leise vor sich hin. Eric war wirklich ein Spaßvogel. Im Regen tanzen ... Ohne es zu merken, hatte sie angefangen, vor sich hin zu pfeifen. Sie freute sich auf den Abend. Und auf einen großen Teller Pasta.

Beschwingt kontrollierte Marie noch ihre Frisur in dem ovalen Spiegel über dem Waschbecken, die eher als ein schulterlanger rotblonder Wildwuchs bezeichnet werden sollte. Doch sie mochte ihre Locken, die sich bei Regen noch stärker kräuselten. Sie hatte es längst *aufgegeben, ihre Mähne mit stundenlangem Glattföhnen zu bändigen.*

Marie tupfte noch etwas Fettstift auf die Lippen und entfernte ein paar Wimperntuschekrümel unter den Augen. Make-up benutzte sie nicht, ihre Sommersprossen ließen sich ohnehin nicht verdecken. Was sie an sich selbst am meisten liebte, war die Farbe ihrer Augen: Veilchenblau. Dafür hatte sie schon oft Komplimente bekommen. Coole wie »Krasse Farbe«, zweifelnde wie »Trägst du Kontaktlinsen?« oder kitschige wie »Tief und klar wie ein Bergsee an einem strahlenden Sommertag.«

Zufrieden verließ sie die Minitoilette, knipste das Licht aus und schnappte sich ihre Umhängetasche aus Lastwagenplane, die sie vor kurzem auf dem Flohmarkt erstanden hatte. Wäre sie zu Hause, würde sie sich noch umziehen. Aber »zufällig« hatte sie ihr Lieblingskleid mit den Mohnblumen an, in dem sie sich schön fand.

Als sie über den Hinterausgang nach vorne zum Ladeneingang lief, klappte Eric gerade den Schirm zu. Es hatte aufgehört zu regnen.

»Hier kommt die Schönwetterfee!« Eric schüttelte die letzten Tropfen aus dem Schirm und strahlte Marie an, als habe sie tatsächlich die Wolken vertrieben.

»Ich mag Regen, ohne Wasser keine Blumen.« Marie blickte in den grauen Himmel, an dem ein leichter Wind die dunklen Wolken auseinandertrieb. »Also los, ich verhungere. Wo geht's lang?«

»Ristorante La Bottega Da Franco!« Eric wies mit dem Schirm die Ritterstraße entlang.

Marie kannte das Traditionslokal in der Spandauer Altstadt. Zu Fuß war es über die Marktstraße zu erreichen, nur wenige Minuten vom Blumenladen entfernt.

»Da soll es die beste Steinofenpizza in ganz Spandau geben, vielleicht sogar die beste in ganz Berlin«, sagte Eric, als sie vor dem Restaurant in der Breiten Straße angekommen waren.

»Und Steinofenpizzen sind dein Lieblingsessen?«

»*Nicht unbedingt, aber 2017 hat die* UNESCO *die Kunst des Pizzabackens zum immateriellen Kulturerbe erklärt, und* ...«

Ein Kellner begrüßte sie. Eric nannte seinen Namen und dass er reserviert hätte.

»*Subito, Signore Brenner*«, *entgegnete er und fragte, wo sie sitzen wollten:* »*Draußen oder lieber im Lokal?*«

Eric schaute Marie an. Seine grünen Augen glänzten im späten Licht. »*Wo wollen wir sitzen?*«, *fragte er mit sanfter Stimme.*

Wir! Marie spürt ein Kribbeln über ihren Rücken laufen. »*Gerne draußen.*«

Der Kellner deutete auf einen freien Tisch direkt vor dem großen Fenster zum Lokal, der von einer roten Markise überdacht wurde.

Die ersten Minuten vergingen damit, die Speisekarte zu lesen und das Essen zu bestellen.

Marie wollte die Maccheroni con Broccoli e Gorgonzola *probieren und bestellte Wasser, sie musste am nächsten Tag wieder fit sein. Eric wählte* Pizza Parma *mit Parmaschinken, Rucola und gehobeltem Parmesan. Dazu eine Flasche Weißwein und zwei Gläser. Falls Marie ihre Meinung ändern würde.*

Sie saßen einander halb zugewandt und beobachteten die vorbeieilenden Passanten. Es war nicht mehr viel Betrieb an diesem warmen Montagabend im Mai, und nur wenige Tische waren besetzt. Ein Tag wie jeder andere. Aber Maries Stimmung war alles andere als normal. Mit Eric hier zu sitzen, fühlte sich unerwartet vertraut an, als würden sie sich schon ewig kennen. Und jedes Mal, wenn er sie ansah, war das wie eine Umarmung.

»*Du wurdest vorhin unterbrochen. Also, was hat es mit der Steinofenpizza auf sich?*«, *nahm Marie das Gespräch wieder auf, nachdem die Getränke serviert waren und sie den ersten Durst gelöscht hatten.*

Eric simulierte ein übergezogenes Zucken. »*Worum ging's noch mal? Meine Gehirnzellen wurden wohl doch ziemlich durcheinandergeschüttelt!*«

»Wer behauptet hat, dass es hier die beste Steinofenpizza gibt und du eigentlich gar nicht so wild darauf bist?«, wiederholte Marie die Frage.

»Ach das! Jetzt erinnere ich mich wieder. Antwort: Instagram und es hat mit meinem Job zu tun.«

Marie hob ihr Wasserglas. »Was würden wir nur ohne diese Plattformen tun. Auf das weltweite Netz!«

»Wir beide würden ohne euer Instagram-Profil nicht hier sitzen! Deinen Blumenladen habe ich nämlich dort gefunden. Als ich die coolen Bilder von den Bouquets gesehen habe, wusste ich, das ist mein Laden. Meine Mutter war übrigens hingerissen von dem schönen Strauß.«

Marie liebte es, Komplimente für ihre Arbeit zu bekommen. Und so, wie Eric sie anlächelte, wurden sie zu einem »Geschenk mit roter Schleife«, und das für eine ungelernte Floristin. Marie errötete und erzählte, dass sie ihren geliebten Beruf als Buchhändlerin vorübergehend aufgegeben hatte, damit sie ihre Mutter nach der Scheidung unterstützen konnte, irgendwann aber zurück in die Großstadt wollte.

»Du bist Buchhändlerin?« Eric starrte sie mit weit aufgerissenen Augen an, als wären Bücher etwas Verbotenes, nahm sein Weinglas und leerte es in einem Zug.

»Magst du keine Bücher?« Marie musterte ihn fragend. »Gehörst du vielleicht zu den Männern, die nur den Kicker *lesen?«*

»Marie«, sagte Eric leise, fast zärtlich und drehte sich mit dem ganzen Körper zur ihr hin. »Ich bin nicht geschockt, im Gegenteil, ich bin total begeistert, hingerissen, vollkommen platt. Ich liebe Bücher und habe selbst gerade eins veröffentlicht.«

Jetzt starrte Marie ihn überrascht an. Doch dann überkam sie das dunkle Gefühl, dass er sich nur interessant machen wollte. »Na klar, ich sitze neben einem berühmten Autor, der vermutlich schon x Bestseller geschrieben hat. Gleich wirst du mir dein Pseudonym verraten, und ich werde in Ehrfurcht erstarren.«

Eric grinste, sagte aber kein Wort. Stattdessen griff er nach seinem

Handy, das auf dem Tisch lag. Immer noch schweigend tippte er auf dem Display herum und gab Marie das Telefon: »Das ist mein Insta-Account.«

»Eric on Tour«, *murmelte Marie leise und betrachtete das Profilfoto. Sie konnte es kaum glauben, aber Eric war deutlich zu erkennen. Noch verblüffender waren die knapp zweihunderttausend Follower. Und das Buch über seine Reisen, das in einem großen Publikumsverlag erschienen war.*

»Ich lebe zwei Leidenschaften: reisen und essen«, *erklärte Eric, während Marie sich einzelne Bilder genauer anschaute.* »Ich bin Reiseblogger und Restauranttester und stets auf der Suche nach landestypischen Speisen oder Geheimtipps.«

»Beeindruckend«, *sagte Marie nach einer Weile und gab ihm das Smartphone zurück.* »Aber Steinofenpizzen würde ich jetzt nicht zu den Geheimtipps zählen.«

»Kommt ganz auf die ›Verpackung‹ an«, *entgegnete Eric.*

Marie musste lachen. »Der Pizzakarton? Dann erhebe ich unsere kompostierbare Blumenfolie ab sofort auch zum Geheimtipp.«

Amüsiert hoben sich Erics Mundwinkel. »Es kommt doch immer auf die Verpackung an, oder auch auf die Geschichte drumherum.«

Der Kellner servierte die bestellten Speisen und wünschte buon appetito.

Marie hielt erst einmal die Nase über den Teller und atmete den Duft ein. Himmlisch. Sie konnte es kaum erwarten, davon zu kosten.

»Darf ich ein Foto von dir machen?« *Eric hielt das Telefon hoch.*

»Während ich esse?« *Marie ließ die Gabel wieder sinken.*

»Nein, das wäre zu banal. Aber eben, als du den Duft eingeatmet hast. Das sah megaschön aus. Und wenn du es erlaubst, würde ich es gerne auf Insta hochladen.«

»Bin ich dann auch ein Geheimtipp?«

Eine Weile schien Eric zu überlegen. Dann sagte er schließlich: »Dich würde ich niemals teilen.«

Dieser Tag war der Beginn unserer Liebe. Das Date beim Italiener ist mir noch so lebhaft in Erinnerung, als wäre es letzte Woche und nicht vor drei Jahren gewesen.

Nachdem Eric mich fotografiert hatte, sollte ich Fotos von ihm schießen, während er die Pizza verspeist. Aber nicht mit Messer und Gabel, sondern mit den Händen, wie es in Neapel, wo die Pizza erfunden worden war, üblich sei. Pizzen waren schon *Street Food*, als dieser Begriff noch gar nicht existierte, hat er mir erklärt, die Pizza in vier Stücke gerissen, ein Stück zusammengeklappt und mit glänzenden Augen hineingebissen. Eric hat die Fotos noch vor Ort hochgeladen und dem Wirt die Beiträge gezeigt. In kürzester Zeit wurde das Bild unzählige Male angeklickt und die *Bottega Da Franco* wurde innerhalb weniger Tage zum *Place to be*.

Als Eric bezahlen wollte, bestand Franco darauf, uns einzuladen. Klar, eine bessere Publicity konnte er nicht kriegen.

Wenn ich die Augen schließe und mich konzentriere, höre ich unser Lachen, als wäre es eine Aufzeichnung. Ich höre uns flüstern, nachdem wir vom Nachbartisch mit strengen Blicken gestoppt wurden. Und ich spüre wieder die Adrenalinwellen durch meine Adern rauschen, als Eric zum ersten Mal meine Hand genommen und mich auf dem Heimweg geküsst hat.

10

Drei Tage nach dem Besuch bei Curt Fernau ist das Konzept für die Dachterrasse inklusive Kostenvoranschlag ausgearbeitet. Bei der Auswahl der Pflanzen habe ich mich mit meiner Mutter und Ellen beraten und behauptet, Fernau leide unter einer lebensgefährlichen Bienenallergie, weshalb Duftpflanzen nicht in Frage kämen. Mama hat die Ausrede geschluckt und zu meiner

Erleichterung auch nicht noch einmal den Wunsch geäußert, mich begleiten zu wollen.

Nun warte ich auf den Anruf von Frau Lehmann. Ehe sie den Kostenvoranschlag nicht genehmigt, werde ich weder Pflanzen noch Balkonkästen oder Pflanztöpfe bestellen. Womöglich hat Curt Fernau es sich doch anders überlegt. Schließlich ist es seine Wohnung.

Frau Lehmann meldet sich am späten Nachmittag und fragt, ob ein Treffen vor Ort möglich sei, wo ich ihr meine Vorschläge anschaulicher erklären könne. Meine Begegnung mit Fernau erwähnt sie am Telefon nicht und auch nicht, ob er sich dazu geäußert hat, worüber ich sehr froh bin. Meine Mutter sitzt an ihrem Schreibtisch und hätte sofort aufgehorcht, wenn ich mich verplappert hätte.

Eine halbe Stunde vor Ladenschluss spaziere ich bei milden Temperaturen wieder zu Fernaus Wohnung. Diesmal weiß ich, was mich erwartet, und bin nicht mehr ganz so aufgeregt. Diesmal werde ich auch nicht allein mit dem Schriftsteller sein, mich aber sehr bemühen, Worte, die das Sehen betreffen, zu vermeiden.

Wieder denke ich daran, dass es keine neuen Fernau-Krimis mehr geben wird. Seine Fans werden nie wieder etwas Neues zu lesen bekommen. Während des kurzen Gesprächs habe ich gefühlt, wie wütend er ist, wie verzweifelt, nicht mehr schreiben zu können. Ich hoffe für ihn, dass es vielleicht doch eine Möglichkeit der Heilung oder Besserung gibt. Oder ein richtiges Wunder. Leider weiß ich nur zu gut, wie utopisch mein Wunsch ist. Ein Wunder habe ich mir auch für Eric gewünscht. Vergeblich.

Der Türöffner summt nur wenige Sekunden nach meinem Klingeln. Oben erwartet mich Frau Lehmann an der Wohnungstür. Ihr halblanges blondes Haar wird von einer großen Sonnenbrille gehalten. Sie ist dezent geschminkt, trägt helle Leinenhosen, eine schokoladenbraune Leinenbluse mit kurzen Ärmeln und rote Espadrilles.

Lächelnd reicht sie mir die Hand. »Hallo, Frau Danner, schön, dass Sie es einrichten konnten.«

»Hallo, Frau Lehmann, ist doch selbstverständlich.«

Sie macht einen Schritt zur Seite, um mich eintreten zu lassen. »Ich glaube, wir können das umständliche Sie weglassen, ich bin Yvonne …«

»Sehr gern, ich bin Nina …«

Yvonne schließt die Eingangstür, bleibt aber dicht an der Tür stehen. »Einen Moment noch …«

Erwartungsvoll schaue ich sie an.

»Wegen neulich …«, beginnt sie, schaut sich um und spricht erst dann weiter. »Du bist mir hoffentlich nicht böse, dass ich Curts Problem vorher nicht erwähnt habe.«

»Ähm … nein … allerdings war ich ziemlich verunsichert, weil es geschätzte zwanzig Minuten gedauert hat, bis endlich geöffnet wurde. Und auch dann nur widerwillig«, gebe ich zu. »Ich war kurz davor, wieder zu gehen.«

»Verständlich«, entgegnet sie und erklärt leise: »Ich habe Curt absichtlich nichts von deinem Besuch gesagt, sonst hätte er sich nämlich »taub« gestellt. Ich wollte ihn auf diese Weise quasi zwingen, dass er an die Tür geht. Er sitzt sonst den ganzen Tag nur auf der Couch und wehrt sich gegen jeden und alles. Er geht nicht mal auf die Terrasse, dabei wäre es wichtig, dass er an die frische Luft kommt und wieder am täglichen Leben teilnimmt. Ich verspreche mir sehr viel von der Begrünung.«

Ich lächele. »Er hat es erwähnt.«

Sie seufzt und deutet mit der Hand in den Flur. »Dann lass uns reingehen, den Weg kennst du ja bereits.«

Curt Fernau sitzt auf dem schwarzen Sofa und sieht bei flüchtiger Betrachtung unverändert aus. Die verspiegelte Pilotenbrille auf der Nase, immer noch mit Vollbart und nackenlangen Haaren. Aber er trägt helle Jeans ohne Flecken, ein grau-weiß gestreiftes Hemd und Turnschuhe. Er wirkt wie jemand, der die späte Nachmittagssonne genießt, die durch die Fensterfront schräg in den Raum fällt. Die Tür zur Terrasse ist geschlossen, aber es ist angenehm kühl. Ich tippe auf eine lautlose Klimaanlage.

»Hallo, Frau Danner, schön, dass Sie kommen konnten«, sagt er, als wir den Raum betreten, und hebt den Kopf in meine Richtung.

Der Strauß aus Rosen und Lavendel steht unverändert auf dem Wurzelholztisch. Er sieht noch frisch aus, duftet aber nicht mehr so intensiv, was nach drei Tagen normal ist.

Verblüfft bleibe ich einige Schritte entfernt vom Sofa stehen und lächele ihn an, ehe mir bewusst wird, dass ich antworten muss. »Hallo, Herr Fernau, schön dass wir uns … ähm …« Mist, ich wollte *sehen* sagen. Unsicher schaue ich zu Yvonne neben mir. Ihr wird der Patzer bestimmt aufgefallen sein.

Doch sie nickt mir nur zu und deutet auf die beiden grauen Sessel. »Nimm Platz. Möchtest du etwas trinken? Wasser, Saft, Wein oder etwas Stärkeres? Es sei denn, du hast es sehr eilig.«

»Nein, ich hab alle Zeit der Welt, und ich würde gerne etwas trinken.« Ich sinke auf einen hellgrauen Ledersessel, der ein leises Knirschen von sich gibt.

»Für mich einen doppelten Wodka auf Eis«, sagt Fernau.

»Nina, was möchtest du?«

»Vielleicht eine Saftschorle«, antworte ich.

»Es müsste Kirschsaft da sein.«

»Sehr gerne.«

»Kommt sofort, bin gleich zurück.«

Sie verlässt den Raum, und ich werde nun doch nervös, weil ich nicht weiß, was ich sagen soll. Dabei habe ich tausend Fragen an Fernau. Ich würde gerne wissen, wann und wie das mit seinen Augen passiert ist, aber das verbietet sich von selbst. Ich würde ihn gerne trösten, aber das würde er sicher nicht wollen. Ich würde gerne mit ihm über sein Schaffen reden, aber mein Instinkt sagt mir, dass es gefährliches Terrain ist. Nun überlege ich, welche unverfänglichen Themen sich für einen Menschen eignen, der nicht sehen kann. Für jemanden, der bisher massenhaft Zeit vor einem Bildschirm verbracht hat, wie ich vermute. Der viele Stunden des Tages die Worte aus seinem Kopf über eine Tastatur in eine Datei geschrieben hat. Der jetzt nur dasitzt und darauf wartet, dass die Stunden verstreichen. Ich kann mir kaum vorstellen, wie einsam er selbst in Gesellschaft sein muss.

»Und, wie läuft es an der Bücherfront?«, wendet Fernau sich unerwartet an mich. »Ich hoffe, die Leute lesen immer noch richtige Bücher aus Papier und nicht nur auf diesen elektronischen Dingern.«

»Oh … ähm«, stammle ich überrascht, aber erleichtert über die harmlose Frage. »Aber ja, die Leute lesen immer noch, und als kleiner Buchladen verkaufen wir natürlich nur Gedrucktes«, versichere ich. »Heute war ziemlich viel Betrieb, wie eigentlich jeden Freitag. Die Kunden suchen Lesestoff fürs Wochenende, stöbern bei den Neuerscheinungen und fragen auch gerne nach Empfehlungen. Zwei ihrer Krimis gingen auch über den Ladentisch.«

»Bücher waren mein Lebenselixier, seit ich zehn war …« Er schnauft. »Aber das ist vorbei.«

Ich würde ihm gerne Hörbücher empfehlen oder fragen, ob er nicht Brailleschrift lernen möchte, als Yvonne mit einem Tablett zurückkommt.

Unser leicht angespanntes Gespräch ist vorerst beendet.

Yvonne stellt das Tablett auf dem Holztisch ab, nimmt den Wodka für Fernau und positioniert ihn direkt vor ihm. »Steht vor dir«, sagt sie und setzt sich dann auf den zweiten Ledersessel.

Fasziniert beobachte ich, wie Fernau den Kopf zur Seite geneigt hat, als lausche er dem Geräusch des Abstellens. Vorsichtig streckt er nun die Hand aus und tastet mit den Fingern am Rand des Tisches entlang bis zum Glas. Dann umfasst er es und hebt es leicht an. »Auf die Buchbranche. Möge es den Menschen immer nach Bildung und Geschichten dürsten.«

»Auf die Buchbranche«, stimme ich zu. Schließlich lebe ich davon.

Fernau ext den Wodka und stellt das leere Glas zielsicher zurück auf den Tisch.

Die Schorle ist köstlich, ich trinke zur Hälfte aus und krame dann die Mappe mit den Entwürfen aus meiner Tasche heraus. Die überreiche ich Yvonne. »Wir haben eine Grafik erstellt, wie die Bepflanzung aussehen könnte. Kästen rundum an den Geländern und einige große Pflanzen in Kübeln.«

»Rausgeschmissenes Geld«, knurrt Fernau.

»Nun warte doch erst mal ab«, sagt Yvonne mit sanftem Lächeln. »Es könnte dein neuer Lieblingsplatz werden.«

Curt lacht trocken auf. »Da kannst du lange warten. Ich werde diese Scheißterrasse niemals betreten, und damit Ende, Schluss aus, basta!«

»Okay, du kannst dich wieder beruhigen«, sagt Yvonne mit einem Lachen in der Stimme. »Du weißt ja noch gar nicht, was Nina vorschlagen möchte.«

Fernau zuckt die Schultern, sagt aber nichts mehr.

»Ehe wir Details besprechen, gibt es vorher noch etwas zu bedenken«, melde ich mich.

Yvonne hebt die Augenbrauen. »Was meinst du?«

»Es geht um blühende Pflanzen, die Bienen und Insekten anlocken würden«, sage ich und erkläre die Gefahr. Als ich mit meinem kleinen Vortrag zu Ende bin, lacht Fernau laut auf.

»Siehste, Yvonne, da denkt jemand mit. Kompliment, Frau Danner, für ihre Weitsicht.«

»Bitte, nennen Sie mich doch Nina.«

Fernau nickt und lächelt in meine Richtung. »Dann musst du mich aber Curt nennen.«

»Sehr gerne«, sage ich und fühle mich wie in einem falschen Film. Ich darf meinen Lieblingsschriftsteller duzen und gleichzeitig niemandem davon erzählen, weil niemand weiß, dass er blind ist. Verkehrte Welt.

Yvonne hat sich inzwischen die Pläne angesehen. »Lässt sich das Problem irgendwie lösen?«

Ich nicke. »Es gibt zwei Möglichkeiten. Wenn man sich doch für die Duftpflanzen entscheidet, müsste man unbedingt eine Zwischentür mit Fliegengitter einbauen. Das ist eventuell unschön, hält aber alles Getier draußen. Oder nur nichtblühende Grünpflanzen wie Koniferen und kleinwüchsige Bäume wie den japanischen Fächerahorn auswählen, die keine Insekten anlocken. Die meisten sind zudem winterhart und benötigen kaum Pflege, allerdings viel Wasser in den heißen Sommermonaten.«

»Japanischer Fächerahorn«, wiederholt Curt leise. »Das klingt direkt lyrisch.«

»Freut mich, dass es dir gefällt.«

»Falsch«, widerspricht Curt energisch. »Mir gefällt nicht die Terrasse, sondern der Name der Pflanze. Selbst wenn du eine ganze Armee *Japaner* da draußen aufstellst, mich kriegen keine zehn Pferde raus.«

»Schon gut, ich habe verstanden«, sagt Yvonne mit ruhiger Stimme und wendet sich dann mir zu. »Gehen wir kurz in mein Büro. Wir sind gleich zurück, Curt. Lauf bloß nicht weg.«

»Lass die Scherze, bring mir lieber noch einen Drink«, faucht er und lehnt sich zurück in die Lederpolster.

Yvonne erhebt sich, lässt Curts Bitte aber unbeantwortet. Ich folge ihr durch den Flur in einen kleineren Raum, der zur anderen Seite des Hauses liegt und eine weniger prachtvolle Aussicht hat.

Die Einrichtung besteht aus edlen Einzelstücken der Bauhausperiode. Ein moderner Schreibtischstuhl mit ergonomischer Lehne ist das einzige neue Möbelstück. Akten oder ähnlich profane Dinge, die auf ein Büro verweisen, suche ich vergeblich. Die verstecken sich vermutlich in der langgestreckten Kommode, die aus Stahlrohren und einzelnen Modulen besteht.

»Setz dich doch«, sagt Yvonne und deutet auf einen mit schwarz-weißem Fell bezogenen Freischwingerstuhl.

Ich nehme Platz, während Yvonne an ihrem Bauhaus-Schreibtisch auf den ultramodernen Stuhl mit den Rollen sinkt. »Dann würde ich sagen, wir nehmen die Koniferen und den Japaner, auch wenn es jammerschade ist, dass draußen dann nichts brummt und summt. Aber du hast ganz recht, es könnte heikel werden.« Sie blickt auf den Kostenvoranschlag für die entsprechende Bepflanzung. »Ich überweise den Betrag direkt.«

Ich nicke. »Es war übrigens meine Mutter, die ganz euphorisch wurde und meinte, mit so einer Terrasse könnte man zum Stadtimker werden.«

Yvonne lächelt. »Das wäre zauberhaft, aber leider ...« Sie zuckt die Schultern.

»Zu deiner Beruhigung, ich habe meiner Mutter nichts erzählt«, merke ich an.

»Über Curts Augenproblem?«

Ich nicke. »Curt hat mir das Versprechen abgenommen, dass ich darüber schweigen muss, und daran werde ich mich auch halten.«

Yvonne stöhnt auf. »Es ist zum Verzweifeln, er will einfach nicht raus aus seinem Schneckenhaus. Aber ich gebe die Hoffnung nicht auf. Wie lange wird es bis zur Lieferung ungefähr dauern?«

»Ungefähr eine Woche«, antworte ich. »Ich würde direkt alles hierherbestellen, allerdings grüble ich noch, wie ich die schweren Töpfe auf die Terrasse schaffen kann. Normalerweise kämen zwei

Männer von der Großgärtnerei, die das in Nullkommanix erledigen. Aber Curt möchte ja keine Fremden in der Wohnung. Leider sind manche Koniferen ziemlich schwer, und alleine schaffe ich das nicht mal mit der Sackkarre.«

»Kein Problem, ich habe jemanden, der ist jung und kann anpacken. Maile mir einfach den Termin, dann wird er da sein.«

Ich atme erleichtert auf. Mit einem starken jungen Mann ist das ein Klacks.

Ich verabschiede mich von Curt, der mir immerhin brummelig einen »Guten Heimweg« wünscht.

Yvonne begleitet mich zur Tür. Als sie diese öffnet, laufe ich unvermutet fast in einen dunkelhaarigen jungen Mann, der reaktionsschnell zurückweicht.

»Ups, das war knapp«, sagt er freundlich lächelnd.

»Hallo, Jack. Gutes Timing!« Yvonne stellt uns vor und erklärt die Lage.

Jack nimmt die Sonnenbrille ab. »Ich glaube, wir sind uns schon mal begegnet«, sagt er und lächelt mich an.

Der Sonnenbrillenmann!

Ich bin geschockt. Er ist wirklich der letzte Mensch, den ich hier erwartet hätte. Aber er ist es, ich erkenne ihn an der Stimme. Er ist frisch rasiert und trägt keine Basecap. Statt der lässigen Blouson-Jeans-Kombi trägt er einen teuren Designeranzug in Dunkelgrau und darunter ein hellgraues Hemd. Auf der rechten Schulter hängt eine große schwarze Reisetasche, auf der linken eine kleinere, aber prall gefüllte.

»Ähm ... tut mir leid ... Vielleicht bei *Buch & Blume*?«, stammle ich ausweichend und hoffe inständig, dass er die Selbsthilfegruppe nicht erwähnt.

»Richtig! In diesem zauberhaften Buchladen«, antwortet er mit einem verschmitzten Lächeln. Ich lächle dankbar zurück. Wie es scheint, sind wir ab jetzt »Verbündete«.

11

Verbündete! Tagelang spukt dieses Wort durch meine Gedanken. Schüttle immer wieder den Kopf über das Zusammentreffen mit Jack. Und immer wieder denke ich an Erics Lieblingsweisheit: *Der Zufall kennt Tricks, davon hat die Absicht null Ahnung!* Ellen glaubt nicht an Zufälle, sondern an Übersinnliches. Sie würde sagen, dass Jack dieses Zusammentreffen eingefädelt hat. Sie würde sofort eine Seelenverwandtschaftsromanze daraus machen. Leider darf ich auch Ellen nichts darüber erzählen, sie würde es womöglich meiner Mutter verraten, und wie sollte ich Jack erklären, ohne Curt zu erwähnen? Nicht auszumalen!

Peter heißt also Jack, sein blinder »Freund« ist der berühmte Schriftsteller Curt Fernau und außerdem sein Vater. Dass Jack in der Gruppe nicht über Curts Erblindung reden wollte, verstehe ich. Curt wird auch ihn zu Stillschweigen verpflichtet haben. Blöd nur, dass ich nun auch noch mit Jack ein Geheimnis teile. Es fühlt sich unangenehm an. Als stünde ich in seiner Schuld. Was natürlich Quatsch ist. Ich hoffe sehr, dass er mich in einem stillen Moment nicht auf die Gruppe anspricht. Auf keinen Fall will ich mit einem wildfremden Kerl über mein Privatleben oder den Verlust meiner großen Liebe sprechen.

Auf gar keinen Fall!

Anfang Juni mailt der Gartengroßhandel, Pflanzen, Tröge und Erde könnten geliefert werden, ich solle einen Termin angeben. Zuerst checke ich den Wetterbericht. Ein trüber Tag mit bedecktem Himmel wäre ideal, um auf einer Südwestterrasse zu arbeiten. Bei voller Sonne kann es extrem heiß werden, und ich müsste besser schon im Morgengrauen beginnen. Das hieße aber, Yvonne und Jack morgens um sechs aus dem Bett zu scheuchen.

Leider interessiert sich das Wetter nicht für meine Probleme. Sonne satt verheißen die Meteorologen für die nächsten Tage.

Als ich mit Yvonne am Telefon darüber rede, reagiert sie ganz pragmatisch: »Lass die Pflanzen einfach am frühen Vormittag anliefern und schaff alles mit Jack nach oben. Sobald es zu heiß wird, machst du Schluss und erledigst den Rest an einem anderen Tag. Auf einen Tag früher oder später kommt es nun wirklich nicht an.«

»Und das stört wirklich niemanden?«, frage ich vorsichtig nach.

»Ach was, Curt wird sich nicht beschweren«, lacht Yvonne. »Ich möchte nämlich noch eine Markise anbringen lassen und ein paar Terrassenmöbel anschaffen. Damit wollte ich warten, bis die Pflanzen da sind. Selbst wenn noch nicht alle am endgültigen Platz stehen, bekomme ich trotzdem schon ein Raumgefühl.«

Ich bedanke mich erleichtert und frage, ob sie den Termin noch mit Jack abklären muss.

»Ich habe bereits mit ihm geredet. Er hat im Moment nichts zu tun, kann also jederzeit helfen«, versichert Yvonne.

Nachdem wir das Gespräch beendet haben, grüble ich darüber nach, was Jack beruflich macht. *Er hat im Moment nichts zu tun*, könnte auf einen künstlerischen Beruf hindeuten. Lehrer ist er anscheinend nicht, wie ich damals am Gruppenabend dachte. Der schicke Businessanzug passt aber auch nicht zu einem kreativen Geist. Oder denke ich zu sehr in Klischees? Müssen Künstler immer unangepasst aussehen? Überlange Haare tragen? Auffällig Ringe an den Händen? Vielleicht auch noch Tattoos, die aus dem Hemdkragen wachsen? Wenn sie überhaupt Hemden tragen. Jetzt interessiert es mich doch, womit Jack sein Geld verdient. Ein Autor ist er sicher nicht. Ich kann ihn mir zumindest nicht an einem Schreibtisch vorstellen.

Am Tag der Lieferung sind kuschelige dreiunddreißig Grad im Schatten vorhergesagt. Ein Sommertag wie aus dem Bilderbuch. Ideal, um an den Wannsee zu fahren und sich mit einem spannenden Buch unter einen Baum zu legen. Ich aber habe ja anderes vor.

Mental stelle ich mich auf die Hitze ein, binde mein Haar zusammen und schlüpfe in Shorts, Trägershirt, feste Arbeitsschuhe und eine Basecap, damit der Kopf kühl bleibt. Arbeitshandschuhe, alle Gerätschaften, dicke Folie, um den Flur auszulegen, und eine Sackkarre für die großen Pflanzen habe ich gestern in unseren Caddy gepackt.

Der Großhändler hat ein Zeitfenster zwischen acht und neun angegeben.

Als ich kurz vor acht Uhr ankomme, wartet Jack schon vor dem Haus. Er trägt ebenfalls eine kurze Hose, ein ärmelloses Shirt und Flip-Flops.

»Guten Morgen, gut geschlafen?«, begrüßt er mich.

Trotz der wirren Haare sieht er dermaßen fit aus, als wäre er seit Stunden auf den Beinen. Oder er ist einer von diesen sportlichen Menschen, die morgens um sechs schon zehn Kilometer laufen. Ganz ohne einen Tropfen Schweiß zu verlieren. Ich dagegen habe unruhig geschlafen und bin froh, dass die Lieferung noch nicht da ist. So bleiben mir ein paar Minuten, um endgültig wach zu werden.

»Guten Morgen.« Ich lächele ihn freundlich an und ignoriere seine Frage.

Auf der Fahrt hierher habe ich beschlossen, das Thema Selbsthilfegruppe nicht anzusprechen. Neulich hat er ja sehr clever reagiert, ich hoffe, es bleibt dabei, dass wir uns offiziell im Laden begegnet sind.

»Ich wollte dich um etwas bitten«, sagt Jack plötzlich ernst und zuckt fast unmerklich mit den Augenlidern.

Fragend sehe ich ihn an.

»Mir wäre lieb, du würdest die Selbsthilfegruppe nicht erwähnen. Wenn Curt davon erfährt, kriegt er einen Tobsuchtsanfall. Er findet alles überflüssig, was mit seinem Augenproblem zu tun hat.«

Erleichtert atme ich auf. »Von mir erfährt er nichts. Und auch mir wäre es sehr recht, wenn wir die Gruppe einfach komplett vergessen.« Dann wechsle ich das Thema: »Ich wollte mich außerdem noch ganz offiziell für deine Hilfe bedanken.«

»Kein Problem, und schön, dass wir uns einig sind«, entgegnet er mit einer lässigen Handbewegung. »Mir gefällt eine begrünte Terrasse auch besser als diese momentane Ödnis. Wenn ich Curt demnächst wieder besuche, kann ich dort sitzen und aufs Wasser schauen, auch ohne Curt. Offiziell sind wir uns also vor einigen Tagen an der Wohnungstür zum ersten Mal begegnet.«

»Danke.« Eine Pause entsteht. Ehe es peinlich wird, schaue ich die Straße entlang. »Ich hoffe, die Lieferung klappt bis spätestens neun ...«

Jack sucht meinen Blick, was ich deutlich spüre. »Ist es nicht lustig, dass wir uns hier zufällig wiedersehen?«, sagt er unerwartet. »Obwohl ich persönlich ja nicht an Zufälle glaube. In einem Dorf wie Spandau läuft man sich doch früher oder später immer über den Weg. Und dann gibt es noch die Theorie, dass man sich immer zwei Mal im Leben begegnet, wenn man in derselben Branche arbeitet, denselben Freundeskreis hat oder im selben Supermarkt einkauft. Mit Zufällen hat das nichts zu tun. In unserem Fall ja ohnehin nicht. Wir haben gemeinsame Bekannte.«

»Wie immer man es nennen mag, hättest du keine Zeit gehabt, mir zu helfen, wären wir uns vielleicht doch nicht mehr begegnet.«

»Wie gesagt, dieselben Bekannten. Ich weiß, dass Yvonne die schönen Sträuße immer in eurem Laden bestellt. Eines Tages wäre ich vielleicht zum Abholen gekommen.« Er grinst mich an. »Wie auch immer, diese Arbeit heute erspart mir eine Stunde Muckibude. Ab und zu tut echte körperliche Arbeit auch mal ganz gut.«

»Muckibude mit Grünzeug«, steige ich auf den launigen Tonfall ein und betrachte dann sein Schuhwerk. »Allerdings sind diese Schlappen nicht gerade ideal …«

Jack vergräbt die Hände in den Hosentaschen, zieht die Schultern nach oben und schaut nach unten. »Was stimmt denn nicht mit Flip-Flops?« Er sieht mich irritiert an. »Die ultimativen Sommerschlappen.«

»Das wirst du spüren, wenn ein zentnerschwerer Topf oder eine Konifere von der Sackkarre rutscht und auf deinem Fuß landet.«

»Autsch!« Er lacht. »Aber was ist eine Konifere?« Seine blaugrünen Augen weiten sich gespannt.

»So nennt man immergrünes Nadelgehölz wie Thujen oder Zypressen«, erkläre ich kurz.

»Du meinst dieses Friedhofszeug? Für eine private Terrasse nicht unbedingt schön, oder?«

»War nicht meine Entscheidung. Ich fände es auch viel besser, wenn alles blühen und duften würde, aber Curt …«

»Curt will Friedhofsbäume?«, unterbricht mich Jack entsetzt und zieht eine Grimasse.

»Nein, Curt ist die Bepflanzung schnuppe. Er hat mir und Yvonne versichert, die Terrasse niemals betreten zu wollen«, antworte ich und erkläre, was Insekten für Curt bedeuten könnten.

Jack hört aufmerksam zu. »Respekt, auf die Idee wäre ich nie im Leben gekommen. Aber das stimmt natürlich, Wespen oder gar Hornissen im Zimmer, wenn man sie nicht sehen kann, ist nicht so lustig. Ich muss schon sagen, du verstehst deinen Job.«

»Danke schön, der Hinweis kam aber von meiner Mutter.«

»Deiner Mutter? Jetzt bin ich neugierig.«

Ich erkläre ihm kurz, was es mit *Buch & Blume* auf sich hat und hoffe insgeheim, dass er mir nun auch seinen Beruf verrät.

»Dann habe ich mich doch nicht getäuscht.«

Ich habe keine Ahnung, was er meint, und schaue ihn verständnislos an. Wobei mir auffällt, wie attraktiv er ist. Wenn ich ihn mit einem Schauspieler vergleichen müsste, würde ich sagen, eine Mischung aus Ryan Gosling und Orlando Bloom.

»Vor einiger Zeit habe ich dich im Buchladen gesehen, wusste aber nicht mehr, *wo* wir uns schon mal begegnet sind. Obwohl ich mir ziemlich sicher war, *dass* wir uns kennen. Aber ich wollte nicht hineinstürmen und ›Hey, wir kennen uns, ich hab aber vergessen, woher‹ sagen. Es hätte nach billiger Anmache geklungen. Weißt du, was ich meine?«

Ich muss lachen. »Ja, ich weiß, was du meinst. Ich erinnere mich nämlich auch, dich gesehen und ähnlich empfunden zu haben. Aber an dem Tag hattest du schon keinen Bart mehr, und da war ich nicht mehr sicher.«

»Dieser schreckliche Bart.« Er kratzt sich demonstrativ am Kinn. »Auch ein Experiment, um meinen Vater besser zu verstehen. Genau wie die dunkle Brille.«

»Und, was hast du herausgefunden?«

»Dass es bequem ist, sich *nicht* zu rasieren, aber ein Bart an heißen Tagen unangenehm juckt ...« Jack reibt sich mit beiden Händen über die glatten Wangen. »Außerdem macht einen dieses Gestrüpp locker mal zehn Jahre älter. Curt hat sich früher nass rasiert, und ich verstehe, dass er mich nicht an sein Kinn lässt, weil er sich dann noch hilfloser fühlt. Aber es gibt doch Elektrorasierer! Ich habe es mit geschlossenen Augen ausprobiert, und mit ein bisschen Übung klappt das super. Doch er verweigert sich, wie er sich allem verschließt. Das ist dir vielleicht aufgefallen.« Er sieht mich fragend an.

»O ja. Als ich zum ersten Mal hier war, stand ich mit drei Blumensträußen vor der Tür und musste ewig warten, bis Curt überhaupt reagiert hat. Yvonne war nämlich nicht da, und er wollte die Tür nicht ...« Ich werde von einem heranfahrenden grünen Kombi unterbrochen.

Jack reibt sich die Hände. »Sieht ganz so aus, als würde es jetzt ernst.«

Der Wagen bremst nur wenige Schritte vor uns. Matze, der Fahrer, winkt mir zu. Wir kennen uns bereits von anderen Lieferungen.

Matze ist um die dreißig. Leichtfüßig springt er aus der Fahrerkabine und begrüßt mich: »Hey, Nina, ick hab da en halben Wald, etliche Pflanztöppe und Säcke mit Erde jeladen. Wo soll dit Zeuch hin?«

»Hallo, Matze, einfach alles hier vors Haus.«

»Aber dit muss doch uff eene Terrasse, soweit ick informiert bin. Soll ick nich mit anpacken?« Er steht breitbeinig da, die Fäuste in die Hüfte gestützt und mustert Jack, den er um einen Kopf überragt.

»Nicht nötig«, antwortet Jack selbstbewusst. »Wir schaffen das.«

Matze schiebt seine Basecap zurück, kratzt sich an der Stirn und schmunzelt amüsiert. »Na denn wünsch ick euch viel Spaß, wa?«

Die Ironie in der Stimme ist nicht zu überhören. Ich motiviere mich mit dem Gedanken, dass ich für meinen Lieblingsschriftsteller schuften werde und er die Terrasse vielleicht doch eines Tages betritt.

Während ich die Sackkarre und den Korb mit dem Kleinzeug wie Bindematerial, Arbeitshandschuhen und der Folie aus meinem Kombi hole, beginnen Matze und Jack mit dem Ausladen.

Eine halbe Stunde später fährt Matze wieder davon, der »Wald« steht vor dem Haus und duftet überraschend intensiv nach Moos und Harz. Ich habe ganz vergessen, wie würzig diese Immergrünen riechen. Ob sich Curt dadurch vielleicht doch nach draußen locken lässt? Versuchen werde ich es.

Jack macht den Vorschlag, vor der zweiten Etappe eine kurze Pause einzulegen und etwas zu trinken.

»Das würde ich gerne, aber ich möchte die Pflanzen und die Tröge nicht allein lassen.«

Jack zieht die Augenbrauen zusammen. »Ich glaube nicht, dass die sich fürchten, ist doch noch heller Tag ...« Er schaut in den wolkenlosen Himmel. »Und Regen ist auch keiner in Sicht.«

Er nimmt mich nicht ernst. »Ich denke weniger an Regen, sondern eher an Diebe. Es wäre doch bedauerlich, wenn nachher außer der Schippe und der Folie nichts mehr da wäre. Außerdem müsste ich für den Schaden aufkommen.«

»Auch wieder wahr«, stimmt er mit ernster Miene zu. »Ich könnte Curt bitten, Wache zu stehen, der langweilt sich doch eh den ganzen Tag.«

»Curt? Echt jetzt?«

»Logisch. Mit der Sonnenbrille schaut er doch wie ein Türsteher aus, und wenn Curt so richtig mürrisch guckt, was er eigentlich immer macht, wagt sich keiner in seine Nähe. Dass er blind ist, weiß doch niemand.«

Jetzt hat er es doch geschafft, mich zum Lachen zu bringen. Curt als Wachposten! Bei der Vorstellung muss ich laut losprusten. Wir einigen uns schließlich darauf, dass Jack Getränke holt und ich meine Pflanzen bewache.

Es dauert eine Weile, ehe er mit zwei großen Gläsern Apfelschorle und in Begleitung von Yvonne zurückkommt. Curt wollte mit dem Grünzeug nichts zu tun haben. Jack hat ihn tatsächlich gefragt. Und er hat sich ein paar Lederstiefel von seinem Vater geborgt.

Bevor wir loslegen, decken wir den Flur mit Folie ab. Jack ist ziemlich geschickt, und wir sind schneller fertig, als ich erwartet hätte. Doch schon den ersten Säulenwacholder auf die Sackkarre zu hieven und in den Aufzug zu schaffen, ist ein heikler Balanceakt, der unsere volle Konzentration erfordert. Es ist gar nicht so einfach, die in Leinen gewickelten Erdballen in einen Pflanztrog zu befördern und dann mit der Karre zu transportieren. Aber irgendwann haben wir den Dreh raus, und ich lache erneut Tränen, wenn sich eines der großen Gehölze bedrohlich über die Ladekante neigt. Gegen elf platzieren wir die letzte Thuja auf der Terrasse. Curt hatte sich demonstrativ in ein anderes Zimmer verzogen und lässt sich die ganze Zeit über nicht blicken.

Um weiterzuarbeiten, ist es jetzt schon zu heiß. Wir sind vollkommen durchgeschwitzt und erschöpft. Als ich mich verabschieden will, bittet Jack mich, noch eine Minute zu warten, weil er ein Foto machen will. Ich denke an ein Selfie, was eine schöne Idee ist. Das kann ich auch auf unserer Website und auf dem Insta-Account posten. Natürlich so, dass nicht zu erkennen ist, wo sich die Terrasse befindet.

Als Jack zurückkommt, hat er eine Profikamera in der einen und ein Stativ in der anderen Hand.

»Etwas übertrieben, oder?«, sage ich und frage mich, wozu der Aufwand. »Ich dachte eigentlich, dass wir Fotos mit dem Handy machen.«

Er stellt das Stativ auf, schraubt die Kamera darauf fest und deutet auf ein Nadelgehölz, das mir über den Kopf reicht. »Stell dich doch bitte mal an dieses ... dieses grüne Dingens da ...«

»Das ist eine Goldzypresse. Riech mal, wie sie nach Zitrone duftet.« Ich stelle mich wie gewünscht davor.

Jack guckt durch die Kamera. »Kannst du die Frau Zypresse mal umarmen?«

»Hast du umarmen gesagt?«

Er schaut wieder hoch. »Ja, das gibt ein tolles Bild. Du liebst die Pflanzen einfach so sehr, dass du sie auch mal umarmst. Genau genommen bist du doch bei der Arbeit. *Women at work.*«

Mir gefällt die Idee, und ich spiele mit. Jack schießt ein paar Fotos, dann eilt er mit drei Schritten zu mir, legt ganz selbstverständlich seinen Arm um meine Schulter und sagt: »Ich bin professioneller Fotograf. Wir sind immer auf der Suche nach dem besonderen Motiv. Wir wollen nicht einfach nur Objekte ablichten, wir wollen Geschichten erzählen. Momente für die Ewigkeit festhalten. Emotionen vermitteln. Und was wäre besser geeignet, als Frauen bei der Arbeit zu zeigen? Meiner Meinung nach arbeiten sie nämlich ungleich mehr als Männer.«

Verblüfft schaue ich ihn an. »Echt jetzt, oder ist das wieder einer deiner Scherze?« In dem Moment höre ich das leise Klicken des automatischen Auslösers.

Na, super! Vermutlich sehe ich vollkommen irre aus.

Jack stellt die Kamera neu ein, wir schießen noch einige Bilder, und als er mir das Ergebnis zeigt, erkenne ich mich kaum wieder. Mein Gesicht ist gerötet von der Anstrengung, ich bin verschwitzt, sichtlich außer Atmen, und die Haare kleben am Kopf. Aber meine Augen glänzen. Trotz meines vollkommen aufgelösten Zustands sehe ich glücklich aus. Wie eine normale junge Frau. Sofort packt mich das schlechte Gewissen. Ich habe keinen Grund, glücklich zu sein. Ich habe die Liebe meines Lebens verloren. Wie soll ich jemals wieder Freude empfinden? Wieder unbeschwert lachen? Nicht an Krankheit und Tod denken? Und doch hat Jack mit seiner Kamera ein glückliches Mädchen eingefangen.

»Ich schicke dir einige Fotos per Mail«, verspricht Jack und schaut mich freundlich an. »Hat Spaß gemacht. Wann können wird das wiederholen?«

»Morgen, wenn du magst«, entgegne ich lachend. »Die Friedhofsbäume müssen noch eingepflanzt und die Töpfe auf der

Terrasse verteilt werden. Ist etwas weniger schweißtreibend, aber trotzdem anstrengend.«

Jack reibt sich die Hände, als wäre er immer noch motiviert. »Wieder um acht Uhr?«

»Gerne.«

Auf der Rückfahrt spüre ich jeden einzelnen Muskel. Meine Hände zittern von der Anstrengung. Körperliche Arbeit bin ich zwar gewohnt, seit ich morgens Blumenkübel vor den Laden schleppe und abends wieder zurückbringe. Aber heute war es um einiges anstrengender. Doch es hat sich gelohnt. Die Terrasse sieht jetzt schon ein bisschen nach Paradies aus – hat Yvonne gemeint. Ein schöneres Kompliment hätte sie mir nicht machen können. Was für ein Tag.

Und: Ich habe nur ein einziges Mal an Eric gedacht!

12

Als ich am nächsten Morgen den Handyalarm ausschalte, bin ich immer noch todmüde. Ich werde einfach weiterschlafen, schließe die Augen wieder, bis ich eine strenge Stimme höre.

»Nina-Marie! Nina-Marie! Nina-Marie!« Anfangs auf Normalstärke, dann lauter, nerviger, störender. Wie früher, als ich noch zur Schule gegangen bin und oft keine Lust hatte, aufzustehen.

Verschlafen reibe ich mir die Augen und blinzle zur Tür. Dort steht sie fertig angezogen, frisiert, geschminkt, bereit für große Taten und mustert mich vorwurfsvoll. »Du hast verschlafen! Es ist höchste Zeit aufzustehen.«

Verschlafen? Ich habe vor allem wundervoll geschlafen. Tief und fest und traumlos. »Wie spät ist es denn?«

»Halb acht.« Sie geht zum Fenster und zieht die Vorhänge zurück.

Das Tageslicht blendet. Reflexartig kneife ich die Augen zusammen. »Warum hast du mich denn nicht geweckt?«, murmele ich, merke aber gleich, dass ich Unsinn rede.

»Geh unter die Dusche, damit du wach wirst«, kommandiert sie nur und verschwindet.

Ich werfe die leichte Sommerdecke zur Seite, richte mich auf und sinke stöhnend zurück aufs Bett. Meine Schultern schmerzen, in den Oberschenkeln zieht es, und meine Hände sind so geschwollen, als hätte ich einen Lastwagen voller Ziegelsteine umgeschichtet.

Ich bin ein Wrack. Keine Ahnung, wie ich in dieser Verfassung Bäume pflanzen soll.

Aber wozu gibt es Handys. Darin muss sich doch ein wirkungsvoller Tipp gegen Muskelkater finden lassen.

In einem Video wird empfohlen, warm zu duschen, viel zu trinken und sich moderat zu bewegen. Eine Massage könne auch nicht schaden.

Eine erfreulichere Nachricht hat meine Wetter-App: Es bleibt den ganzen Tag bewölkt. Später könnte es regnen. Perfekt! Dann wird die Arbeit nicht so anstrengend wie gestern und sollte bis mittags erledigt sein.

Wackelig schlurfe ich ins Bad und lasse mich eine Weile einfach nur »wässern« wie eine ausgetrocknete Pflanze. Es hilft tatsächlich. Auch die noch mal gewaschenen Haare verleihen ein erfrischendes Gefühl.

Im Spiegelschrank finde ich Rosmarinöl, das die Durchblutung fördert. Damit massiere ich meine Beine und die Schultern. Danach kann ich immerhin wieder aufrecht laufen. Eine Shorts aus hellbrauner Baumwolle und ein ärmelloses pinkfarbenes Shirt untermauern das Gefühl, den Tag meistern zu können.

»Wie lief es gestern bei Curt Fernau?«, überfällt mich meine Mutter, als ich die Küche betrete.

Wir haben uns gestern Abend nicht mehr gesehen. Sie war verabredet, und ich habe schon geschlafen, als sie nach Hause gekommen ist.

Der Frühstückstisch ist gedeckt, es duftet nach Kaffee und geröstetem Toastbrot. Leider bin ich knapp in der Zeit. Ich stürze den O-Saft hinunter. Für eine Tasse Kaffee im Stehen und einen Toast in die Hand reicht es gerade noch.

»Nun setz dich doch hin, Nina-Marie. Wer hat dir übrigens mit den Pflanzen geholfen? Oder hast du die etwa ganz allein geschleppt?«

»Jack Fernau, der Sohn des Schriftstellers, war zufällig da und hat mir geholfen.«

»Wie nett von ihm. Wie alt ist denn der Sohn? Und wie fand der Schriftsteller unsere Pflanzenauswahl? Wirklich schade, dass er diese Allergie hat. Eine Südwestterrasse und dann keine einzige Blume. Es könnte so schön bunt sein.«

Amüsiert übergehe ich die Frage nach Fernaus Sohn, die über kurz oder lang sowieso in einen Verkupplungsversuch münden würde. Ich nehme einen Schluck Kaffee, in den ich zwei Löffel Zucker als Energie-Booster rühre. »Fernau hat über Yvonne ausrichten lassen, dass er das Arrangement wunderbar findet«, schwindle ich und rede schnell weiter, um noch mehr unangenehme Fragen zu vermeiden. »Die Mischung aus den verschiedenen Grüntönen wirkt elegant und keineswegs trist. Wenn alles fertig ist, schieße ich Fotos, dann kannst du dich überzeugen.«

»Ob ich die fertige Terrasse mal besichtigen dürfte?«

Ich verschlucke mich an einem Bissen Toast und presse mir im letzten Moment die Hand auf den Mund, ehe ich alles über den Tisch huste.

»Langsam essen und nicht so schlingen«, ermahnt sie mich, ganz die fürsorgliche Mutter.

Mit dem letzten Rest Kaffee kann ich den Toastbissen schlucken und schließlich antworten: »Das ist eine Privatwohnung, Mama, da geht man nicht gucken wie in einem Garten. Das gehört sich nicht.«

Enttäuscht zuckt sie die Schultern. »Du könntest mich doch vorstellen.«

Ehe die Unterhaltung noch ausufert und ich mir immer neue Erklärungen ausdenken muss, verabschiede ich mich. »Bin spätestens am Nachmittag zurück.«

»Heute ist Samstag«, erinnert sie mich. »Wir schließen um vier, falls du es vergessen hast.«

»Selbstverständlich nicht!« Noch eine Lüge. Gleich nach dem Aufwachen hätte ich bei einem Quiz nicht mal die simple Wochentagsfrage beantworten können.

Der überzuckerte Kaffee wirkt, ich fühle mich nicht mehr ganz so gerädert, auch das Ziehen in den Beinen hat nachgelassen. Dann mal los, motiviere ich mich, das Terrassenparadies vollenden.

Ich fahre wieder mit dem Caddy. Laufen als moderate Bewegung wäre sicher gut für die Beine, aber ich muss nachher die Sackkarre und die Arbeitsgeräte mitnehmen.

Auf der Fahrt gehe ich in Gedanken die anstehenden Arbeiten noch mal durch. Mehr als einen halben Tag werden wir dafür nicht brauchen. Mit Jacks Hilfe eher weniger. Womöglich spürt er aber auch jeden Knochen und hat keine Lust mehr auf Schwerstarbeit und Schwitzen. Ich könnte es verstehen. Er ist mir ja zu nichts verpflichtet.

Samstagmorgen um acht ist noch nicht viel los in Spandau. Die meisten Geschäfte, außer den Supermärkten, öffnen erst um zehn, es herrscht also wenig Verkehr auf den Straßen. Trotzdem bin ich eine halbe Stunde in Verzug, als ich ankomme. Doch der Himmel ist immer noch dicht bewölkt, ich werde ohne Pause durcharbeiten können. Dann hat Curt wieder seine Ruhe. Gestern hat er sich nicht ein einziges Mal blicken lassen. Ich schätze, er war genervt von dem ständigen Hin und Her, dem Lachen und den schweren Schritten.

Mich in Curts Situation einzufühlen, fällt mir nach wie vor schwer. Zu verstehen, wie er damit umgeht, wenn gelacht wird. Wenn Menschen gut gelaunt sind, ihm aber nicht danach zumute ist. Und wir haben sehr viel gelacht gestern. Jedes Mal, wenn wir mit der Sackkarre irgendwo gegen gelaufen sind, weil das Grünzeug uns die Sicht versperrt hat. Gut möglich, dass Curt den andauernden Trubel nicht ertragen konnte. Dass er überhaupt keinen Lärm mag. Dass er durch den Verlust seines Augenlichts extrem geräuschempfindlich ist. Ich glaube, das Gehör übernimmt zum Teil das Sehen, lernt Töne, Geräusche und Klangfarben zu unterscheiden.

Aber heute wird nichts mehr durch den Flur transportiert. Die Terrassentür kann geschlossen werden, dann ist es in der Wohnung vollkommen ruhig.

Oben werde ich von Yvonne begrüßt. Sie trägt einen edlen hellgrauen Jogginganzug mit weißen Applikationen. Karl Lagerfeld würde sein Statement »Wer Jogginghosen trägt, hat die Kontrolle über sein Leben verloren« korrigieren müssen. Ihr Haar ist frisch zurechtgemacht, und sie duftet nach einem blumigen Parfüm. Sie wohnt hier, denke ich plötzlich. Platz genug wäre sicher. Soweit ich das bisher überblicke, verfügt die Wohnung über mindestens vier separate Zimmer. Trotzdem muss es nicht bedeuten, dass sie Curts Lebensgefährtin ist und das Parfüm für ihn trägt, weil er blumige Düfte liebt.

»Schon gefrühstückt?«, erkundigt sich Yvonne, während wir durch den langen Flur gehen.

»Ja, vielen Dank. Deshalb bin ich auch spät dran, aber den Kaffee habe ich dringend gebraucht«, schwatze ich ungezwungen.

»Ohne Kaffee am Morgen bin ich auch nur ein halber Mensch.

Falls dir eine Tasse nicht gereicht hat ...« Sie deutet auf den Wurzelholztisch. Neben Geschirr und einer Thermoskanne steht ein frischer Blumenstrauß, den sie am Donnerstag geholt hat. »Jack ist übrigens schon auf der Terrasse.«

»Wirklich sehr nett von ihm«, erwidere ich und freue mich über seine Unterstützung.

»Ich bin in der Küche, bis später«, verabschiedet sie sich und lächelt mir noch einmal zu.

Ich habe sofort ein schlechtes Gewissen, als ich Jack sehe. Ich liege faul im Bett, während er ... bereits ein paar der Töpfe zur Seite geschoben hat. Der Boden ist mit hochwertigen grauen Platten gefliest. Jetzt, wo die Pötte schon an den richtigen Stellen am Rand stehen, kommt er richtig gut zur Geltung.

»Guten Morgen, Nina.« Jack strahlt mich an. Er trägt Jeans, hat die Beine bis zur Wade hochgekrempelt, dazu ein schwarzes T-Shirt mit halben Ärmeln, und die Füße stecken wieder in Flip-Flops. »Du kommst wie gerufen.«

»Guten Morgen, Jack.« Ich steige über die kleine Stufe hinaus ins Freie. Auch an einem trüben Tag wie heute ist der Blick phänomenal. Die dunklen Wolken färben das Wasser der Havel graublau. Der Fluss liegt ruhig und glänzend da wie ein Seidentuch. Ein Schwarm Möwen kreist laut schimpfend übers Wasser. »Sorry, dass ich zu spät bin.«

»Kein Ding. Ich dachte, ich fange schon mal an, bevor es regnet.« Er schaut mir direkt in die Augen. »Wie geht es dir heute?«

»Muskelkater in jeder Faser«, antworte ich stöhnend. »Und du?«

Er verdreht die Augen. »Meine Füße brannten gestern Abend wie Feuer. Bei der Hitze in diesen festen Schuhen, das mochten die überhaupt nicht. Deshalb heute wieder in Schlappen, falls du dich wunderst. Und ich hatte ja keine Ahnung, *wo* ich überall Muskeln habe. Ein Hinweis, dass ich viel öfter Friedhofsbäume durch die Gegend tragen sollte. Hinter der Kamera stehen und das jeweilige Objekt zu fixieren, ist auch anstrengend, aber eher mental.«

»Umso dankbarer bin ich, dass du noch mal mit anpacken willst. Bei bedecktem Himmel wird es auch leichter, versprochen!« Ich hebe den Kopf. Die dunklen Wolken lassen absolut keine Sonne durch. Ideal. Falls es später noch regnet, müssen wir nicht mal mehr gießen.

Jack reibt sich motiviert die Hände. »Wo fangen wir an, Chefin?«

Ich mustere die wild verteilten Pflanzen. »Möchtest du vielleicht Chef spielen und sagen, wo wie was?«

Er kratzt sich am Hinterkopf, stützt dann die Fäuste in die Hüften und schaut sich um. »Der da?« Er zeigt auf den nächsten Baum.

Ich hebe zögernd die Hand, als wäre ich eine Hilfskraft, die auch mal eine Idee hat. »Darf ich einen Vorschlag machen?«

Er nickt, steigt auf das Spiel ein. »Immer raus damit.«

»Wir könnten uns an den Plan von meiner Mutter halten. Da haben die Pflanzen Nummern, und wenn wir mit der Eins beginnen …«

»Sind wir auf dem richtigen Weg«, ergänzt Jack und lacht laut auf.

Gemeinsam suchen wir das entsprechende Nadelgehölz und schieben es über die Fliesen. Dazu einen Sack Erde und meine Arbeitshandschuhe.

Als ich sie anziehe und die kleine Handschaufel nehme, um mit dem spitzen Ende den Plastiksack zu öffnen, fallen die ersten Tropfen.

Jack streckt eine Hand aus. »Schwer zu sagen, ob das gleich richtig schüttet oder wir nur ein bisschen nass werden. Was mich nicht stören würde.«

Ich schaue nach oben. »Tun wir mal so, als würden sich die Wolken wieder verziehen.«

»Ist das in der Gartenbranche eine erprobte Methode?«

Ich nicke mit ernster Miene. »Von mir höchstpersönlich getestet!«

Kaum habe ich es ausgesprochen, ergießt sich ein Wolkenbruch über uns. Innerhalb weniger Sekunden sind wir klatschnass. Überrascht starren wir uns an und bleiben unbeweglich stehen, als wollen wir es einfach nicht wahrhaben.

Schließlich packt mich Jack an der Hand, zieht mich in die Wohnung und schließt eilig die Tür. »Ich glaube, die Methode ›So-tun-als-ob‹ braucht ein kleines Update.«

Yvonne kommt mit schnellen Schritten den Flur entlang. »Ach du Schande, das hat uns gerade noch gefehlt. So ein Mist aber auch. Na, machen wir das Beste draus. Zweites Frühstück vielleicht?«

Mir klebt das Shirt am Körper, und die Hose ist auch nicht trocken geblieben. Jack starrt auf meinen Busen, dreht den Kopf dann aber schnell zur Seite. »Ein Föhn wäre nicht schlecht.«

Yvonne nickt mir schmunzelnd zu. »Im Bad unter den Waschbecken, dort findest du auch Handtücher. Nimm dir, was du brauchst.«

In der Wellnessoase aus Chrom und Glas steht ein Strauß Pfingstrosen, der süßen Duft verströmt. Der auf das Oberlicht prasselnde Regen erinnert mich an Regennächte mit Eric im Campervan. Nur jetzt nicht einknicken. Ich wüsste nicht, wie ich den Stimmungswechsel erklären sollte. Ich schlucke den dicken Kloß im Hals und werfe einen kontrollierenden Blick in dem antiken Spiegel über dem Doppelwaschbecken.

Mein Haar hat sich durch den Regenguss in eine wilde Lockenpracht verwandelt. Mit dem Föhn trockne ich das Shirt und die Hose.

Wieder vorzeigbar, verlasse ich das Luxusbad und begebe mich zurück in den Wohnraum. Jack ist nicht da, ich vermute, er zieht sich in einem der Zimmer um. Aber Curt sitzt zu meiner Überraschung auf dem Sofa und hebt den Kopf, als ich mich nähere.

»Hallo, Nina«, begrüßt er mich, noch ehe ich etwas gesagt habe.

»Hallo, Curt.« Verwundert überlege ich, woran er mich erkannt hat. Wohl kaum an den Schritten, ich habe die nassen Schuhe im Bad stehen lassen und bin barfuß. Oder hat er mich an der Art, wie ich gehe, an meinem Atmen oder daran erkannt, dass der Raum sich allein durch meine Anwesenheit verändert?

»Jack wollte was erledigen. Er hat dir seine Handynummer dagelassen …« Curt deutet auf den Wurzelholztisch, wo ein weißer Notizzettel liegt. »Du sollst ihn anrufen, wenn das Wetter sich bessert.«

Ich nehme den Zettel und stecke ihn in meine Hosentasche. »Danke, ich hoffe, es wird heute noch was …«

»Der Regen hat euch einen dicken Strich durch die Rechnung gemacht«, sagt er, und es klingt, als freue er sich darüber.

»Kann man sagen«, antworte ich. »Es sieht auch ganz danach aus, als würde es nicht so bald wieder aufhören. Aber die Natur freut sich, es war in letzter Zeit viel zu trocken. Tut mir nur leid, dass wir heute wohl doch nicht wie geplant mit dem Einpflanzen fertig werden.« Ich schaue nach draußen. Der Wolkenbruch ist in einen gleichmäßigen dichten Regen übergegangen. Ein Indiz, dass er länger anhält. Aber das Grün der Pflanzen strahlt richtig, und auf einer Thuja sitzt eine Amsel. Ob sie nach einem Nistplatz sucht?

»Setz dich doch.« Curt lehnt sich in die Polster zurück. »Hast ja Zeit jetzt.«

Seufzend sinke ich auf einen der Sessel. »Wohl wahr.«

Curt richtet sich wieder auf, als würde er mich ansehen. »Du könntest mir einen Gefallen tun.«

»Einen Gefallen?«, wiederhole ich. Meine Stimme ist kratzig, und ich spüre ein ungutes Kribbeln in meinem Magen, wie vor einer Prüfung, auf die ich mich nicht vorbereitet habe.

Curt schmunzelt. »Keine Sorge, nichts Kompliziertes«, sagt er, als habe er die Bedenken in meiner Stimme gehört.

»Du hast eine wohlklingende Stimme, die irgendwie beruhigend auf meine desolate Gemütsverfassung wirkt. Ich höre dir gerne zu, wenn du redest«, sagt er.

Einen Moment lang fehlen mir die Worte. »Ähm ... Danke, das hat mir noch nie jemand gesagt.«

»Blinde Menschen nehmen Stimmen anders wahr, weißt du ...«

»Ja, doch ...« Mir fällt sofort die Stammkundin mit der nasalen Stimme ein, die obendrein noch absichtlich affektiert redet. Curt würde vermutlich schnellstens das Weite suchen. »Soll ich dir eine lustige Geschichte erzählen?«

Curt nickt. »Warum nicht ... Mir hat schon lange niemand mehr was Lustiges erzählt.«

»Vor einigen Tagen kam ein junger Mann in den Blumenladen und verlangte verwelkte Blumen«, beginne ich mit dem ersten Teil der Story.

Curt lacht trocken auf. »Der wollte dich veräppeln.«

»Dachte ich auch, aber es war sein voller Ernst, denn er hat seinen Wunsch mit Nachdruck wiederholt. Und er hatte Glück, es waren tatsächlich einige nicht mehr ganz frische Rosen da, die ich sonst entsorgt hätte. Ich habe natürlich gefragt, warum er welke Blumen möchte.«

»An seine Kaninchen verfüttern?«

»Nein, er wollte seiner Freundin demonstrieren, dass sie ihn oft stundenlang warten ließ und seine Geduld am Ende sei. Sie sei die unpünktlichste Person der Welt, und darüber würde der schönste Blumenstrauß die Köpfe hängen lassen. Ich habe ihm die Rosen geschenkt und alles Gute gewünscht.«

»Originelle Aktion von dem jungen Mann.« Curt lacht leise. Und zum ersten Mal erkenne ich so etwas wie Fröhlichkeit in *seiner* Stimme. »Aber ich wollte dich um etwas anderes bitten ...« Er räuspert sich. »Ich habe mich gefragt, ob du mir vorlesen würdest.«

»Aus der Zeitung?« Ich tippe auf Nachrichten oder Kultur. Denn Informationen, welcher Art auch immer, ließen sich auch auf dem Fernseher konsumieren, wie meine Mutter es tut. Selbst ohne Bilder wären die Nachrichten noch informativ. Er könnte sogar Filme oder Serien anschauen, wenn sie via Audiodeskription, der akustischen Bildbeschreibung, ausgestrahlt werden.

Curt drückt die Sonnenbrille mit einem Finger zurecht, als müsste er zuerst nachdenken. »Aus einem Buch. Ich habe dir ja schon erzählt, wie sehr ich das Lesen vermisse, mehr als alles andere. Ich habe Bücher förmlich inhaliert. Die Brailleschrift beherrsche ich leider noch nicht, und auch dann wäre es kein Ersatz, denn die Angebote in dieser Version sind doch ziemlich begrenzt.«

Ich kann dieses suchtartige Lesen gut nachempfinden. Nach Erics Tod waren Bücher mein einziger Trost, und nichts hat mir mehr geholfen als in einer Geschichte zu versinken. »Hast du eigentlich alle Bücher gelesen, die in der Bibliothek stehen?«

»Fast alle. Aber einige eben nicht. Deshalb meine Frage. Und ehe du mir jetzt ein Hörbuch empfiehlst, das habe ich bereits versucht. Aber noch keines gefunden, bei dem mir die Stimme zusagt. Keine ist mir so angenehm wie deine.«

Ich bin so gerührt, dass sich meine Augen mit Tränen füllen. »Ähm ... ich will es gerne versuchen, ich weiß nur nicht, ob ich das überhaupt kann. Ich habe noch nie jemandem vorgelesen ...«

»Ach was ...« Curt wedelt mit einer Hand durch die Luft, als wolle er meine Bedenken wegwischen. »Lesen ist lesen, laut oder leise, da besteht praktisch kein Unterschied.«

Ich zucke die Schultern, weil ich es nicht glauben kann und nicht weiß, was ich antworten soll.

»Also entweder hast du genickt oder den Kopf geschüttelt«, sagt Curt.

»Oh, tut mir leid, ich ... bin ... ich habe überlegt ...«

»Es regnet doch immer noch, und du musst darauf warten, dass es aufhört ...«

»Stimmt. Was etwas dauern kann.«

Curt stützt sich zum Aufstehen mit den Fäusten an der Sitzfläche ab. »Dann los, begeben wir uns ins Büro«, fordert er mich auf. »Starten wir einen Versuch mit einem kurzen Text.«

Die Bestimmtheit in seiner Stimme sagt mir, dass er von meiner Zustimmung ausgeht. Dass er ein Nein nicht akzeptieren wird. Mir ist zwar noch immer seltsam zumute, aber die Bitte meines Lieblingsschriftstellers werde ich nicht ablehnen. Ein letzter Blick durch die Fensterfront in den grauen Himmel; die Wolken hängen tief, und feine Tropfen fallen so gleichmäßig nach unten, als kämen sie aus einer gigantischen Regendusche. Das Einpflanzen kann ich für heute vergessen.

13

Ich folge Curt durch den Flur. Wie ich es schon bei meinem ersten Besuch beobachtet habe, hält er sich nahe an der Wand. Die Entfernung scheint er ihm Gefühl zu haben, oder er zählt die Schritte in Gedanken, denn er stoppt zielsicher vor der Tür zu seinem Büro und öffnet sie. Sofort strömt mir der Duft von Rosen entgegen.

Curt hebt das Kinn und atmet geräuschvoll durch die Nase ein. »Ich bin direkt süchtig nach diesem intensiven Duft. Kennst du den Namen der Sorte?«

»Apricot Nectar, sie hat die Farbe von Aprikosen, ist an den Rändern leicht rosa getönt und schimmert golden am Blütengrund«, antworte ich und beschreibe auch die genauen Merkmale. »Sie hat eine großblättrige gefüllte Blüte, und der Duft ist fruchtig-frisch. Die Sorte gehört zu den Polyantha-Rosen, die nur im Freien gedeiht und die wir in den Sommermonaten von einer kleinen Gärtnerei beziehen.«

Curt macht ein paar vorsichtige Schritte Richtung Récamiere zu dem ovalen Beistelltisch, auf dem die Vase steht, und streckt den Arm aus. »Ich möchte die Blüten berühren. Halte bitte die Vase fest.«

Ich setze mich an den Rand der Récamiere und fasse die bauchige Vase mit beiden Händen in der Mitte. »Hab sie …«

Vorsichtig tastet sich Curt an den Strauß, befühlt sanft die einzelnen Blüten, und ich sehe, wie seine Nasenflügel sich beim Einatmen weiten.

Ich halte weiter die Vase fest und beobachte, wie gelöst er plötzlich wirkt. Seine gesamte Körperhaltung ist nicht mehr so angespannt. Als könne der Duft alles an ihm besänftigen.

»Wie hast du die Sorte vorhin genannt?«, fragt er nach einer Weile.

»Polyantha-Rosen«, antworte ich und erkläre ausführlich. »Das ist die Bezeichnung für Strauchrosen mit buschigem Wuchs und doldenartigen Blütenständen. Soll heißen, an einem Stiel sitzen mehrere Blüten, die sich erst nach und nach öffnen. So hat man gleichzeitig Knospen, halbgeöffnete und geöffnete Blüten an einem Stiel. Im Gegensatz zu Edelrosen, wo an jedem Stiel nur eine Blüte wächst.«

»Sehr aufschlussreich. Ich hatte ja keine Ahnung, dass die

Floristik so ein interessantes Feld ist«, sagt Curt und nickt mir zu.

»Das ist es«, stimme ich ihm zu. »Aber als Buchhändlerin gehört meine Liebe den Büchern. Ich kann mir ein Leben ohne Blumen, aber niemals ohne Bücher vorstellen.«

Kaum ausgesprochen, bereue ich meine Schwärmerei. Auch für Curt haben Bücher einmal alles bedeutet, womöglich klingen meine Worte für ihn wie Hohn.

Curt lässt die Hände sinken, und seine eben noch so entspannte Mundpartie verhärtet sich. »Ich konnte mir mein Leben auch nicht ohne Bücher vorstellen …«, flüstert er so leise, dass ich es gerade noch verstehen kann.

An dieser Stelle erinnere ich mich an den Grund, warum wir hier sind, und stehe auf. »Woraus soll ich vorlesen?«

Er dreht den Kopf zu mir. »Was liest du denn gerade? Sag jetzt bloß nicht einen Fernau-Krimi!«

Den letzten habe ich tatsächlich zum zweiten Mal angefangen. »Im Moment herrscht gerade Leseflaute bei mir«, weiche ich aus, um nicht weiter Öl ins Feuer zu gießen.

»Dann wäre ein kurzes Gedicht das Richtige.« Curt dreht sich weg und geht in seinem eigenen Tempo auf die Bücherregale zu, die seitlich neben der Fensterfront stehen. »Hier …«, er deutet auf das Regal dicht am Fenster, »in den oberen Fächern müssten mehrere Bände stehen …«

»Eine beachtliche Auswahl.« Ich stehe vor dem Regal und lese einige der Namen auf den Buchrücken vor: »Goethe, Schiller, Eichendorff, Morgenstern, aber auch Ringelnatz, Heinz Erhard und Curt Goetz. Den Letzten kenne ich gar nicht.«

»Oh, das ist der Beweis, was ich für ein alter Knochen bin.« Curt lacht trocken auf. »Curt Goetz ist oder war einer der brillantesten Komödienschreiber im deutschsprachigen Raum. Ich habe ihn schon in der Schule verehrt, und als mein Entschluss feststand, Schriftsteller zu werden, habe ich das K in Kurt gegen ein C getauscht.«

»Das wusste ich gar nicht.«

»Das ist ein Geheimnis. Also pssst, nicht verraten.«

Ich hole tief Luft. Noch ein Geheimnis, langsam muss ich wirklich aufpassen, was ich zu wem sage. Meine Mutter etwa wird mich garantiert auch heute wieder ausfragen: Ob Fernau anwesend war? Warum ich ihr keine Fotos von der Terrasse zeigen kann? Ob Fernau sich nicht beschwert hat, dass ich nicht fertig geworden bin? Sie wird sich leider mit derselben Antwort begnügen müssen wie letztes Mal: Der große Schriftsteller war nicht zu Hause. Und das Wetter hat mir einen Strich durch die Rechnung gemacht. Zusätzlich brauche ich eine Ausrede, warum ich dann nicht in den Laden gekommen bin. Wo ich inzwischen gewesen bin. Und warum ich so nervös herumstottere. Denn das werde ich sicher.

Curt dreht sich zu mir. »Alles in Ordnung?«

»Ähm ... ja, ich ...« Mir fällt keine plausible Antwort ein, die mein heftiges Schnaufen erklären könnte.

»Du hast geatmet, als würdest du keine Luft bekommen. Sollen wir das Fenster öffnen?«

Curt klingt besorgt, was mich sehr berührt. Ich muss ihm die Wahrheit sagen, sonst werden diese Geheimnisse noch zu einer gefährlichen »Bombe«, die durch eine unbedachte Bemerkung platzen könnte!

»Mit mir ist alles okay, ich muss mich nur einen Moment hinsetzen.« Ich gehe zurück zu der Récamiere und erzähle von meiner neugierigen Mutter und dass sie es war, die erwähnt hat, dass blühende Pflanzen Insekten anlocken würden.

»Verstehe«, sagt Curt. Er hat sich in dem Ohrensessel niedergelassen, der unweit der Bücherregale am Fenster steht. »Danke, dass du Wort hältst und dir so clevere Ausreden hast einfallen lassen. Aber jetzt brauchen wir einen Plan. Wir denken uns etwas aus, das der Wahrheit am nächsten kommt, ohne sie zu verraten.«

»Das hört sich ein bisschen kompliziert an«, wende ich ein und verdrehe die Augen, was Curt ja nicht sehen kann. Ich fühle mich überfordert.

»Überhaupt nicht kompliziert, es ist so einfach wie … wie Blumen ins Wasser stellen …«, sagt er und fragt, ob ich mir Notizen machen kann.

»In meinem Handy.«

»Manchmal sind diese Zeitfresser doch ganz nützlich …« Er lehnt sich im Sessel zurück, schlägt die Beine übereinander und erläutert mir schmunzelnd seine Taktik.

Während ich die Infos in mein Handy tippe, merke ich an seinen Zwischenlachern, dass er tatsächlich Spaß an unserem Komplott hat. Als würde er einen neuen Roman plotten. Wenn das zutrifft, merkt er vielleicht, wie sehr er seine Arbeit vermisst, und beginnt mit einem neuen Werk. Niemand würde sich mehr darüber freuen als ich und seine Fans, die schon so lange auf ein neues Buch von ihm warten.

»Wird deine Mutter damit zufrieden sein?«

»Sie wird jubeln«, antworte ich erleichtert, mir keine Erklärungen ausdenken zu müssen. Es sind Curts »Lügen«, die ich ohne rot zu werden weitergeben werde. Aber ich bin trotzdem auf die Reaktion meiner Mutter gespannt.

»Na bestens. Dann hätten wir diese ›Nuss geknackt‹ und können einen Leseversuch starten. Bist du bereit?«

»Bereit!« Ich erhebe mich von der Récamiere und gehe zu dem Regal. Die Auswahl ist riesig. Fast so umfangreich wie in meiner Buchhandlung. Sogar Kinderbücher und Reiseführer sind darunter. »Welches Buch?«

»Kennst du das Gedicht von den beiden Ameisen …«

»Von Ringelnatz. Sehr lustig … Vor Ewigkeiten habe ich es sogar in der Schule auswendig lernen müssen.«

»Dann wird es dir sicher Spaß machen, es nach so langer Zeit wieder mal zu lesen. Du findest es in dem Band mit seinen gesammelten Gedichten …«

Ich nehme das Exemplar heraus, setze mich damit auf das samtbezogene Sofa und schlage die entsprechende Seite auf. »In Hamburg lebten zwei Ameisen …«

Der Nachmittag neigt sich dem Ende zu, als ich nicht mehr in ein Buch schaue, sondern das Lenkrad unseres Caddys umklammere. Ich bin auf dem Nachhauseweg, starre konzentriert durch die regennasse Windschutzscheibe und versuche, nicht über den monotonen Bewegungen der Scheibenwischer einzuschlafen.

Das Vorlesen hat wider Erwarten großen Spaß gemacht, war aber auch anstrengend, und der Dauerregen wirkt jetzt wie eine Schlafpille. Dabei hätte ich ein Aufputschmittel nötig. Ich öffne das Seitenfenster und gähne ungeniert.

Es hat eine Weile gedauert, mich daran zu gewöhnen, meine eigene Stimme wie ein Echo in meinem Kopf zu hören. Eigenartig, welch großer Unterschied es ist, bei Unterhaltungen zu reden, einem Gegenüber zu antworten oder aber laut zu lesen. Doch mit jedem Vers wurde es einfacher, mich auf den Text zu konzentrieren, Worte zu betonen und mir vor allem Zeit beim Lesen zu lassen. Nicht »durch den Text rasen« hat Curt es genannt und Andeutungen zu seinen Lesungen gemacht. Auf meine neugierige Nachfrage hat er nur geknurrt, das wäre alles Vergangenheit, total unwichtig, würde niemanden mehr interessieren, und das Thema gewechselt. Wann immer ich versucht habe, das Gespräch auf sein Leben als Schriftsteller zu lenken, kam wieder der mürrische Curt zum Vorschein. Der unfreundliche Mann, den ich bei der ersten Begegnung kennengelernt habe. Dass er seinen Humor nicht verloren und auch noch Spaß am Fabulieren hat, wurde mehr als deutlich, als er sich diese tolle Story für meine Mutter ausgedacht hat.

Kurz vor fünf komme ich endlich zu Hause an.

»Huhu«, rufe ich gut gelaunt, als ich den Flur betrete.

Aus der Küche duftet es nach gerösteten Zwiebeln. Samstag schließen die Läden ja bereits um sechzehn Uhr, da hat meine Mutter dann mehr Zeit für aufwändigere Gerichte.

»Hallo!«, kommt ihre von Geschirrklappern begleitete Antwort, zehn Sekunden später taucht sie im Türrahmen auf. In den Händen ein Geschirrtuch, um den Bauch eine halbe Schürze, getreu ihrem Credo: Eine Köchin ohne Schürze ist wie eine Katze ohne Schwanz.

Gespannt blickt sie über ihre Lesebrille. »Na, wie war's bei dem berühmten Dichter?«

»Toll«, antworte ich, während wir in die Küche gehen. »Und wie war es im Laden? Hast du dem Ansturm gemeinsam mit Ellen standhalten können?«

»Alles paletti, Ellen hat den Blumenladen im Griff. Bei den Büchern war's heute nicht so doll, vermutlich weil gestern viel los war, und bei Regen gehen die wenigsten shoppen. Aber es war ein seltsamer Typ da. Trägt Hut und Fliege unterm Hemdkragen, sieht ziemlich gut aus, hat sich ein paar Bücher geschnappt, in den Lesesessel gesetzt ...«

»Das ist der Professor«, hake ich ein und frage, ob er was gekauft hat.

»Nein, nur Bücher angelesen. Ungefähr eine halbe Stunde lang, dann hat er alle zurück in die Regale sortiert und mich gefragt, wo denn heute die hübsche Buchhändlerin sei, die sonst immer im Laden stehe.« Sie grinst mich an. »Ich hab ihm verraten, dass das meine Tochter ist.«

»Wow, mit mir hat er noch nie geredet.« Ich nehme mir eine Flasche Apfelsaft und Wasser aus dem Kühlschrank.

»Warte, es geht noch weiter ...«

Mit Saft- und Wasserflasche und einem Glas aus dem Oberschrank nehme ich am Tisch Platz.

Meine Mutter lächelt einen Atemzug lang vor sich hin und redet erst dann weiter: »Ihre Tochter, hat er gesagt, den Kopf geschüttelt und gemeint, er hätte auf Schwester getippt. Dann hat er seinen Hut aufgesetzt und sich mit einem Augenzwinkern verabschiedet. Seltsamer Mann.«

»Mama, der hat mit dir geflirtet!«

»Quatsch«, wehrt sie mit einer Handbewegung ab und hängt das Geschirrtuch an den Haken. »Aber du hast vom Thema abgelenkt. Wo sind die Fotos von der Begrünung, die du versprochen hast?« Sie kommt zu mir an den Tisch, sinkt auf den Stuhl gegenüber und nimmt die Lesebrille ab.

»Keine Fotos, die Terrasse ist leider immer noch nicht fertig. Die Arbeit wurde auf morgen verschoben, sofern es nicht regnet.« Bis hierher entspricht alles den Tatsachen.

Mama hat mit großen Augen zugehört und reagiert nun mit einem schockierten: »Was? Wo warst du dann die ganze Zeit?«

»In der Wohnung, habe gewartet, dass der Regen nachlässt, weil meine Wetter-App das angekündigt hat.«

»Ihr immer mit euren Apps, die taugen doch nichts«, entgegnet sie abfällig und verdreht dazu die Augen. »Wenn ich wissen will, wie das Wetter wird, schau ich aus dem Fenster und beobachte die Wolken. Aber lassen wir das ... Dann hast du dort also nur gesessen und zugeguckt, wie die Tropfen fallen?«

»Natürlich nicht. Ich hab Bücher sortiert ...«, erkläre ich, während ich eine Apfelschorle mische.

Meine Mutter schnauft derart empört, als habe ich angekündigt, *Buch & Blume* an den Meistbietenden zu versteigern.

»Nina-Marie, würdest du bitte aufhören, mich für dumm zu verkaufen.«

»Das würde ich doch niemals wagen.« Ich nehme einen großen Schluck von der Schorle, ehe ich Curts Geschichte zum Besten gebe: »Ich habe tatsächlich Bücher einsortiert ... es ist nämlich so ... Curt Fernau ist gerade erst in diese Wohnung gezogen ...«

»War er denn heute da?«, unterbricht sie mich.

»Nein, er ist auf Recherchereise für ein neues Buch ...«

»Wie aufregend, also weiter ...«

Ich nicke erleichtert, dass sie mir diesen Teil schon mal abnimmt. »Also, nachdem das Wetter so mies war, wollte ich aber nicht sofort wieder verschwinden. Hätte ja sein können, dass es doch aufhört. Als Yvonne ...«

»Wer ist das denn jetzt wieder?«

»Frau Lehmann, sie ist Curt Fernaus Assistentin und hat mir Kaffee serviert, und so habe ich erfahren, dass die Wohnung noch nicht ganz eingerichtet ist. Deshalb ja auch die völlig kahle Terrasse. Yvonne hat über die Umzugskartons gestöhnt, die seit Wochen unausgepackt im Büro stehen, weil sie dafür keine Zeit hat.«

»Da hast du deine Hilfe angeboten? Wer könnte das besser als eine Fachkraft wie du.« Sie mustert mich mit diesem liebevollen Mutterblick, in der auch die Gewissheit liegt, einen kleinen Anteil daran zu haben.

»Na ja, ich dachte, rumsitzen macht schlechte Laune ...« Ich zucke mit den Schultern und unterdrücke einen Jubel, weil die Story genauso perfekt funktioniert, als wären wir Protagonisten in einem spannenden Roman.

»Extradienste zu erweisen, ist kluge Kundenbindung«, sagt meine Mutter mit zufriedener Miene.

»Sehe ich auch so. Wenn das Wetter morgen passt, werde ich eine Sonntagsschicht einschieben. Und jetzt kommt das Beste …« Ich lege eine kleine Spannungspause ein, ehe ich verkünde: »Du darfst die fertige Terrasse besichtigen.«

Mamas Wangen färben sich schlagartig rosa. Ihre blaugrauen Augen glänzen vor Aufregung, und sie scheint es noch nicht recht glauben zu können. »Was? Wirklich? Kein Scherz?«

»Kein Scherz. Yvonne hat versprochen, es möglich zu machen, wenn Curt Fernau außer Haus ist. Er mag nämlich keine Besuche und überhaupt keine fremden Menschen in der Wohnung. Die kleinste Unruhe stört seine Konzentration. Sogar sie muss wie ein Mäuschen durch die Wohnung huschen. Aber es gibt immer mal ein Wochenende, wo er unterwegs ist, so wie heute. Sie will uns rechtzeitig Bescheid geben.«

Curt hat tatsächlich angeboten, dass sie die fertige Begrünung besichtigen darf, wenn er einen Arzttermin wahrnimmt.

»Siehste!«, triumphiert meine Mutter.

Wenn sie wüsste! Aber ich nicke und freue mich, sie mit Curts kleiner Finte glücklich gemacht zu haben.

14

In Wahrheit habe ich nur die Gedichtbände wieder einsortiert. Obwohl ich Curts Regale mit großem Vergnügen ordnen würde. Doch das wurde längst von der Umzugsfirma erledigt, die Curts Umzug von Berlin-Charlottenburg nach Spandau übernommen hat. Damals, vor einem Jahr, muss er sein Augenlicht verloren haben. Warum, wobei, wodurch? Er will nicht darüber reden. Er hat meine vorsichtigen Fragen genauso grob abgeschmettert wie mein Bedauern, dass es keinen neuen Fernau-Roman geben wird. Niemand weiß von seiner Erblindung oder was genau passiert ist, und das *muss* unbedingt so bleiben.

Vorerst habe ich seine Bitte, die eher eine Forderung war, akzeptiert, so schwer es mir auch fällt. Aufgeben werde ich aber nicht, irgendwann erzählt er vielleicht doch, was vor einem Jahr geschehen ist. In Zukunft werde ich ihm nämlich regelmäßig vorlesen.

Jeden Sonntag.

Ich war sofort einverstanden, als Curt gefragt hat, ob ich mir vorstellen könnte, das zu wiederholen. Wie sollte ich ihm diese Bitte abschlagen? Er wollte mich dafür bezahlen. Selbstverständlich habe ich abgelehnt. Dass er mir gerne zuhört, ist Ehre genug. Und es gibt noch einen Grund, warum ich zugesagt habe: Während des Lesens war mein Kopf wie ausgeschaltet. Meine Traurigkeit wie weggewischt. Meine Gedanken sind verstummt. Haben aufgehört, unablässig um Eric zu kreisen. Ich werde Eric niemals vergessen, unsere Liebe war etwas Besonderes. Aber ich will weiterleben, muss einen Weg finden, nicht mehr jede Nacht zu weinen. Und heute war so ein Tag, an dem ich wieder gelebt habe.

Nur einmal habe ich doch an Eric gedacht. Als mir die Kinderbücher und Reiseführer aufgefallen sind. In diesem Moment habe ich mich an einen Sonntag mit Eric erinnert, der überraschend endete.

Die Erinnerung ist so deutlich, dass ich sie aufschreibe.

3 Jahre vorher

Sie lagen auf einer Picknickdecke und beobachteten dicke weiße Schlagsahnewolken, die ein sanfter Wind über den tiefblauen Himmel schob. An diesem letzten Sonntag im Mai herrschte ein Traumwetter wie auf den kunterbunten Kinderzeichnungen, die Marie als Vierjährige gemalt hatte. Es war einer dieser Tage, an denen die Berliner aus den Wohnungen an die Sandstrände der umliegenden Seen fuhren. An denen sich lange Schlangen an Wasserrutschen bildeten. An denen das fröhliche Lachen von übermütigen Kindern über Strände und Liegewiesen wehte. An dem Picknick und Eiscreme dazugehörten. Und Sonnencreme auf keinen Fall fehlen durfte. Auch wenn die Haut davon klebrig wurde und der Sand darauf noch am Abend haftete.

Heute war Maries zweites Date mit Eric. Er war die letzten Tage in den österreichischen Weinbergen unterwegs gewesen. Eine Reise auf persönliche Einladung, die er nicht hatte absagen können. Auf die er Marie unbedingt hatte mitnehmen wollen. Doch wer hätte dann ihre Mutter im Blumenladen unterstützt? Ein kleiner Trost waren die unzähligen Nachrichten und Selfies, die Eric geschickt hatte, und die täglichen Anrufe nach Ladenschluss. »Hast du zufällig ein paar Minuten Zeit?«, begann er jedes Mal das Gespräch, worauf Marie dann antwortete: »Du meinst, weil ich absichtlich gerade den Laden abgeschlossen habe?«

Zwei Sonntage waren vergangen, seit Eric ihr an diesem besonderen Muttertag vor die Füße gefallen war. Doch Marie hatte das Gefühl, als würden sie sich schon Jahre kennen. Bei keinem ihrer Telefonate entstanden peinliche Sekunden des Fremdelns oder Schweigens, wo jeder darauf wartete, dass der andere die Unterhaltung in Gang hielt. Ihre Gespräche waren wie Ping-Pong-Spiele, in denen Bälle in Hochgeschwindigkeit hin- und herflogen.

Überrascht hatten sie festgestellt, dass sie beide nicht kochen konnten, aber leidenschaftliche Esser waren. Eric hatte gescherzt, dass er als Restauranttester seinen Traumberuf gefunden habe. Sie hatten über Lieblingsgerichte, Bücher und Reisen gesprochen. Dass Marie lieber in einem Buch versinken, als Zukunftspläne schmieden würde. Niemand kannte die Zukunft. Sie könnte in der nächsten Minute enden. Eric vertraute auf die Zuverlässigkeit des Zufalls. Der immer ins Schwarze traf, wie ihre Begegnung bestätigte.

Marie ließ Sand durch die Finger rieseln. »Mit geschlossenen Augen fühlt es sich an, als würden wir nicht am Wannsee, sondern irgendwo weit weg an einem Meer liegen«, sagte sie nach einer Weile. »Wie der See ans Ufer schwappt, klingt genauso wie Meereswellen.«

Eric tastete nach ihrer Hand und verschränkte seine Finger in ihren. »Lass uns in meinen Camper steigen und losfahren und erst anhalten, wenn wir das Meer sehen.«

»Jetzt gleich?«

»In der Minute!«

Sie öffnete die Augen, drehte ihm den Kopf zu. »Du bist verrückt!«

»Verrückt nach dir!« Eric richtete sich auf, stützte sich auf die Unterarme und strich zärtlich eine Haarsträhne aus ihrer von Sonnencreme verklebten Stirn. Dann küsste er sie. Erst nur ganz sanft, doch schnell wurden seine Lippen drängender, leidenschaftlicher, um sich dann aber abrupt von ihrem Mund zu lösen.

Marie ließ ihre Armen sinken. »Was hast du?«

»Wir wollen doch kein öffentliches Ärgernis erregen.«

»Wo steht der Camper?« Marie atmete schwer, ihr war heiß, sehr heiß, aber nicht von der Sonne. Erics Küsse lösten ein Verlangen in ihr aus, dass sie schon bei der allerersten Berührung gespürt hatte.

»Immer noch auf dem Parkplatz, wenn ihn keiner geklaut hat.« Marie war schnell auf den Beinen. »Dann los! Entführ mich!«

Eric lächelte sie an, stand dann genauso flink auf. Ein verschwörerischer Blick, sie rafften Decke und Kleider zusammen. Machten sich nicht die Mühe, irgendetwas davon anzuziehen. Hetzten barfuß in Bikini und Badeshorts zum Parkplatz; vorbei an dösenden Pärchen, umrundeten spielende Kinder, lachten über schnarchende Familienväter. Ignorierten den heißen Asphalt, der an den nackten Fußsohlen brannte. Winkten dem alten Mann zu.

»Dit is Berlin! Immer en kleenet bisschen verrückt«, rief der Alte ihnen zu.

Der Camper stand jetzt in der prallen Sonne. Im Innenraum war es tropisch heiß. Achtlos ließen sie ihre Kleider fallen. Eric schaltete die Klimaanlage ein. Marie zog die Vorhänge zu. Er umarmte sie von hinten, sie drehte sich um, schlang ihre Arme um seinen Hals und atmete den Duft nach Sonnencreme und Sand ein. Sie schloss die Augen und spürte seinen keuchenden Atem an ihrem Ohr, der ihr Verlangen nach ihm steigerte.

Eric drücke sie fest an sich. Seine Hände wanderten über ihren Rücken, während sie sich an ihn drängte. Trotz der wüstenähnlichen Hitze im Wageninneren zitterte sie am ganzen Körper. Noch nie hatte sie sich so nach einem Mann gesehnt. Nie zuvor hatte es sich so intensiv, so leidenschaftlich und zärtlich zugleich angefühlt. Nie zuvor war sie in so kurzer Zeit so verliebt gewesen. Nie zuvor war sie so sicher, dass dieser Mann, den sie kaum kannte, ihre große Liebe war.

»Ich will dich jetzt sofort und gleich hier«, raunte Eric und schob den Träger des Oberteils von ihrer Schulter.

»Ich auch«, flüsterte Marie und öffnete den Verschluss ihres Bikinioberteils.

Ein heftiges Pochen am Fenster schreckte sie auf.
»Hey, fahren Sie gerade weg?«, erklang eine männliche Stimme.
»Später!«, antwortete Eric und zog Marie wieder an sich.
Erneute klopfte es an der Seitenscheibe. »Wie viel später?«
»Nicht mehr antworten«, flüsterte Eric und dirigierte Marie sanft zu dem Bett im Fond des Wagens.
»Sorry, wenn ich noch mal störe ...« Es folgte ein vorsichtiges Klopfen. »Ich hab Kinder in meinem Camper, die wollen dringend ins Wasser. Aber ich finde keinen passenden Parkplatz und eurer wäre perfekt. Bitte. Ich wäre euch ewig dankbar.«
»O Mann«, stöhnte Eric und verdrehte die Augen. »Gegen Kinder kommen wir nicht an.«
Marie küsste ihn zärtlich auf den Mund. »Lass uns fahren.«
»Aber ich will erst nachschauen, wie dringend es wirklich ist.« Eric öffnete die Seitentür. »Hey, wie viele Kinder hast du denn?«, fragte er den etwa dreißigjährigen Mann mit einem Kleinkind auf dem Arm.
»Vier, mit der Kleinen hier. Drei sitzen im Wagen.« Er deutete auf einen Camper in Sichtweite, der Erics zum Verwechseln ähnlich sah.
»Okay, wir sind gleich weg ... Tut mir leid«, sagte Eric zu Marie, als er sein Shirt überzog.
Marie hatte ihr Kleid bereits angezogen, auf dem Beifahrersitz Platz genommen und den Sicherheitsgurt befestigt. »Kinder haben immer Vorrang.«
Eric wartete hinterm Steuer, bis der Familienvater mit seinem Wagen die Straße überquert hatte. Dann rangierte er aus der Parklücke und betätigte zum Abschied ein paarmal die Hupe. »Willst du Kinder?«
Überrascht blickte Marie zur Seite. Sie kannten sich gerade mal zwei Wochen. Hatten noch keinen Sex miteinander. Ein panischer Parkplatzsucher hatte verhindert, dass es in einem überhitzten Camper zum ersten Mal dazu kam. Dennoch fand sie die Frage nicht un-

angebracht. Eher romantisch. Für sie ein Indiz, dass Eric nicht an einer oberflächlichen Romanze interessiert war.

»Irgendwann«, antwortete Marie. »Aber ich habe mir noch keine Gedanken über dieses Thema gemacht.«

»Ich eigentlich auch nicht.« Eric hob die Schultern. »Doch der Typ eben hat schon vier und ist höchstens dreißig. Ich bin einunddreißig, also ungefähr gleich alt.« Er schenkte Marie einen Seitenblick, ehe er sich wieder auf die Straße konzentrierte. »Vielleicht ist es höchste Zeit für mich.«

»Wer weiß, ob das alles seine eigenen waren«, entgegnete Marie.

»Geliehene Kinder?« Eric lachte.

»Von Freunden oder aus der Familie. Oder mit der Frau dazugekommen. Er könnte auch der Babysitter oder Onkel sein.«

»Ah ... okay ... Familie auf Probe ... megacoole Idee.« Eric löste seine rechte Hand vom Steuer und legte sie auf Maries Hände, die locker in ihrem Schoß lagen. »Sollen wir uns auch ein paar Kinder ausleihen und eine Weile glückliche Familie spielen? Wir könnten Kindermenüs in Restaurants probieren, in Eisdielen alle Sorten verkosten oder Hotels auf ihre Kinderfreundlichkeit testen. Wie wäre das?«

Marie lachte so heftig, dass sich der Haarknoten löste, den sie nachlässig auf dem Oberkopf festgesteckt hatte, und ihr Lachtränen über die Wangen liefen.

Eric umfasste wieder mit beiden Händen das Lenkrad. »Und wenn es uns gefällt, gründen wir eine große Familie, bekommen eigene Kinder, kaufen ein Haus mit Garten, ich lerne kochen, mache den Haushalt, und du eröffnest eine Buchhandlung mit Kinderbüchern und meinen Reiseführern, die ich noch schreiben werde.« *Er drehte sich einen Moment zu Marie und schaute sie mit glänzenden Augen an, als wären sie bereits verheiratet oder zumindest verlobt.* »Wie findest du den Plan?«

Marie zwirbelte ihr Haar wieder zusammen und steckte es fest. »Verführerisch! Ein eigener Buchladen war schon immer mein großer

Traum. Es gibt da nur ein winziges Detail, an dem das Ganze scheitern könnte.«

»Das da wäre?«

»Wir sollten erst mal Sex haben! Vielleicht gefällt dir nicht, wie ich stöhne oder seufze oder deinen Namen laut schreie, wenn ich einen Orgasmus habe.«

»Okay!« Eric nickte. »Ich könnte auf den nächsten Parkplatz fahren, und wir beenden, was wir eben angefangen haben.«

»Kein guter Plan. Auf dem Parkplatz vorhin hat es auch nicht geklappt. Ich finde, wir sollten das nicht wiederholen. Ein gemütliches Bett hingegen fände ich so richtig nice«*, sagte Marie.*

Eric tippte sich mit der flachen Hand an die Stirn, als wollte er salutieren. »Gemütliches Bett! Zu Befehl! Kommt sofort!« Dann stieg er aufs Gas.

Zu Erics Zweizimmerwohnung in der Charlottenburger Kantstraße waren es noch ungefähr zehn Minuten. Marie war gespannt auf seine Bleibe und spürte ein aufgeregtes Kribbeln, das ihren gesamten Körper erfasste. Als wäre es tatsächlich das »erste Mal«.

Sie war sechsundzwanzig Jahre alt, hatte ihren ersten Sex mit sechzehn und zwei längere Beziehungen gehabt. Trotzdem fühlte sie sich wie ein Teenager, der beschlossen hatte, heute die Unschuld zu verlieren.

Aber es bestand überhaupt kein Grund, nervös zu sein. Auch wenn zwischen ihr und Eric außer heißen Küssen noch nichts gewesen war. Marie wusste seit dem allerersten Kuss, dass sie für den Rest ihres Lebens so geküsst werden wollte. Nach den Telefonaten in der letzten Woche hatte sie jede Nacht von Eric geträumt. Kurze erotische und auch lange romantische Träume. Nach dem Aufwachen hatte sie sich jedes Mal gewünscht, ihre nächtlichen Bilder würden Realität. Und heute könnte genau das geschehen.

Eric fand schnell einen Parkplatz in der Nähe seiner Wohnung.

»Ganz zufällig für dich frei«, neckte Marie ihn, als sie ausstiegen.

»Kein Zufall!« Eric drückte auf den Autoschlüssel. Die Lichter

blinkten kurz auf. »Der freie Platz ist ein Dankeschön des Universums, weil ich für den Familienvater weggefahren bin. Und das, obwohl es uns beiden doch überhaupt nicht in den Kram gepasst hat.«

»Gute Taten verdienen eine Belohnung, das ist nur gerecht.« Marie schaute Eric herausfordernd an. »Und wo bleibt meine?«

Eric nahm ihre Hand. »Nur noch ein klein wenig Geduld.«

Erics Apartment befand sich in der vierten Etage eines edel sanierten Altbaugebäudes mit reichlich Außenstuck, einer opulenten Haustür, Motivkacheln im Hauseingang und einem altertümlichen, schneckenlangsamen Fahrstuhl im Drahtkorb.

»Ganz schön schnieke«, urteilte Marie, als sie über einen roten Kokosläufer schritten.

Eric schaute sie mit ernster Miene an. »Ich habe einen ganz einfachen Geschmack: Ich bin immer mit dem Besten zufrieden ...«

»Ist das dein Lebensmotto?«, entgegnete Marie lachend.

»Es gibt schlechtere, oder? Aber ich will mich nicht mit fremden Federn schmücken, diese Weisheit stammt von keinem Geringeren als dem großen Oscar Wilde.«

Der Fahrstuhl steckte irgendwo unterm Dach fest, es konnte ewig dauern, bis er ins Erdgeschoss ruckelte.

»Zu Fuß sind wir schneller«, meinte Eric.

Keuchend kam sie in der vierten Etage an. Den hübschen Blumenschnitzereien an der Wohnungstür widmete Marie nur einen flüchtigen Blick. Sie konnte es kaum erwarten, bis Eric die Tür aufgeschlossen hatte.

Von einer rechteckigen Diele ging es zu einer Wohnküche mit kleinem Balkon, dem Bad und den beiden Zimmern.

Alle Türen standen offen. Als habe er nichts zu verbergen. Das weißgeflieste Badezimmer sah frisch geputzt aus. Der geschlossene Toilettendeckel erheiterte Marie so sehr, dass sie auflachte.

»Was ist so lustig?«

»Meine Mutter hat mal gesagt: Wann immer du eine private Woh-

nung betrittst, schau das Badezimmer an, dann weißt du, mit wem du es zu tun hast.«

»Und, wie lautet dein Urteil?«

»Du kannst vielleicht nicht kochen, aber als Putzmann bist du topp!«

»Das ist nur eines meiner vielen Talente«, konterte Eric und führte sie in den größten Raum.

Marie schaute sich neugierig um: Durch drei große Fenster fiel gelbliches Nachmittagslicht auf helles Fischgrätparkett. Die Möblierung war minimalistisch: ein leicht ramponierter Sessel aus der Mid-Century-Epoche, ein Daybed aus derselben Zeit und ein niedriger Tisch mit schwarzen Metallbeinen. Dagegen wirkten die gut gefüllten Bücherregale an der Wand gegenüber dem Sofa beinahe protzig.

»Meine Bibliothek! Wie findest du sie?«

Marie ließ ihren Blick noch einmal durchs Zimmer wandern, ehe sie antwortete: »Geschätzte sechs Meter Regal gefüllt mit Büchern in einem Zimmer nach Süden, in guter Lage, traumhaft …«

»Du kannst jederzeit einziehen«, sagte Eric, als wäre die Wohnung zu vermieten.

Marie spielte mit: »Dann würde ich mir gerne das Schlafzimmer ansehen, das ist ja nicht ganz unwichtig.«

Eric streckte den Arm aus und deutete auf das gegenüberliegende Zimmer. »Dort bitte schön. Wenn ich vorausgehen darf«, sagte er in der Manier eines übereifrigen Maklers.

Auch in diesem Zimmer entdeckte Marie keinen überflüssigen Tand: ein breites Bett aus hellem Holz mit Kopfteil, dunkelgrüne Bettwäsche, vier verschiedenfarbige Kopfkissen und eine sandfarbene Decke. Eine fahrbare Kleiderstange mit Klamotten, darunter Schuhe, ordentlich aufgereiht. Durch die schräg gestellten Lamellen der Jalousie am Fenster flimmerte Tageslicht. Marie fand es romantisch, wie das Zimmer in einem französischen Film, in dem eine heimliche Affäre begann.

Am Fußende stand ein Tisch auf Rollen, darauf ein mittelgroßes TV-Gerät.

»Fernsehen im Bett?«

Eric zog die Augenbrauen hoch und zuckte die Schultern. »Wo sonst?«

»Ja, wo sonst«, sagte Marie und deutete auf den Pappkarton in einer Ecke. »Und was hast du dort versteckt?«

»Deine Überraschung«, antwortete Eric, öffnete den Karton und holte fünf Bücher heraus, die er Marie überreichte. »Mein Reiseführer mit Routen zu den schönsten Stränden Europas.«

»Vielen Dank.« Marie betrachtete das Cover: Ein Camper, der an einem überbreiten Strand parkte, daneben lag ein Mann im Sand. »Aber warum bekomme ich gleich fünf Exemplare?«

»Als Grundstock für deine Buchhandlung, die du eines Tages eröffnen wirst.«

»Wieso bist du so sicher, dass sich mein großer Traum erfüllen wird? Ein eigener Laden setzt ja mehr voraus als Bücher. Ein Ladenlokal, den Gewerbeschein und natürlich Geld in erster Linie.«

»Ich weiß es einfach. Eines Tages wirst du diese Bücher in deine Regale einräumen und dich genau an diesen Moment erinnern.« Er nahm Marie die Bücher wieder weg, legte sie auf den Karton und zog sie sanft ans Bett. »Aber es wird ja noch eine Weile dauern, und bis dahin können wir noch jede Menge Spaß haben.«

15

Büchersendungen auspacken, die Klappentexte studieren und die Exemplare bei den Neuheiten präsentieren, gehört zu meinen Lieblingsbeschäftigungen. Dafür begebe ich mich gerne eine Stunde früher in den Laden, um in unserem winzigen Hinterzimmer ungestört zu arbeiten oder zu schmökern.

Etliche Wohlfühlromane sind dabei, deren Geschichten am Meer spielen, passend für die kommende Urlaubszeit. Lesestoff, um in der Sonne zu liegen, sich wegzuträumen, den Alltag mit seinen Problemen für eine Weile zu vergessen. Auch Krimis und Thriller, die noch immer zu meinem bevorzugten Genre gehören, sind im Sommer gefragt.

Ich überlege, ob unter den neuen Romanen einer dabei ist, der sich für die Vorlesestunden bei Curt eignet. Ob er Spaß an einem leichteren Text haben könnte? Oder ob ein spannender Thriller ihn motivieren könnte, sich auf seine Bestimmung zu besinnen. Ich habe einige der neu übersetzten Romane von Georges Simenon bestellt. Womöglich hat Curt die älteren Werke des großen Meisters im Regal, dann wäre eine vergleichende Lesung interessant. Herauszufinden, ob sich bei den Neuübersetzungen etwas geändert hat.

Ein forderndes Klopfen an der Schaufensterscheibe lässt mich zusammenzucken. Habe ich etwa die Öffnungszeit verpasst? Laut meinem Handy ist es neun Uhr einundvierzig. Mir bleiben also noch fast zwanzig Minuten. Ellen und meine Mutter trudeln für gewöhnlich erst kurz vor zehn ein.

Doch es scheint, als zähle für jemanden jede Sekunde, denn es klopft erneut, begleitet von lautem »Huhuuu«. Wer weiß, welcher Notfall da vor dem Laden steht, denke ich und eile aus dem Hinterzimmer an die Tür.

Davor steht meine Freundin Suse in der Morgensonne und sieht genauso aus wie auf dem Selfie, das sie mir vor einer Weile geschickt hat: die blonden Locken nachlässig zu einem Dutt gebunden, nur die verspiegelte Sonnenbrille fehlt. Sie strahlt mich an und winkt mit beiden Händen. »Huhuuuu, Nina, hier bin ich«, höre ich durchs Schaufenster.

Ich schließe auf, und wir fallen uns in die Arme.

»Wie gefällt dir die Überraschung?«, fragt Suse, nachdem wir uns ausgiebig gedrückt haben.

»Mega, und ich bin gerührt, dass du den weiten Weg aus der

Stadt auf dich genommen hast. Komm rein …« Ich hake Suse unter, lasse sie erst im Laden wieder los und bombardiere sie mit Fragen: »Wie geht es dir? Wie war die Kreuzfahrt? Hast du so viel verdient, dass du eine Weile nicht mehr kellnern musst?«

Suse lacht. »Luft holen nicht vergessen, Nina …« Dann dreht sie sich mit ausgebreiteten Armen einmal im Kreis, dass der weite Rock ihres bunt gemusterten Vintage-Kleides schwingt. »Mir geht es prächtig. Die Kreuzfahrt war lustig, ich habe kein einziges Mal gekotzt und tatsächlich genug verdient, um mir jetzt einen kleinen Luxus leisten zu können.«

Wenn Suse von Luxus spricht, muss es ihr sehr gut gehen, und das freut mich riesig für sie. Soweit ich weiß, hat sie in den letzten Monaten hart schuften müssen, um über die Runden zu kommen. Sie hat es verdient, ein wenig ausruhen zu dürfen. Obwohl sie nicht wirkt, als sei sie gestresst oder überarbeitet. Ihre Haut ist goldbraun getönt, die blauen Augen glänzen und von Müdigkeit keine Spur.

»*Luxus* klingt super. Und was genau verstehst du darunter?«, frage ich neugierig. »Jeden Tag bis Mittag schlafen? Wohl eher nicht, sonst würdest du nicht schon kurz vor zehn bei mir in Spandau aufkreuzen. Du wohnst doch immer noch in Kreuzberg, oder? Das ist schon eine halbe Weltreise.«

»Immer noch WG, ist zwar nicht optimal, aber für eine eigene Wohnung reicht mein Verdienst leider noch nicht. Aber …« Suse macht eine kurze Pause: »Ich kann es mir leisten, mit einer freien Theatergruppe aufzutreten. Für umme … Wir teilen uns dann die Einnahmen. Wenn es gut läuft, verdienen wir am Ende auch was …«

»Wow, das ist super …« Ich weiß, dass Suses Herz am Theater hängt. Sie steht viel lieber auf einer Bühne als vor einer Kamera. Vor Publikum würde sich beweisen, ob man Talent hat oder nur den Text aufsagt. Auf der Bühne gebe es nur diese eine Chance, keine Schnitte, keine Wiederholungen. Am Applaus lasse sich dann erkennen, wie überzeugend man war.

»Hallo, guten Morgen«, ertönt die Stimme meiner Mutter aus dem Blumenladen.

»Bei den Büchern«, rufe ich ihr zu.

Als Nächstes hören wir ein »Guten Morgen« von Ellen.

»Tut mir leid, ich muss Ellen gleich bei einer großen Bestellung helfen, sonst könnten wir noch irgendwo einen Kaffee trinken«, erkläre ich Suse. »Aber wie wäre es, wenn wir uns heute Abend treffen? Was unternehmen, wie früher?«

Suse schaut mich an, als habe ich verkündet, auswandern zu wollen. »Du willst mit mir ...« Sie deutet mit der Hand von mir zu ihr und wieder zurück. »Unfassbar, dass ich das noch erlebe! Was ist passiert? Wer hat dieses Wunder vollbracht?« Sie tritt einen Schritt zurück und beäugt mich von Kopf bis Fuß. »Du trägst zwar immer noch diese ausgebeulte Jeans und ein olles Schlabbershirt, siehst aber trotzdem verändert aus. Dein Trauergesicht ist verschwunden. Gibt es einen neuen Mann?«

»Kein neuer Mann, aber es ist Einiges passiert, erzähle ich dir alles heute Abend«, verspreche ich.

»Ich kann es kaum erwarten ... doch bevor ich wieder verschwinde ... ich bin eigentlich gekommen, weil ich was kaufen wollte.«

»Ein Buch?«

»Auch zwei oder drei, zum Thema Kindergeburtstag. Die Eventagentur, die mir den Job auf dem Kreuzfahrtschiff vermittelt hat, organisiert auch private Kinderpartys. Im großen Stil, mit Meerjungfrau im Pool, wenn vorhanden, oder einer guten Fee, die Wünsche erfüllt ...« Suses Augen sprühen vor Begeisterung.

»O Suse, du bist perfekt dafür. Die Kids werden dir zu Füßen liegen«, beteuere ich in voller Überzeugung.

Suse stößt einen kleinen Seufzer aus. »Ich wurde gefragt, ob ich mir zutraue, einen Kindergeburtstag zu organisieren. Es wird gut bezahlt, deshalb habe ich behauptet, es wäre kein Problem. Aber ich muss ein Konzept verfassen, wie ich so einen Geburtstag gestalten würde, und es an die Agentur schicken.«

»Wir führen ja leider keine Kinderbücher und auch keine Sachbücher, aber ich kann was bestellen, das ist morgen da.« Ich fahre den Rechner hoch und suche im Sortiment. »Hier sehe ich was, das könnte passen ... Kinderspiele für drinnen, draußen, unterwegs, Geburtstage und mehr ... zum Beispiel Schatzsuche, Schnitzeljagd, Theater spielen ...«

Suse zieht eine Grimasse. »Das klingt toll, aber ich hatte gehofft, noch heute ein paar Ideen auszubrüten und mich sofort an dieses Konzept zu machen. Ich will das schnellstens abliefern.«

»Versuch es doch in der Stadtbibliothek. Ich gebe dir meinen Ausweis, dort ist sicher was Passendes im Bestand ... Die Bibliothek ist in der Carl-Schurz-Straße ... Die ist ...«

Suse zückt ihr Handy. »Google kennt den Weg. Danke!« Sie bedankt sich mit einer innigen Umarmung und Wangenküssen. Dann lade ich Suse zum Essen bei meinem Bruder ein. Sein Lokal liegt in Kreuzberg in unmittelbarer Nähe von Suses WG. Sie hat es nicht weit, und ich komme mal raus aus Spandau.

Ich hole den Bibliotheksausweis aus meiner Tasche und begleite Suse noch zur Tür.

Winkend läuft sie davon. »Ick freu mir ...«, berlinert sie fröhlich. »Und zieh dir was Cooles an ...«

»Ick freue mir och«, rufe ich ihr vergnügt nach.

Und ich freue mich wirklich sehr auf den Abend mit meiner besten Freundin, die ich viel zu lange nicht mehr gesehen habe. Schon sie zu umarmen und auch das kurze Gespräch haben die Wirkung einer Glückspille.

Während ich in den Blumenladen spaziere, bin ich so euphorisiert, dass ich tatsächlich über ein neues Outfit nachdenke. Wenn

Mama mich vertritt, könnte ich eine Stunde früher Feierabend machen.

Meine Mutter sitzt im Büro und ist mindestens so begeistert wie ich, dass ich mich endlich unter Menschen wage und eine Shoppingtour plane. »Du kannst gerne früher gehen, vorausgesetzt, ihr schafft die Bestellungen bis achtzehn Uhr.« Sie überreicht mir eine lange Liste.

Ich überfliege sie verwundert. Das ist reichlich Arbeit. »Kam das erste heute rein?«

»Nein, das sind die Tischdekorationen für die große Verlobungsfeier morgen. Du hast den Auftrag aber nicht vergessen, oder?«

»Ach die ... nein, nein, eben hab ich noch zu Suse gesagt, dass heute viel zu tun ist, hatte nur den Namen der Kundschaft nicht mehr im Kopf und was im Einzelnen gewünscht wird.«

Mama nickt und klatscht in die Hände. »Dann flott an die Arbeit. Ich kann leider nicht mithelfen, bin mit der Steuer in Verzug ...«

»Wir werden schon rechtzeitig fertig«, versichere ich und verziehe mich summend zu Ellen in den Arbeitsraum.

Ellen kam vor knapp drei Jahren zuerst als Aushilfe in den Blumenladen. Als meine Beziehung zu Eric enger wurde und ich nach Charlottenburg gezogen bin, wurde Ellen fest angestellt. Nach Erics Tod, als ich nicht wusste, wie ich weiterleben sollte, hat Mama mich aufgenommen. Anfangs hat sie mir nur kleine Arbeiten im Blumenladen aufgetragen, und das war die richtige Therapie. Umgeben von zarten Blüten, eingehüllt in Blumenduft und von Ellen in die Kunst der Floristik eingeweiht, kroch ich langsam aus meinem Trauerloch zurück ins Leben.

Ellen und ich waren von Anfang an ein gutes Team. Wenn wir gemeinsam an einem Auftrag arbeiten, ist das für mich wie ein Floristik-Workshop. Sie hat diesen wunderschönen Beruf drei

Jahre lang erlernt und freut sich jedes Mal, wenn sie mir etwas Neues zeigen kann.

Im Vergleich zu ihr stehe ich noch ziemlich am Anfang. Yvonne versichert zwar gerne, dass ich schöne Sträuße binde, aber ihre Ansprüche sind eher bescheiden. Den Grund dafür kenne ich ja inzwischen.

Ellen sortiert bereits die bestellten Blumen. Als ich an den Arbeitstisch trete, hebt sie den Kopf und schaut mich mit ihren von dichten Wimpern umrandeten dunklen Augen neugierig an. »Du hast ja heute extra gute Laune. Ich hab dich noch nie summen gehört.«

Sie kennt meine Geschichte grob, hat mich aber nie mit neugierigen Nachfragen bedrängt.

»Meine beste Freundin ist überraschend aufgetaucht …« Ich erzähle von der Verabredung und dass ich mir eventuell ein neues Outfit zulegen möchte.

Mein Blick fällt auf Ellens bunt lackierte Nägel. Jeder Finger in einer anderen Farbe. Was supercool zu dem schwarzen ärmellosen Sommerkleid und den Blumen-Tattoos aussieht. »Aber wenn es zeitlich mit neuen Klamotten nicht klappt, wären so tolle bunte Fingernägel auch schon was. Eric würden sie …« Ich stocke.

Eric hat mir einmal die Nägel an den Händen lackiert und ich seine Fußnägel. Die Erinnerung legt sich sofort wie ein schwarzes Tuch auf meine Fröhlichkeit, macht mich traurig. Und genau das will ich nicht mehr.

»Egal … stürzen wir uns in die Arbeit«, wechsele ich schnell das Thema.

»Wenn wir nicht trödeln, könnten wir sogar bis fünf fertig werden«, meint Ellen, die genauer abschätzen kann, wie lange das Binden dauert. »Vorausgesetzt, es bleibt ruhig und die Laufkundschaft nimmt nicht überhand.«

Als wäre es an Freitagen jemals wirklich ruhig gewesen, denke ich, und im selben Moment höre ich auch schon ein ungeduldiges »Hallooohooo« aus dem Buchladen. Der dunklen Stimme nach ein Mann. Es trifft sich gut, dass ich die grüne Arbeitsschürze noch nicht umgebunden habe, so kann ich direkt zu den Büchern eilen.

Als ich durch den Rundbogen trete, der unsere beiden Läden miteinander verbindet, bleibe ich eine Sekunde lang verblüfft stehen. An unserem Extratisch mit den Bestsellern steht Jack. Wieder fällt mir auf, wie attraktiv er aussieht; er trägt einen hellgrauen Anzug mit weißem Shirt unter dem Jackett und hellbraune Lederschuhe an den Füßen. Eine Sonnenbrille lugt aus der Brusttasche des Jacketts heraus. Auf dem Fußboden steht die eckige Tasche, die ich schon kenne, in der er seine Kamera nebst diversen Objektiven transportiert.

Scheint ein Überraschungsfreitag zu werden. Wir haben uns seit Abschluss der Terrassenbegrünung vor zwei Wochen nicht mehr gesehen.

»Hallo«, das ist ja eine nette Überraschung, begrüße ich ihn mit freundlichem Lächeln. Und ich freue mich tatsächlich, ihn zu sehen. Mit seiner Hilfe waren die letzten Arbeiten auf der Terrasse schnell erledigt, und dafür bin ich ihm wirklich dankbar.

»Guten Morgen, Nina, entschuldige, dass ich so unhöflich durch den Laden gebrüllt habe, ich bin etwas in Eile. Muss zu einem Fototermin …« Sein Blick wandert kurz zu der Tasche. »Ein Pressetermin für eine neue Netflixserie.«

»Es sind keine Blumen bestellt«, entgegne ich in der Annahme, dass er von Yvonne geschickt wurde. »Falls es für Curt sein soll, binde ich dir gerne einen Strauß. Dauert gar nicht lange.«

»Nein, nein, keine Blumen, ich möchte tatsächlich ein Buch.«

»Verstehe … willst du dich umsehen oder soll ich dir was empfehlen?«

»Nichts davon, ich suche einen Fotoband von Peter Lindbergh,

Images of Women, so der genaue Titel. Es gibt nämlich diverse Fotobände von Lindbergh ...«

»Wir führen leider keine Sachbücher ... der Laden ist einfach zu klein ...« Ich breite demonstrativ meine Arme aus. »Aber ich bestelle es sehr gerne. Wenn du es allerdings sofort benötigst, muss ich dich zur Konkurrenz schicken. Die haben es vielleicht da.« Ich wundere mich ohnehin, warum er nicht online bestellt. Ist sein Besuch vielleicht ein Vorwand? Doch er schaut mich vollkommen neutral an. Nicht unfreundlich, aber er flirtet definitiv nicht mit mir. Auch wenn ich aus der Übung bin, flirten ist wie Radfahren oder schwimmen, das verlernt man angeblich nicht.

»Morgen oder die nächsten Tage ist okay. Wenn du so lieb wärst und es für mich bestellst ...«

»Klar, mache ich gerne ... ich bin dir für deine Hilfe ohnehin einen Gefallen schuldig. Ohne dich wäre ich niemals so schnell fertig geworden. Dafür noch mal danke ...«

»Immer wieder gerne«, entgegnet er mit einem charmanten Lächeln.

Ich lächle ebenfalls, begebe mich dann an den Computer und suche erst einmal beim Großhändler, ob der Lindbergh auf Lager ist. »Dauert zwei Tage, soll ich dich anrufen, oder kommst du einfach wieder vorbei?«

»Schick mir eine Nachricht. Meine Nummer hast du ja noch, oder?« Er tritt nervös von einem Bein aufs andere.

»Ist abgespeichert«, versichere ich.

Er greift in sein Jackett und fördert eine kleine Mappe zutage. »Ich kann gleich bezahlen, wenn du möchtest.«

Ich hebe leicht die Hand. »Nicht nötig, wir kennen uns doch, und du hast es eilig.«

Er verzieht den Mund und schnauft fast unhörbar. »Ja, irgendwie bin ich heute nicht aus dem Bett gekommen, und das werde ich den ganzen Tag büßen. Also dann bis morgen«, sagte er und

korrigiert sich beim nächsten Atemzug: »Eher bis Montag ...«
Er zieht die Sonnenbrille aus der Brusttasche, setzt sie auf und greift nach der Kameratasche. »Wünsche gute Geschäfte ...« Damit dreht er sich um und verlässt den Laden.

Verwundert schaue ich ihm hinterher. Er ist im Stress und bestellt bei mir ein Buch, das er gar nicht sofort braucht und online viel einfacher bekäme. War es doch ein Annäherungsversuch? Angefühlt hat es sich zwar nicht so. Es fiel ja auch kein einziges Wort, das irgendwie zweideutig gewesen wäre. Er hat mich weder angeblinzelt, mir nicht zugezwinkert oder mein Aussehen mit wohlwollenden Komplimenten bedacht. Trotzdem merkwürdig.

Wie auch immer, selbst wenn es so wäre, könnte ich auch mit völlig neuer Ausstattung, gestylt und noch zehn Besuchen in der Selbsthilfegruppe weiter keine neue Beziehung eingehen. Nicht einmal flirten. Und mich in die Arme eines anderen Mannes zu schmiegen, ihn zu küssen oder sogar Sex zu haben, kann ich mir überhaupt nicht vorstellen. Noch denke ich viel zu oft an Eric, wenn auch nicht mehr mit jedem Herzschlag. Aber ich bin definitiv noch nicht so weit. Dafür sitzt der Schmerz zu tief.

16

Die Verabredung mit Suse hätte ich beinahe verschieben müssen. Wie befürchtet, war es einer dieser turbulenten Freitage, an denen der Kundenstrom nicht abriss. Tage, die sich anfühlen wie ein Tanz auf dem Seil, weil zwei Hände nicht genug sind. An denen wir unter Hochdruck arbeiten, um niemanden unnötig lange warten zu lassen.

Als selbstständige Geschäftsfrau sind das natürlich meine Lieblingstage. Schließlich leben wir von den Einnahmen – also von dem, was das Finanzamt uns lässt. Aber in Vorfreude auf das

Treffen mit Suse warte ich ungeduldig darauf, dass die Kunden weniger werden und ich mir noch eine coole neue Klamotte anschaffen kann. Doch je später es wird, umso deutlicher erkenne ich, dass ich den Abend in meinen alten Sachen verbringen werde. Es hat den Anschein, als wäre ganz Spandau unterwegs, um bei *Buch & Blume* einzukaufen.

Endlich, um kurz nach halb acht, stehe ich singend unter der Dusche und schäume mich mit Orchideenduschgel ein. Dann rieche ich zumindest wie eine Blume, wenn ich schon nicht wie eine aussehe.

Vor dem Kleiderschrank sinkt meine Laune dann schnell wieder. In meinem Schrank hängen natürlich jede Menge Klamotten. Aber alle sind eher praktisch und funktional, ohne besonderen Chic. Abgesehen von dem grün-weiß gestreiften Putzfrauenkleid ist nicht ein Teil darunter, in dem ich mich anders fühlen würde, als ich mich in den letzten zwei Jahren gefühlt habe. Mutlos und traurig statt fröhlich und zuversichtlich. Und nichts, womit ich mich ins Nachtleben stürzen möchte.

Da fällt mir das rote Mohnblumenkleid auf. Ich habe etwas zugenommen in letzter Zeit, es würde wieder passen. Aber es war Erics Lieblingskleid, und so albern es auch sein mag, allein der Gedanke, damit auszugehen, fühlt sich wie ein Betrug an.

Vielleicht hat Suse einen Rat, hoffe ich und schreibe ihr eine WhatsApp:

In meinem Kleiderschrank hängt nur Schrott. Weiß nicht, was ich anziehen soll ... 😲

WhatsApp von Suse: Wir gehen doch nicht auf die Berlinale. Lege knallroten Lippenstift und etwas Rouge auf, das hilft immer – altes Theatergesetz.
See you 😊

Lippenstift und Rouge, so einfach kann es sein. Und da fällt mir der aus Paris ein. Als Eric die romantische Idee mit den Küssen aufs Fenster hatte. Und er würde bekräftigen, dass es höchste Zeit sei, mich wieder ins Leben zu stürzen. Noch etwas Wimperntusche und Abdeckstift für die Augenringe. Dann schlüpfe ich in meine Lieblingshose, eine graue Herrenhose mit weiten Beinen und schrägen Einstecktaschen; dazu ein ärmelloses schwarzes Shirt. Als ich nach Schuhen suche, finde ich ein Paar dunkelrote Ballerinas, die ich tatsächlich vergessen habe. Noch ein Farbtupfer. Nur für bunte Fingernägel reicht die Zeit leider nicht mehr. Ich habe rote Lippen, rote Schuhe an den Füßen und dufte wie eine Orchidee. Gar nicht mal übel, finde ich.

Als ich mich von meiner Mutter verabschiede, hält sie mich zurück. »Warte ... Wer war denn der attraktive junge Mann heute Morgen im Buchladen?«

»Welcher Mann?«

»Der direkt nach Suse in den Laden kam und ein Fotobuch wollte.«

Spioniert sie mir etwa nach? Ich beäuge sie kritisch. Doch sie knabbert ganz unschuldig an einem Gürkchen.

»Das war Jack, der Sohn von Curt Fernau, er hat mir doch mit den schweren Pflanzen geholfen. Er wollte einen bestimmten Bildband bestellen.«

»Ach so ... ich erinnere mich ...« Sie lächelt an mir vorbei, als stünde Jack direkt hinter mir. »Und wo triffst du Suse?«, fragt sie dann mit Unschuldsmiene.

»Bei Armin.«

»Wie nett. Sag ihm einen schönen Gruß, er könnte mal wieder zu Hause vorbeischauen. Vielleicht zum Sonntagskaffee ...«

»Ich dachte, ihr telefoniert jeden Sonntag und du besuchst ihn regelmäßig im Lokal.«

»Eigentlich schon, aber ich war jetzt lange nicht mehr dort, im Moment ist einfach zu viel zu tun.«

»Werde ich ausrichten«, verspreche ich. Sie könnte es ihm genauso gut bei ihrem wöchentlichen Telefonat sagen.

Armins Kreuzberger Lokal liegt in der Nähe vom Kottbusser Tor, von den Berlinern liebevoll *Kotti* genannt. Mit dem Auto könnte ich in einer guten halben Stunde dort sein. Vorausgesetzt, ich gerate in keinen Stau und finde einen Parkplatz. Was utopisch ist. Ich entscheide mich für die öffentlichen Verkehrsmittel.

In der U-Bahn sitzt eine alte Dame mir gegenüber. Sie trägt knallroten Lippenstift und sieht hinreißend damit aus. Ich lächle ihr zu. Sie lächelt zurück und blickt auf meine roten Ballerinas. »Solch hübsche Schuhe habe ich früher auch getragen. Heute würden sich meine Füße bedanken.«

Lächelnd mache ich ihr ein Kompliment. »Dafür ist Ihr Lippenstift umso stylisher.«

»Stylish.« Sie kichert. »Apart, hieß es zu meiner Zeit.« Die U-Bahn hält, sie steigt aus und wünscht mir einen schönen Abend.

»Für Sie auch.«

Apart, was für ein schönes, fast verschwundenes Wort. Wäre das ein Thema, über das ich mit Curt reden könnte? Vergessene Worte?

Fünfzehn Minuten zu spät erreiche ich Armins Lokal. Der Laden heißt *No 9* und befindet sich tatsächlich im Haus Nummer neun. Armin hat lange nach einem Ladenlokal mit dieser Nummer gesucht. Die Neun ist nämlich seine Glückszahl, glaubt er jedenfalls. Und daran hängt eine lange, ziemlich schräge Story.

Zu Armins neuntem Geburtstag war die ganze Familie im Zoo. Als Mittagessen gab es Pommes mit Ketchup und Cola an einer

Imbissbude. Soweit ich mich erinnere, waren es ganz normale Fritten. Doch bei Armin entstand damals die fixe Idee, in einer Straßenbude Kartoffelstäbchen zu frittieren.

Mit achtzehn, Quersumme neun, wurde er zum Vegetarier, die Frittenbude stand immer noch auf seiner Wunschliste. Mit siebenundzwanzig, drei Mal neun, wurde er Veganer. An dem Tag hat er angefangen, über die wichtigsten Stationen in seinem Leben nachzudenken, und kam zu dem Schluss: Alles begann mit dem Besuch im Zoo. Statt der Frittenbude sollte es nun ein veganes Lokal sein. Aber es hat gedauert, etwas zu finden, das seine Affinität erfüllte, denn die Neun spielte immer noch eine große Rolle.

Nach langem Suchen hat er sein Traumlokal gefunden und es *No 9* genannt.

Der Laden ist neunzig Quadratmeter groß (Nullen sind unbedeutend), hat einen neun Meter langen Tresen, und auf der Karte stehen genau neun Gerichte. Die Ausstattung besteht aus achtzehn Zweiertischen und sechsunddreißig Stühlen aus unterschiedlichen Epochen, gesammelt auf Flohmärkten. Beleuchtet wird das Ganze von achtzehn Wandlampen. Zum Glück wendet er seine Marotte nicht auf die Gästezahl an. Sonst müssten neun Türsteher auf die genaue Anzahl der Gäste achten, die in der Quersumme neun ergeben. Obwohl das auch schon wieder ein cooler Marketinggag sein könnte.

Im *No 9* ist zu dieser frühen Abendstunde noch nicht viel los. Aber auf allen Tischen steht ein Reserviert-Klappkärtchen. An der Theke sitzen zwei Frauen mit hüftlangen dunklen Haaren.

Mein auch optisch großer Bruder, er überragt mich um gut einen Kopf, steht hinterm Tresen und schneidet Limonen. Er hat die braunen Haare, die hellen Augen und auch die große Statur meines Vaters geerbt.

Armin trägt Hipster-Look: T-Shirt in Schlammfarbe, löchrigen Jeans, gehalten von schwarz-weiß gestreiften Hosenträgern. Ein Vollbart verdeckt die untere Gesichtshälfte. Das lange Haar ist zu einem schlampigen Dutt gebunden, aus dem einzelne Strähnen hängen. Irgendwie erinnert er mich immer an die Kerle aus *Game of Thrones*. Ein echter Held, egal ob zu Fuß, auf einem Pferd oder in einer Bar, wo er vegane Drinks und Häppchen serviert.

Ich trete an den Tresen und umarme ihn.

»Hey, ich glaub's ja nicht ... du, höchstpersönlich.« Sein Strahlen wirkt ansteckend.

»Hey, Bruderherz, ich freu mich auch ... ist doch viel zu lange her, dass ich dich besucht habe.«

»Stimmt.« Er drückt mich fest an sich, ehe er mich wieder loslässt. »Was magst du trinken?« Er überreicht mir die Getränkekarte. »Es gibt einige neue Cocktails. *Pink Grashopper*, kubanischer Biorum, Zuckersirup, Saft von Limetten und Roter Bete auf Eiswürfel gemixt. Eine kleine süße Köstlichkeit zur Einstimmung.«

Das hört sich schon mal sehr lecker an, ich studiere trotzdem die Karte, und weil ich großen Durst habe, entscheide ich mich für den alkoholfreien *Mango Dream* aus Apfel-Mango-Saft, Pink Grapefruit und Himbeersirup auf Eis.

Armin gibt die einzelnen Zutaten in einen Shaker, Eiswürfel dazu und schüttelt den chromglänzenden Becher mit erhobenen Armen, was ziemlich cool und sexy aussieht. Die zwei Dunkelhaarigen am Tresen tuscheln. Armin schenkt ihnen ein breites Lächeln.

»Und, wie läuft's mit deiner Freundin?« Als wir vor ungefähr drei Wochen telefoniert haben, war er mit einer Studentin für Lehramt liiert.

Er zuckt die muskulösen Schultern; es scheint eher eine Affäre als eine Beziehung gewesen zu sein. Wortlos stellt er den mit einer Limettenscheibe garnierten Cocktail auf den Tresen. Auf Schirmchen oder ähnlichen Wegwerfkram verzichtet er selbstredend.

Ich nehme einen Schluck und gebe ein lautes »Ahhh« von mir. »Sehr lecker, Bruderherz«, lobe ich ihn.

»Danke schön.« Geschmeichelt neigt er den Kopf und schaut dann zur Tür.

Ein Mädchen in einem bodenlangen Polyestergewand spaziert herein. Zwei Glitzerschleifen in den pinkfarbenen Zöpfen. Eine riesige Sonnenbrille auf der Nase. Sie sieht aus, als käme sie von einem Kostümfest. Erst als sie die Hand hebt und »Juhuuu« quietscht, erkenne ich Suse.

Mir bleibt die Spucke weg. »Du hast dich ja krass aufgerüscht«, sage ich dann amüsiert. Und das ist nicht übertrieben, denn sie besteht praktisch nur aus Rüschen.

Armin grinst nicht weniger belustigt. »Barbie lebt.«

Suse nimmt die Sonnenbrille ab, auch die Augenlider glitzern, mustert Armin kurz und kontert schlagfertig: »Und Ken hat sich schon jahrelang nicht mehr rasiert.« Dann deutet sie auf meinen Cocktail. »Für mich bitte auch so einen Zaubertrank.«

Armin fasst sich an den Bart und sagt lachend: »Treffer.«

Suse seufzt. »Können wir uns bitte hinsetzen. Ich bin seit fünf Stunden auf den Beinen ...«

»Am Fenster habe ich für euch reserviert. Die Drinks bringe ich euch.«

Wir setzen uns an den Tisch, von dem aus wir die belebte Straße beobachten können.

»Also erzähl, was ist passiert? Warum bist du kostümiert? Und wer oder was hat dich so total geschafft?«

»Eine Horde Kinder«, antwortet Suse und nimmt dann zuerst den Cocktail zur Hand, den Armin mit einer Schale veganen Knabbereien serviert. Gierig leert sie das Glas zur Hälfte, wischt sich dann mit der flachen Hand über den Mund und rülpst leise.

»Sorry, das musste sein. Also … ich hab dir heute Morgen doch von dieser Agentur erzählt, die alle möglichen Events und auch Geburtstage für Kinder organisiert …«

»Ich erinnere mich …«

»Und diese Agentur rief mittags an, ob ich einspringen und so eine Party für Kids wuppen kann. Eine Animateurin hat sich das Bein gebrochen.«

»Des einen Pech, des anderen Glück … und deshalb diese Aufmachung.« Ich wundere mich allerdings, warum sie sich nicht umgezogen hat.

»Ich hab natürlich sofort ja gesagt, denn ich musste mir kein Konzept überlegen, sondern nur das fertige Programm von der verunglückten Animateurin übernehmen. Tja, und weil die ganze Chose ewig gedauert hat und ich dich nicht warten lassen wollte …«, sie hebt die Hände, »musst du mich als Plastikprinzessin ertragen. Hätte ich mich zu Hause umgezogen und geduscht, wäre ich direkt auf der Couch eingeschlafen.«

»Du siehst auf jeden Fall ziemlich cool aus.«

»Ja, aber jetzt zu dir. Ich brenne auf deine Neuigkeiten …« Sie schaut mich mit großen Augen an, was mich wegen der silbern glitzernden Lider an eine Comicfigur erinnert.

Ich nehme noch einen großen Schluck *Mango Dream*, ehe ich von der Selbsthilfegruppe erzähle. Dass ich angefangen habe, über die Zeit mit Eric zu schreiben. Und ich berichte auch von der Terrassenbegrünung und dass Jack mir dabei geholfen hat.

»Du warst tatsächlich bei dem großen Curt Fernau in der *Wohnung*?« Suse scheint es kaum glauben zu können.

»War ich, aber er war ja leider nicht da.« Ich habe beschlossen, auch Suse nur das zu erzählen, was ich meiner Mutter berichte. Um Curts Geheimnis nicht zu verraten und mich nicht zu verplappern, werde ich allen nur diese eine, von Curt erdachte Version zum Besten geben.

»Schade, aber du warst zumindest mal in seinem Allerheiligsten, das ist sooo cool. Und wie ist dieser Typ?«

Dass ich Jack bereits in der Gruppe kennengelernt habe, verschweige ich Suse. Meine Mutter weiß es auch nicht, aber es ist sowieso ein unwichtiges Detail.

»Nett.«

»Nett? Babys, Hunde oder Katzen sind *nett*«, korrigiert sie und überschüttet mich mit Fragen: »Ist er attraktiv, sexy, was für eine Nacht oder was für länger? Hat er einen interessanten Beruf, oder ist er ein Langweiler? Vielleicht so ein Shakehands-Typ, den man begrüßt und sofort wieder vergisst? Oder hat er megamäßig mit dir geflirtet? Ist er der Grund, warum du so verändert aussiehst? War es vielleicht Liebe auf den ersten Blick?«

Ich schüttle nur den Kopf. »Jack ist nicht unattraktiv, aber ich bin noch nicht bereit für eine neue Liebe.«

Suse zuckt mit den Schultern, nimmt einen Schluck von ihrem Drink und sagt dann im Tonfall einer Therapeutin: »Oft merkt man erst später, dass man sich verliebt hat!«

Nachdenklich schaue ich aus dem Fenster. Ein dunkelhaariger Mann im grauen Anzug huscht mit schnellen Schritten am Schaufenster bei. Ungewollt denke ich an Jack, aber mein Herz bleibt ganz ruhig. Nein, ich habe mich nicht in ihn verliebt.

Wenn ich hingegen an Eric denke, beschleunigt mein Puls sofort. Obwohl Eric zuerst auch nicht »mein Typ« war. Es war seine Art, mich zum Lachen zu bringen, mich immer wieder aufs Neue zu überraschen und mir seine Liebe zu zeigen.

Als ich mich später von Suse verabschiede und wieder zu Hause bin, fällt mir der Abend ein, als wir meinen Bruder besucht haben.

3 Jahre vorher

Draußen war es Nacht geworden. Von den Straßenlaternen fiel kühles Licht durch die Jalousie auf nackte Körper. Eng umschlungen lagen Marie und Eric in den Laken. Ihr Keuchen hatte sich beruhigt. War zu sanftem Atmen in gleichmäßigem Rhythmus geworden.

Marie hatte nicht gewusst, wie eine »große Liebe« sich anfühlte, bis sie Eric kennenlernte. Der sie mit solcher Leidenschaft liebte, dass sie in manchen Momenten fürchtete, es könnte nicht von Dauer sein, wie ein Papierfeuer, das lichterloh brannte und zu Asche zerfiel, wenn sie einander nicht mehr begehrten. Sex mit Eric war ein gewaltiges Erdbeben für all ihre Sinne. Seine Berührungen waren pure Elektrizität. Seine Liebeserklärungen wie Gedichte.

Müsste ich dich am Ende der Welt suchen, ich würde loslaufen und alle sieben Weltmeere für dich teilen.

Aber es waren nicht nur diese Bekenntnisse. Wenn sie Durst hatte, presste er mitten in der Nacht frischen Orangensaft für sie oder holte Croissants zum Frühstück, ehe sie aufwachte. Wenn sie hungrig, aber unschlüssig war, bestellte er mindestens drei Gerichte. Er ließ sie gewinnen, wenn es darum ging, wer beim Pizzaessen die längsten Käsefäden ziehen konnte. Wenn sie zu Fuß unterwegs waren und Wolken aufzogen, flüsterte Eric: Die Sonne versteckt sich vor deiner Schönheit. *Wenn es regnete, wollte er sie über Pfützen tragen.*

In der U-Bahn nahm er ihre Hand, um sie im Gewühl nicht zu verlieren.

Es waren die kleinen Gesten und zärtlichen Worte, an denen Marie spürte, dass er sie mit aller Kraft liebte.

»Kann ich dich was fragen?«, durchbrach Marie ihre eigenen Gedanken.

Eric drehte den Kopf zu ihr. »Wenn du eine Niere brauchst, hole ich sofort ein Messer und schneide eine von meinen für dich heraus«, erwiderte er in ernstem Tonfall.

»Kein Bedarf, aber tausend Dank ...« Marie musste lachen. Das war wieder so eine typische Eric-Antwort, total überzogen und doch steckte ein Körnchen Wahrheit darin. Er würde alles für sie geben.

»Okay, alles andere ist einfach ...«

»Wenn du eine Blume wärst, welche möchtest du sein?«

»Blumen sind wunderschön, keine Frage, doch sie verwelken irgendwann und landen auf dem Kompost«, antwortete Eric und machte eine Pause, ehe er weiterredete. »Ich möchte unvergänglich sein wie ein Stern, der jede Nacht am dunklen Himmel glitzert.«

»Als Kind habe ich geglaubt, dass wir zu Sternen werden, wenn wir sterben und für immer leuchten«, entgegnete Marie. »Das hat mir nämlich meine Oma erzählt, als mein Großvater gestorben ist.«

Eric küsste sie zärtlich auf die Schläfe. »Das wäre zauberhaft. Stell dir vor, irgendwann wir zwei zusammen am Nachthimmel.«

»Dann glitzern wir um die Wette.«

»Jetzt will ich dich was fragen: Was ist mein Lieblingsessen?«

Marie ahnte, warum er die Frage gestellt hatte. »Du hast Hunger!«

»Ich sterbe vor Hunger, am liebsten möchte ich dich anknabbern.« Er biss sanft in ihre Schulter.

»Was hältst du davon, meinen Bruder zu besuchen? Er hat gerade ein veganes Lokal eröffnet. Ich war noch nicht dort, und Armin würde

sich bestimmt freuen. Aber nur, wenn du veganes Essen magst, sonst bleiben wir hier und bestellen, worauf du Lust hast«, sagte Marie, um ihm die Wahl zu überlassen.

»Zufällig«, sagte Eric verschmitzt grinsend, »*fehlt auf meinem Insta-Account ein veganes Lokal. Das ist längst überfällig. Also passt das wie bestellt. Schick deinem Bruder eine Nachricht oder ruf ihn an, ich will jedes einzelne Gericht auf seiner Karte probieren!*«

Marie wusste sehr gut, dass Eric viel lieber Fleisch aß. Aber aus Liebe zu ihr würde er auch geröstete Heuschrecken probieren. Hätte sie noch einen letzten winzigen Zweifel gehabt, gerade war er zerplatzt wie Seifenblasen in der Sonne.

17

Vorsichtig schneide ich mit dem Teppichmesser durch das Paketband, um die bestellten Bücher nicht zu beschädigen.

Bücher sind wertvoll für mich, nicht erst, seit ich einen eigenen Buchladen betreibe. In meiner Kindheit standen sie immer an erster Stelle auf meinen Wunschlisten für Geburtstage oder zu Weihnachten. Einige haben mich bis heute bei meinen Umzügen begleitet. Klassiker wie *Pipi Langstrumpf*, *Alice im Wunderland* oder *Oh, wie schön ist Panama*. Märchenbücher, Liederbücher und ein Backbuch für Kinder. Mamas Versuch, mit mir Weihnachtsplätzchen zu backen, war nicht sehr erfolgreich. Ich war viel zu ungeduldig, und Ausstechen fand ich nur wenige Minuten spannend. Die Küche ist einfach nicht mein Reich. Armin hingegen ist ein begeisterter Bäcker und inzwischen auch ein sehr guter Koch.

In der Lieferung befinden sich das Kinderspielebuch für Suse, die Simenon-Romane und der Bildband.

Ich schreibe ihr eine WhatsApp und eine an Jack. Nachdem

ich sie gesendet habe, erinnere ich mich an Suses Frage, ob Jack ein »Shakehands-Typ« ist.

Eigentlich kenne ich ihn ja kaum. Wir sind uns erst ein paarmal begegnet, die Selbsthilfegruppe und sein kurzer Besuch hier im Laden mitgerechnet. Alles, was ich über ihn weiß, hat er mir während der Pflanzenschlepperei erzählt: Er ist Porträtfotograf und hat den Beruf auf einer renommierten Fotoschule erlernt. Regelmäßig lichtet er Stars und Promis auf dem Roten Teppich ab. Müsste ich einen Steckbrief über ihn verfassen, wären das die Merkmale: groß, schlank, kurzes dunkles Haar, blaugrüne Augen, trägt Designeranzüge, oft Sonnenbrille. Aufmerksam und hilfsbereit. Das ist er tatsächlich. Und ein überaus fürsorglicher Sohn. Er muss seinen Vater sehr lieben. Für den er im Selbstversuch herausfinden wollte, wie Blindheit sich anfühlt. Für den er sich zu einer Gruppe fremder Menschen setzt, in der Hoffnung, Hilfe zu erfahren.

Er ist sensibel, wird mir bewusst, und sicher kein Mann, den man schnell wieder vergisst. Verlieben werde ich mich aber nicht in ihn, trotz der kurzweiligen Stunden, die wir miteinander hatten. Sich bei einem gemeinsamen Unternehmen zu verstehen, ist einfach, schließlich hat man die gleichen Interessen. Aber ich wüsste nicht, was mich mit Jack verbindet. Berufliche Berührungspunkte haben wir schon mal keine. Die professionelle Fotografie ist für mich wie ein fremdes Land, in dem vermutlich eine komplizierte technische Sprache gesprochen wird. Ich schätze, dass Jacks Fotos mit meinen simplen Selfies so viel gemeinsam haben wie eine E-Mail mit einem Buch. Obwohl? Spontan fällt mir ein Roman ein, in dem die Protagonisten sich über Mails austauschen und dann verlieben. Interessieren würde mich, warum er für die *Yellow Press* arbeitet. Künstlerisch betrachtet muss das frustrierend sein. In TV-Berichten über die Berlinale oder Filmpremieren kann man beobachten, wie es bei solchen Events zugeht. Da kämpfen Pressefotografen mit Ellenbogen um den besten Platz am vorderen Rand des roten Teppichs. Die Konkurrenz wird mit monströsen Teleobjektiven zur Seite gedrängt. Da zählt Körpereinsatz mehr als Können. So arbeiten zu müssen, stelle ich mir sehr anstrengend, sogar gefährlich vor. Von einem waffenähnlichen Objektiv getroffen zu werden, könnte schmerzhaft sein. Umso zufriedener bin ich in meiner friedlichen Bücheroase, wo solche Gefahren nicht lauern.

Die bestellten Exemplare verstaue ich im Nebenraum in einem Extraregal. Anschließend begebe ich mich auf die Suche nach einem prominenten Platz für die Simenon-Bände. Die Neugestaltungen der Cover finde ich sehr ansprechend; meist in Schwarz-Weiß mit farbigem Rand. Das Buch mit dem Titel *Sonntag*, einen Non-Maigret-Roman, werde ich für Curt zum nächsten Lesesonntag mitnehmen. Ich kann mir gut vorstellen, dass er allein wegen des Titels Spaß an dem Text haben wird.

Ich lege das Exemplar in die Schublade unter der Kasse und freue mich darauf, Curt von meiner Idee zu erzählen. Worauf ich mich weniger freue, ist, meine Mutter anzuschwindeln. Ihr von den Vorlesesonntagen zu erzählen, wäre fast gleichbedeutend mit einem Verrat an Curt. Ich weiß noch nicht, wie ich glaubwürdig erklären kann, warum ich meine Sonntage plötzlich nicht mehr lesend in meinem Zimmer verbringe.

Das Piepsen meines Handys holt mich aus dem Grübeln.

WhatsApp von Jack: Danke, hole es noch heute ab.

Zuverlässig ist er also auch. Sicher benötigt er diesen exklusiven Fotoband aus beruflichen Gründen. Falls er das teure Werk aber nur als Blickfang auf den Couchtisch legt, ist es auf jeden Fall ein Hingucker. Ich antworte, dass wir bis neunzehn Uhr geöffnet haben, und überlege, ob ich einen Smiley einfügen soll. Nein, lieber neutral bleiben, denke ich und drücke auf Senden. Sekunden später antwortet er mit einem Smiley.

Ich muss lächeln, antworte aber nicht mehr, sondern lasse es einfach so stehen, denn in dem Moment öffnet sich die Tür. Der Professor betritt den Laden, nimmt den Hut ab und nickt mir lächelnd zu.

Gewöhnlich erscheint er eher am Nachmittag, deshalb schmettere ich ihm ein fröhliches »Guten Morgen« entgegen.

Erschrocken räuspert er sich hinter vorgehaltener Hand, murmelt »Morgen« und steuert direkt ans Krimiregal.

Ich beobachte ihn unauffällig. Er greift nach zwei Simenon-Krimis, nimmt noch einen Sommerurlaubstitel und begibt sich mit dem kleinen Stapel zum Lesesessel. Bevor er sich in die Bücher vertieft, lässt er seinen Blick durch den Laden schweifen, als würde er etwas vermissen.

Falls er meine Mutter sucht, die hat heute Vormittag einen Termin beim Frisör. Ich wünschte, er würde sich nach ihr erkundigen, dann kann ich fragen, ob ich ihr Grüße ausrichten soll und von wem.

Der Professor hat nach einer halben Stunde anscheinend genug von diesem ganz besonderen Duft neuer Bücher, legt sie zurück und verabschiedet sich mit dem üblichen Kopfnicken. Schade. Ich hätte so gern seinen Namen erfahren.

Kaum ist er aus der Tür, treten zwei junge Männer ein. Sie bleiben dicht am Eingang und schauen sich ratlos um, als hätten sie sich verlaufen. Als sie mich am Krimiregal erblicken, marschieren sie entschlossen auf mich zu. Männer kommen oft nur herein, um nach einem bestimmten Geschäft oder einem Café zu fragen, das sie auf Google Maps nicht finden konnten. Ich bin sehr gespannt, was der mit dem dünnen Bärtchen und der Bebrillte suchen.

»Hey, wir brauchen was für unsere Freundinnen.«

»Hey«, entgegne ich genauso cool. Ich schätze die beiden auf Anfang zwanzig, vermutlich werden die Freundinnen kaum älter sein. »Irgendwelche bestimmten Vorstellungen? Krimi, Urlaubsroman, Liebesroman?«

»Nee, bloß nix mit Liebe«, sagt der Bärtige und stößt seinem Freund den Ellenbogen in die Seite.

Der grinst schief und entgegnet lachend: »Sonst glauben die Girls noch, wir hätten ernste Absichten!«

Ich verkneife mir ein Lachen. »Ein Familienroman kommt wohl auch nicht in Frage, und Mordgeschichten könnten ebenso falsch verstanden werden, oder?«

Die beiden gucken sich ratlos an und grummeln dann einstimmig: »Nee, Mord wäre irgendwie ... uncool.«

Ich empfehle ihnen zur ersten Orientierung, sich die aktuellen Bestseller anzuschauen.

»Ist ne Idee.« Sie begeben sich an den Tisch. Nach wenigen Minuten sind sie zurück.

Der Bärtige schaut mich betrübt an. »Schon coole *Books*, aber alle zu teuer. Mehr als einen Zehner wollten wir nicht ausgeben, weil Blumen noch dazukommen. Also insgesamt höchstens fünfundzwanzig.«

»Dann sind Sie ja bei *Buch & Blume* genau richtig«, antworte ich erfreut. »Das kriegen wir schon hin.«

Ich gehe zurück zum Bestsellertisch und schlage etwas Historisches vor, das mir am wenigsten verfänglich erscheint. Dann bugsiere ich die beiden zu Ellen und bitte sie, jeweils einen schönen Stil für die Freundinnen zu finden, damit das Budget nicht überschritten wird. Mit knapp fünfundzwanzig Euro pro Nase verabschieden sie sich. Noch im Türrahmen höre ich einen erleichterten Seufzer: »Krass«, und der andere findet es sogar »Ultrakrass.«

»Ultrakrass« verläuft auch der Rest meines Tages. Die zwei

Buch-und-Blumen-Kavaliere waren nämlich nicht die letzten männlichen Kunden. Im Verlauf der nächsten Stunden beehren mich noch insgesamt neun (Armin würde vor Freude in die Hände klatschen) dieser Spezies. Und alle verlassen meine Buchhandlung hochzufrieden und mit Büchern.

Für mich ist dieser Tag außergewöhnlich genug, um ihn rot im Kalender anzukreuzen. War das nur Zufall oder ein Zeichen des Universums? Sollte ich Bücher ins Sortiment nehmen, die bevorzugt von Männern gelesen werden? Horror, Schwedenkrimis oder blutrünstige Schocker, bei denen mir das Blut in den Adern gefrieren würde?

Meine Onlinerecherche ergibt, was ich bereits wusste: Männer lesen, abgesehen von Fachliteratur und Sachbüchern, tatsächlich bevorzugt Krimis oder Thriller. Kurz danach gehen dann drei der neuen Simenon-Titel an männliche Kunden. Die Statistik ist bestätigt. Simenon, der ohne grausame Brutalitäten auskommt, zähle ich eher zu den Großen des klassischen Genres.

Eine halbe Stunde vor Ladenschluss ebbt der Kundenstrom ab. Die Gelegenheit, um mit dem Staubwedel durch die Regale zu wirbeln. Dafür habe ich nicht täglich Zeit, aber jeden zweiten Tag muss es unbedingt sein. Eine Arbeit, die ich eigentlich gern verrichte. Nebenbei ordne ich alle Bücher, die falsch einsortiert wurden, und entdecke das eine oder andere Werk, das sich erfahrungsgemäß nicht mehr verkaufen wird. Auch wenn es von den Feuilletons als unbedingt lesenswert empfohlen wurde. Als die Bestseller staubfrei sind und ich den knallgrünen Wedel unter der Ladentheke verschwinden lasse, betritt Jack den Laden. Mit Sonnenbrille, die er aber sofort abnimmt und in die Tasche seiner Anzugjacke steckt.

Es ist drei vor sieben, ich habe eigentlich früher mit ihm gerechnet. Ich weiß ja nur wenig über seinen Job, aber Porträtfotografen sind Künstler, und Kunst hat eigene Regeln. In dem gut sitzenden hellgrauen Anzug wirkt er selbst wie einer der Promis, die er ablichtet.

»Hi, Nina, wie schön, du bist noch da. Ich hatte schon befürchtet, vor verschlossener Tür zu stehen.« Er lässt die Kameratasche von der Schulter gleiten und stellt sie auf den Fußboden.

»Hallo, Jack …«, begrüße ich ihn. Er wirkt abgehetzt. »Stressigen Tag gehabt?«

Er schnauft ungeniert. »Manchmal läuft einfach nichts nach Plan, als würden einem ständig Steine in den Weg gelegt werden.«

»Kenne ich, es gibt Tage zum Haareraufen. Ich hole mal eben dein Buch … bin gleich wieder da …«

Zurück an der Kasse überreicht Jack mir seine Kreditkarte. Mir fällt erst heute auf, was für schöne Hände er hat. Feingliedrig mit schmalen Fingern. Eher Künstler- als Arbeiterhände. Ich lege die Karte auf das Leuchtdisplay des Lesegeräts. »Magst du eine von unseren Tragetaschen? Das Buch ist ja ziemlich schwer, damit kannst du es über der Schulter tragen.« Ich gebe ihm die Karte zurück und angle aus dem offenen Fach unter der Kasse die zartgrüne Stofftasche mit dem roten Schriftzug *Buch & Blume* hervor.

Wortlos nimmt Jack die Tasche entgegen, hält sie auf, und ich stecke das Buch hinein. »Erinnerst du dich, was du gesagt hast, als ich das Buch bestellt habe?«

Der Kassenbeleg wird ausgedruckt. »Ähm …« Ich überreiche ihm den Beleg. »Ich glaube, dass es kein Problem wäre, es zu bestellen?« Keine Ahnung, was er sonst meinen könnte, etwas Weltbewegendes habe ich sicher nicht bemerkt.

»Dass du mir einen Gefallen schuldest.« Er verzieht den Mund auf eine Art, als habe er eben eine Wette gewonnen.

»Oh … na klar. Ohne dich hätte ich die Friedhofsbäume nicht so schnell in den sechsten Stock schaffen können.« Ich grinse verlegen, weil es mir peinlich ist, von ihm darauf angesprochen zu werden. »Welchen Wunsch kann ich dir erfüllen? Vielleicht was zum Lesen?« Schmunzelnd breite ich die Arme aus. »Du hast freie Auswahl. Oder einen schönen Strauß Blumen für dein Atelier, Büro oder Wohnung.«

Jack lacht laut auf, als habe ich einen guten Witz erzählt. »Danke schön, aber danke, nein. Ich habe leider überhaupt keine Zeit, um zu lesen. Aber wie wäre es mit einem Abendessen? Du hast doch bestimmt Hunger …«

Überrascht starre ich ihn an. Damit habe ich wirklich nicht gerechnet. »Essen … ähm … klar, gerne. Leider kann ich nicht kochen, aber ich lade dich gern in ein Restaurant ein. Wann passt es dir denn?«

»Zum Beispiel jetzt …« Er sucht meinen Blick.

»Jetzt?«, wiederhole ich überrumpelt.

»Meiner Erfahrung nach funktionieren spontane Verabredungen am besten. Oft ist langes Planen doch eher kontraproduktiv. Findest du nicht?«

In Gedanken ergänze ich Jacks Steckbrief: spontan!

Sensibel und spontan! Nach meinem Empfinden eher widersprüchliche Eigenschaften.

Er scheint mein Schweigen falsch zu interpretieren. »Aber wenn es nicht passt, verstehe ich das natürlich auch«, sagt er nun, als habe er das Gefühl, mich zu bedrängen.

Ich zucke unschlüssig mit den Schultern. Doch wenn ich ehrlich bin, ist mir die Vorstellung, ein oder sogar zwei Stunden mit ihm an einem Tisch zu sitzen, etwas unheimlich. Wir haben doch so gar nichts gemeinsam. Worüber sollen wir uns unterhalten? Über die Selbsthilfegruppe schon mal nicht. Alles, was dort geredet wurde, haben wir bereits als Tabuthema abgehakt. Stars und Sternchen interessieren mich überhaupt nicht. Und er liest keine Romane, wie er eben erklärt hat.

»Es muss ja auch nicht heute sein, war nur so eine Idee. Es

findet sich bestimmt ein Tag, an dem es günstiger ist.« Er nimmt seine Kameratasche, hängt sie sich über die Schulter, die Stofftasche mit dem Buch über die andere und sagt im Umdrehen: »Dann noch einen schönen Abend und bis demnächst.«

»Ähm ... ja, dir auch ...«, entgegne ich, obwohl ich gerade zusagen wollte. Nach Ladenschluss habe ich grundsätzlich Hunger. Und eigentlich ist es egal, ob ich den Gefallen heute oder ein andermal einlöse. Gemeinsamkeiten werden wir auch an keinem anderen Tag finden.

Doch er ist schon aus der Tür.

Der richtige Moment ist verpasst.

Hoffentlich denkt er jetzt nicht, ich würde mich drücken wollen und war deshalb so unschlüssig.

Ich krame die Ladenschlüssel aus der Schublade unter der Kasse heraus, schließe die Tür ab und sehe Jack einige Meter weiter vorn stehen und telefonieren.

Ob er sich schon Ersatz für mich besorgt?

Ich könnte ihm eine Nachricht schicken, dass ich es mir überlegt habe. Mich für mein Zögern entschuldigen. Doch noch mit ihm essen gehen.

Nein, ich bin keine launische Fünfzehnjährige, die nicht weiß, was sie will. Der richtige Moment ist definitiv verpasst.

18

Schweigsam sitze ich abends in unserer Küche am gedeckten Tisch und betrachte versonnen die köstlich duftenden Tagliatelle in grünem Pesto.

»Schmeckt es nicht?«, fragt meine Mutter.

Schuldbewusst wickle ich eine Portion Nudeln um die Gabel, schiebe sie in den Mund und verziehe anerkennend das Gesicht.

»Ist was? Du bist stumm wie ein Fisch.«

»Nein, nein, alles prima, ich bin nur müde, heute war ein anstrengender Tag«, versichere ich.

Mir geht das Thema Gemeinsamkeiten in Beziehungen nicht mehr aus dem Kopf. Ich finde sie wichtig. Mit meiner Mutter kann ich über dieses Thema nicht gut reden. Auch wenn sie es versucht zu kaschieren, sie reagiert sofort allergisch. Hat sie doch mit meinem Vater den Blumenladen aufgebaut und jahrelang eine glückliche Ehe geführt. Mehr Gemeinsamkeiten sind kaum möglich. Und dann, plötzlich, nach über zwanzig Jahren, hatte er genug und ist gegangen.

Mit Eric wäre ich heute noch glücklich, ganz bestimmt. Wir hatten Träume und Ziele, die sich ergänzten und uns von Anfang an verbanden. Ich erinnere mich genau an Erics Strahlen, als er von meinem Beruf erfahren hat. Und wie begeistert ich von seinem Reiseführer und seinen Ambitionen als Schriftsteller war.

Die Sicherheit, mit der er an meine eigene Buchhandlung geglaubt hat, als sie noch ein ferner Traum war, berührt mich bis heute. Genau wie das absolut perfekte Geschenk, das er mir zu meinem siebenundzwanzigsten Geburtstag überreicht hat.

3 Jahre vorher

Sie lagen auf dem Daybed in Erics Wohnung, in der Marie inzwischen lebte. Anfang des Monats war sie mit Sack und Pack eingezogen. Eric hatte sie über die Türschwelle getragen und gemeint, so würde er das jetzt für den Rest ihres Lebens machen.

Ihre Mutter war leicht schockiert gewesen. Ihr kennt euch doch gerade mal drei Monate, *hatte sie gewarnt. Doch für Marie war jede Stunde ohne Eric eine verlorene Stunde. Sie wollte so oft wie möglich mit ihm zusammen sein. Tag und Nacht. Und sobald ihre Mutter eine Floristin als Ersatz für Marie gefunden hatte, fiel auch die Fahrt nach Spandau weg. Dann würde sie sich in Charlottenburg einen Job in einer Buchhandlung suchen, um ihr eigenes Geld zu verdienen. Selbstständig zu bleiben. Als emanzipierte Frau ließ sie sich gerne auf Händen tragen, finanziell wollte sie aber unabhängig bleiben.*

»Ich glaube, das *ist mein Lieblingsfoto!« Eric deutete auf den Bildschirm seines Laptops.*

Ein See in Brandenburg, bewölkter Himmel, durch eine Lücke in den Wolken leuchtete die untergehende Sonne rotgolden. Die Abendstimmung auf dem Bild war mystisch, als würde in der nächsten Sekunde eine Fee aus dem Wasser auftauchen.

Sie sortierten Fotos von Sonnenuntergängen, die Eric seit langem für seinen Instagram-Account sammelte. In regelmäßigen Abständen postete er Bilder von romantischen Orten unter #placestofallinlove. Orte, die wie geschaffen waren, um sie mit einem geliebten Menschen zu besuchen.

»Ich werde morgen siebenundzwanzig.«

Eric drehte sich zu Marie und strahlte sie an. »Du hast Geburtstag? Das verlangt nach Torte, Konfetti, Geschenken, Luftschlangen, Blumenregen und Party mit Champagner.«

»Du hörst dich mal wieder an, als wolltest du die Welt aus den Angeln heben«, *lachte Marie, weil Eric sie wie so oft mit seinen Übertreibungen zum Lachen brachte.*

Er klappte seinen Laptop zu, schob ihn zur Seite und nahm sie in den Arm. »Für deinen Jubeltag kann der Aufwand gar nicht groß genug sein. Sag mir, was du dir wünschst, und ich erfülle dir jeden Wunsch. Egal wie groß oder kompliziert er auch sein mag. Ich werde es möglich machen.«

»Okay«, *sagte Marie und überlegte sich einen Wunsch, den er unmöglich erfüllen konnte.* »Eine selbst gemachte dreistöckige Torte.«

»Selbst gemacht und dreistöckig? Kleinigkeit!«, *behauptete Eric und drückte sie noch ein wenig fester an sich.* »Ich würde dir auch die Sterne vom Himmel holen.«

»Du weißt, dass alle Läden bereits geschlossen haben?«

Eric löste seine Umarmung. »Lass mich nur machen.«

Er stand auf, erklärte, in einer Stunde zurück zu sein, und küsste sie zum Abschied.

»Und ich soll ganz alleine bleiben?«, *beschwerte sich Marie mit verschmitztem Grinsen und folgte ihm in die rechteckige Diele.*

Dort schlüpfte Eric in dunkelblaue Sneakers und angelte den Autoschlüssel von dem antiquierten Schlüsselbrett in Form eines Dackels. »Zum Zeitvertreib erteile ich dir die offizielle Erlaubnis, überall herumzuschnüffeln und all meine Geheimnisse zu entdecken.«

Marie beobachtete kopfschüttelnd, wie er den bereitstehenden Fahrstuhl ignorierte und leichtfüßig die Treppen hinunterlief.

Er überraschte sie einfach jeden Tag aufs Neue. Noch nie hatte sie einen Mann kennengelernt, der das Leben so leichtnahm, als wäre es eine Dauerparty. Als wäre alles möglich. Als gäbe es keine Hindernisse. Keine Krankheiten. Kein Leid. Nur Liebe.

Marie ging zurück in die Bibliothek und lehnte sich aus dem geöffneten Fenster, um Eric nachzuschauen. Ganz wie eine dieser typischen Berliner Hauswartsfrauen, die ihre Nachbarn mit großem Vergnügen beobachteten. Sie sah Eric aus dem Haus kommen und zu seinem Campervan auf der anderen Straßenseite sprinten. Geschickt fädelte er sich in den nächtlichen Verkehr und ignorierte das Hupkonzert, als sei er nicht gemeint.

Mein geliebter verrückter Held, immer bereit, das nüchterne Leben mit kleinen Sensationen zu veredeln. Es unvergesslich werden zu lassen. Marie genoss das aufsteigende Kribbeln bei dem Gedanken an ihre Überraschung. Sie wusste nicht, wie Eric das Kunststück vollbringen wollte, ihr eine Torte zu backen. Doch er versprach nie etwas, das er nicht einlösen konnte. Aber wo wollte er backen? In ihrer Küche sicher nicht, denn zwar hatten sie einen Backofen, aber das war auch schon alles, was die benötigten Utensilien anging. An so etwas Exotisches wie eine Kuchenform konnte sie sich jedenfalls nicht erinnern. Es blieb also spannend.

Mit einem Roman über ein ungewöhnliches Liebespaar setzte sie sich aufs Daybed und kreuzte die Beine zum Schneidersitz.

Schon als Kind hatte sie in dieser Position gelesen. Meist am Abend im Bett, um vor dem Einschlafen der Welt zu entfliehen. Sich in Geschichten zu verlieren. Aus dem Schulalltag wegzuträumen. Schlechte Noten zu verdrängen. Streits mit Freundinnen zu vergessen. Bis die Beine in der starren Haltung eingeschlafen waren.

Kurz vor Mitternacht hörte Marie den Schlüssel im Türschloss. Eric. Gespannt sprang sie auf. Doch er trat mit leeren Händen in die Diele. Sie hatte nichts anderes erwartet. Wo sollte er auch an einem späten Samstagabend eine Torte backen?

»Gleich ist Mitternacht«, sagte er und hängte den Autoschlüssel an den Schlüsseldackel.

»Volltreffer«, sagte Marie scherzhaft und lächelte, um ihre Enttäuschung zu verbergen.

»Ich weiß. Eigentlich wollte ich dich ja erst beim Aufwachen mit der Torte und den Geschenken überraschen. Aber weil du noch wach bist ...« Er legte seinen Arm um sie und dirigierte sie sanft in die Bibliothek. *»Warte hier, es dauert nicht lange. Die Tür muss ich kurz schließen, sonst ist es keine Überraschung.«*

»Du hast es tatsächlich geschafft?« Mit einer Mischung aus Staunen und Faszination sah Marie ihn an.

»Ein paar Minuten musst du dich aber noch gedulden ...« Er küsste sie zärtlich und zog die Tür ins Schloss.

Marie lauschte auf die Geräusche: Die Wohnungstür wurde geöffnet. Dumpfes Rascheln wie von Papier war zu hören. Vielleicht Einkaufstüten? Das Knistern einer Folie. Etwas fiel aufs Parkett.

»Verdammter Mist!«

Marie hielt es vor Spannung kaum noch aus. Nervös lief sie im Zimmer auf und ab, als warte sie auf das Klingeln eines Glöckchens wie zu Weihnachten. Kontrollierte die Uhrzeit auf dem Handy. Noch fünf Minuten bis Mitternacht.

Noch drei Minuten.

Noch eine.

Endlich ein dumpfes Klopfen an der Zimmertür und Erics Stimme: *»Happy Birthday ... to yoooou ...«*

Marie riss die Tür auf und starrte Eric mit offenem Mund an. Es war einfach unglaublich. Unwirklich. Unvergesslich.

Er hielt ein Tablett in Händen, darauf ein rosa Teller mit einem Minitörtchen, in dem eine brennende Minikerze steckte. Dazu zwei Sektgläser und ein rotes Kuvert. Um seinen Hals baumelten Luftschlangen, an beiden Armen waren bunte Luftballons an langen Bändern festgebunden. Neben ihm auf dem Parkett ein Champagnerkübel, gefüllt mit Eiswürfeln und einer Flasche. Dazu eine braune Tüte aus einem Sushirestaurant. Und überall Konfetti: auf dem Tablett, auf Erics Haaren, auf dem gesamten Fußboden.

»Alles, alles Glück dieser Welt für dich, Liebe meines Lebens.«

»Eric ...« Marie konnte kaum sprechen vor Rührung. Ihre Augen füllten sich mit Tränen. In ihrem Hals steckt ein dicker Kloß. Und ihr Herz schlug so heftig, dass sie es in den Fingerspitzen fühlte.

»Los, Kerze ausblasen und was wünschen! Der Schampus wird warm.«

Marie holte Luft, schloss die Augen und pustete die Kerze aus. Mit aller Kraft wünschte sie sich, für den Rest ihres Lebens mit diesem wunderbaren, liebevollen, verrückten Mann glücklich sein zu dürfen. Nie mehr ohne ihn aufzuwachen. An seiner Seite durchs Leben zu gehen. Mit ihm alt zu werden.

»Und jetzt darfst du die Torte anschneiden.« Er überreichte ihr das Tablett, das sie erst einmal auf dem niedrigen Tisch mit den Metallbeinen abstellte.

»Dieses niedliche Törtchen werde ich doch nicht essen. Was ist das überhaupt. Sieht aus wie ...«

»Dreimal Milchschnitte!« Eric bückte sich nach dem Champagnerkübel und der Papiertüte und stellte alles auf den Tisch. »Dreistöckig, wie gewünscht, getränkt mir Kirschlikör, Kerze und zwei rote Gummibärchen. Von mir selbst hergestellt.«

Marie erinnerte sich tatsächlich, dass er nicht »backen«, sondern »selbst hergestellt« gesagt hat. »Danke, danke, danke. Das ist das schönste, unglaublichste, verrückteste Geschenk meines Lebens.« Sie schlang ihre Arme um seinen Hals und küsste ihn leidenschaftlich und so lange, dass die Eiswürfel im Champagnerkübel zu Wasser wurden.

Spät in der Nacht saßen sie in einem Schaumbad, tranken Sekt, fütterten sich mit Sushi, ließen die Gläser klingen und die Dekadenz hochleben.

»Wie hast du das nur alles geschafft?«, wollte Marie wissen, weil sie es sich kaum vorstellen konnte.

Eric kaute an einem Maki Sushi mit Lachs. »Hm ... ein Freund ist Caterer, bei dem gehören Konfetti, Luftballons und Luftschlangen zur Standardausrüstung.« Er langte über den Wannenrand zum Küchenstuhl, wo die Röllchen auf einem Tablett standen. »Die Milchschnitten und Gummibärchen gab's am Bahnhof ... und das rote Kuvert ...«

»Das Kuvert!«, unterbrach Marie ihn aufgeregt. »Das habe ich ja noch gar nicht geöffnet.«

Eric hielt ihr das Lachsröllchen vor den Mund.

Marie biss hinein. »Mm, lecker ... also, was ist in dem Kuvert ... verrate es mir ...« Sie legte den Kopf schief und klimperte mit den Wimpern. »Bitte, bitte ...«

Eric schüttelte den Kopf. »Tut mir leid, Geschenke muss man selber öffnen, sonst bringen sie Unglück.«

Marie pustete ihm eine Handvoll Schaum entgegen. »Wer sagt das?«

»Das weiß doch jeder. Ich kann nur sagen: Ich habe es an einem Zeitungskiosk gekauft.«

»Also ist es eine Glückwunschkarte?«

»Schon möglich.«

Marie stützte sich mit beiden Händen am Wannenrand ab, stieg aus dem Wasser und war mit zwei Schritten bei der klobigen Heizung, auf dem das Badetuch lag. Sie wickelte das Tuch um ihren Körper und lief mit feuchten Füßen über die Diele in das große Zimmer.

Das rote Kuvert lag immer noch inmitten von Konfetti auf dem Tablett. Sie griff danach und drehte es auf die Rückseite. Es war fest verklebt. Ungeduldig riss sie es auf und zog eine orangefarbene Klappkarte heraus. Auf der Vorderseite stand in goldenen Lettern:

Love forever

Als sie die Karte aufklappte und den handgeschriebenen Text las, füllten sich ihre Augen mit Tränen. Sie war vollkommen überwältigt:

eine Reise nach Großbritannien, ins weltberühmte Bücherdorf Hay-on-Wye.

Seit sie von diesem kleinen walisischen Ort gehört hatte, träumte sie davon, ihn zu besuchen. Mit Eric hatte sie aber nicht darüber gesprochen. Wie hatte er es erraten?

Schniefend ging sie zurück ins Bad, wo Eric noch in der Wanne saß und das letzte Stück Tamagoyaki, ein japanisches Omelett in Nori eingewickelt, verspeiste. »Sehe ich da etwa Freudentränen?«

»O Eric ...« Marie wischte sich die Tränen mit dem Badetuch von den Wangen und setzte sich auf den Badewannenrand. »Woher wusstest du es, wir haben nie über dieses Dorf gesprochen.«

»Ich hatte keine Ahnung. Aber für eine Buchhändlerin kann es eigentlich keinen schöneren Ort geben als diesen. Und es wäre unsere erste große Reise.«

Marie beugte sich zu ihm, um ihn zu küssen. »Ich liebe dich. Danke, danke, danke, es ist das wunderbarste, ultimativste Geschenk meines Lebens – abgesehen von der Torte natürlich.«

»Ich liebe dich auch über alles, mein wunderschönes Blumenmädchen, und wie ich immer sage: Auf den Zufall ist einfach Verlass!« Lachend klatschte Eric mit der flachen Hand auf das Badewasser. Schaumflocken wirbelten nach oben. »Wann möchtest du los?«

Marie wollte am liebsten sofort die Koffer packen und in den Campervan steigen. »Im August, wenn der Blumenladen Betriebsferien macht.«

19

Sonntagmorgen stehe ich länger als sonst unter der Dusche. Nicht als Belohnung für eine arbeitsreiche Woche. Ich warte auf einen Geistesblitz für mein Hauptproblem: Welches Märchen erzähle ich meiner Mutter dieses Mal? Warum ich am Nachmittag aus dem Haus möchte? Warum ich mich nicht wie gewöhnlich in ein Buch verkrieche? Aber mein Vorlesesonntag muss unbedingt geheim bleiben. Das habe ich Curt versprochen. Suse als Alibi zu missbrauchen, ist auch unmöglich. Dazu müsste ich sie einweihen, und sie würde vielleicht nicht dichthalten.

Ich könnte Shorts anziehen, dazu ein ärmelloses Top und behaupten, mit Joggen anfangen zu wollen. Doch es ist schon jetzt ziemlich heiß. Für den Nachmittag sind über dreißig Grad angekündigt. Dass ich bei dieser Hitze freiwillig durch die Gegend renne, nimmt meine Mutter mir nie im Leben ab. Mir bleibt höchstens, Arbeit außer der Reihe im Buchladen vorzutäuschen. Etwa das Schaufenster neu zu gestalten oder Büchertische umzudekorieren. Dergleichen erledige ich meist an Sonntagen.

Oft besprechen wir auch, was in der kommenden Woche ansteht, je nach Wetter spazieren wir den Wanderweg an der Havel entlang, genehmigen uns Eisbecher mit Sahne oder begutachten die Läden in der Altstadt. Wie sich die Konkurrenz hält oder ob der Onlinehandel wieder ein Geschäft in die Knie gezwungen hat.

In der Küche steht das Fenster offen, frische Morgenluft strömt herein. Leises Kinderlachen dringt zu uns nach oben. Aus dem Küchenradio warnt ein Moderator vor zu langen Sonnenbädern. Nicht mal der stärkste Sunblocker könne bei dieser hohen Strahlenlast noch vor Hautschäden schützen.

Meine barfüßige Mutter in einer dreiviertellangen gestreiften Schlabberhose und einem grünen Top hantiert an der Kaffeemaschine. Die übliche Schürze um den Bauch gebunden. Nebenbei macht sie Gesichtsyoga. Soll heißen, sie zieht Grimassen. Irgendwo hat sie Übungen gegen diese hässlichen Marionettenfalten, die von den Mundwinkeln nach unten verlaufen, gesehen. Seitdem verbringt sie morgens zehn Minuten länger im Bad und massiert teures Serum in die betreffenden Stellen. Auch tagsüber ertappe ich sie manchmal dabei, wie sie diese Übungen wiederholt, sobald sie sich unbeobachtet fühlt.

»Guten Morgen ... Ich muss am Nachmittag in den Laden. Im Büro gibt es Einiges zu tun, was ich nicht von hier erledigen kann.«

Ich decke schnell den Frühstückstisch, um nicht vor Erleichterung laut zu lachen.

Pünktlich um drei, das Taschenbuch von Simenon in der *Buch & Blume*-Stofftasche, klingle ich bei Curt. Schon seit gestern freue ich mich riesig auf den heutigen Nachmittag. Mit Curt über Simenon zu reden, zu erfahren, wie er zu dem französischen Meister steht. Ich bin aber auch gespannt, ob Curt inzwischen auf der Terrasse war. Dann hat ihn der würzige Duft der Immergrünen sicher begeistert. Falls er sich weiterhin stur stellt, könnte ich ihn ein bisschen erpressen. Vorlesen gegen Schnuppern an den Friedhofsbäumen.

Der Türsummer ertönt nach wenigen Sekunden. Yvonne erwartet mich an der Wohnungstür. Offensichtlich hat sie sich auf die Hitze eingestellt, ein luftiges weißes Sommerkleid mit floralem Muster angezogen und auf Schuhe verzichtet.

»Hallo, Nina, komm rein ... Curt freut sich schon ...«

Wir geben uns die Hand. Ich folge ihr durch den langen Flur, der mir längst vertraut ist. »Hat Curt eigentlich die Terrasse mal betreten?«

»Nein«, seufzt Yvonne. »Er weigert sich nach wie vor.«

»Immer noch, wie schade ...«

»Finde ich auch, und er begründet es natürlich nicht. Ich schätze, er fürchtet, beobachtet zu werden.«

»Wie sollte das möglich sein, es gibt doch kein Gegenüber«, wundere ich mich.

»Das sage ich ihm ja auch immer wieder. Aber er glaubt mir

nicht«, entgegnet Yvonne. »Curt hat die Wohnung erst bezogen, als er schon erblindet war. Vorher lebte er in einer alten, verwinkelten Villa mit Treppen und Stolperfallen. Als er mehrmals hingefallen ist und sich verletzt hat, war er schließlich bereit, umzuziehen. Aber so richtig kommt er hier eben auch nicht an.«

Yvonne führt mich in Curts Büro.

Als sie die Tür öffnet, sehe ich den Autor auf der Récamiere liegen. Im selben Moment richtet er sich auf und zieht das kurzärmlige schwarze Hemd glatt, das er zu einer hellen Hose trägt. Auch er ist barfuß.

»Hallo, Curt ...«

Er streckt seine Hand in meine Richtung. »Hallo, Nina, wie schön, dass du gekommen bist. Ich hatte ein bisschen Sorge, dass du bei dem schönen Wetter keine Lust hast, bei mir altem Zausel in der Bude zu hocken ...«

Ich gehe auf ihn zu und drücke seine Hand. »War doch versprochen«, sage ich und bin erleichtert, an seiner Stimme zu erkennen, dass er gute Laune hat. »Außerdem ist es bei dir dank der Klimaanlage angenehmer als draußen. Und du bist kein alter Zausel, sondern mein absoluter Lieblingsschriftsteller, der vielleicht irgendwann mal wieder einen neuen Roman schreibt.« Dieses sensible Thema so direkt anzusprechen, war nicht geplant. Aber oft sind gerade die spontanen Entscheidungen die richtigen. Plötzlich muss ich an Jack und seine »spontane Einladung« denken. Ich ärgere mich immer noch, gezögert zu haben.

»Bevor ihr euch jetzt in die Bücher verkriecht«, meldet sich Yvonne zu Wort, »wollte ich Nina kurz die fertige Terrasse zeigen. Mit den Möbeln und den Pflanzen sieht das Ganze einfach traumhaft schön aus.«

»Ja, die würde ich gerne sehen«, entgegne ich und frage Curt, ob er mitkommen möchte. »Die immergrünen Pflanzen durften herrlich würzig, ich denke, das würde dir gefallen. Manche reagieren speziell auf Berührungen, dann riechen die Hände ...«

»Ich warte hier«, antwortet er mit einer Bestimmtheit, die keine Nachfrage duldet.

»Okay, ich bin gleich zurück.«

»War ein Versuch«, flüstert Yvonne mir im Flur zu.

Die Terrasse wurde mit einem Sofa und drei Sesseln aus geflochtenem Rattan und einem Glastisch möbliert. Eine hellgrünweiß gestreifte Markise beschattet die Sitzgruppe mit dicken Polstern im gleichen Streifenmuster.

»Ein wunderschöner Platz, um sich auszuruhen«, sage ich und finde es traurig, dass Curt nichts davon sehen kann und sich lieber in seinem Büro verschanzt. Der Raum ist ihm eben vertraut, denn er ist ähnlich geschnitten wie sein vorheriger, wie er mir verraten hat.

Yvonne atmet schwer, als wir zurück ins Zimmer treten und sie die Terrassentür schließt. »Ich hoffe nach wie vor, dass Curt sich eines Tages aus seiner Erstarrung löst und Hilfsangebote annimmt. Die Vorlesestunde ist vielleicht ein Anfang.«

»Ich werde mich bemühen ...«, verspreche ich auf dem Weg zu Curt und erstarre plötzlich. Vor mir steht Jack. Wenige Schritte von uns entfernt. In wadenlangen abgewetzten Jeans, einem zerknautschten türkisen Leinenhemd und einer Sonnenbrille auf der Nase.

Will er etwa zuhören? Oder im Anschluss den Gefallen einlösen? Zuzuhören kann ich ihm nicht versagen, auch wenn mir seine Anwesenheit nicht sehr angenehm wäre. Aber aus einem Essen wird auch heute nichts werden. Ich bin ungeschminkt, mein Haar ist zu einem nachlässigen Nackenknoten gedreht, und mein Outfit aus Shorts mit Trägershirt ist eher für den Wannsee geeignet.

Aber was fantasiere ich mir da zusammen? Jack ist doch einfach gekommen, um Curt zu besuchen. Total normal an einem Sonntag. Und ich will nur vorlesen, weil Curt meine Stimme mag. Wie ich dabei aussehe, ist vollkommen Banane, würde Suse sagen. Irritiert versuche ich, meine wirren Gedanken um störrische Haare, fehlendes Make-up oder Strandlook zu verdrängen. Doch sie umkreisen mich hartnäckig wie Wespen, die süße Limonade riechen. Nervös streiche ich mir eine Haarsträhne aus der Stirn, wohl wissend, wie albern das ist.

»Hallo zusammen.« Er nimmt die Brille ab, schiebt sie in die Hosentasche und kommt lächelnd auf uns zu.

Ich kann es nicht leugnen; er sieht ziemlich gut aus, auch im Flohmarkt-Chic.

»Willst du schon gehen?«, fragt er und schaut mich dabei an. »Curt hat mir erzählt, dass du ihm vorliest. Und ich wollte gerne zuhören. Wenn es okay für dich ist.«

Also doch! Ich nicke ihm zu.

»Ich habe Nina noch schnell die Terrasse gezeigt«, erklärt Yvonne.

»Die sieht wirklich toll aus«, schwärme ich.

»Mir gefällt sie auch total gut. Die Arbeit hat sich echt gelohnt.«

In so mancher Hinsicht, denke ich bei mir und gehe vor in Curts Büro.

20

Der Raum ist erfüllt von herb-frischem Blumenduft. Ein Strauß aus blassrosa Federnelken und weißem Lavendel, den Yvonne am Freitag abgeholt hat, steht neben der Récamiere.

Curt ist gerade dabei, Bücher an einem der Regale abzutasten. Hardcover oder Taschenbücher kann er sicher an der jeweiligen Größe unterscheiden. Vielleicht auch, wie sich die Ausgaben anfühlen oder riechen.

Jack geht zu ihm. »Kann ich helfen, Curt?«

»Ich wollte ein Buch heraussuchen ...« Curt dreht sich direkt in meine Richtung, als könne er mich sehen. »Aber vielleicht möchte Nina lieber selbst entscheiden.«

»Ich habe einen Simenon-Krimi mitgebracht«, sage ich, hole das Buch aus der Stofftasche und erkläre in wenigen Sätzen meinen Einfall. »Das ist aber kein Muss, wir können den Simenon auch ein anderes Mal lesen.«

»Nein, das ist eine großartige Idee, ich bin ein großer Fan des Belgiers«, sagt Curt und klingt tatsächlich begeistert. »Es müssten auch jede Menge Simenons in den Regalen stehen. Ob der *Sonntag* dabei ist ...«, er zuckt die Schultern, »möglich ist es ...«

»Ich kann nachschauen«, bietet Jack an.

»Dann werde ich euch mit ein paar Erfrischungen versorgen«, meldet sich Yvonne, die im Türrahmen stehen geblieben ist. »Irgendwelche speziellen Wünsche?«

»Das Übliche mit viel Eis«, sagt Curt.

»Tut mir leid, Curt, Alkohol nur noch einen am Abend. Das war abgemacht. Ich mixe dir einen erfrischenden Cocktail, der toll nach Früchten duftet und gut schmeckt ...«

»Spaßverderberin! Aber mit mir kannst du es ja machen, ich bin dir ausgeliefert«, beschwert sich Curt, klingt aber nicht verletzt. Es scheint eher ein Scherz zwischen den beiden zu sein.

»Immer wieder gerne.« Yonne lacht. »Nina? Jack?«

»Cocktail hört sich gut an«, sage ich.

»Gerne«, schließt sich Jack an. »Worum geht es in dem Roman?«, erkundigt er sich, als er die Simenon-Exemplare gefunden hat.

»Ich erinnere mich nur dunkel«, antwortet Curt und überlegt.

Er hat sich in dem moosgrünen Ohrensessel neben dem Fenster niedergelassen, die Beine übereinandergeschlagen und wirkt sehr entspannt. »Ich glaube, er handelt von einem Koch, der mit seinem Lieferwagen ans Meer fährt ... an einem Sonntag, wie der Titel besagt.«

»Das ist die Ausgangssituation ...«, bestätige ich und erzähle mit eigenen Worten ein wenig vom Inhalt: Émile betreibt ein Restaurant, das seine Frau geerbt und in die Ehe mitgebracht hat. Er ist unglücklich, die Beziehung zu seiner Frau ist angespannt. Während der Autofahrt ans Meer versucht er herauszufinden, welche Ereignisse den Lauf seines Lebens bestimmt und verändert haben. Ob alles mit der Hochzeit angefangen hat? Oder schon viel früher, als sein Vater ihn zu einem Koch in die Lehre gesteckt hat? Für diesen Sonntag hat Émile nun einen Vorsatz gefasst, der sein ganzes Leben verändern soll.

»Spannend«, findet Jack, der noch immer auf der Suche ist. »Und geradezu perfekt für die Sonntagslesungen.«

»Ich fand es auch interessant, und weil ich noch nie etwas von Simenon gelesen habe, wollte ich es vorschlagen.«

Die Zimmertür wird geöffnet, Yvonne bringt einen extra Stuhl herein, den sie vor den Bücherregalen postiert. »Wenn es dich nicht stört, Nina, würde ich auch gerne zuhören.«

»Natürlich nicht ...« Ich ziehe meine Schuhe aus und mache es mir im Schneidersitz auf der Récamiere bequem.

»Dann hole ich jetzt die Cocktails ...« Yvonne verlässt das Zimmer und kommt nach wenigen Sekunden mit einem ausklappbaren Tischtablett zurück, auf dem sie die bunten Drinks balanciert.

»Der *Sonntag* ist nicht vorhanden«, verkündet Jack jetzt.

»Wenn du möchtest, Curt, kann ich versuchen, dir eine alte Ausgabe im Antiquariat zu besorgen«, biete ich an.

»In Ordnung, aber jetzt lesen wir trotzdem aus der neu übersetzten Ausgabe. Nach deiner Ausführung bin ich neugierig auf die Geschichte.«

»Ich bin auch gespannt«, sagt Jack, und mangels anderer Sitzgelegenheiten nimmt er am Fußende der Récamiere Platz.

Dass Curt »lesen wir« gesagt hat, freut mich am meisten. Vielleicht ein Indiz, dass er das Vorlesen wie eigenes Lesen empfindet. Dass er das Gefühl, als er noch selbst ein Buch in der Hand hatte, abrufen kann. Es wäre ein erster kleiner Hoffnungsschimmer.

Yvonne stellt die Cocktails für Jack und mich auf dem ovalen Beistelltisch ab. Das Klapptablett bringt sie zu Curt.

Ich beobachte, wie Curt vorsichtig den Rand des Tabletts befühlt und sich dann zum Glas vortastet. Er nimmt es in die Hand, hält es ein wenig hoch und sagt: »Auf Nina und ihre wunderschöne Stimme.«

Ich merke, wie ich rot werde.

Wir trinken alle einen Schluck Cocktail, dem Curt das Label »ekelhaft gesund« verleiht.

Yvonne bleibt unbeeindruckt. Ich kann sie nur bewundern, wie gelassen sie Curts verbale Spitzen hinnimmt.

Curt dreht den Kopf nach rechts zu Yvonne, als habe er ihr Schulterzucken bemerkt, sagt aber nichts. Einige Sekunden rutschen wir alle auf unseren Plätzen hin und her, wie Hunde oder Katzen, die sich zurechtdrehen.

Dann schlage ich das Buch auf. Noch ein kurzes Räuspern, bevor ich zu lesen beginne.

Zu Hause habe ich den Text bereits überflogen und mir die Stellen angestrichen, an denen ich pausieren und einen Schluck trinken kann. Die einzelnen Kapitel sind teilweise sehr lang, bis zu zwanzig Seiten. Pro Seite sind es gestoppte zwei bis drei Minuten Lesezeit. In einer Stunde kann ich also maximal ein Kapitel vorlesen.

Ab und zu werfe ich einen Blick auf Curt. Trotz der verspiegelten Brille hoffe ich an seiner Körperhaltung zu erkennen, ob er noch zuhört oder schon eingeschlafen ist. Auch eine angenehme Stimme kann einschläfernd wirken, vielleicht gerade.

Ich bemühe mich, den Text gefühlsbetont zu lesen und nicht in einen monotonen Gleichklang zu verfallen. Schwierig empfinde ich es, nicht zu schnell zu lesen. Ich muss mich regelrecht zwingen, Wort für Wort zu lesen und die nachfolgenden Wörter nicht schon vorher zu beachten. Mein Gehirn scheint ein schnelleres Tempo einlegen zu wollen. Was sich so simpel anhört, erfordert höchste Konzentration.

Nach etwa einer halben Stunde und neun gelesenen Seiten unterbreche ich für eine kurze Pause.

»Möchte jemand einen Kaffee oder Espresso?«, erkundigt sich Yvonne und lächelt in die Runde.

»Sehr gerne«, sage ich und Jack schließt sich an.

»Meinen mit einem doppelten Wodka auf Eis«, verlangt Curt, wozu er hämisch grinst.

»Alkohol erst am Abend, das hatten wir doch abgemacht«, sagt Yvonne und verlässt den Raum.

»Wie fandest du es bis hierher?«, wende ich mich an Curt.

»Simenon versteht es, die Leserschaft zu fesseln …«, antwortet er und stockt, als würde er nachdenken. »Der Anfang ist relativ klassisch; der Held in einem inneren Monolog, durch den wir sein Umfeld, seine Frau und so weiter kennenlernen. Es ist zu spüren, dass der Koch unglücklich ist, auch wenn Simenon dieses Wort nicht verwendet. Aber das Wichtigste: der Konflikt! Die Leser erfahren noch nicht, worum es sich genau handelt, aber gerade deshalb bleibt man dabei. Man weiß, der Held hat ein Ziel, und das erzeugt Spannung.«

»Mir hat es gut gefallen, weil es ohne Leiche auskommt. Wir bekommen Einblicke in das Gefühlsleben von Émile, und das mag ich besonders«, sagt Jack und mustert mich fragend. »Wie findest du die Story bisher? Als Buchhändlerin hast du vielleicht eine ganz andere Sicht auf Bücher, die nach heutigem Geschmack relativ unspektakulär beginnen. Der Trend geht doch eher zu Aktmördern, Psychopathen, Serienkillern.«

Erstaunt und gleichermaßen verwundert habe ich zugehört. Jack hat neulich behauptet, nicht zu lesen. Dafür weiß er erstaunlich viel über den Lesergeschmack. »Der Text hat eine tolle Sogwirkung …« Ich schaue an Jack vorbei und wende mich in Curts Richtung, als würde ich mit ihm reden. »Und das, obwohl dieser Roman bereits 1959 erschienen ist. Das finde ich immer wieder bemerkenswert.«

Curt richtet sich in seinem Ohrensessel auf, wechselt die überschlagenen Beine und lehnt sich wieder zurück. »Simenon gehört längst zu den Klassikern. Es ist schnurzpiepe, wie alt seine Werke sind. Sie sind und bleiben lesbar, und daran erkennt man die wahre Meisterschaft.«

Yvonne kommt mit einem Servierwagen zurück. Darauf die Espressi, eine Zuckerdose und ein Teller mit Keksen. »Zucker?«, fragt sie.

»Zwei Löffel wie immer …«, sagt Curt in vertrautem Tonfall, der mich an meine Eltern erinnert, die früher so miteinander umgegangen sind. Was nicht zwangsläufig bedeuten muss, dass Yvonne und Curt ein Paar sind.

Irgendwann werde ich herausfinden, in welcher Beziehung sie stehen. Oder ich frage Jack, der müsste es eigentlich wissen.

Wir trinken den köstlichen Kaffee, den vermutlich ein Hightech-Kaffeeautomat ausgespuckt hat. Kein Vergleich zu dem, den ich mir zu Hause mit einem kleinen Espressokocher machen kann. Umso mehr genieße ich diesen Luxus. Wie auch die gesamte Stunde und das Zusammensein mit Curt. Trotz des manchmal noch aufkommenden Gefühls, mich ihm gegenüber unsicher zu benehmen. Immer noch habe ich Angst, in ein Fettnäpfchen zu treten. Etwas zu sagen, das ihn veranlasst, die Lesestunden wieder aufzugeben oder mittendrin abzubrechen. Und das würde mir leidtun.

Aber ich spüre, dass ich mir keine Gedanken machen muss. Die Stimmung ist entspannt, und mit zwei weiteren Zuhörern ist es wie eine kleine exklusive Veranstaltung.

»Es war ein Hochgenuss«, sagt Curt am Ende des zweiten Leseabschnitts und bedankt sich mit festem Händedruck. »Wenn du es nächsten Sonntag wieder einrichten kannst, wüsste ich das sehr zu schätzen. Nicht zuletzt möchte ich wissen, wie es weitergeht mit Émile, dem Koch, und seiner Ehefrau. Ob sein Vorhaben erfolgreich verläuft.«

»Ich kann es bestimmt einrichten«, verspreche ich und verabschiede mich. Wenn ich mich beeile, bin ich zu Hause, ehe meine Mutter aus dem Laden zurückkommt.

Jack bietet an, mich mit seinem Wagen zu bringen. »Es ist unverändert heiß, und ich habe eine Klimaanlage.« Er sagt es, wie man mit einem alten Freund oder Arbeitskollegen reden würde. Ohne Zwinkern, extra breites Lächeln oder zufällige Berührung.

»Gerne, vielen Dank«, nehme ich sein Angebot an.

Eine kühle Heimfahrt ist genau das, was ich jetzt brauche. Obwohl die Wohnung auch klimatisiert ist, fühle ich mich durch die lange Anspannung erhitzt. Mein Gesicht glüht, als hätte ich die Warnung des Radiomoderators ignoriert und stundenlang in der Sonne gebraten. Was ich als Rothaarige mit heller Haut noch nie getan habe. Ein Sonnenbrand wäre garantiert, und danach würde ich mich häuten wie eine Schlange.

»Ich bringe euch zur Tür«, sagt Curt, was mich total erstaunt. Yvonne nickt mir lächelnd zu, als wäre es mein Verdienst.

An der Tür nimmt Curt noch einmal meine Hand und drückt sie sanft. »Ich habe es wirklich sehr genossen und finde es bemerkenswert, dass du ausgerechnet einen Simenon ausgesucht hast.«

»Das gebe ich gerne zurück, Curt, und ich freue mich auf nächste Woche«, erwidere ich.

Jack verabschiedet sich mit dem Versprechen, unter der Woche vorbeizukommen. »Vielleicht zum Abendessen, melde mich aber vorher.«

»Okay«, entgegnet Curt und klopft seinem Sohn auf die Schulter.

»Bis nächsten Sonntag«, betone ich noch einmal.

21

Im Aufzug habe ich das Gefühl, etwas sagen zu müssen. Aber was? In Jacks Gegenwart bin ich seltsam befangen. Wäre ein »Friedhofsbaum« bei uns, könnte er Gesprächsstoff liefern. Wegen der verspiegelten Wände kann ich Jack noch dazu von allen Seiten betrachten. Und er sieht auf jeder attraktiv aus: kräftiges Kinn, breiter Rücken, trainierte Beine, und die Gesichtsbräune lässt seine blaugrünen Augen heller wirken. Jack ist kein Schönling, eher ein kantig-männlicher Typ. Einer, der mit anpackt, wenn Hilfe gefragt ist. Heute sieht er ein bisschen nach Abenteurer aus. Um das peinliche Schweigen zu unterbrechen, gestatte ich mir ein leises Aufatmen.

»Müde?«, fragt Jack. »Würde mich nicht wundern. So konzentriert zu lesen, ist bestimmt anstrengend. Aber du kannst das wirklich gut. Und Curt wirkte so entspannt und zufrieden, wie ich ihn schon lange nicht mehr gesehen habe.«

»Danke, ich hoffe auch, dass es Curt gefallen hat.« Ich übergehe seine Frage nach meinem Befinden und wechsle das Thema. »Du kennst dich ja doch ziemlich gut aus in Sachen Bücher, obwohl du nicht liest.«

»Ach was …« Jack grinst schief. »Das ist eher ein bisschen Allgemeinwissen ... was sich im Laufe der Jahre so ansammelt. Die Anzahl der Weltmeere, der höchste Berg der Welt oder Buchtrends, die mich als Sohn eines Schriftstellers doch interessieren.«

Der Lift hält im Erdgeschoss. Die Tür verschwindet geräuschlos in der Seitenwand. Jack lässt mir den Vortritt, überholt mich aber, um die Haustür zu öffnen.

Die Sommerhitze trifft mich wie ein gigantischer Heißluftföhn. Sie brennt sofort auf der Haut, in den Augen und der Nase. Instinktiv halte ich einen Augenblick lang die Luft an. Auf dem Fußweg hierher kam es mir gar nicht so heiß vor, aber durch die angenehme Temperatur in Curts Wohnung empfinde ich den Unterschied jetzt als extrem groß. »Danke, dass du mich mitnimmst. Das ist ja wirklich der reinste Backofen.«

»Keine Ursache. Mein Wagen steht da vorn ...« Jack deutet auf einen knallroten Kleinwagen. Gleichzeitig drückt er auf den Schlüssel in seiner Hand.

»Wenn du noch etwas Zeit hast, würde ich dich gerne auf ein Eis einladen«, sagt Jack, als wir im Wagen sitzen. Er stellt die Klimaanlage auf die höchste Stufe und setzt die Sonnenbrille auf.

Ich mühe mich noch mit dem Sicherheitsgurt ab. »Eis wäre absolut mega«, sage ich, als der Gurt endlich einklickt. »Aber mir fällt keine glaubwürdige Erklärung ein, warum ich nicht zu Hause bin.«

Jack nimmt die Brille wieder ab und schaut mich kopfschüttelnd an. »Wie, nicht zu Hause, ich versteh nicht?«

»Du weißt, dass Curt mich verpflichtet hat, niemandem von seiner Erblindung zu erzählen? Wo war ich also heute Nachmittag?«

»Verstehe. Und dein Freund oder Lebensgefährte darf es nicht erfahren, weil ...?« Jack hat den Motor noch nicht gestartet. Er dreht sich mit den Schultern zu mir und mustert mich verwundert.

Ich beiße mir auf die Lippen und überlege, was ich von mir preisgebe. Jack weiß nicht, dass ich wegen Eric in der Selbsthilfegruppe war. Bisher war er feinfühlig genug, nicht nachzufragen. Dabei hätte er reichlich Zeit gehabt. Doch ich muss nicht unbedingt erwähnen, dass ich seit Erics Tod kaum noch unter Menschen gehe. »Wegen meiner Mutter!«, antworte ich ehrlich. »Ich lebe bei ihr, und ich fürchte, sie würde Curts Geheimnis nicht lange für sich behalten können.«

»Und wie konntest du dich heimlich davonschleichen? Oder bist du aus dem Fenster gestiegen?« Er lacht, also würde er sich das bildlich vorstellen.

»Heute hat sie kurz nach unserem Brunch die Wohnung verlassen, weil sie im Blumenladen wichtigen Papierkram erledigen wollte. Ich schätze, sie ist jetzt noch im Laden. Wenn ich also vor ihr wieder zu Hause bin, ist alles gut.«

»Apropos, was hast du deiner Mutter erzählt, als du wegen der Terrasse zwei Tage bei Curt warst?«

»Das war ja ein offizieller Auftrag. Angeblich war Curt nicht zu Hause, ich habe ihn also nicht kennengelernt«, antworte ich und erzähle von der Finte für meine Mutter, damit sie die fertige Terrasse besichtigen darf. »Ich hoffe, Curt vergisst es nicht. Sie ist ziemlich stolz darauf, dass wir für eine Berühmtheit arbeiten durften.«

»Jetzt kapier ich.« Jack zieht die Stirn in Falten. »Weiß deine Mutter von mir? Ich meine, hast du erzählt, dass ich beim Schleppen geholfen habe?«

»Das musste ich zum Glück nicht verheimlichen.«

»Dann hätte ich für heute Nachmittag eine Idee …«

»Die da wäre?«

»Du hast mich zu einem Eis eingeladen. Als Dankeschön für meine Hilfe. Cool oder cool?«

Es wäre tatsächlich ein Grund. Trotzdem zögere ich. In den

letzten Minuten hatten wir zwar Gesprächsstoff, aber der Gedanke, länger mit ihm allein zu sein, macht mich nervös. »Ja, schon, aber guck doch mal, wie ich aussehe!« Ich klappe die Sonnenblende auf und werfe einen schnellen Kontrollblick in den Spiegel. Mein Gesicht ist gerötet, meine Strandklamotten taugen nicht mal für eine Eisdiele, von meinem Haarknoten ganz zu schweigen.

»Du siehst klasse aus«, sagt Jack, der mich beobachtet hat. Und zwar ganz ohne Grinsen oder irgendwelche Grimassen, als würde er es tatsächlich ernst meinen.

»Sehr freundlich«, widerspreche ich und zupfe an den Strähnen herum, die sich aus dem Knoten gelöst haben. »Eigentlich kann ich in diesen Klamotten nicht unter Menschen gehen.«

Jack lacht laut wie über einen albernen Scherz. »Nina, ganz ehrlich, du siehst sehr hübsch aus. Aber wer in Berlin interessiert sich denn für Äußerlichkeiten? Ich übrigens nicht. Auch wenn du mich schon im feinen Zwirn gesehen hast, das ist nur meine Berufsuniform. Manche Kollegen verspotten mich übrigens als Notfall-James-Bond, nur dass ich keine Bösewichte, sondern Promis jage ...« Er senkt den Kopf, lässt seinen Blick über sein Outfit wandern, und dann grinst er mich an: »Wenn ich uns so betrachte, sind wir beinahe im Partnerlook unterwegs. Zerknittert und ein wenig erschöpft. Ein großes Eis mit Sahne haben wir uns verdient.«

Mir ist noch heißer geworden. Er findet mich hübsch. Ich fürchte, er hat doch romantische Ambitionen, und das passt mir nicht. Ich bin weder bereit für eine neue Liebe noch für eine Affäre. »Hmm ...«, grummle ich nachdenklich.

»Anderer Vorschlag: Wir essen das Eis im Auto. Hier ist es angenehm kühl, und wir können in Ruhe über Curt reden. Einverstanden?«

Ich starre ihn schweigend an. Warum will er mit mir über Curt reden? Noch mehr Geheimnisse? Mir genügt das eine. Und das belastet mich schon genug.

»Schau nicht so entsetzt, Nina. Das war kein zweideutiger Antrag. Ich dachte nur, wir könnten gemeinsam überlegen, wie wir Curt aus seiner Schmollecke holen. Ich finde es unendlich traurig, dass er sich in der Wohnung verkriecht. Das darf und soll nicht zum Dauerzustand werden, egal, wie exklusiv er dort logiert. Und das Wichtigste: Er akzeptiert dich sehr, das habe ich heute deutlich bemerkt.«

»Ähm ... ich habe nur überlegt ...«

»Genug überlegt.« Jack schiebt die Sonnenbrille auf die Nase und startet den Wagen.

»Eines noch: Ich kann dich leider nicht einladen ... ich hab kein Geld dabei. Hatte nur das Buch mitgenommen, und das liegt jetzt oben bei Curt.« Demonstrativ hebe ich die leere Stofftasche hoch. »Mein gesamter Besitz.«

»Psst ...«, zischelt er leise, beugt sich etwas zu mir und flüstert verschwörerisch: »Über Geld spricht man nicht«, ehe er im harmlosen Plauderton weiterredet: »Überlege schon mal, welche Sorte du möchtest ... und dann suchen wir uns einen schattigen Parkplatz ...«

»Na gut«, gebe ich mich geschlagen. Es ist auch eine Möglichkeit, von Jack endlich zu erfahren, was mit Curt geschehen ist. Außerdem kann ich mich gegen Eis an heißen Sommertagen nur sehr schwer wehren. »Dann hätte ich gerne Vanille, Pistazie, Sahne und eine Waffel dazu.«

Wenig später sitzen wir im angenehm kühlen Wagen und löffeln Eiscreme aus bunten Bechern. Jack hat in der Nähe von *Natur Eis* in der Breiten Straße tatsächlich einen schattigen Parkplatz gefunden. Fast ums Eck von meinem Zuhause am Lindenufer; da habe ich es nachher nicht mehr weit.

»Schmeckt himmlisch, vielen Dank für die Idee ...« Ich genieße jeden einzelnen Löffel und gebe entsprechende Laute von mir.

»Hmmm ... definitiv lecker«, stimmt Jack mir zu. »Ich kann dir noch eine coole Ausrede für den nächsten Sonntag bieten. Du kommst doch wieder?«

»Klar, es war kein leeres Versprechen.«

»Wie wäre es, wenn Curt dich über Yvonne als Testleserin ›engagiert‹ hat? Du kannst behaupten, jeden Sonntag deine Meinung zu seiner Arbeit abzugeben. Als Buchhändlerin verkaufst du doch seine Bücher und bist sozusagen eine Geschäftspartnerin.«

Ich bin so erstaunt über diese simple und einleuchtende Idee, dass ich Jack begeistert anlächele. »Das ist ... das ist genial, danke. Damit nimmst du mir ein großes Problem ab.«

»Jederzeit wieder ...«

Eine Weile genießen wir wortlos unser Eis. Schließlich wage ich Jack zu fragen, was Curt passiert ist. »In der Gruppe hast du gesagt, dass es ein Unfall war. Stimmt das?«

»Ja, das war nicht gelogen. Willst du Einzelheiten? Könnten aber schwer verdaulich sein.«

»Macht nichts, ich möchte es wissen. Schon allein, um Curt besser zu verstehen.«

»Okay ...« Jack nimmt noch einen Löffel von seinem Zitroneneis. »Curt war mit seinem Oldtimer-Mercedes unterwegs. Er hatte in Berlin-Mitte eine Verabredung mit seinem Agenten. Es ging um Verträge mit einem neuen Verlag, der an seinen unveröffentlichten Projekten interessiert war und hohe Vorschusshonorare geboten hat. Das wurde in einem Nobelrestaurant gefeiert. Mit Essen und Alkohol, zu viel Alkohol ...«

Ich lasse den kleinen Eislöffel sinken. »Oh ...« Ich kann mir denken, wie es weiterging.

»Warte ab ... Curt war der Meinung, ein bisschen Schampus

würde ihm nichts ausmachen, und wollte seinen geliebten Oldtimer nicht stehen lassen. Sein Agent sah das anders und hat ihm den Autoschlüssel abgenommen. Was der Agent nicht wusste, Curt hatte in der Stoßstange seines Wagens einen Zweitschlüssel mit Textilband festgeklebt. Zur Sicherheit, falls er seinen mal verliert. Diese antiken verchromten Stoßstangen sind wie halbierte Rohre, dort lässt sich alles Mögliche verstecken.«

»Und der Schlüssel war noch immer dort?«, folgere ich mit banger Vorahnung.

»Genau. Curt fuhr also ziemlich angeschickert nach Hause. Es fing an zu regnen, die Sicht war schlecht und für ihn doppelt schlecht, weil er die verdammte Sonnenbrille immer aufbehalten hat. Sie hatte seine Sehstärke, und die normale hatte er nicht dabei … Als eine Katze über die Straße lief, wollte er ausweichen, verlor die Gewalt über den Wagen und prallte mit voller Wucht gegen ein Hauseck. Der Wagen hatte keine Airbags, für Oldtimer gibt es da keine Verpflichtung. Er knallte also mit voller Wucht aufs Lenkrad, die Brille zerbrach, und die Splitter … na ja, den Rest kannst du dir selbst ausmalen …« Jack keucht schwer, als könne er den Schmerz seines Vaters nachfühlen.

Ich schreie entsetzt auf.

»Ja, ganz und gar grauenvoll. Verrückterweise war Curt ansonsten so gut wie unverletzt. Nur die Hände waren durch den Aufprall verstaucht, und an den Schultern hatte er ein paar harmlose Prellungen. Zum Glück hat jemand die Rettung gerufen, und niemand kam zu Schaden, von der Hausecke mal abgesehen. Der Oldtimer war natürlich Schrott. Abgesehen von Curts Blindheit war es »nur« ein finanzielles Desaster.«

Ich bin geschockt. Curts Schicksal hat mich zutiefst erschüttert. Er hat durch Selbstüberschätzung und Sturheit das Augenlicht verloren. Muss das nicht noch schwerer zu ertragen sein, wenn man selbst schuld ist an seinem Unglück? »Gibt es denn gar keine Heilungschancen?«, frage ich schließlich.

Jack lässt den Kopf sinken und stochert lustlos in den Resten seines Eisbechers herum. »Nein, und ich kann dir versichern, Curt würde seinen letzten Cent investieren. Es wurden zwar schon Hornhauttransplantationen erfolgreich durchgeführt, aber die Warteliste für einen geeigneten Spender ist endlos lang. Und nicht jeder Schaden lässt sich mit einer Transplantation beheben.«

»Kein Wunder, dass er so deprimiert ist.«

»Das verstehe ich ja auch, aber es ist jetzt über ein Jahr vergangen, irgendwann muss er doch begreifen, dass es keinen Sinn hat, sich dem Leben zu verschließen. Er muss wieder anfangen zu leben. Aber er sitzt nur da, schüttet Wodka in sich hinein, wenn Yvonne es nicht verhindert, und gibt der Katze die Schuld. Die selbstverständlich schwarz war. Logisch, mit Sonnenbrille nachts am Steuer ist vermutlich die ganze Umgebung schwarz.«

Ich nicke schwach, denn trotz allem kann ich Curt besser nachfühlen als Jack. Ich habe selbst erlebt, wie man sich nach so einem Schicksalsschlag fühlt. Dass man nicht mehr weiterleben will, aber keine Wahl hat. Dass jeder Tag wie ein riesiger unüberwindlicher Berg vor einem steht, den man besteigen muss. Dass man sich hasst, am liebsten ein Loch graben und darin versinken würde. Dass man für immer mit diesem Schmerz leben muss. Es gibt keine Heilung. Keinen Lichtblick. Keine Hoffnung.

»Deshalb war ich auch total begeistert, als Yvonne mir von den Vorlesestunden erzählt hat«, nimmt Jack den Faden wieder auf. »Es könnte ihn tatsächlich umstimmen.«

»Das hoffe ich auch sehr. Und du kannst mir glauben, niemand wäre glücklicher als ich. Seine Fans natürlich auch. Ich kann gar nicht zählen, wie oft ich gefragt werde, wann der neue Fernau erscheint. Leider muss ich immer mit den Schultern zucken. Siehst du denn eine Chance, dass er irgendwann wieder anfängt?«

»Wenn ich das wüsste. Yvonne hat angeboten, für ihn zu tippen, er könnte den Text in ein Diktaphon sprechen, wenn er lieber allein ist. Möglich wäre auch ein Schreibprogramm mit Spracheingabe, also den Text direkt in den Laptop sprechen. Und es besteht auch die Möglichkeit, sich den eingesprochenen Text automatisch vorlesen zu lassen. Oder Yvonne kann den Text vorlesen. Aber er blockiert. Dieses Kapitel seines Lebens sei endgültig vorbei.«

»Spracheingabe klingt spannend. Aber was Curt mir über seine Arbeitsweise erzählt hat, wäre es eine enorme Veränderung«, wende ich ein.

»Na und?«, entfährt es Jack überraschend laut. »Leben bedeutet Veränderung. Nicht so extrem natürlich, wie es für ihn in diesem speziellen Fall wäre, aber irgendwie doch. Stillstand bedeutet Tod.« Wütend zerknüllt er den Eisbecher, öffnet das Fenster und schleudert ihn einfach in die Landschaft.

»Ich weiß«, sage ich leise und muss schlucken. Für mich folgte auf Erics Tod der absolute Stillstand. Über Monate. Ohne meine Mutter, den Blumenladen und später die Möglichkeit, einen Buchladen zu eröffnen, würde ich heute noch tatenlos mit dem Schicksal hadern. Ich würde wie Curt wie gelähmt dasitzen und die Welt nicht verstehen. Es waren die kleinen, unbemerkten Veränderungen, die mich langsam ins Leben zurückgeholt haben.

Ich schaue einem jungen Pärchen nach, die Zwillinge im Wagen vor sich herschieben und dabei Eis aus der Waffel essen. Sie wirken so glücklich. Wird die Familienidylle auch morgen noch Bestand haben? Werden die Kinder gesund bleiben? Werden sie für den Rest ihres Lebens zusammenbleiben? Oder wartet auch auf sie noch Unheil?

»Also, irgendwelche Ideen, Ratschläge, Vorschläge, wie wir Curt helfen können?« Jack sieht mich mit großen Augen so hoffnungsvoll an, als hätte *ich* die ultimative Lösung parat.

»Im Moment bin ich genauso ratlos wie du. Aber ich habe eine andere Frage: Hat er denn schon mit einem Blindencoach gearbeitet? In der Wohnung bewegt er sich doch relativ sicher, und wenn Yvonne Getränke serviert, hat er noch nie etwas umgestoßen. Ich bin immer total fasziniert, wie geübt er nach Gläsern oder Tassen greift.«

Seufzend lehnt sich Jack im Sitz zurück. »Nein, dann wüsste eine fremde Person von seinem Handicap. Das will er unter allen Umständen vermeiden. Er fürchtet, es könnte an die Presse durchsickern, und dann geht die Jagd erst richtig los.«

»Da ist sicher etwas dran«, sage ich, und im selben Moment wird mir bewusst, dass Jack ja auch zur Presse im weitesten Sinn gehört. »Sorry, war nicht gegen dich gerichtet.«

»Schon okay, es stimmt ja. Gerade die Kollegen von den Klatschblättern würden ihn als rücksichtslosen Fahrer verurteilen, der sich betrunken ans Steuer setzt und andere gefährdet. Was seinem Renommee als Schriftsteller enorm schaden könnte.«

»Ist vielleicht ein Hoffnungsschimmer …«, murmle ich.

»Was meinst du?«

»Wenn er sich nicht in die Öffentlichkeit wagt, wird er auch von niemandem gesehen. Sollte es ihm dann nicht egal sein, was in den Zeitungen steht?«

Jack antwortet nicht, starrt eine Weile durch die Windschutzscheibe nach draußen. Beobachtet vielleicht die Horde Spatzen, die sich ein Stück weiter vorn im Staub wälzen. »Mein Gott, Nina, du hast recht!« Er schaut mich mit begeisterter Miene an, als wäre *das* der Knackpunkt. »Das könnte ein Ansatz sein. Vielleicht bringt uns das weiter. Vielleicht kann ich diesen Punkt so ganz nebenbei in einem Gespräch erwähnen, dann geht ihm hoffentlich ein Licht auf.«

»Das wäre wundervoll«, entgegne ich vorsichtig. »Ich hoffe so sehr, dass er sich irgendwann überwindet und wieder schreibt. Er hat doch unzählige großartige Romane verfasst, da steckt eine Menge Leidenschaft und Kreativität dahinter. Soweit ich weiß, macht er das schon, seit er ganz jung war. Das hört doch nicht einfach auf. Das muss ihm doch fehlen.«

»Er schreibt seit seinem Studium. Auslöser war der Kultroman *On the Road*. Nachdem er dieses Werk gelesen hat, wollte er nur noch schreiben.«

»Ich kenne diesen Klassiker der Achtundsechziger-Literatur von Jack Kerouac. Gelesen habe ich ihn zwar nicht, verkaufe ihn aber oft an jüngere Leser. Moment mal … du heißt auch Jack …«

»Genau.« Jack nickt, und ein kleines Schmunzeln umspielt seine Lippen. »Curt war der totale Kerouac-Fan und hat mich tatsächlich nach ihm benannt.«

»Eine schwere Bürde«, sage ich grinsend, weil mir der Name gefällt und ich finde, er passt zu ihm.

»Ich beschwere mich nicht«, erwidert Jack. »Übrigens … dazu wollte ich dich schon lange etwas fragen … Du hast in der Gruppe von einem großen Verlust gesprochen …«

Ich schlucke hart. Ich habe noch nie mit einem Fremden über Eric geredet habe. Was mit ihm geschehen ist. Und warum ich immer noch darunter leide.

»Tut mir leid, wenn ich zu neugierig bin«, sagt Jack, als ich nicht antworte.

»Schon okay«, entgegne ich leise.

22

In dieser Nacht liege ich schlaflos in den Kissen. Ich kann es immer noch nicht fassen, dass ich mich Jack anvertraut habe.

Einem Fremden!

Obgleich wir uns nicht vollkommen fremd sind. Ein enger

Freund ist er aber auch nicht. Eher ein flüchtiger Bekannter, der Sohn eines Freundes. Freundschaft entsteht in den meisten Fällen nicht nach ein paar Begegnungen. Es dauert lange, bis die tiefe Zuneigung zu einem anderen Menschen wächst. Bis man weiß, dass man sich jederzeit auf den anderen verlassen kann. So wie ich auf Suse vertrauen kann. Einer Freundin, die ich mitten in der Nacht aus dem Bett klingeln und um Hilfe bitten könnte.

Wenn ich jetzt darüber nachdenke, hat es mich selbst am meisten überrascht, dass ich plötzlich keine Scheu mehr empfand, von Eric zu erzählen.

Von der ungewöhnlichen Kennenlernsituation an jenem Muttertag, den gemeinsamen Reisen und wie unsterblich verliebt wir waren. Dass die Krankheit erst entdeckt wurde, als sie unheilbar war. Als Eric immer schwächer wurde. Er aber trotzdem noch voller Lebensfreude und nicht bereit war, aufzugeben.

Am Ende konnte ich meine Tränen nicht mehr zurückhalten. Da saß ich schluchzend in Jacks kleinem roten Auto, hielt mich an einem leeren Eisbecher fest und konnte nicht aufhören zu weinen.

Jack hat mich nicht unterbrochen, keine Fragen gestellt, nur schweigend zugehört. Hat auch nicht versucht, mich mit lahmen Floskeln wie »Es tut mir so leid« oder »Die Zeit heilt alle Wunden« zu trösten. Am Ende hat er mich schlicht in den Arm genommen und festgehalten, ohne etwas zu sagen.

Auf so eine vertrauliche Geste war ich überhaupt nicht gefasst. Doch nach einem Atemzug der Irritation habe ich mich einfach fallen lassen. Und es hat mich mehr geröstet, als alle Worte es vermocht hätten. An seiner Schulter zu schluchzen hat mich schließlich beruhigt. Meine Tränen getrocknet.

Jack hat mich erst losgelassen, als er merkte, dass ich nicht mehr weine.

Mit einem leisen »Danke« habe ich mich aufgerichtet. Mir die

Tränen mit dem leeren Stoffbeutel von den Wangen gewischt und ziemlich unfein die Nase hochgezogen.

Jack hat immer noch nichts gesagt, nur genickt und gelächelt, als wäre es die natürlichste Situation der Welt.

Ich bekam nur ein schiefes Grinsen zustande, weil ich gegen mein schlechtes Gewissen ankämpfen musste. In den Armen eines anderen Mannes zu liegen, mich geborgen und verstanden zu fühlen, war wie ein Betrug an Eric. In mir kämpfte ein Orkan von Selbstvorwürfen gegen die aufkommende Zuneigung für Jack. Als würde meine Erinnerung mit jedem Wort mehr verblassen. Als würde ich Eric durch das Erzählen noch einmal verlieren.

Wenn ich jetzt an diese Minuten in Jacks Armen denke, werden meine Schuldgefühle wieder wach. Was rational betrachtet völliger Unsinn ist. Ich muss nur die unzähligen Fotos von Eric auf meinem Smartphone ansehen; aber dann würde ich gleich wieder melancholisch werden. Fotos sind oft so real, sie spiegeln mir vor, dass Eric noch leben würde. Dass er mich im nächsten Moment anruft oder im Buchladen auftaucht, die Arme in die Luft streckt und ruft: *Deine eigene Buchhandlung! Du hast es geschafft, ich hab's gewusst!* Weniger schmerzhaft ist es, mich an die Reise nach Hay-on-Wye zu erinnern. Als Eric mir gezeigt hat, wie aufregend es sein kann, sich einfach treiben zu lassen. Sich ohne Plan ins Abenteuer zu stürzen, dem Zufall eine Chance zu geben.

3 Jahre vorher

Sie hatten im Morgengrauen losfahren wollen, Marie wurde aber erst wach, als helles Licht durch die Jalousielamellen fiel.

Marie hatte den Handyalarm nicht aktiviert, weil Eric überzeugt war, vom Reisefieber geweckt zu werden. Müde rieb sie sich jetzt die Augen und angelte ihr Handy von der Fünfziger-Jahre-Kommode neben dem Bett.

Mist. Acht Uhr. Sie waren viel zu spät ins Bett gegangen. Hatten zu lange überlegt, was sie alles unternehmen wollten. Hatten sich zu lange geliebt. Zu spät das Licht gelöscht. Und noch keine Koffer gepackt.

Schnaufend drehte Marie sich zu Eric. Seine Augen waren fest geschlossen, er atmete gleichmäßig, schien noch zu schlafen.

Sie kuschelte sich dicht an ihn und pustete ihm ins Ohr. »Psst…«

Hustend wachte Eric auf. »Ich… ich liebe dich auch«, grummelte er und zog sie an sich.

Lachend versuchte Marie sich aus seiner Umarmung zu winden. Sie wusste, wohin das führte. Dann würde es noch später werden.

Es wurde später.

Weil sie süchtig war nach seinen Zärtlichkeiten. Weil sie unter seinen Küssen vergaß, was sie eben noch vorhatte. Weil in seinen Armen alles andere unwichtig wurde.

Schweißgebadet stiegen sie schließlich unter die Dusche.

»Wir müssen nicht hetzen, das Bücherdorf wartet auf uns«, sagte Eric mit stoischer Ruhe, als er ihr sanft die Haare einschäumte.

Maries innere Uhr lief noch nach dem Rhythmus der Geschäftszeiten. Die keine Sorglosigkeit erlaubte. Pünktlich den Laden aufsperren, pünktlich schließen. Sie musste sich erst an den Urlaubsmodus gewöhnen. Abschalten, den Alltag vergessen.

Gestern war im Blumenladen der letzte Arbeitstag vor der Sommerpause. Und der war immer etwas ganz Besonderes. Die Vorfreude auf drei Wochen Urlaub beflügelte und trug sie durch den turbulenten letzten Tag, als würde sie an einem dicken Bündel Luftballons hängen. Am Nachmittag waren alle Schnittblumen verschenkt worden. Eric war gekommen, um zu helfen. Hatte kleine Sträuße mit lieben Komplimenten verschenkt.

Eric ließ sich von nichts und niemandem hetzen. Lust und Laune waren die Taktgeber seines Tages. Kamen sie zu spät ins Kino oder einer Tischreservierung, lachte er nur: »Jetzt sind wir da, und die Welt dreht sich immer noch!«

Nach der Dusche hatte er sich angezogen und war zum Stammbäcker an der Ecke gelaufen, um Frühstück und Milchkaffee zu besorgen.

Marie trocknete ihr Haar mit dem Diffuser und überlegte, ob sie einen warmen Pulli und dicke Socken einpacken sollte. Wales war einer der feuchtesten Landstriche Europas und hatte ein sehr wechselhaftes Klima, wie sie recherchiert hatte. Die Sommer wären zwar warm, manchmal aber auch nass und windig.

Sie war noch nie in Großbritannien und auch noch nie in London gewesen, wo sie einen Stopp einlegen wollten. Eric kannte die englische Metropole, hatte auf seinem Reiseblog darüber berichtet und Marie einen aufregenden Tag versprochen. Doch sie freute sich am meisten auf das Bücherdorf.

Ihr Reisefieber ließ es nicht zu, in Ruhe zu frühstücken. Im Stehen aß sie ein Croissant, trank eine halbe Tasse Kaffee und trieb Eric mit »Wir haben noch keine Koffer gepackt« zur Eile an.

Eric lümmelte entspannt auf dem Daybed, die Füße auf dem niedrigen Tisch mit den schwarzen Metallbeinen und nippte an seinem Milchkaffee. Plötzlich strahlte er Marie mit großen Augen an. »Wir fahren einfach ohne Koffer!«

Marie schüttelte den Kopf. »Du immer mit deinen verrückten Einfällen. Soll ich meine Sachen vielleicht in eine große Plastiktüte stopfen?«

»Die Reise ist dein Geburtstagsgeschenk und soll unvergesslich werden. Was könnte aufregender sein, als ohne Koffer zu fahren?« Er nahm die Beine vom Tisch, langte in seine rückwärtige Hosentasche und holte sein Handy heraus. »Wir brauchen nur das hier!«

Marie starrte das Smartphone an. »Ist ein schönes Teil, schützt aber nicht vor Regen oder Kälte. Ich hab recherchiert. Wir brauchen warme Klamotten. In Wales kann es ziemlich schattig werden.«

»Wenn du unbedingt was einpacken möchtest«, sagte er schulterzuckend, »dann höchstens Zahnbürste und Zahnpasta. Was immer wir sonst noch brauchen, kaufen wir unterwegs.«

Marie benötigte einen Moment, ehe sie verstand. »Du meinst also, wir fahren nur mit den Sachen, die wir anhaben?«

Eric betrachtete sie zärtlich. »Du hast mein Lieblingskleid mit den Mohnblumen an, damit bist du für die momentane Hitze perfekt angezogen.«

»Echt jetzt?«, fragte Marie noch einmal nach.

»Ganz in echt! Wir spielen ›Unsere Koffer wurden geklaut‹ und werden richtig viel Spaß haben.« Eric grinste dabei so übermütig wie jemand, der sich gerade eine neue Spieleshow ausgedacht hatte.

Eigentlich sollte Marie nicht überrascht sein. Es war so typisch für Eric, sich um nichts kümmern zu wollen, schon gar nicht um so etwas Unwichtiges wie Koffer zu packen. Er war jederzeit für ein neues Abenteuer bereit. Aber seine verrückten Einfälle waren immer lustig.

Also würde sie sich darauf einlassen. »Na gut, fahren wir einfach los, als wären wir abends wieder zu Hause.«

Eric sprang vom Daybed auf. »In London zeige ich dir das Paradies der Kleider. So bunt und einzigartig und großartig, dass du nie wieder woanders einkaufen möchtest.«

Marie steckte Zahnputzzeug, dazu eine Hautcreme und ihre Pässe in die Umhängetasche aus Lastwagenplane. Dann war sie bereit für das Verlorene-Koffer-Abenteuer.

»Ich kann es kaum erwarten«, seufzte sie in kribbeliger Vorfreude, als sie im Campervan saß.

Eric startete den Motor, setzte eine Sonnenbrille auf und klappte die Sonnenblende nach unten. »Sehr geehrte Fahrgäste, hier spricht Ihr Kapitän!«, begann er mit verstellter Stimme. »Unsere Reisezeit wird ungefähr zwölf Stunden betragen, die Sie hoffentlich genießen werden. Sollten Sie unterwegs von Hunger befallen werden, wenden Sie sich bitte an den Driver.«

Kichernd schloss Marie den Sicherheitsgurt, lehnte sich dann im Sitz zurück und genoss das hereinflutende Sonnenlicht. Ab sofort wollte sie ihre praktische Ader und ihr rationales Denken ausschalten. Sich einfach nur treiben lassen wie die Papierschiffchen, die sie und ihr Bruder als Kinder in den Wannsee gesetzt hatten. »Hauptsache, du weißt wo's langgeht.« Ihr Orientierungssinn war bescheiden. In Spandau kannte sie jede Straße, jedes Hauseck und alle öffentlichen Gebäude. Aber sogar in Berlin fühlte sie sich oft wie in einer fremden Stadt.

Eric zuckte die Schultern. »Ich habe keine Ahnung, aber die da ...« Er deutete auf das in der Halterung steckende Handy: »Die Frau von Google Maps kennt jede noch so kleine Straße im entlegensten Winkel der Welt.«

Marie amüsierte sich im Stillen. Es wurden schon Autos in Flüsse gelotst. Aber Eric, das wusste sie, würde nicht darauf reinfallen. Er würde aus dem Fenster schauen und lachen.

»Keine Sorge«, sagte Eric, als könne er Gedanken lesen. »Für den *unwahrscheinlichen Fall, dass die Technik versagt, das Netz ausfällt oder uns diese Onlinereiseführerin in die Wüste schicken möchte, sind wir mit analogen Straßenkarten ausgerüstet. Du weißt, alles darf man dem Zufall auch nicht überlassen. Und solange du bei mir bist, fürchte ich mich vor keinem Umweg.«*

»*Ja, kleiner Bär ...*«, *entgegnete Marie, weil sie in diesem Moment an* Oh, wie schön ist Panama, *ihr liebstes Kinderbuch, denken musste.*

Eric tastete nach Maries Hand. »*Ja, kleiner Tiger ...*«

»*Als Kind dachte ich immer, der Bär ist ein Mann*«, *erinnerte sich Marie.*

»*Weil er einen Männerhut aufhat?*«, *rätselte Eric.*

»*Auch, weil er auf manchen Bildern ein bisschen größer ist als Tiger*«, *antwortete Marie.*

»*Ich war neidisch, weil die zwei niemals in die Schule müssen. Sie tun einfach nur, wonach ihnen der Sinn steht*«, *erzählte Eric, und nach einer kurzen Pause fügte er noch hinzu:* »*Genauso wollte ich auch leben.*«

Marie musterte ihn mit einem warmen Gefühl im Magen. »*Schau dich an, es ist dir gelungen.*«

»*Und heute sind wir unterwegs zu unserem* Panama«, *spann Eric den Faden mühelos weiter.*

Genau das war es, was Marie so sehr an diesem Mann liebte: Unrasiert und mit Strubbelkopf war er ihr wilder Wikinger, dem sie nicht von der Seite weichen wollte. Mit dem sie heiße Stunden im Bett verbrachte. Mit dem sie aber auch albern sein und sich über Kinderbücher unterhalten konnte. Und mit dem jede noch so lange Fahrt schneller verflog als in einer Zeitmaschine.

Die Strecke führte über die Niederlande, Belgien und Frankreich und mit dem Tunnelzug nach Großbritannien. Unterbrochen von Kaffeepausen mit den jeweiligen Landesspezialitäten, Unterwäsche einkaufen und – ganz wichtig – Blumen pflücken am Wegesrand. Große und kleine Sträuße, die Eric von allen Seiten und aus allen möglichen Perspektiven fotografierte, um sie auf dem Reiseblog oder seinem Insta-Profil hochzuladen. Als er Mohnblumen in einem goldgelben Kornfeld entdeckte, platzierte er Marie mitten im Feld.

Manche der Bilder gingen auf Instagram unter dem Hashtag ohnekofferunterwegs *viral. Alles wurde abgelichtet. Käfer, Steine, Bäume, Straßenschilder, bemalte Gebäude, halbfertige Brücken.*

Ein anderer Hastag lautet: currywurst. *Fast Food gab es überall auf der Welt. In der Nähe von Düsseldorf probierten sie die angeblich leckerste Currywurst und die krossesten Pommes des Landes. Den Wettbewerb mit Konnopkes Currywurst in Berlin konnte die Ruhrpottwurst aber nicht gewinnen.*

Sie schliefen im Campervan auf Stellplätzen, ließen sich von der Sonne wecken und starteten ohne Hast zur nächsten Etappe.

Marie genoss die Fahrt, je länger sie dauerte. Und sie liebte den Fahrunterricht, den Eric ihr auf einem leeren Parkplatz erteilte. Eine Fahrerlaubnis besaß sie längst, hatte aber noch nie so einen großen Wagen gelenkt.

»Stell dir vor, mich erwischt urplötzlich die Narkolepsie, ich schlafe am Steuer ein, und du musst übernehmen«, hatte Eric gesagt, gegähnt und sich übertrieben gestreckt.

»Der kleine Bär lebt doch in Panama und wird niemals krank«, protestierte Marie, absolvierte die Übung aber mit großem Spaß.

Mit jedem Kilometer spürte sie eine neue Leichtigkeit. Eine unbekannte Sorglosigkeit. Und hatte längst vergessen, dass sie ohne Klamotten unterwegs waren.

London

Gegen das dichte Londoner Verkehrschaos erschien Berlin–Spandau wie ein größeres Dorf.

Doch die Google-Maps-Stimme lotste sie stressfrei durch das Ge-

wühl zu einem Camperparkplatz nahe der Liverpool Street. Mit der Tube gelangten sie ins East End von London zu den Straßenmärkten in der Brick Lane. In diesem Paradies der Kleider, Antiquitäten und Raritäten wollten sie den Tag verbringen. Einkaufen, essen und das Flair genießen.

»Nirgendwo gibt es mehr Köstlichkeiten entlang einer Straße«, sagte Eric und machte Marie den Mund wässrig.

»Ich weiß gar nicht, wo ich zuerst hinschauen soll, und dieser Duft überall ...« Marie empfand das schier unüberschaubare Gewirr aus Menschen, kleinen Shops und Straßenhändlern wie einen gewaltigen Kulturschock. Dazu die imponierenden Graffitis, die in leuchtenden Farbkombinationen von den Ziegelwänden strahlten.

Auch Alltagskleidung wurde angeboten, aber Marie hatte nur Augen für die prächtigen Gewänder und Roben aus allen nur erdenklichen Epochen. Sie entdeckten auch wertvolle Antiquitäten und bunten Trödel: versilberte Bilderrahmen, geblümtes Teegeschirr, Silberbestecke neben Putzeimern, Tischdecken und handbestickte Sofakissen unter Regenschirmen. Dazwischen schlängelte sich ein bunter Mix aus allen Ethnien mit dem dazugehörigen Sprachengewirr. Als würde sich die Welt in dieser Straße treffen und friedlich nach unentdeckten Schätzen stöbern. Oder sich einfach nur satt essen wollen an Spezialitäten aus aller Herren Länder. Dazu schien die Sonne zwischen graublauen Wolken hervor, und es war angenehm warm. Ein kitschig-fröhlicher Bilderbuchtag, der Maries Sinne betörte.

Auch in Berlin fanden regelmäßig Flohmärkte statt, wie der traditionellste an der Straße des siebzehnten Juni. Doch gegen die hier herrschende Vielfalt von Marktständen und Shops wirkten die heimischen Märkte direkt niedlich.

Eric nahm Marie an die Hand und steuerte Beigel Bake *an, den angeblich kultigsten Backshop von ganz London. Hier wurden rund um die Uhr an sieben Tagen die Woche Bagels für ein oder zwei Pfund angeboten. Zubereitet nach original jüdischer Rezeptur.*

Marie wählte Rührei und Speck als Belag, Eric den Klassiker mit Pastrami und Senf. Und es waren tatsächlich die besten Bagels, wie ein Reiseblog versprochen hatte, die sie jemals gegessen hatten.

Später probierten sie ein spicy *Hühnercurry aus dem indischen Chennai, zu dem ein Fruchtcocktail gereicht wurde, der die ungewohnte Schärfe ausglich. Als Nachtisch einen süßen Kuchen aus Bangladesch.*

»Jetzt bin ich locker fünf Kilo schwerer. Die Nähte meines Kleides werden gleich platzen, ich brauche dringend neue Klamotten«, stöhnte Marie und streckte ihren Bauch heraus.

»Meiner ist mindestens so dick wie der von Obelix«, behauptete Eric und streichelte sanft über seine Mitte. »Was hältst du davon, wenn wir uns bei den Klamotten etwas aussuchen, das wir in unserem Berliner Leben niemals tragen würden? Irgendwelche ultracoolen Sachen, die uns für immer an diese Reise erinnern.«

»Okay«, stimmte Marie zu und schlug einen Deal vor: »Ich werde etwas für dich aussuchen. Und du kannst für mich auswählen.«

»Eine fast nicht zu bewältigende Challenge.« Eric zog besorgt die Stirn in Falten, als scheue er die Herausforderung.

Verwirrend war die Fülle an Hosen, Röcken, Pullis, Sommer- oder Winterkleidern, Mänteln, Jacken, Gewändern, Abendroben, Cocktailkleidern und sogar Uniformen. Die es Marie und Eric schier unmöglich machten, sich für ein einziges Fundstück zu entscheiden.

»Wir erhöhen auf mindestens fünf Teile für jeden. Keine Grenze nach oben«, sagte Eric.

»Gut, mindestens fünf Teile«, wiederholte Marie, die eine Fransenjacke mit Perlenstickerei gefunden hatte, die vielleicht einmal einem Rockstar gehört hatte. Dazu ein original Siebziger-Jahre-Outfit.

Eric fischte eine rosa-weiße Chanel-Jacke vom Kleiderständer, die Marie sich niemals ausgesucht hätte. Und ein wallendes Gewand für sein Blumenmädchen.

»Und, was sagst du, Bär?« Marie drehte sich in einem bodenlangen

Blumenkleid mit Rüschen und Volants, das von einem Gürtel aus Schnüren in Hüfthöhe betont wurde.

»O Tiger, ich glaube, ich bin auf einem Trip, vollkommen ohne Drogen«, grinste Eric, der eine längs gestreifte rot-grüne Schlaghose und ein weißes Rüschenhemd unter einer Zottelfellweste anhatte. »Wir sehen aus wie ein Hippiepärchen auf den Weg nach Woodstock.«

»Mit dir fahre ich überall hin.«

»Mein einziges über alles geliebtes Blumenmädchen.« Er legte den Arm um sie und küsste sie auf die Stirn.

Marie lehnte sich an seine Schulter. Sie war einfach nur überglücklich. Und dann, wie aus dem Nichts, zog diese dunkle Wolke auf. Was, wenn das alles hier nicht ewig dauern würde?

Doch beim nächsten Atemzug verflüchtigte sich die Angst wie die Düfte der scharfen Currygerichte, sobald man ins Freie tritt.

Marie entdeckte schließlich auch noch wärmere Kleidung: Cardigans aus Wolle und Männerhosen aus Cordsamt.

»Die stammen aus dem Nachlass von Earl Mortimer, er hatte genau Ihre Figur«, behauptete der Händler und musterte Eric, ohne die Miene zu verziehen.

Marie schlüpfte hinein und fühlte sich augenblicklich um dreißig Jahre älter. Aber die Sachen waren warm und wurden gekauft.

Ein junger Mann sprach sie an der nächsten Ecke an, und hielt ihnen ein hellblaues Ballkleid mit Perlenstickerei und einen schwarzen Frack entgegen: »You can dance like Ginger Rogers and Fred Astaire.«

Das Kleid war etwas knapp in der Taille. Marie fühlte sich trotzdem wie eine Tänzerin. Nur ihre Sandalen wirkten eindeutig zu rustikal zu dem Ballkleid. »Als habe Ginger vergessen, die Schuhe zu wechseln«, sagte sie, fand die Kombination aber schließlich doch passend für diese besondere Situation.

Der Frack war gut drei Nummern zu klein für den muskulösen Eric.

Er hatte Mühe, die Jacke auszuziehen, ohne sie zu zerreißen.

Der Händler zauberte noch eine pinkfarbene Federboa für Marie hervor, die von den Sandalen ablenkte. Für Eric fand er einen besser passenden schwarzen Smoking mit Satinbesatz an Revers und Hosenbeinen.

Nur die Hose war zu kurz. Eric schaute an sich hinunter. »Hochwasser«, stellte er vergnügt fest. »Doch mit meinen roten Chucks wirkt das Ganze megacool. Gekauft.«

In Ballkleid und Smoking, die vorherigen Einkäufe in Stofftaschen über den Schultern, liefen sie die Brick Lane entlang. Wann immer Marie einen staunenden Blick erhaschte, wollte sie am liebsten laut rufen: Wir sind das glücklichste Paar der Welt!

Inzwischen hatte sich der Himmel zugezogen, als wollte er sie zur Pause mahnen. Sie ließen sich gefüllte Pastetchen einpacken und stiegen erschöpft in ein Minicab. *Am Campervan angekommen, fing es an zu regnen.*

»Was für ein Glück wir doch haben. London und Regen, das gehört für mich zusammen wie Champagner und Kaviar«, sagte Marie.

Eric sank noch im Smoking aufs Bett. Auch Marie behielt ihr Ballkleid an, legt sich neben ihn und machte ein Selfie im Liegen.

Eric schloss die Augen. »Hörst du, was der Regen erzählt? Er kann singen, wispern oder brüllen. Man muss nur genau hinhören, dann versteht man, was er erzählt. Für alle Zeiten wird er dir zuflüstern, wie sehr ich dich liebe.«

»Und wie sehr ich dich liebe«, erwiderte Marie.

Eng aneinandergeschmiegt schliefen sie ein und erwachten erst wieder, als es bereits dunkel war.

Träge schälten sie sich aus den Flohmarktgewändern. Schlüpften in frische Wäsche und etwas Bequemeres.

»Heute lohnt es sich nicht mehr, weiterzufahren«, sagte Eric und krabbelte gähnend zurück ins Bett.

»Dann lass uns weiterschlafen«, stimmte Marie ihm zu. »Wir haben

alle Zeit der Welt, Hay-on-Wye wartet auf uns. Und morgen scheint auch die Sonne wieder.«

Das stimmte nicht ganz. Die Sonne versteckte sich auch am nächsten Morgen hinter dicken grauen Wolken. Dafür glühte Eric wie ein Feuerball und lechzte nach Wasser.

»Du hast Fieber«, stellte Marie fest, als sie zusah, wie er ein großes Glas kaltes Wasser in einem Zug austrank. Die geröteten Wangen und glasigen Augen waren ebenfalls ein deutliches Zeichen.

»Wie kommst du denn auf die Idee? Mir ist nur ein bisschen warm«, wehrte Eric ab, schluckte zwei Schmerztabletten und wollte losfahren.

Aber Marie gefiel das nicht. »Okay, fahren wir weiter, aber nur, wenn ich das Steuer übernehme. Wozu habe ich schließlich geübt.«

Zu ihrer Überraschung war Eric einverstanden. Setzte sich auf den Beifahrersitz, legte ein Kissen an die Fensterscheibe und murmelte müde: »Erzähle mir etwas, das du noch niemandem erzählt hast.«

»Hm, mal überlegen ...« Marie erinnerte sich an eine Situation, wofür sie sich noch heute schämte. »Ich war ungefähr zwölf, als ich meiner Mutter Geld für ein Buch geklaut habe. Mein Taschengeld hatte ich nämlich schon für Süßkram verplempert. Aber frage mich nicht, welches Buch es war ...« Sie schaute kurz zur Seite. Eric war eingeschlafen.

Während der Fahrt beobachtete sie Eric und fragte sich besorgt, woher das plötzliche Fieber kam. Beruhigte sich aber mit dem Wissen, dass es eine Sommergrippe sein konnte.

Schnell verdrängte sie ihre düsteren Gedanken und bestaunte die idyllische, hügelige Landschaft, die sie aus der Netflixserie Sex Education *kannte. Die Burgruinen, die Schafherden auf den sattgrünen Wiesen, die malerischen Kleinstädte auf dem Weg, die zum Anhalten einluden. Vielleicht sollten sie einen Arzt aufsuchen und herausfinden, woher dieses Fieber kam?*

In der Nähe des Bücherdorfs kam wieder Leben in Eric. Er gähnte

laut und streckte sich, soweit es unter dem Sicherheitsgurt möglich war.
»*Wo sind wir?*«

»*Ungefähr noch eine halbe Stunde entfernt*«, *antwortete Marie erleichtert.* »*Und wie fühlst du dich?*«

»*Gut! Hungrig! Durstig! Ausgeschlafen! Neugierig auf das Dorf! Glücklich mit dir auf dieser Reise zu sein. Die Reihenfolge kannst du beliebig ändern. Und das letzte Stück werde ich wieder das Steuer übernehmen. Halt mal kurz an*«, *verlangte Eric und rutschte dabei auf seinem Sitz hin und her wie ein Rennpferd, das auf den Startschuss wartet.*

Marie nickte lächelnd. Ja, es war wohl alles in Ordnung. Das war ihr Eric, dynamisch wie eh und je.

Bei nächster Gelegenheit legten sie eine Pause ein. Eric trank ein großes Glas Orangensaft, den sie unterwegs eingekauft hatte. Dann tauschten sie die Plätze.

Ehe Eric den Motor startete, klatschte er motiviert in die Hände. »*Wye, wir kommen!*«

Ein Flüstern drang in Maries Traum von einer eigenen Buchhandlung. Sie stand in einem Raum, umringt von riesigen Büchertürmen, die gefährlich wackelten. Doch es waren keine Bücherregale vorhanden, und kurz bevor die Türme umfielen, wurde sie von Eric geweckt.

Sie löste den Sicherheitsgurt und schaute sich um. Was für ein Anblick! Ein Dorf wie aus diesen Pilcher-Filmen. Eine Turmuhr mit dem weißen Ziffernblatt, die mindestens einhundert Jahre alt sein musste. Zweistöckige Häuser aus grauen Granitquadern mit bunten Haustüren und weiß gerahmten Fenstern. Verziert mit Blumenkästen.

»Was hältst du davon, wenn wir die adeligen Klamotten anziehen?«, fragte Eric.

Stilecht gedresst als Nachkommen des ausgestorbenen Adelsgeschlechtes Mortimer, wie Marie bei Google herausgefunden hatte, spazierten sie Hand in Hand durch die Straßen und Gassen von Hay-on-Wye.

»*Die Bezeichnung Bücherdorf mag zwar zutreffen*«, stellte Marie fest, als sie eine Pause machten. »*Aber ich hätte nicht mal im Traum daran gedacht, dass es so beschaulich, so idyllisch, so absolut wundervoll sein würde. Was für ein Ort.* Bücherparadies *oder* Bücherhimmel *wären viel treffender. Egal, wo man hinschaut oder langspaziert, überall romantische Buchhandlungen in jeder Größe. Überdachte Mauernischen mit offenen Bücherregalen und sogar Wohnungen, die zu Minibuchläden umgestaltet wurden. Und als wäre das noch nicht genug, sehen die Inhaber oft auch noch aus wie schrullige* Booknerds *in Pullunder und Fliege.*«

Eric betrachtete Marie mit zärtlichem Blick. »*Du bist einfach hinreißend in deiner Begeisterung ...*«

Marie schubste ihn sanft mit dem Ellenbogen. »*Mach dich nur lustig über mich. Aber hier könnte ich ewig bleiben und würde mich nicht eine Minute langweilen. Falls es dir zu öde wird, kannst du mich absetzen und in ein paar Jahren wieder abholen.*«

»*Ich werde doch meine* Lady Mortimer *nicht verlassen. Wie könnte ich?*« Theatralisch legte Eric sich die rechte Hand auf die linke Brustseite. »*Außerdem musst du mir Modell stehen für mindestens tausend Fotos für den Reiseblog und den Insta-Account.*«

»*Dann los, Fotos machen und Bücher shoppen. Ich will unbedingt einen Stapel als Erinnerung mitnehmen. Auch wenn die Exemplare in englischer Sprache nicht der Grundstock für meine Buchhandlung sein werden.*«

Für Marie wurde es ein berauschender Nachmittag in Hay-on-Wye. London war aufregend und interessant und lustig gewesen. Aber zwischen dieser unglaublichen Vielfalt zu stöbern, das war ihr Bücherhimmel.

In einem winzigen Laden fand Marie eine ältere Ausgabe von Atonement *des Autors Ian McEwan, das sie auf Deutsch schon gelesen hatte. Wunschlos glücklich war sie dann aber, als sie* Strangers on a Train *von Patricia Highsmith entdeckte. Der erste Roman der*

Schriftstellerin, der in Deutschland unter Zwei Fremde im Zug *erschienen und von Alfred Hitchcock verfilmt worden war. Mit dem Buch in den Händen saß sie zwischen zwei Regalen und vergaß die Welt um sich herum.*

Eric schoss unzählige Fotos von der lesenden Marie unter der Caption: Lady Mortimer in ihrer Bibliothek.

Maries »Bücherhimmel« wurde um siebzehn Uhr geschlossen. Schwer bepackt mit geschätzten vierzig Exemplaren wanderten sie zurück zum Campervan.

»Von diesem außergewöhnlichen Geburtstagsgeschenk werde ich noch erzählen, wenn ich alt und grau geworden bin«, sagte Marie, als sie und Eric auf dem Bett lagen, um sich auszuruhen.

»Und ich werde dir zuhören. Wieder und wieder.«

23

Mehr als zwei Wochen sind vergangen, seit ich an jenem Sonntag weinend in Jacks Armen lag. An dem ich mich beschützt und wortlos verstanden fühlte. Und Gefühle für ihn aufflammten. Ich kann noch nicht einschätzen, ob sie eher freundschaftlich oder schon romantisch angehaucht sind. Womöglich spüre ich es, wenn ich ihn wiedersehe. Wenn er mir gegenübersteht und mich ansieht. Aber ich fürchte, er geht mir aus dem Weg. Am letzten Vorlesesonntag war er nämlich nicht da. Curt hat Grüße ausgerichtet. Jack sei beruflich verreist. Wohin hat er nicht erwähnt.

Jedes Mal, wenn ich wie jetzt im Buchladen beschäftigt bin und die Tür aufgeht, schlägt mein Herz ein paar Takte schneller. Klar würde ich mich freuen, Jack wiederzusehen. Sein Beistand hat mich tatsächlich sehr getröstet. Danach fühlte ich mich wie von einer schweren Last befreit. Trotzdem habe ich ein wenig

Bammel vor der nächsten Begegnung. Denn auch er hat mir sein Herz ausgeschüttet. Es war eine fast intime halbe Stunde. Ich hoffe sehr, dass Jack bei unserer nächsten Begegnung keine Mitleidsphrasen wie »Geht es dir wieder gut?« oder Ähnliches von sich gibt.

Unser altmodisches Türglöckchen bimmelt. Hektisch drehe ich mich um; der Professor.

Ich begrüße ihn betont freundlich: »Schönen guten Morgen, Herr ...« Den »Professor« schlucke ich gerade noch rechtzeitig hinunter. Den Titel habe ich ihm ja heimlich verpasst, vielleicht würde er sich veräppelt fühlen.

Er zieht den Hut, nickt, lächelt und grüßt mich mit seiner sonoren Stimme. »Gleichfalls einen schönen guten Morgen, junge Frau.«

In den letzten Wochen hat sich sein Verhalten deutlich verändert. Er ist offener geworden. Gekauft hat er immer noch nichts, was mich nicht stört. Auf irgendeine verschrobene Art gehört er zu meiner Buchhandlung wie die Regale. Würde er nicht regelmäßig auftauchen, ich würde ihn vermissen. Allein wegen seiner farbenfrohen Fliegen, von denen er offenbar einen ganz Schrank voll besitzt. Heute ist sie knallrot mit grauen Punkten.

»Es gibt einige Neuheiten«, informiere ich ihn und deute auf den Bestsellertisch.

Er nickt lächelnd und steuert darauf zu. »Ergebensten Dank.« Mit zwei der Neuheiten im Arm marschiert er zum Rosensessel und macht es sich bequem.

Ich überlege gerade, ob ich meiner Mutter Bescheid geben sollte – sie hat sich doch einmal mit ihm unterhalten –, als sie schon höchstpersönlich in einem maigrünen Tunikakleid erscheint. Es muss neu sein. Das Gewand aus weich fallendem Leinen passt toll zu ihrem kastanienbraunen Haar, das frisch getönt ist. Auch die honigfarbene Hornbrille von einem namhaften Designer ist eine Neuanschaffung der letzten Woche. Sie scheint ernst zu machen mit der »flotten« Rundumerneuerung.

»Nina-Marie, da ist ...« Sie stockt mitten im Satz, als sie den Professor im Sessel erblickt, und schreitet mit süßlichem Lächeln auf ihn zu. »Hallo, Gisbert, wie schön, dich zu sehen.«

Gisbert klappt das Buch zu und ist flugs auf den Beinen. »Paula!« Strahlend reicht er ihr die Hand und wächst um mindestens zehn Zentimeter, als er die ihre schüttelt.

Gisbert!

Paula!

Und sie sind per Du?!

Was habe ich verpasst?!

Mir ist definitiv etwas entgangen. Schon als sie sich neulich eine *Smartwatch* angeschafft und dafür ihre goldene Armbanduhr abgelegt hat, hätte ich aufhorchen müssen. Hat sie die geliebte Uhr etwa für Gisbert abgelegt? Das wäre allerdings ein Hammer. Vermutlich war sie an jenem Sonntagnachmittag auch gar nicht im Büro, wie sie behauptet hat. Sie kam nämlich sehr spät nach Hause. Was ich nicht verdächtig fand, weil ich zu sehr mit meinem wieder aufgeflammten Kummer beschäftigt war. Auch am vergangenen Sonntag hatte sie angeblich im Laden zu tun. Ich musste Jacks raffinierte Idee, Curts Testleserin zu sein, noch nicht anbringen. Mir sind auch weitere neue Outfits aufgefallen. Nicht zu vergessen die Haartönung.

Als ich wieder von meiner Liste aufschaue, registriere ich, dass Gisbert und Paula sich Wangenküsschen geben wollten, aber dann doch zurückweichen. Meinetwegen, wie ich vermute.

Jetzt wird's spannend.

»O Nina-Marie, ehe ich's vergesse, Frau Lehmann ist am Telefon, hinten im Büro. Ob du einen Moment Zeit hast ...«

Mist, ich will lieber hierbleiben und Mäuschen spielen. »Wenn es um eine Blumenbestellung geht, dann müsste sie mit

Ellen reden. Ich bin mit einer Ladung Onlinebuchbestellungen beschäftigt«, behaupte ich resolut, denn sie kennt ja die Abläufe.

»Ähm ... nein, von Blumen war nicht die Rede ... es geht um einen Termin ...«

»In Ordnung«, gebe ich mich geschlagen und verlasse den Laden. Dann werde ich sie später ausfragen.

Yvonne hat tolle Neuigkeiten. Wir dürfen die Terrasse besichtigen. »Wie wunderbar. Meine Mutter wird sich riesig freuen. Habt ihr schon einen Termin?«

»Curt hat mir von eurem Plan erzählt, dass die beste Gelegenheit wäre, wenn er einen Kontrolltermin für seine Augen hat. Dummerweise finden solche Termine unter der Woche statt. Das ist für euch ungünstig, oder?«

»Ja, ziemlich, wir haben durchgehend bis neunzehn Uhr geöffnet und leider keine Mittagspause. Meine Mutter könnte natürlich allein ... nein, besser nicht«, korrigiere ich eilig. »Meine Mutter ist ziemlich neugierig und würde die Chance, bei dem berühmten Schriftsteller herumzuschnüffeln, nicht ungenutzt lassen. Es ist sicherer, wenn ich dabei bin.«

Wir überlegen hin und her und vereinbaren dann einen Samstag nach Geschäftsschluss. Vorausgesetzt, die Sonne scheint.

»Damit sie die Terrasse auch in ihrer ganzen Schönheit bestaunen kann«, meint Yvonne. »Ich werde Curt das Problem erklären und ihn für eine Viertelstunde in seinem Büro festsetzen. Er verbringt ohnehin fast den ganzen Tag auf dem Sofa. Du müsstest aber darauf achten, dass es wirklich nicht länger dauert.«

»Abgemacht und eine Viertelstunde sollte genügen. Dann vielleicht bis Samstag ... und vielen Dank ...«

»Moment noch«, bittet Yvonne. »Für Donnerstag wollte ich drei Duftsträuße bestellen. Jack würde sie am späten Nachmittag abholen. Ich denke so zwischen fünf und sechs.«

»Oh ... ähm ...«, stottere ich überrascht, habe mich aber schnell wieder unter Kontrolle. »Wie immer?«

»Ja, wie immer. Inzwischen kennst du ja die Gründe, also lass deiner Fantasie freien Lauf.«

Wir verabschieden uns, ich drücke auf die rote Taste und stelle das Mobilteil zurück in die Ladestation.

Donnerstag werde ich Jack also wiedersehen, murmle ich leise vor mich hin, während mein Herzschlag an Tempo zulegt.

Warum, frage ich mich, bin ich dann schon Tage vorher aufgeregt wie ein Teenager?

Weil ich nicht weiß, wie ich mich verhalten soll, lautet die Antwort. Ich bin mit einem schlichten »Danke« aus seinem Wagen ausgestiegen und, ohne mich noch einmal umzudrehen, davongerannt.

»Was wollte denn Frau Lehmann?«, möchte meine Mutter wissen, als ich in den Buchladen zurückkehre. Gisbert ist nicht mehr da, und auch sonst ist keine Kundschaft in Sicht.

Ich entscheide, ihre Frage erst einmal nicht zu beantworten. »Gisbert also«, entgegne ich stattdessen mit diebischer Freude und mustere sie streng. »Geht das schon länger?«

»Erzähle ich dir später«, weicht sie lässig aus und wiederholt ihre Frage.

»Ach ... ja ... Yvonne ... also ...«, stammle ich absichtlich unkonzentriert, ehe ich mit der großartigen Nachricht herausrücke.

Sie schnappt nach Luft. »Wirklich? Was für eine wundervolle Überraschung. Und der große Dichter ist am Samstag nicht da?« Vor Aufregung wedelt sie sich mit der Hand Luft zu.

»Er hat wohl einen Termin mit seinem Agenten, soweit ich das verstanden habe. Spielt für unseren Fünfzehn-Minuten-Besuch aber keine Rolle ...« Ich mache eine Atempause. Ob ich bei der Gelegenheit auch meine neue Aufgabe als Curts Testleserin erwähnen soll? Nein, es wäre glaubhafter, wenn Yvonne oder Jack in Curts Auftrag anfragen würden, ob ich Testleserin werden will.

Sie nimmt die Brille ab und schüttelt leicht den Kopf. »Wieso nur fünfzehn Minuten, wenn er eh nicht zu Hause ist?«

»Ich habe versprochen, dass wir nur kurz bleiben. Wie lange kann es dauern, eine Terrasse zu bestaunen?«

Sie zuckt die Schultern und putzt konzentriert ihre Brille. »Och ...«, sagt sie und spitzt den rot geschminkten Mund. »Könnte doch sein, dass Frau Lehmann uns zu einem Kaltgetränk einlädt. Wäre doch nett, schließlich stehen wir in jahrelanger Geschäftsbeziehung, oder?«

Ich wusste es! Wenn meine Mutter freie Bahn hat, ist sie nicht zu bremsen. »Warum sollte sie? Und wir werden uns dort nicht aufdrängen! Kapiert?«, beende ich meinen Vortrag mit strenger Stimme und ebensolcher Miene.

»Meine Güte, weshalb bist du denn so mies gelaunt?« Sie setzt die Brille wieder auf.

»Also, was Gisbert betrifft! Seid ihr nur Bekannte, dicke Freunde oder vielleicht mehr?« Die Gelegenheit, noch mal auf den Professor zurückzukommen, kann ich mir nicht entgehen lassen.

»Na gut, wenn du schon darauf rumreitest: Wir haben uns ein wenig angefreundet.«

»Aha, angefreundet?«, wiederhole ich mit zweifelndem Unterton. »Und dafür der ganze Aufwand?«

»Ich habe keine Ahnung, worauf du anspielst.«

»Auf deine Uhr, zum Beispiel«, erinnere ich sie und zähle dann alle Veränderungen auf. Ich erwähne auch die beiden Sonntagnachmittage, an denen sie angeblich in den Laden musste, um wichtigen Bürokram zu erledigen. »Da habe ich mich bereits gewundert, wo du doch sonst auch alles im Homeoffice machst.«

Plötzlich lacht sie vergnügt auf. »Ach, meine kleine Miss Marple.« Sie umarmt mich und küsst mich auf die Wangen. »Gisbert ist ein toller Mann. Heute Abend erzähle ich dir alles, was du wissen willst.«

Auf die Sekunde genau um neunzehn Uhr schließen Ellen und ich ab.

Meine Mutter ist bereits vor vierzig Minuten gegangen, um noch was einzukaufen. Ich freue mich noch immer auf unsere gemeinsamen Mahlzeiten. Heute aber bin ich richtig aufgeregt. Vielleicht sitzt Gisbert mit am Tisch.

»Hallo, Mama, bin zu Hause ...«, rufe ich den Flur entlang, als ich meine Sandalen ausziehe. Im Bad wasche ich mir noch die Hände, ehe ich barfuß in die Küche marschiere.

Meine Mutter steht am Herd, hat eine Schürze über das Tunikakleid gebunden und rührt im Topf. »Hallo Schatz«, begrüßt sie mich mit einem Blick über die Schulter.

Schatz? Was ist aus Nina-Marie geworden? Langsam wird mir *Paula* richtig unheimlich. Zumindest ist der Tisch gedeckt, wie jeden Tag mit dem guten Porzellan, Silberbesteck und Kristallgläsern.

»Was gibt es denn Feines?«

»Risotto mit Trüffeln ...«

»Oh, wie besonders ...«

»Dazu einen leichten Weißburgunder ...«

»Wein, mitten in der Woche?«, wundere ich mich.

»Eine Empfehlung von Gisbert«, entgegnet sie, als sei er ein berühmter Sommelier.

Und zack, sitzt der tolle Gisbert jetzt schon irgendwie mitten in unserer Küche. Ist er vielleicht in der Weinbranche tätig? Nein, das kann ich mir nicht vorstellen. Dann würde er sich doch eher für Sachbücher rund um den Weinanbau interessieren. Und danach hat er noch nie gefragt.

»Schmeckt exzellent«, lobe ich das exquisite Mahl. Auch der

Wein ist lecker und erinnert mich an Eric, der ein echter Kenner auf diesem Gebiet war.

»Freut mich.« Meine Mutter hebt ihr Glas, nimmt einen Schluck und setzt es dann vorsichtig wieder ab. »Dann will ich dir mal deine Frage von heute Vormittag beantworten.«

Na endlich, denke ich und greife nach meinem Weinglas.

»Also ...«, beginnt sie und macht noch eine Minipause, ehe sie mit hörbarem Stolz in der Stimme verkündet: »Gisbert ist ein Worteflüsterer!«

Ihre Verkündigung hat auf mich die Wirkung eines Tischfeuerwerks. Ich kann das edle Kristallglas gerade noch abstellen, ehe es mir aus der Hand gefallen wäre. »Ein was?«

»Na, so was wie ein Influencer für Wörter und Sätze!«, wiederholt sie und schaut mich verwundert an. »Das müsste dir doch ein Begriff sein.«

»Na klar. Aber Gisbert ...« Automatisch schüttle ich den Kopf. »Entschuldige, aber dazu kriege ich kein Bild. Das musst du mir schon genauer erklären. Für mich ist er so was wie ein ehemaliger Professor, der sich keine Bücher leisten kann und deshalb bei uns kostenlos liest.«

»Gisbert kann sich sehr wohl Bücher leisten«, hält sie dagegen. »Aber in Nullkommanix müsste er eine größere Wohnung für die massenhaften Werke anmieten, die er benötigt. Er *sammelt* nämlich besonders schöne Sätze und einzelne Worte.«

Das wird ja immer verschrobener. »Er sammelt Wörter?«

»Genau, schöne Sätze und besondere Wörter«, wiederholt sie geduldig, als wäre ich drei Jahre alt. »Er geht auch in unsere Stadtbibliothek, um Bücher auszuleihen. Aber am liebsten kommt er zu uns in den Buchladen, weil es da auch noch nach Blumen duftet und es in dem Rosensessel so gemütlich ist. Da genießt er seine Arbeit doppelt.«

Langsam kapiere ich. Aber ich hätte gerne noch mehr Einzelheiten. »Und wie muss ich mir das vorstellen? So ganz konkret, meine ich. Er nimmt doch jeweils nur wahllos Bücher aus dem Regal oder vom Bestsellertisch. Das wirkt auf mich, als würde er nur gelangweilt die Seiten angucken ...«

»Mitnichten! Er arbeitet intuitiv nach Bauchgefühl ...« Sie macht eine Pause und beäugt mich, also wolle sie kontrollieren, ob ich verstehe.

»Und wie genau muss ich mir das vorstellen?«

»Na ja, Gisbert schlägt ein Buch auf, lässt seinen Blick über die Seite wandern, und wenn ihm ein besonders schönes Wort oder ein außergewöhnlicher Satz ins Auge springt, merkt er sich das.« Sie nimmt einen Schluck Wein, als wolle sie darauf trinken. »Er kam auf die Idee, als er Markierungen in Büchern bemerkt hat, obwohl es geliehene Exemplare waren. Manchmal nur mit Bleistift, oft aber auch mit diesen bunten Markern. Ganz ungeniert. In unserer schnelllebigen Zeit gibt es eine Sehnsucht nach Beständigkeit, sagt Gisbert. Und was wäre geeigneter, als Wörter, die Grundzutat unserer Sprache, auf diese Weise zu bewahren.«

Ich bin ehrlich fasziniert. Nie im Leben hätte ich Gisbert für einen Ritter der Sprache gehalten. Es ist niedlich und auch faszinierend und passt so perfekt zu ihm wie seine Fliegen. Und damit fügt er sich geradezu symbiotisch in meine Buchhandlung ein. Ich habe meinen eigenen Wörtersammler. Ich spüre einen dicken Kloß in meinem Hals, so gerührt bin ich. Wenn ich das gewusst hätte. Wenn er das nächste Mal wiederkommt, biete ich ihm was zu trinken an. »Und was macht er, wenn er das Gefundene wieder vergisst, sobald er ein Buch zugeklappt hat? Ich hab nämlich nie gesehen, dass er sich etwas notiert.«

»Aus gutem Grund«, entgegnet sie. »Wichtige Fundstücke würde er niemals vergessen, sagt Gisbert. Die brennen sich sofort in sein Gehirn ein. Er achtet aber vor allem auf lyrische Sätze, die wie Gedichte klingen, obwohl sie aus dem Zusammenhang gerissen sind. Die eine kleine Geschichte erzählen. Oder man sich beim Lesen vorstellen kann, wie es weitergeht. Alle anderen sind es nicht wert, sie überhaupt ein zweites Mal zu lesen. Manche Wörter fallen ihm in einem anderen Buch wieder auf, dann weiß er, dieses Wort wollte zu ihm.«

»Unglaublich, einfach unglaublich. Dass es so etwas überhaupt gibt«, sage ich voll ehrlicher Bewunderung.

»Sag ich doch, Gisbert ist ein toller Typ!«

»Das ist er!«, bestätige ich gerne. »Aber was ich nicht verstehe, wozu oder wofür sammelt er?«

»Die besonderen Worte schreibt er auf Kärtchen, und damit die Fundstücke unter die Leute kommen, verteilt er sie in der Stadt. Legt sie in Cafés auf die Tische, lässt sie in der U-Bahn auf den Sitzen liegen oder deponiert sie auf Parkbänken. Warte ...«
Meine Mutter schiebt ihren Stuhl zurück, geht an eine Küchenschublade und holt ein Päckchen kleiner weißer Karten heraus. »Hier ...«

Ich nehme es zur Hand und lese einzelne Wörter oder kurze Sätze in einer sehr schönen, klaren Schrift:

Ein Blick ins Schaufenster hatte ihr Leben verändert.
   Tränenschleier
   Unter der Haut
   Patiencen
   Nebelschwaden umhüllten die Stadt wie eine weiche Decke
   Hüte deine Zunge
   Mokieren
   Fisimatenten
   Wundertüte
   Eisblumen duften nicht
   Unendlichkeitskammer

Würdenträger
Uns gehört die Nacht
Maliziös
Wie belebend, mit wässrigem Mund die Speisekarte zu studieren
Tuchfühlung
Puppenhimmel
Kokolores
Trauerkloß

Ich kann mich kaum losreißen von Gisberts Sammlung. Erst der *Trauerkloß* lässt mich stocken. Genau das war ich lange Zeit. Doch in den letzten Wochen bemerke ich eine Veränderung. Und je länger ich darüber nachdenke, hat es mit Jack zu tun.

24

Nichts eignet sich besser zum Nachdenken als das Binden von Blumensträußen. Stiele sortieren, die unteren Blätter entfernen, Rosen von den Dornen befreien und passendes Bindegrün aussuchen ist eine zutiefst meditative Tätigkeit. Obendrein hat der Blumenduft eine belebende Wirkung. Je nach Intensität, wie der Duft von Madonnenlilien, wirkt er beinahe wie eine Droge. Ellen hat sich im Laufe der Jahre so sehr daran gewöhnt, dass sie nur noch morgens in der ersten halben Stunde etwas riecht. Eigentlich schade.

Während ich die Sträuße für Curt vorbereite, denke ich über Gewohnheiten und Veränderungen nach. Wie unbemerkt sie manchmal geschehen. Wie Ellen den Duft der Blumen gar nicht mehr so intensiv wahrnehmen kann. Wie sich ein vermeintlicher Professor in einen Wörterflüsterer verwandelt hat. Wie Verletzungen langsam heilen. Eines Tages fällt der Schorf ab, darunter ist die Haut noch rot, aber nach einer Weile ist nichts mehr zu sehen.

Alles ist wieder gut.

Manchmal bleiben Narben zurück, die einen für immer daran erinnern, was geschehen ist. Meine verletzten Stellen sind noch nicht ganz verheilt. Doch an manchen Stellen schimmert die neue Haut bereits zartrosa durch. Irgendwann werde ich nicht mehr weinen. Ich werde es auch schaffen, Fotos von Eric auf dem Handy anzusehen und mich ohne Tränen an eine große Liebe zu erinnern. Und ich werde weiter über die Zeit mit ihm schreiben.

Die Duftsträuße für Curt sind zauberhaft geworden. Ich gebe mir jedes Mal große Mühe, auch in der Auswahl des Bindegrüns. Curt liebt es nämlich, jede einzelne Blüte und das Grün abzutasten, während ich ihm die Farben und Formen genau beschreibe. Er ist ja nicht blind geboren, weiß also, wie Blumen aussehen. Schon beim ersten Mal ist mir aufgefallen, wie sehr er meine Erklärungen genießt. Wie sich seine gesamte Körperhaltung dabei verändert. Wie er leicht lächelt, sogar direkt vergnügt wirkt. Ich hoffe immer auf ein echtes Lachen, eines, das von Herzen kommt. Deshalb ziehe ich die kleinen Vorträge auch etwas in die Länge.

Gegen sechs Uhr tummeln sich sage und schreibe siebzehn Kunden im Buchladen. Noch ein paar mehr und ich muss wegen Überfüllung vorübergehend schließen. Fünfzig Quadratmeter wirken ausreichend groß, solange der Raum leer ist. Möbliert mit Bücherregalen, dem Tisch für die Bestseller, dem Lesesessel und der Kassentheke ist für eine derartige Kundendichte kaum noch Platz. Es wundert mich deshalb überhaupt nicht, dass die anwesenden Bücherwürmer umeinander tänzeln wie in einem laienhaften Vorstadtballett. Lustig zu beobachten, wie jeder vermeidet, den anderen anzurempeln. Sich bemüht, nicht nach demselben Buch zu greifen. Oder auch dem anderen zuvorzukommen. Normalerweise habe ich großen Spaß daran, die Kunden zu beäugen, heute nicht. Ich möchte in den Blumenladen, denn jeden Moment kann Jack eintreffen.

Nervös sehe ich wiederholt auf mein Handy. Als würde das etwas ändern. Als würden die Kunden sich schneller entscheiden. Kurzentschlossener kaufen und den Laden verlassen. Was für ein unsinniger Wunsch.

In einem Buchladen nimmt man die Bücher zur Hand und liest hinein. Lässt sich Zeit. Wählt ein anderes Exemplar. Sucht vielleicht nichts Bestimmtes. Möchte etwas Neues entdecken. Und dabei will sich niemand drängen lassen. Keiner will das Gefühl haben, man müsse sich beeilen. Deshalb habe ich den wunderschönen Sessel mit dem Rosenmuster angeschafft, um zu signalisieren: Hier können Sie in Ruhe schmökern. Zurzeit hat aber niemand den Wunsch, sich dort niederzulassen. Würde Gisbert auftauchen, sein Stammplatz wäre frei.

Um halb sieben hat sich der Laden endlich geleert, nur ein Pärchen steht noch bei den Krimis und scheint unschlüssig. Die anderen haben alle etwas gekauft, ich bin ziemlich zufrieden. Es war einer von den guten Tagen.

Viertel vor sieben; von Jack keine Spur. Wurde er beruflich aufgehalten, oder kommt er überhaupt nicht mehr? Dann werde ich Yvonne anrufen und die Bouquets selbst vorbeibringen.

Ich seufze. Nicht wegen der zusätzlichen Arbeit, nein, das würde mir nichts ausmachen. Es täte mir nur leid, Jack nicht zu sehen.

Habe ich das gerade gedacht? Ja! Ich fände es sehr schade, Jack nicht zu treffen.

Ich staune über diese überraschende Wendung. Noch vor ein paar Tagen hatte ich Bammel vor einem Wiedersehen. Jetzt kann ich es kaum erwarten. Seit fünf Uhr habe ich mich darauf gefreut, ihn zu sehen. Mich mit ihm zu unterhalten.

Irritiert von meiner eigenen Ungeduld begebe ich mich zu

meiner Mutter ins Büro. Sie sitzt am Schreibtisch und starrt konzentriert durch die neue Brille auf den Bildschirm.

»Die Sträuße für Curt Fernau wurden noch nicht abgeholt, deshalb wollte ich sie selbst vorbeibringen. Mit dem Wagen, falls du ihn nicht brauchst.«

»In Ordnung, Schatz«, sagt sie, ohne den Blick vom Computer zu wenden.

Schon wieder Schatz? Dafür ist mindestens ein Kompliment fällig. »Die neue Brille steht dir wirklich gut. Sieht richtig flott aus.«

»O danke, Schatz, das ist lieb ...« Sie schaut mich direkt an, schiebt mit beiden Händen die Brille an den Bügeln zurecht und lächelt. »Gisbert hat mir bei der Auswahl geholfen.«

Gisbert hat also auch modisches Gespür. So langsam wird mir der Wörterflüsterer ein bisschen unheimlich.

Ich wende mich zum Gehen. »Gut, dann bis nachher.«

»Moment noch ...«

Ich drehe mich wieder um.

»Besorge dir doch von unterwegs gleich was fürs Abendessen ...« Sie tippt auf der Tastatur herum. Am Sound erkenne ich, dass sie den Rechner runterfährt. »Ich bin nämlich verabredet. Komme heute nicht dazu, etwas zu kochen.«

Ich schnappe nach Luft. Was ist aus ihrem Credo »Einmal am Tag braucht der Mensch was Warmes« geworden? *Paula* ist verabredet! Mit Gisbert! Aber ich werde mich hüten nachzufragen.

»Alles klar. Dann einen schönen Abend.«

»Dir auch«, gibt sie mir mit auf den Weg.

Für den Transport wickle ich die Sträuße in unser mit *Buch & Blume* bedrucktes hellgrünes Papier. Dann schließe ich den Buchladen ab und verabschiede mich von Ellen. Sie macht noch im Arbeitsraum sauber.

Immer noch fassungslos über die drastische Veränderung meiner Mutter trete ich aus dem Blumenladen. Unser Firmenwagen steht auf einem Parkplatz, nur zwei Gehminuten entfernt.

Es ist ein trüber Junitag. Die Sonne hat sich hinter einer grauen Wolkenschicht versteckt, die Luft ist schwül. Die Schwalben fliegen tief, was Gewitter bedeutet, wenn die alten Bauernregeln noch stimmen. Kein Abend, an dem man in einem Gartenrestaurant umschwirrt von Mücken essen möchte. Ob Paula mit Gisbert in seiner Wohnung verabredet ist? Ich hätte doch nachfragen sollen. Sie löchert mich auch immer; wohin, warum, mit wem?

Am Wagen angelangt, öffne ich die Ladeklappe und höre: »Nina, warte ... Nina ...«

Jack! Eindeutig seine Stimme. Als ich mich umdrehe, sehe ich ihn keuchend auf mich zulaufen.

»Ah ... gut ... dass ... ich dich noch erwische ...« Schwer atmend steht er vor mir. »Entschuldige ... die Verspätung ...«

»Kein Ding ...« Ich lege die verpackten Blumen auf die Ladefläche, drehe mich zurück zu ihm und kann nicht anders, als ihn besorgt zu mustern. Er sieht nicht so richtig fit aus. »Alles in Ordnung mit dir? Du wirkst ... etwas abgehetzt ...«

»Gut beobachtet!« Er ist wieder bei Atem und lacht. »Ich hatte gehofft, dich noch im Laden zu erwischen. Zum Glück hat deine Kollegin mir verraten, wo ich dich finde. Der Kurs hat länger gedauert als geplant. Wir hatten uns total in der Zeit verschätzt.«

»Unterrichtest du in einer Fotoschule?« Wenn meine Annahme zutrifft, muss es dort ziemlich heiß hergegangen sein. Sein dunkles Haar klebt am Kopf, und er wirkt abgekämpft.

Er schüttelt leicht den Kopf. »Nein, nein, es ist ein Kochkurs, den ich vor kurzem angefangen habe.«

»Ein Kochkurs?« Ich könnte nicht überraschter sein, wenn er sich einem Wanderzirkus angeschlossen hätte und für ein paar Jahre verabschieden wollte.

»Kein Scherz, falls du denkst, ich will dich veräppeln.«

»Ähm ... nein, ein Kochkurs also ...«, sage ich, frage dann aber sofort: »Und warum?«

»Wegen Curt. Ich will mit ihm kochen, um etwas gemeinsam zu machen. Auch wenn er wohl weder Zwiebel noch irgendwelches Gemüse schneiden kann, sondern nur danebenstehen wird. Aber allein das ist mir jede Mühe wert.«

Er will für seinen Vater kochen! Vor Rührung muss ich schlucken. »Dafür entschuldige ich jede Verspätung.« Ich bemühe mich um einen lockeren Tonfall und hoffe, er bemerkt meine brüchige Stimme nicht.

»Curt hat früher oft für uns gekocht – und das ausgezeichnet. Auch für sich allein, wann immer er nicht weiterwusste in seiner Story, ging er an den Herd. Er hat es geliebt. Aber jetzt ...« Jack hebt die Schultern und blickt ins Leere.

»Deshalb die Profiausrüstung!« Ich erinnere mich an meinen ersten Besuch bei Curt.

»Was meinst du?«

»Curts perfekt ausgestattete Küche.« Ich erzähle von meiner Suche nach Blumenvasen und dass ich schließlich Champagnerkübel gefunden habe. »Sein Kochgeschirr ist unglaublich, wie das eines Profis. Überhaupt die Küche, wirklich schade, dass dort nicht gekocht wird. Aber jetzt bald, oder?«

Jack wiegt den Kopf, als sei er unschlüssig. »Aber erst, wenn bei mir nichts mehr anbrennt. Heute hätten wir fast die Übungsküche abgefackelt ...« Er schmunzelt vergnügt, als wäre es doch ein riesiger Spaß gewesen.

»Da kann ich auch mitreden, anbrennen lassen ist für mich keine Kunst«, bekenne ich und muss an die unzähligen Versuche von Eric und mir denken, es mal ohne zu schaffen.

»Lustige Anekdoten rund ums Kochen?« Jack schaut mich fragend an.

»Das würde jetzt zu lange dauern«, weiche ich aus und schließe den Kofferraum, der noch immer offen steht. »Ich muss los, die Blumen abliefern.«

»Moment, das ist doch mein Job.«

»Schon okay, macht mir nichts aus.«

»Na gut, wie wäre es dann mit unserem Essen, du erinnerst dich?

»Stimmt, da war noch was …«

»Gleich heute Abend? Dann hätten wir das erledigt und müssten nicht mehr daran denken.« Er wischt sich die Hände an seiner zerschlissenen Jeans ab und streckt mir die rechte entgegen. »Los, schlag ein.«

Einen winzigen Moment zögere ich noch. Aber dann fällt mir Paula ein, die sich mit Gisbert vergnügt und mich zu Currywurst an der Bude oder Pizza vom Lieferservice verdonnert hat. »Abgemacht. Und wo?«

»Das überlegen wir unterwegs. Wir laden die Blumen in meinen Wagen, fahren gemeinsam zu Curt und dann direkt weiter. Es sollte nur nicht zu fein sein in diesem Aufzug …« Er schaut an sich herunter.

»Nichts gegen ehrbare Arbeiterkluft.« Ich zupfe an meinem Herrenhemd. Die Ärmel sind hochgekrempelt, und es steckt im Bund einer dunkelgrünen Sommerhose mit weiten Beinen. Dazu trage ich dunkelblaue Birkenstock-Sandalen, die schon bessere Zeiten gesehen haben. Nur meine Zehennägel glitzern frisch lackiert in einem tollen Kirschrot.

»Dann los, ehe die Blumen noch die Köpfe hängen lassen.«

Jack nimmt die Sträuße, ich schließe unseren Wagen ab, und wir gehen zu seinem Auto, das er um die Ecke geparkt hat. Im totalen Halteverbot, wie er bekennt.

»Da war jemand aber flott dabei.« Schmunzelnd zieht er das Knöllchen unter den Wischerblättern hervor.

»Passiert mir auch oft, wenn ich schnell ein paar Pflanzen oder Sträuße liefern muss. Damit ich mich nicht zu sehr ärgere, rede ich mir ein, mit dem Geld passiert etwas Gutes. Und dass ich mir das nächste Mal die Zeit nehmen sollte, um einen legalen Parkplatz zu suchen ...«

»Schuldig! Im Sinne der Anklage!« Jack zieht eine Grimasse und legt die Blumen in den Kofferraum, der sich mittels Knopfdruck geöffnet hat. »Ich gestehe, dass ich ein grauenvoller Verkehrsteilnehmer bin. Was zum großen Teil an meinem Job liegt. Ewig im Stress. Immer muss alles schon gestern erledigt sein. Das nur zur Erklärung, nicht als Entschuldigung.« Er drückt auf den Schlüssel, der Kofferraumdeckel senkt sich lautlos nach unten.

»Vielleicht kommst du noch mal mit Bewährung davon«, flachse ich beim Einsteigen.

Auf dem Beifahrersitz atme ich tief durch. Das kurz aufflackernde Bild, ich auf diesem Sitz in Jacks Armen, kann ich auf diese Weise erfolgreich verdrängen.

Jack sitzt bereits hinterm Steuer, startet den Wagen und fährt los. Kein Wort zu jenem Sonntagnachmittag. Kein Wort zu meinem Heulkrampf. Kein einziges Wort zu meinem heftigen Atmen. Nach ein paar Sekunden des Schweigens fragt er übergangslos: »Wo möchtest du nachher essen?«

»Hmm ...«, murmle ich nachdenklich, weil in dem Moment die Erinnerung an Erics sieben Reservierungen aufblitzt, die mich aber nicht mehr traurig macht. Daran haben Jack und Curt einen großen Anteil. Und diese Erkenntnis bringt mich auf eine Idee. »Was hältst du davon, wenn ich Curt bitte, uns zum Essen zu begleiten?«

Jack ist vor Curts Haus angekommen, löst den Sicherheitsgurt und schaut mich mit großen Augen derart verständnislos an, als habe ich vorgeschlagen, Curt zu kidnappen. »Nie im Leben macht er das. Aber versuchen kannst du es. Ich gehe jedoch jede

Wette ein, dass du es nicht schaffst. Seit über einem Jahr hat er alle Versuche in diese Richtung abgeschmettert und sich gerade mal von Yvonne zu den Arztbesuchen fahren lassen. Denn der Aufzug beim Augendoc fährt direkt in die Tiefgarage, und er muss nur aus dem Wagen springen. Als Privatpatient bekommt er auch ganz frühe oder sehr späte Termine, damit er garantiert keine anderen Patienten trifft. Ansonsten weigert er sich vehement, die Wohnung zu verlassen. Wie du ja selbst erlebt hast, will er nicht mal auf die Terrasse gehen. Wenn Curt uns zum Essen begleitet, wäre das ein achtes Weltwunder.«

Ich bin kein Fan von Wetten, aber das ist eine echte Ausnahmesituation. »Was ist mein Einsatz?«

»Ich koche bei mir ein Probeessen für Curt, und du machst das Versuchskaninchen …«

»Und wenn das Wunder geschieht und ich gewinne?«

»Könnte ich neue Fotos von den beiden Läden für eure Website oder den Insta-Account machen.«

Neue Fotos wären ein Megagewinn. Ich halte die Hand hoch. »Deal.«

Jack klatscht ab. »Deal. Es müsste aber was sein, bei dem Curt das Wasser im Mund zusammenläuft. Etwas, das er schon lange nicht mehr gegessen hat«, sage ich zu Jack, als wir im Fahrstuhl auf dem Weg nach oben sind.

»Burger vom Grill, denn konträr zu seiner Vorliebe für Sterneküche isst er gerne mal einen stinknormalen Hamburger«, antwortet Jack und hat auch gleich den passenden Vorschlag: »In der Havelstraße gibt es so einen Burgerladen, der soll ganz okay sein.«

Ich mache mir nicht viel aus diesen Fleischklopsen, aber das spielt im Moment keine Rolle. »Gut, dann versuche ich mein Glück.«

Jack hat einen Schlüssel, wir müssen also nicht klingeln. Yvonne hat uns gehört und kommt uns entgegen.

»Ah, die Blumen … Bring sie bitte in die Küche«, flüstert sie und lächelt mir zu. »Hallo, Nina, wie nett, dass du Jack begleitest.«

»Hat sich so ergeben. Ich dachte, wir könnten Curt Hallo sagen …«

»Ist er im Wohnzimmer?«, fragt Jack leise, als wir den Flur entlanggehen.

»Wir hatten einen Termin bei einer Koryphäe für Hornhauttransplantationen. Es gab einen Hoffnungsschimmer, leider musste der Arzt ihn enttäuschen. Curt war danach dermaßen sauer, dass er eine halbe Flasche Wodka geleert hat und jetzt seinen Rausch ausschläft. Ich würde ihn gerne schlafen lassen, sonst muss ich seine Laune den ganzen Abend ertragen.«

Wir sind in der penibel aufgeräumten Küche angelangt. Jack legt die Sträuße auf der Arbeitsplatte ab. »Verstehe. Aber schade, ich dachte, wir könnten ein paar Worte wechseln … dann ein andermal.« Er nickt mir zu und wir verabschieden uns.

Schweigend fahren wir wieder nach unten. Jack starrt auf den hellgrauen Bodenbelag. Ich kann nur an Curt denken und wie grausam es ist, wenn ein Hoffnungsschimmer nur kurz aufleuchtet und dann für immer verglimmt.

Der Aufzug hält. »Eine Wette ohne Gewinner.« Jack zieht die Schultern hoch und schaut mich an. »Magst du trotzdem einen Burger?«

Ich nicke. »Warum nicht. Wir könnten dann für Curt einen zum Mitnehmen bestellen und später vorbeibringen.«

»Gute Idee. Wenn der seinen Rausch ausgeschlafen hat, wird er glücklich darüber sein. Die Fotos mache ich euch aber gerne, falls ihr interessiert seid.«

»Fotos vom Profi immer gerne! Und ich stelle mich auch als Versuchskaninchen für dein Selbstgekochtes zur Verfügung. Wir haben ja beide gewonnen, wenn man so will.«

»Okay, dann ist es abgemacht!«
Ich nicke. »Wir haben ein Date.«

25

Im Burgerladen waren nur noch Plätze vor dem Lokal an der Straße frei, weshalb wir uns nicht lange aufgehalten haben. Fast Food eben.

»Wirst du am Sonntag wieder vorlesen?«, fragt Jack, als wir den gut verpackten Burger zu Curt bringen.

»Ja, und am Samstagnachmittag darf meine Mutter die Terrasse besichtigen«, antworte ich und erkläre, was Yvonne sich ausgedacht hat. »Ich hoffe, ihr Plan klappt. Curt möchte ja auf keinen Fall gesehen werden und wird sich in seinem Büro aufhalten, aber meine Mutter ist neugieriger als ein dreijähriges Kind. Sie glaubt, es wäre ein normaler Besuch und sie dürfte die Terrasse nicht nur besichtigen, sondern sich auch gemütlich hinsetzen und ein Kaltgetränk schlürfen. Was ich ihr natürlich sofort ausgeredet habe.«

»Ich könnte da sein und deine Mutter ablenken, falls es nötig werden sollte«, bietet Jack an.

»Hast du denn nichts Besseres zu tun?«, erkundige ich mich höflich. Jacks Anwesenheit wäre sicher hilfreich. Es würde die Gefahr, dass meine Mutter eine Möglichkeit zum Herumschnüffeln findet, erheblich verringern.

»Diesen Samstag steht nichts auf dem Plan ...« Er macht eine kurze Pause, als würde er nachdenken. »Weder ein Event noch ein Konzert oder eine Premiere. Es ist ein komplett freies Wochenende.«

»Das kommt sicher nicht so häufig vor«, mutmaße ich. »Welche berühmten Persönlichkeiten hattest du schon vor der Linse?

Es muss doch aufregend sein, diese Promis aus nächster Nähe beobachten zu können.«

»Und all ihre Allüren«, entgegnet Jack mit verschlagenem Grinsen. »Nein, im Ernst, die Jobs auf dem roten Teppich sind weit weniger aufregend, als sich das Außenstehende oft vorstellen. Aber ich will mich nicht beschweren, denn manchmal macht es auch großen Spaß. Bei Popkonzerten, zum Beispiel ... Gehst du auf Konzerte?«

»Eher auf Lesungen«, erwidere ich und erkenne in dem Moment einmal mehr, dass Jack und ich wenig gemeinsam haben. Deshalb war ich auch erleichtert, dass aus dem Burgeressen kein richtiges Date wurde.

»Verstehe, Bücher sind dein Leben. Meines ist aber nur teilweise die Promifotografie, doch sie zahlt die Miete und ermöglicht es mir, meiner wahren Leidenschaft zu frönen.«

»Klingt nach einem geheimen Hobby«, tippe ich und bereue meinen Vorstoß sofort. Jack soll nicht denken, ich würde ihm was Illegales unterstellen.

»Weder geheim noch glamourös«, entgegnet Jack, und ein zufriedenes Lächeln umspielt seinen schön geformten Mund. Wir sind wieder bei Curt angekommen. »Erinnerst du dich an das Foto von dir auf der Terrasse?«

»Ich sollte die Goldzypresse umarmen.« Ich kam mir ziemlich albern vor, was ich aber nicht ausspreche.

»Es gehört zu einer Serie, an der ich schon lange arbeite: *Women at Work*«, erklärt Jack, und ich kann sehen, wie seine Augen glänzen. »Du mit diesem immergrünen Baum, das ist mein absolutes Lieblingsfoto. Man erkennt auf den ersten Blick, wie sehr du es liebst, mit Pflanzen zu tun zu haben.«

»Das kann teilweise aber auch ziemlich anstrengend sein, wie du selbst erlebt hast«, erwiderte ich in Erinnerung an unsere schweißtreibenden Stunden.

»Auch das vermittelt das Foto. Anstrengung und Freude liegen manchmal dicht beisammen. Diese Kombination konnte ich auf dem Foto einfangen, ein seltener Glücksfall.« Er öffnet die Autotür. »Bin gleich zurück. Oder möchtest du mitkommen?«

»Ich warte hier«, sage ich und sehe ihm nach. Er hat keine Bodybuilder-Figur, aber seine Schulter sind breiter als seine Hüften, und sein Hinterteil sieht ziemlich knackig aus.

Wenig später sitzt Jack wieder neben mir. »Mister Krimiautor schläft immer noch. Yvonne hat sich riesig gefreut und meinte, das würde Curts Laune später bestimmt heben. Ich soll dir einen schönen Gruß ausrichten. Sie freut sich auf Samstag. Dann bringe ich dich jetzt nach Hause.«

»Gerne, ich wohne am Lindenufer«, informiere ich ihn und nenne die Hausnummer.

»Okay ...«

»Yvonne ist eine tolle Frau. Ich wollte dich schon lange etwas fragen. Aber du musst nicht antworten, wenn es zu vertraulich ist ...«

»Zu vertraulich?« Jack schaut mich leicht verwundert an. »Was meinst du?«

»Sind Yvonne und Curt ein Paar?«, platze ich dann ohne lange Vorrede heraus.

Jack stutzt einen Augenblick, dann nickt er. Einfach so. Ohne lange Erklärungen.

Die Bestätigung kommt nicht wirklich überraschend, ich habe es längst vermutet. Doch jetzt taucht eine weitere Frage auf. »Dann sind deine Eltern geschieden?«

»Nein ... meine Mutter ...« Jack seufzt und blickt geradeaus durch die Windschutzscheibe in die aufkommende Dämmerung. »Meine Mutter ist ... vor acht Jahren an Brustkrebs verstorben ...« Er lässt den Motor an, schaltet die Scheinwerfer ein und fährt los.

Seine Antwort schockt mich. Ich weiß nicht, was ich sagen soll, und schweige lieber, als dünne Beileidsbezeugungen von mir zu geben. Oder sind sie auch nach so langer Zeit noch angebracht?

Als Jack kurze Zeit später vor unserem Haus anhält, sage ich leise: »Tut mir sehr leid. Auch wenn es schon länger her ist.«

Er sieht mich nicht an, schaut geradeaus. »Wir hatten ein sehr enges Verhältnis. Curt war durch seinen großen Erfolg viel auf Lesereisen. Und wenn er zu Hause war, saß er am Schreibtisch und hatte keine Zeit für mich. Unsere Beziehung war bis zu seinem Unfall eher kühl, umso mehr hoffe ich, es jetzt zu ändern.«

»Das wäre schön für euch beide«, sage ich leise, während ich den Sicherheitsgurt öffne.

»Warte ... Hast du schon Pläne für Samstagabend? Also nach der Terrassenbesichtigung ...«

Ich sehe ihn verwundert an. »Warum fragst du?«

»Wenn du nichts vorhast, würde ich meinen Gewinn gerne einlösen, etwas kochen und du kommst zum Verkosten.«

»Ach so ... ja ...«

»Das Probeessen für Curt ...«

»Ja, klar, abgemacht ist abgemacht.« Ich muss lachen. Jack trifft Verabredungen wie Geschäftstermine. Und das macht es mir leicht, zuzusagen. Es fühlt sich nicht so persönlich an. »Wo und wann?«

»Uhlandstraße, Nähe der U-Bahn-Station, ganz leicht zu finden.« Er beschreibt den Weg. »Acht Uhr, wenn das nicht zu früh für dich ist.«

»Nein, das schaffe ich. Dann sehen wir uns am Nachmittag bei Curt und später bei dir.« Ich steige aus und beuge mich noch mal zu ihm. »Gute Heimfahrt.«

Er nickt, ich schlage die Tür zu, er drückt kurz auf die Hupe und fährt davon.

Versonnen blicke ich ihm nach, bis die roten Rücklichter verschwunden sind.

Die Wohnung ist dunkel, meine Mutter ist also noch unterwegs. Aber kurz nach zehn ist ziemlich früh am Abend. Wäre das mit Jack ein Date gewesen, hätte er mich nicht so früh nach Hause gebracht. Er hätte außerdem versucht, mich zu küssen oder zumindest zum Abschied zu umarmen. Nichts davon hat er getan. Anscheinend hat er keine romantischen Ambitionen. Alles ganz zwanglos. In seiner Wohnung testen wir nur das Essen für Curt. Nicht zuletzt sind Männer, die kochen können, eine echte Rarität. Zumindest habe ich es so erlebt. Ich bin also sehr gespannt, was Jack servieren wird. Ein einfaches Steak wird es wohl nicht sein.

Unter der Dusche muss ich gähnen. Ich bin rechtschaffen müde. Gisbert würde den veralteten Begriff bestimmt in seine Sammlung aufnehmen.

Ob sich Paula und Gisbert wohl noch irgendwo amüsieren? Vermutlich, denn ich schlafe ein, kaum dass ich auf dem Kopfkissen liege, und kriege nicht mit, ob und wann sie nach Hause kommt.

Bis Samstag ist reichlich zu tun. Es liegt am Monatsanfang, wie mir beim Ausdrucken des ersten Kassenbons auffällt. Die Gehälter sind auf den Konten, da gönnen sich die Menschen gerne was außer der Reihe. Und dazu gehören die Seelentröster: Blumen und Bücher.

Ich verkaufe extrem viele Krimis, die klassische Wochenendlektüre. Auch nach neuen Fernau-Krimis wird gefragt, doch ich muss den Kunden enttäuschen. Schade, dass Curt nicht hören kann, wie beliebt seine Romane sind. Sollte er sich jemals wieder aus dem Haus wagen, werde ich ihm vorschlagen, sich einfach mal inkognito in den Lesesessel zu setzen und zuzuhören. Vielleicht würde er dann wieder anfangen zu schreiben. Irgendeinen Trick muss es doch geben, mit dem ich, Yvonne oder Jack ihn wieder dazu verleiten könnten! Wenn Jack für ihn kocht, ist es vielleicht der Anfang von etwas mehr Normalität. Umso lieber stelle ich mich als Verkosterin zur Verfügung.

Pünktlich den Laden zu schließen ist wegen der gesetzlichen Auflagen Usus. Trödelnde Kunden höflich hinauszukomplimentieren, gehört leider auch dazu. Manche scheinen den Ladenschluss absichtlich zu ignorieren. Dann müssen sie dringend noch in dieses oder jenes Buch hineinlesen, eher sie es doch wieder zurücklegen.

Aber die letzte Kundin am Samstag erwirbt drei Liebesromane, eine Minute nach vier kann ich absperren. Meine Mutter übernimmt die Kassenabrechnung. Sie ist total aufgeregt wegen der Terrasse, als wären wir zu einer Party eingeladen.

Ehe wir in unseren Firmenwagen steigen, bindet sie noch ein kleines Bouquet aus duftenden Freiland-Moosrosen, Schleierkraut und zierlichen Gräsern. Das Ergebnis ist ein zauberhaftes, filigranes Bouquet. Ohne Gastgeschenk aufzukreuzen, gehört sich nicht.

Währenddessen rufe ich Yvonne an, um uns anzukündigen. Ich erinnere sie auch noch, das Thema Testleserin anzusprechen. Damit ich offiziell einen Termin für die Sonntagnachmittage habe und mir keine Ausreden mehr einfallen lassen muss.

Yvonne will es geschickt einfädeln und freut sich auf unseren Besuch. Alles andere sei arrangiert: Curt wird in seinem Büro auf der Récamiere ein Nachmittagsschläfchen halten. Und ich versichere, dass wir höchstens eine Viertelstunde bleiben.

Auf der Fahrt schicke ich noch einen inständigen Wunsch ans Universum, es möge dafür sorgen, dass meine Mutter nicht zu neugierig wird.

»Ist dieses Sträußlein auch nicht zu popelig?«, fragt sie, als wir im Lift hochfahren. Demonstrativ hält sie es vor die Spiegelwand.

»Es ist perfekt, größer wäre protzig. Wir sind ja nicht zum Kaffeeklatsch eingeladen, sondern gucken nur, und das für höchstens zehn Minuten.«

»Das wird ja immer weniger!« Beleidigt zieht sie eine Schnute.

Yvonne erwartet uns an der offenen Wohnungstür. Sie streckt zuerst meiner Mutter die Hand entgegen. »Herzlich willkommen, Frau Danner.«

Meine Mutter überreicht ihr Gastgeschenk mit breitem Grinsen. »Danke, Frau Lehmann, ich bin schon sehr gespannt.«

»Bitte, nennen Sie mich doch Yvonne.« Sie nimmt die Blumen entgegen. »Ich liebe Moosrosen, vielen Dank.«

Über das runde Gesicht meiner Mutter zieht sich ein Strahlen. »Gerne, ich bin die Paula.«

»Dann kommt mal rein.« Yvonne geht voran und überlässt es mir, die Wohnungstür zu schließen.

Auf halber Strecke öffnet Yvonne die Küchentür. »Moment, ich will nur die Rosen ablegen.« Sie legt die Blumen auf die leere Arbeitsfläche und kommt dann zu uns zurück.

»So hell, phänomenal«, lobt meiner Mutter auf dem Weg durch den Flur.

Es ist ein sonniger Tag, und gleißendes Licht fällt durch die Fensterfront im großen Zimmer bis in den Flur.

Sprachlos steht meine Mutter dann vor dem spärlich möblierten Wohnzimmer. Doch ich sehe ihr an, wie sie schluckt. Ein Wohnzimmer ohne Fernseher ist für sie unvorstellbar.

Ich spähe auf die Terrasse, Jack ist nicht da. Noch nicht, oder hat er es vergessen?

Yvonne öffnet die bodentiefe Fenstertür. »Bitte schön, Paula ... erfreue dich an der Arbeit deiner Tochter ...«

Meine Mutter steigt über die zwanzig Zentimeter hohe Stufe

nach draußen. Ich folge ihr. Yvonne gesellt sich zu uns und zieht ganz automatisch die Tür hinter sich zu. »Die Räume sind klimatisiert«, erklärt sie entschuldigend, als sie Paulas fragenden Blick sieht.

Paula nickt und spaziert an den Pflanzen entlang. Guckt über die Begrenzung, schaut aufs Wasser und feiert die Aussicht. Ich weiß, dass sie viel lieber die Feuchtigkeit in den Pflanztöpfen prüfen würde. Da kann sie als gelernte Floristin nicht aus ihrer Haut. Zum Glück verzichtet sie auf die unfeine Geste.

»Das ist wirklich toll geworden, Schatz«, sagt sie schließlich zu mir, und ich weiß das Kompliment zu schätzen.

»Vielleicht ein Glas Saft?«, wendet sich Yvonne plötzlich an Paula.

»Nein, danke, wir wollten ja nur kurz reinschauen«, lehne ich ab.

»Warum nicht, danke gerne«, grätscht meine Mutter mit glücklichem Lächeln dazwischen. »Wann werde ich je wieder in den Genuss eines solch fantastischen Ausblicks kommen.« Schon sinkt sie auf das Rattansofa unter der gestreiften Markise und lehnt sich mit einem genüsslichen Seufzer in die grün-weiß gestreiften Polster.

»Siehste!«, grinst meine Mutter triumphierend, als wir alleine sind, während Yvonne die Getränke holt. »Yvonne hat Stil, die bietet ihrem Besuch etwas an.«

Resigniert setze ich mich in einen der Sessel und hoffe, Yvonne weiß, was sie tut.

Sie kommt mit einem voll beladenen Tablett zurück. Darauf die Moosrosen in einer Vase. Dazu schlanke hohe Gläser, gefüllt mit Orangensaft und Eisstücken. Sie stellt alles auf dem Tisch ab, verteilt die Getränke und wendet sich an mich: »Bevor ich es vergesse, Nina ... Curt Fernau lässt fragen, ob du womöglich Zeit hättest, Testleserin für seinen neuesten Roman zu werden.

Du verkaufst schließlich seine Bücher und weißt am ehesten, was geht.«

»Testleserin!«, quietscht meine Mutter aufgeregt, ehe ich mich dazu äußern kann. »Das hört sich ja spannend an. Nicht wahr, Schatz?«

Ich bemühe mich, ruhig zu bleiben, und antworte mit einem Lächeln: »Es wäre mir eine Ehre. Also ja, sehr gerne. Und wie bekomme ich das Manuskript?«

»Du müsstest dich hierherbemühen und es auf seinem Laptop lesen. Curt möchte die Dateien nicht verschicken und auch nicht ausdrucken. Aber er würde sich sehr freuen, wenn du es einrichten könntest ...«

»Hmm ...« Ich gebe vor, zu überlegen, ehe ich sage: »Sonntagnachmittag würde es passen. Unter der Woche vielleicht auch mal am Abend nach acht Uhr.«

»Hallo zusammen ...«

Die Terrassentür wird geöffnet, Jack tritt über die Stufe und geht direkt auf meine Mutter zu. »Sie sind also die geniale Floristin, die das hier zusammengestellt hat.« Er breitet die Arme aus. »Wirklich sehr gelungen. Sie sind eine echte Könnerin.«

Meine Mutter errötet. Ich freue mich über seine charmante Ansprache und bin gespannt, was ihm sonst noch einfällt.

»Ach was«, sagt sie mit einer lässigen Handbewegung. »Das war doch nichts Besonderes. Hauptsache, Sie sind zufrieden. Wie es scheint, fühlen sich die Pflanzen auch sehr wohl in luftiger Höhe über der Havel.«

»Unbedingt. Das kann man förmlich sehen. Sie sind schon mächtig gewachsen.« Mit Daumen und Zeigefinger deutet Jack ein paar Millimeter an.

Sein Humor entspannt die Atmosphäre. Und genau das bereitet mir Sorgen. Ich sehe den zufriedenen Ausdruck auf dem Gesicht meiner Mutter. Ob sie annimmt, wir würden bis zum

Abendessen bleiben? Meinem Gefühl nach ist die Viertelstunde schon überschritten. Curt könnte glauben, sich wieder ungehindert in seiner Wohnung bewegen zu können. Ich schicke einen flehenden Blick zu Jack. Er versteht sofort und blinzelt mir zu.

»Wenn die Damen mich und Yvonne entschuldigen, wir müssen etwas Dringendes besprechen.«

Ich atme erleichtert auf und hake ein: »Wir wollten ohnehin gehen, nicht wahr, Mama?«

»Öhm ... aber ja ...« Hektisch trinkt sie den Saft aus, ehe sie sich erhebt. »Ich wollte ja nur das Ergebnis betrachten, und das ist wirklich sehr hübsch.«

Jack und Yvonne bringen uns gemeinsam zur Tür.

Yvonne reicht meiner Mutter die Hand. »Vielen Dank für den Besuch, Paula, hat mich sehr gefreut.«

»Oh, ganz meinerseits. Und vielen Dank für den Saft.«

»Bleibt es bei heute Abend, Nina?«, fragt Jack und sieht dabei so ernst aus, als handle es sich um eine berufliche Angelegenheit.

»Ja, wie verabredet. Ich bin schon sehr gespannt, was du kochen wirst, und bringe großen Hunger mit.«

»Ich freu mich, dann bis später.«

Meine Mutter kann es kaum erwarten, dass sich die Fahrstuhltür schließt. »Das ist ja mal ein netter junger Mann, dieser Jack. Hilft dir ungefragt beim Pflanzenschleppen, sieht unverschämt gut aus, und kochen kann er offensichtlich auch noch. Also den würde ich ...«

»Schon verstanden«, unterbreche ich ihre Lobeshymne, ehe sie noch einen ihrer Ich-muss-aufhören-zu-trauern-Vorträge loslässt.

26

Wenige Minuten nach acht stehe ich in der Uhlandstraße vor dem Coffeeshop, den Jack mir als Orientierungspunkt genannt hat. Sein Refugium – wie er es nannte – liegt ebenerdig im Hinterhaus, also einmal durch die Toreinfahrt.

Doch ich halte kurz inne. Die Auslage zieht mich magisch an. Käsekuchen! Ich bin ein echter Käsekuchenjunkie, und sie werden in verschiedenen Geschmacksrichtungen angeboten; ein Käsekuchenparadies! Ich kann nicht widerstehen und kaufe je zwei Stück Zitronen- und Erdbeerkäsekuchen als Gastgeschenk. Ich hoffe nur, dass Jack Käsekuchen genauso mag wie ich.

Mit dem Kuchenkarton in Händen marschiere ich durch die Einfahrt. Ein wandgroßes Fenster lässt vermuten, dass es sich um eine ehemalige Fabrik oder Werkstatt handelt. Davor steht ein runder Kaffeehaustisch aus Gusseisen, dazu zwei zierliche schwarze Stühle, überzogen von dekorativer Patina. Links und rechts zwei Fächerpalmen in rustikalen Holzkübeln, die mediterranes Flair verbreiten. An der Eingangstür ein weißes Emailleschild mit schwarzer Schrift: *Geöffnet!*

Ich streiche den Rock meines Mohnblumenkleids glatt. Als ich vorhin etwas ratlos in meinen Kleiderschrank starrte, hatte ich plötzlich das Gefühl, Eric würde mir zunicken. Dass es höchste Zeit wäre, es wieder anzuziehen, und ich meine Bedenken vergessen sollte. Als ich mich dann im Spiegel erblickt habe, wusste ich, dass es richtig war, mich zu überwinden.

Einmal Luft holen, dann drücke ich auf die glänzende Messingklinke und trete in einen weitläufigen Raum mit hohen Decken, an denen Zinkrohre entlanglaufen. Mein Blick fällt zuerst auf die an der rechten Seitenwand befestigten Bücherborde, die nur zur Hälfte gefüllt sind. Trotz einiger Entfernung erkenne ich Fotobücher von berühmten Fotografen und Sachbücher. Der

Anblick hat etwas Avantgardistisches und für einen Fotografen, der keine Romane liest, mag das passen. Doch mich juckte es, die Regale mit Büchern zu füllen.

In der Mitte des Raumes steht ein rustikaler langer Holztisch, an dem sechs Gäste auf trendigen Plexiglasstühlen Platz nehmen können. Rechts geht es durch einen breiten Wandausschnitt ins Atelier, zu erkennen an glänzenden Stativen. Von da kommt auch leise Musik. Linker Hand scheint die Küche zu liegen, denn aus dieser Richtung weht ein würziger Duft von Gebratenem in meine Nase.

»Hallo, Nina ...« Jack taucht im Türrahmen auf. Er ist ganz in Schwarz gekleidet, trägt eine schwarz-weiß gestreifte Schürze und über seiner linken Schulter ein rot-weiß kariertes Geschirrtuch. Sein Gesicht wirkt erhitzt, das Haar ist streng zurückgekämmt, seine Augen strahlen.

»Hallo, Jack ...« Ungeniert musterte ich sein Outfit. »Du siehst megaprofessionell aus. In dieser Aufmachung kannst du es mit jedem Sternekoch aufnehmen.«

Schmunzelnd zieht er das Geschirrtuch von der Schulter, wirbelt es einmal durch die Luft und wirft es schwungvoll wieder über die Schulter. »Ein bisschen Show gehört dazu.« Dann kommt er auf mich zu, und einen Atemzug lang habe ich das Gefühl, er möchte mich mit Wangenküssen begrüßen.

Ich halte ihm den Käsekuchenkarton hin. »Ein kleines Mitbringsel.«

»Vielen Dank, sehr aufmerksam. Soll ich jetzt sagen: Aber das wäre wirklich nicht nötig gewesen.« Ich muss lachen, und er nimmt mir den Karton ab, stellt ihn auf den Esstisch, öffnet ihn – und grinst mich an.

»Magst du keinen Käsekuchen?«

»Ich *liebe* Käsekuchen. Warte einen Moment ...« Er dreht sich um, geht nach nebenan und kommt mit dem gleichen Karton aus dem Coffeeshop zurück. Er hat je zwei Stück Zitronen- und Schokokäsekuchen gekauft.

»Auf den Zufall ist Verlass«, murmele ich und muss schlucken. Eric hätte diesen Moment geliebt, und ich habe das Gefühl, er steht irgendwo im Raum und zwinkert mir zu.

»Ich glaube ja nicht an Zufälle, eher an Schicksal, und das ist sozusagen ein Käsekuchenschicksal ...«

»Es gibt schlimmere Schicksale«, greife ich den Ball auf und schnuppere. »Kann es sein, dass da was anbrennt?«

»Verdammter Mist!« Jack stürzt davon.

Ich folge ihm und stehe wie vermutet in einer Küche oder eher einem Raum, in dem gekocht werden kann. Es fehlen die klassischen Einbau- oder Designermöbel. Stattdessen herrscht Marke Eigenbau: hellgraue Arbeitsplatte, etwa drei Meter lang, mit eingebautem Doppelspülbecken und Kochfeld. Darunter Töpfe und Pfannen in offenen Metallregalen. Geschirr und Gläser auf dunkelbraunen Regalborden an der Wand.

Jack hat die Pfanne von der Herdplatte genommen. »Tut mir sehr leid, das war das versprochene Essen ...« Er schaut mich bedauernd an.

»Und was hätte es werden sollen?« Ich beäuge den Pfanneninhalt. »Nur zur Info, damit ich weiß, was ich versäume.«

»Scampi in Chili-Knoblauchsoße, Reis in Nussbutter gebraten, dazu einen spritzigen Weißwein ...« Bedrückt betrachtet er das schwarze Malheur.

»Wow, das klingt echt verführerisch.« Mir läuft das Wasser im Mund zusammen. »Und jetzt?«

»Kann ich nur noch den Nussbutterreis und natürlich die Vorspeise anbieten ...« Er dreht sich zum Kühlschrank an der gegenüberliegenden Wand, holt eine glänzende Platte heraus und erklärt: »Fingerfood: Spanischer Serranoschinken um Melone gewickelt, zusammengehalten von einem Zahnstocher.

Darauf ein Minimozzarella und als Krönung ein Basilikumblättchen.«

Die Häppchen sehen köstlich aus. »Mir genügt das als Hauptgericht, den Käsekuchen zum Nachtisch, und wir werden garantiert pappsatt sein.«

Jack ist sichtlich erleichtert. »Du wärst nicht enttäuscht? Immerhin habe ich versprochen, zu *kochen*, und nun biete ich einen kalten Imbiss. Also eher ein Picknick.« Er lässt Wasser in die Pfanne laufen, gibt einen Spritzer Geschirrspülmittel dazu und stellt sie wieder auf das noch warme Kochfeld.

Den Trick kenne ich von meiner Mutter. Sobald das Wasser sich erhitzt, löst sich das Angebrannte.

»Du *hast* ja gekocht«, stelle ich richtig. »Leider können wir es nicht essen, schade, aber kein Weltuntergang. Nur das Versuchskaninchen hat trotzdem Hunger. Und hier ...« Ich ziehe das Mohnblumenkleid an der Taille vom Körper weg, »kannst du sehen, wie viel da noch reinpasst.«

Jack lacht. »Ein wunderschönes Kleid übrigens, steht dir super.« Sein Blick wandert vom ovalen Ausschnitt über die Taille hinunter zum Saum, der an den Knien endet.

»Mein Lieblingskleid und ...« Es gelingt mir rechtzeitig, Eric unerwähnt zu lassen. »Kann ich etwas helfen? Ich wurde von meiner Mutter als Beiköchin ausgebildet.«

»Gerne ... den Tisch denken, wobei nicht viel gedeckt werden muss ... da findest du alles.« Er weist mit einer Kopfbewegung zu den Regalen an der Wand. »Mist ...« Er schnauft verärgert. »Ich hab vergessen, Servietten zu kaufen. Und ich hatte sie extra auf die Liste gesetzt.«

»Die du zu Hause vergessen hast?« Ich nehme das Geschirr vom Regal und das Besteck aus dem gläsernen Bierkrug.

»Nein, in den Notizen auf meinem Handy, aber ich Blödmann habe nicht drauf geschaut ...« Er schüttelt leicht den Kopf.

»Musste mal wieder megaschnell gehen. Dann behelfen wir uns damit ...« Er klemmt sich eine Rolle Küchenpapier unter den Arm. Nimmt das Baguette auf dem Holzbrett in eine und die Häppchenplatte in die andere Hand.

Als wir uns gegenüber am Tisch sitzen, spüre ich wieder dieses seltsame Unbehagen, das immer dann hochkommt, wenn ich nicht weiß, über was ich mit Jack reden soll. Dabei bin ich eher vorfreudig nervös, als würde mein Unterbewusstsein signalisieren, dass es ein wunderschöner Abend werden kann. Er hat mit Leichtigkeit begonnen, die Plexiglasstühle sind überraschend bequem, und trotz der Größe des Raums ist die Atomsphäre nicht kühl, wie man es vermuten würde.

Um die Stille zu beenden, bedanke ich mich für seine Hilfe am Nachmittag auf der Terrasse. »Du kamst genau zur richtigen Zeit. Ich konnte meiner Mutter an ihren glänzenden Augen ansehen, wie gern sie länger geblieben wäre. Zu Gast bei einem berühmten Schriftsteller, den sie unbedingt persönlich begrüßen wollte. Das wäre dann ihr Highlight des Jahres gewesen.«

»Mir tat es leid, dass ich euch hinauskomplimentieren musste. Aber wir hätten Curt nicht sehr viel länger in seinem Büro festhalten können. Es sei denn mit zwei doppelten Wodkas. Aber den genehmigt Yvonne nicht, er trinkt ohnehin etwas zu viel ...«

»Ja, da muss man aufpassen. Das kann üble Folgen haben. Gesundheitlich natürlich, aber auch für sein Schreiben. Obwohl ...«, ende ich nachdenklich, ehe ich das Thema vertiefe: »Einige Schriftsteller waren auch unter Alkoholeinfluss ziemlich produktiv.«

»Ja, der alte Hemingway gehörte bekanntermaßen zu dieser Spezies. Vor zwei Jahren war ich in Kuba und habe auch Hemingways Lieblingsbar besucht. An seinem Stammplatz steht eine Bronzestatue, die von den Touristen gestreichelt wird, ziemlich *spooky*.« Jack kneift schmunzelnd die Augen zusammen, während er Wein für uns einschenkt. »Curt kennt die Storys um Hemingways Alkoholkrankheit sicher bestens. Über die Jahrzehnte wurden sie ja zu einem echten Mythos.«

»Wir sollten die Worte Alkohol und Hemingway in Curts Beisein aber unbedingt vermeiden, sonst nimmt er es noch zum Anlass, seinen Konsum zu steigern. Täglich einen Doppelten auf einen Helden!« Trotz des traurigen Wahrheitsgehalts muss ich grinsen.

»Dann trinken *wir* jetzt auf Curt, das schadet nicht.« Jack greift nach seinem Weinglas. »Auf die Gesundheit.«

»Auf Curt. Möge er trotz aller Widrigkeiten doch wieder anfangen zu arbeiten.«

Wir stoßen an, und Jack sieht mir dabei tief in die Augen. Es ist nicht das erste Mal, dass er mich so ansieht. Aber dieses Mal löst es ein längst vergessenes Kribbeln in meinem Magen aus, ehe er den Blick wendet und wir einen Schluck Wein trinken.

»Stürzen wir uns auf das Picknick«, sagt er beim Abstellen seines Glases, als wären wir zwei ausgehungerte Schwerstarbeiter.

Die Häppchen sind nicht nur sehr bequem zu essen, sondern delikat. Das simple Wort *lecker* wäre hier zu gewöhnlich (Gisbert würde mir zustimmen). Göttlich wäre auch zutreffend. Die süße Melone, der salzige luftgetrocknete Schinken und der weichschmelzende Büffelmozzarella entfalten im Mund eine wahre Geschmacksexplosion. Ich kann nicht anders, als genüssliche Laute von mir zu geben.

»Hört sich an, als würde es dir schmecken.« Jack mustert mich mit der zufriedenen Miene eines Gastgebers, der sich freut, wenn es den Geladenen mundet.

»Hmm ... hervorragend ... hmm ... *nichtgekocht*!«, entgegne ich noch kauend. »Entschuldige, mit vollem Mund spricht man nicht. Aber es schmeckt einfach himmlisch. Glück auf Holzstäbchen. Deine Kochkünste sind sicher noch verbesserungswürdig, aber die Menüzusammenstellung hast du absolut drauf. Da kann dir keiner was vormachen. Ich sowieso nicht.«

Er hebt den Kopf, strafft die Schultern und wirkt um ein paar Zentimeter größer. »Danke, das Kompliment stecke ich mir gerne ans Revers. Aber ohne Flachs, das Lob gebührt der Delikatesshändlerin meines Vertrauens. Die hat mich beraten und dann die Platte vorbereitet.«

Ich hebe mein Weinglas. »Auf die Händlerin der Gaumenfreuden!«

Diesmal sehen wir uns nur kurz an, danach entsteht eine Pause. Wir genießen weiter die Häppchen, ich esse zwischendrin ein Stück frisches Baguette ohne Butter, die Jack noch auf den Tisch gestellt hat. Schließlich fällt mir ein, was ich ihn fragen wollte. »Neulich hast du mir von deinem Projekt *Women at Work* und der geplanten Vernissage erzählt. Gibt es denn schon einen Termin?«

Jack wischt sich den Mund mit einem Küchentuch ab und trinkt noch einen Schluck Wein, ehe er antwortet. »Noch nicht, ich arbeite aber schon länger an diesem Vorhaben.«

»Würdest du mir Bilder zeigen? Ich bin wirklich neugierig auf die Fotos.«

Jack zögert kurz. »Eigentlich bin ich ziemlich abergläubisch ...«

»Das ist nicht dein Ernst?« Ich bin ehrlich überrascht. »Du hast mir doch *mein* Foto gezeigt, kaum dass du es geschossen hattest. Ich bin also bereits ›im Bilde‹, um diese Floskel zu bemühen.«

»Überredet oder auch überzeugt«, entgegnet er, schiebt seinen Stuhl zurück und steht auf. »Gucken wir Fotos als Zwischengang an, ehe wir uns die Käsekuchen einverleiben ...«

Ich erhebe mich ebenfalls, und ohne uns abzusprechen, greifen wir gleichzeitig nach der komplett leer gefutterten Häppchenplatte.

Jack zieht seine Hand zurück. »*Ladys first*! Ich nehme dann die schweren Waffen.« Grinsend schnappt er sich das Besteck und das Brotmesser.

Schweigend räumen wir den Tisch ab und begeben uns anschließend in sein Atelier.

»Warte, ich mache erst mal Licht …«, sagt er an der Schwelle und taucht ins Halbdunkel ein. »Nicht, dass du über einen Scheinwerfer fällst.«

Nach einem leisen Klicken erhellt gleißendes Licht den Raum. »Wow!« Ich kneife die Augen zu. Ich bin nicht direkt blind, sehe aber auch nicht besonders gut. Unsicher setze ich langsam einen Fuß vor den anderen.

»Tut mir leid, ich hätte dich vorwarnen sollen, dass es sehr hell wird«, sagt Jack und rät mir, auf den Fußboden zu schauen.

Ich tapse an zwei Scheinwerfern auf hohen Stativen vorbei, die eine schwarze, ausziehbare Papierrolle beleuchten. Das Papier ergießt sich wie eine glatte Samtdecke ohne Knicke oder Wellen auf den Fußboden des Ateliers.

Jack steht bereits an einem hüfthohen Tisch vor einem erleuchteten Bildschirm. »Die Fotos sind bislang nur auf dem Rechner.« Er geht etwas zur Seite, damit ich den Bildschirm gut sehen kann.

Wir stehen ziemlich dicht nebeneinander. Sein warmer Atem streift meinen Hals. Ich kann sein Aftershave riechen; ein frischer Duft, den ich nicht als typisch männlich einordnen würde. Ich beobachte Jack aus den Augenwinkeln, blicke dann auf seine schlanken, gepflegten Hände und frage mich, ob er vielleicht homosexuell ist. Dass ich mir nur eingebildet habe, er würde mir tief in die Augen blicken und mit mir flirten. Das würde auch erklären, warum er die Situation im Auto nicht ausgenutzt hat. Warum er mich wie ein platonischer Freund getröstet hat. Warum ich das Gefühl hatte, mich bei ihm ausweinen zu können.

»Das hier ist mein momentanes Lieblingsfoto«, höre ich Jack jetzt sagen.

Es ist eine Schwarz-Weiß-Aufnahme von einer Gemüsefrau: Sie ist um die fünfzig, trägt eine weiße Kittelschürze und füllt Tomaten in eine Papiertüte. Eine alltägliche Szene, die jeder schon einmal beobachtet hat. Es sind die Anmut in ihrer Körperhaltung und der entspannte Ausdruck in ihren weichen Gesichtszügen, die das Bild zu etwas Besonderem machen. Wie sie die Tüte festhält, ohne sie an ihren vollen Busen zu pressen. Sie hat eine Tomate in der Hand und scheint vollkommen in ihrer Arbeit aufzugehen, alles um sich herum zu vergessen. Jack hat perfekt eingefangen, wie sehr diese Frau den Umgang mit Gemüse liebt. Der Hintergrund ist unscharf, nur sie und die Tomatenkiste sind zu erkennen. »Ein echtes Kunstwerk«, sage ich schließlich bewundernd.

»Das ist Frau Milanovic, bei der ich seit Jahren mein Gemüse kaufe. Ich habe sie einige Tage lang immer wieder von der anderen Straßenseite aus beobachtet, um genau solch einen Moment zu erwischen. Natürlich habe ich ihr die Fotos gezeigt und sie um Erlaubnis gefragt. Sie fühlte sich tatsächlich geschmeichelt und fand sich gut getroffen. Was mich sehr glücklich gemacht hat. Es wäre frustrierend, wenn sich jemand auf den Bildern nicht gefällt oder sich fast nicht erkennt. In so einem Fall verwende ich die Fotos nicht.«

Ich bin tief beeindruckt, wie sensibel er sich gegenüber seinen Modellen verhält. »Da spricht der Künstler in dir. Umso mehr wundere ich mich, dass du für Klatschblätter arbeitest. Für mich als Außenstehende passt es nicht zusammen.«

»Das ist mein Brotjob«, antwortet Jack kühl, als fühle er sich kritisiert. »Der bezahlt die Miete und finanziert meine Kunst. *Kunst* wird nicht ohne Grund auch als brotlos bezeichnet, es kann dauern, bis man damit etwas verdient oder sogar davon leben kann. In Zeiten von Internet und jetzt auch noch von KI wird es immer schwieriger, sich da einen Namen zu machen.«

Ich nicke verstehend. »KI ist ein Thema, das stimmt. Aber ich kann mir nicht vorstellen, dass sie das künstlerische Schaffen des Menschen wirklich ersetzt. Weder in der Literatur noch bei sowas wie deinen Bildern. Curt hat mir Einiges über den schöpferischen Prozess des Schreibens erzählt; geniale Einfälle lassen sich nicht so einfach aus einem Computer generieren.«

»Genau wie dieses Foto vielleicht ein Schnappschuss ist, aber ich musste sehr lange darauf warten.«

Jack zeigt mir noch weitere Bilder: seine Agentin am Schreibtisch mit dem Handy am Ohr, die sich in der Fensterscheibe spiegelt. Als könne sie sich teilen, doppelt so schnell arbeiten. Doppelt so viele Kunden betreuen. Doppelt so viel Erfolg haben.

Eine mobile Bockwurstverkäuferin am Alexanderplatz im Regen, geschützt von einem gelben Schirm. Das Gelb und ihr roter Mantel sind die einzigen Farbkleckse in einer grauen, regentristen Umgebung.

Eine junge Straßenmusikerin, die ganz allein auf einer Brücke steht und mit geschlossenen Augen singt. Weit und breit keine Menschenseele. Ihr langes Haar weht im Wind, als würde es die Musik weitertragen wollen.

Ich bin tief beeindruckt und sprachlos und betrachte jedes einzelne Bild mit großer Ehrfurcht. Jedes erzählt eine Geschichte, jedes weckt Empfindungen, keines lässt sich ohne Gefühle ansehen.

Jack schaltet den Computer aus. »Dann will ich dich nicht länger langweilen«, sagt er, als ich immer noch schweigend auf den Bildschirm starre.

»Langweilen?«, frage ich irritiert. »Ich bin sprachlos vor Bewunderung. Mir fehlen einfach die Worte. Ich müsste mir bei Gisbert welche ausleihen.«

»Gisbert?« Verwundert schaut Jack mich an.

Möglichst knapp zusammengefasst erkläre ich den Hintergrund und betone noch einmal, wie sehr mir seine Fotos gefallen.

»Danke, Nina, vielen Dank, das bedeutet mir sehr viel«, sagt er leise. Für die Dauer eines Herzschlags schaut er mich zärtlich an und lächelt sanft. Dann nimmt er mein Gesicht in seine Hände und küsst mich leidenschaftlich.

27

Stöhnend rolle ich mich auf den Rücken. Immer noch fühle ich Jacks Lippen auf meinen, obwohl ich längst in meinem eigenen Bett liege. Und keinen Schlaf finde. Sein Kuss hat mich in einen Gefühlstaumel versetzt, der mich wach hält. Und mit einer besonderen Energie aufgeladen hat. In seinen Armen habe ich vor Glück gezittert. So sehr, dass ich mich nicht mehr lösen wollte. Doch mein Körper war wohl anderer Meinung und versteifte sich, als würde ihm Gewalt angetan.

Jack muss es gespürt haben und hat sich von mir gelöst. Es entstand ein Moment, der spürbar von erotischer Spannung aufgeladen war. Doch er fand schnell zurück auf neutrales Terrain und fragte: »Käsekuchen?«

»Unbedingt«, habe ich mit einem schiefen Lächeln erwidert, glücklich über diese harmlose Frage.

Am Tisch gelang uns nur noch belangloser Small Talk. Jack erzählte von seinem Kurs, dass er hoffe, bald mit Curt kochen zu können. Ich redete über den morgigen Sonntag und wie sehr ich mich auf das Vorlesen freuen würde. Das so explizit zu erwähnen, war unterbewusst ein Hinweis, wo wir uns morgen wiedersehen könnten.

Nachdem wir jeder ein Stück Käsekuchen verspeist hatten, habe ich mich mit der dünnen Ausrede, müde zu sein, verabschiedet.

Jack wollte mich zur U-Bahn begleiten, doch ich habe abgelehnt. Nach einem hingehauchten Wangenkuss an der Tür und der lapidaren Verabschiedung »Bis bald« wollte ich so schnell wie möglich allein sein. Mich sammeln. Luft holen, normal atmen. Meine Gefühle sortieren.

Inzwischen ist es Mitternacht, und ich bin immer noch so durcheinander wie vor zwei Stunden. Meine Gefühle für Jack wechseln sich ab mit Schuldgefühlen. Jacks Kuss hat mich Eric vergessen lassen. Dieser Gedanke jagt mir einen Adrenalinstoß nach dem anderen durch die Adern. Mir wird abwechselnd heiß oder ich werde panisch. Ich weiß, wie bescheuert das ist, und ich bin von mir selbst genervt, aber ich kann mich nicht dagegen wehren. Als gäbe es ein zweites Ich, das mir verbietet, einen anderen Mann auch nur anzusehen. Geschweige denn ihn zu küssen.

Ich springe aus dem Bett, um mir aus der Küche ein Glas Saft zu holen. Als ich meine Zimmertür öffne, höre ich Stimmen im Flur. Ich schließe sie eilig wieder und linse durch den Türspalt.

Meine kichernde Mutter und Gisbert, die sich die Schuhe ausziehen.

»Leise, Paula, wir wollen doch niemanden wecken«, zischt Gisbert laut genug, dass ich jedes Wort verstehe.

»Nina-Marie ist nicht zu Hause, sie hat ein Rendezvous. Endlich. Ich bin so erleichtert. Hoffentlich hört sie jetzt auf, diesem Eric nachzuweinen. Egal wie einzigartig, charmant und attraktiv er war. Es ist höchste Zeit für sie, nach vorne zu schauen, wieder anzufangen zu leben.«

»Es muss wohl die eine, ganz große Liebe gewesen sein«, resümiert Gisbert.

Seine Worte treffen mich direkt ins Herz.

Eric war meine ganz große Liebe, und heute Abend habe ich ihn verraten. Habe mich von Jack küssen lassen. Wäre vermutlich auch noch in seinem Bett gelandet, wenn er es forciert hätte.

Paula und Gisbert verschwinden in der Küche. Ich beschränke mich auf kaltes Wasser aus dem Badezimmer.

Zurück im Bett muss ich irgendwann doch eingeschlafen sein. Um vier Uhr weckt mich ein leises Ping.

> WhatsApp von Jack: Hallo Nina, es war ein wunderschöner Abend. Verzeih, wenn ich dich überrumpelt habe. Bis bald XXX

Ratlos lese ich die Zeilen immer wieder. Wird er nachmittags bei Curt sein? Soll ich antworten? Oder besser nicht reagieren? Und wenn ich es nicht tue, wird er mich dann nicht für gestört halten? Es war nur ein Kuss. In Zeiten von Onlinedating, One-Night-Stands oder On-off-Beziehungen kommt ein Kuss doch fast dem Händeschütteln gleich.

Aber ich bin keine Frau für harmlose Küsse, schnellen Sex oder ein Techtelmechtel, wie meine Mutter es nennen würde.

Ich bin ein altmodisches Mädchen, das sich gerne in Büchern versteckt und an die große Liebe glaubt. Weil sie einmal erlebt hat, wie sich das anfühlt. Weil sie daran zweifelt, ob es ein großes Glück zweimal geben kann.

Nach langem Grübeln schlafe ich wieder ein. Am Morgen nach dem Aufwachen antworte ich mit einem Emoji: ☺

Jack wird hoffentlich verstehen, was es ist. Ein Lächeln.

Ehe ich aufstehe, lausche ich zuerst in die morgendliche Stille. Alles ruhig. Vorsichtig spähe ich dann in den Flur. Die Pumps meiner Mutter stehen noch an Ort und Stelle. Gisberts Schuhe sind verschwunden. Entweder ist er nicht über Nacht geblieben oder sehr früh gegangen. Er wird mir also nicht begegnen.

Erleichtert schlurfe ich barfuß und im Schlafshirt in die Küche. Die ist picobello aufgeräumt. Orgien wurden demnach nicht gefeiert.

Ich werfe einen Blick ins Wohnzimmer. Ah! Hier fand das Tête-à-Tête statt. Zwei Sektgläser und eine leere Flasche Prosecco zeugen davon.

Grinsend räume ich die Spuren der Nacht weg und stelle die Gläser in die Spülmaschine. Die leere Flasche kommt in den Korb, mit dem wir das Leergut zum Container bringen. Anschließend hüpfe ich unter die Dusche, schlüpfe dann in weite Jeans und einen grauen Baumwollpulli mit roten Streifen. Damit bin ich auch schon für den Nachmittag passend angezogen. Wieder wird mir bewusst, dass es Curt ja egal ist, was ich anhabe. Aber Jack könnte da sein! Die Aussicht bereitet mir leichte Bauchschmerzen. Ich überlege sogar, Yvonne anzurufen und abzusagen. Aber schnell wird mir klar, dass es feige und Curt der Leidtragende wäre.

Jetzt erst mal Frühstück, danach steigt meine Laune, und dann stört mich auch das Nieselwetter nicht mehr.

Ich öffne das Küchenfenster und atme tief durch. Die Luft ist feucht und frisch. Paula nennt es das allerbeste Schönheitswetter; eine Stunde in der Feuchtigkeit glättet die Falten. Dann spaziert sie auf dem Weg in den Laden tatsächlich doppelt um den Block. Ich nenne es Putzwollenwetter, denn meine Haare kräuseln sich dabei zu einem krisseligen Lockenberg.

Mama lässt auf sich warten, ungewöhnlich. Der Prosecco scheint sie umgehauen zu haben. Also mache ich mich daran, Kaffee zu kochen. Der gelingt mir einigermaßen.

Brötchen backe ich nicht auf. Mir genügt eine Scheibe Vollkornbrot, die ich dick mit Butter und selbst gemachter Erdbeermarmelade bestreiche.

Der Geschmack meiner Kindheit.

Seit ich denken kann, wurde im Juni oder Juli Marmelade eingekocht. Sobald Erdbeeren aus der Region angeboten werden, macht meine Mutter sich ans Werk. Dann duftet die Wohnung wie ein ganzes Erdbeerfeld. In dieser Zeit bereitet sie auch oft Pfannkuchen zu, die mit der frischen Marmelade einfach phänomenal schmecken. Pfannkuchen zuzubereiten, habe ich noch nie versucht. Dieser Feststellung folgt die Überlegung: Wie wird meine Ernährung aussehen, wenn ich eines Tages hier ausziehe? Hatte ich doch versprochen, nur für ein paar Monate zu bleiben, bis der erste große Schmerz überwunden ist. Und jetzt, zwei Jahre später, bin ich immer noch da.

Schritte unterbrechen meine Selbstanalyse. Als ich mich umdrehe, spaziert meine Mutter in einem kniekurzen Nachthemd herein. Das Haar zerzaust, dunkle Schatten von restlicher Wimperntusche unter den Augen und eine tiefe Quetschfalte auf der rechten Wange. Sie kommt gemächlich an den Tisch, gähnt herzhaft und schaut mich überrascht an. »Schatz, du bist ja schon auf!«

»Bin früh aufgewacht«, erkläre ich stirnrunzelnd. Ich muss mich erst daran gewöhnen, dass sie mich neuerdings nur noch Schatz nennt.

Sie wiegt den Kopf, als wundere sie sich. »Obwohl du gestern spät ins Bett kamst?«

»Es war nicht spät, ungefähr halb elf ...«

»Ach ...« Sie zieht die Augenbrauen hoch, dreht sich dann weg und geht an die Arbeitsfläche. Offensichtlich hat sie soeben kapiert, dass ich sie und Gisbert gehört haben muss.

»Kaffee ist relativ frisch«, merke ich an, als sie die Kanne aus der Maschine nimmt.

Wortlos schenkt sie sich eine Tasse ein, gibt etwas Zucker dazu, rührt um und probiert. »Gar nicht so übel«, urteilt sie.

Dann nimmt sie vier Brötchen aus dem Tiefkühlschrank, schiebt sie in den Backofen und stellt die Temperatur ein. Beiläufig kippt sie auch den restlichen Kaffee in das Spülbecken und setzt frischen auf. »Wie war dein Abend mit Jack? Hat er dir was Leckeres gekocht? Er ist ja wirklich ein sehr sympathischer junger Mann, und so attraktiv.« Sie füllt sechs gehäufte Teelöffel in den Goldfilter.

»Es gab ein winziges Problem«, antworte ich und erzähle die ganze Story. Ich sehe keinen Grund, irgendwas zu verheimlichen, von dem Kuss abgesehen.

Sie lacht laut auf. »Na, ihr zwei passt ja zusammen wie Topf und Deckel. Ihr solltet gemeinsam einen Kochkurs machen. Das wäre doch ein schöner Anfang.«

Ich versage mir einen Kommentar. »Und wie war dein Abend?«, frage ich stattdessen.

»Nett!« Schwungvoll schlägt sie zwei Eier in die Pfanne.

Nett? So eine sparsame Antwort bin ich gar nicht gewohnt von ihr. Aber wie ich meine geschwätzige Mutter kenne, wird sie mir bald verraten, was zwischen ihr und Gisbert läuft.

Das Wetter bleibt feucht und nieselig. Ich spaziere trotzdem zu Fuß zu Curt, meine Haare sind mir egal. Ich muss mich mental auf ein Wiedersehen mit Jack vorbereiten. Und im Gehen kann ich besser nachdenken. Darüber, wie ich mich benehmen soll? Ob ich den Kuss anspreche? Oder so tue, als wäre nichts geschehen? Kurz bevor ich ankomme, fällt mir ein, dass Jack Fotos von unseren beiden Läden machen wollte. Ich werde ihn fragen, ob sein Angebot noch steht. Ein ganz neutrales, unverfängliches Gesprächsthema.

Erleichtert fahre ich mit dem Lift nach oben. Wenn Jack mir jetzt gleich gegenübersteht, werde ich ganz entspannt lächeln.

Es ist Yvonne, die mich an der Tür empfängt. »Hallo, Nina, schön, dass du da bist. Curt freut sich schon. Er sitzt im Wohnzimmer.« Sie machte einen Schritt zur Seite, um mich eintreten zu lassen.

»Danke noch mal für gestern. Dass meine Mutter auch noch

etwas zu trinken bekam, wird sie nie vergessen. Orangensaft auf der Terrasse des berühmten Curt Fernau war ein echtes Erlebnis für sie.«

»Freut mich«, sagt Yvonne schmunzelnd. »Es hat ja ganz gut geklappt mit dem versteckten Curt. Er fand es übrigens ganz lustig, also musst du kein schlechtes Gewissen haben. Das nur zur Info.«

Ich bin nervös, höre nur mit halbem Ohr zu und sage mir im Stillen, dass es lächerlich ist, mich vor dem Wiedersehen mit Jack zu fürchten. Zu dumm, dass man solche Situationen nicht einfach wegklicken kann wie einen lästigen Beitrag in den sozialen Medien.

Curt sitzt auf dem schwarzen Ledersofa. Nicht in einem seiner üblichen Jogginganzüge, sondern in sandfarbenen Chinos, weißhellblau gestreiftem Hemd und braunen Slippern an den Füßen. Das ehemals nackenlange Haar ist gekürzt, der Bart gestutzt, und so sieht er fast wieder aus wie der Curt Fernau, den ich kenne. Inklusive Sonnenbrille.

»Wow, das nenne ich eine Veränderung«, entfährt es mir begeistert. »Warst du beim Friseur?«

Er lacht trocken auf, als erkenne er den Sarkasmus. »Jack hat sein Talent an mir erprobt.«

»Sieht klasse aus«, versichere ich. Die Frage, wieso er sich plötzlich doch um sein Aussehen kümmert, verkneife ich mir vorerst. Obwohl ich zu gerne wissen möchte, ob sich seine Stimmung insgesamt aufgehellt hat. Aber ich ahne, dass es ein unverändert sensibles Thema ist. Empfindsam wie Seifenblasen, die bei der kleinsten Berührung platzen. Also abwarten und auf den Zufall hoffen, der Aufklärung bringt.

»Jetzt sieht er wieder aus wie ein Mensch«, bemerkt Yvonne und fragt, was ich trinken möchte.

Ich bitte um Espresso und Wasser. Curt ebenfalls. Keinen Wodka? Ganz leise wächst die Hoffnung, dass er auf dem Weg ist, sein Eremitendasein zu überwinden. Die Hemd-Hose-Kombination ist ein erstes positives Zeichen. Nur für mich allein würde er sich doch niemals fein machen. Hat er bisher jedenfalls nicht getan.

»Ich dachte«, sagt Curt im selben Moment, »wenn Nina ihren freien Sonntag mit einem alten Zausel wie mir verbringt, sollte ich mich wenigstens ordentlich anziehen.«

»Vielen Dank, Curt, aber ich komme doch hierher, weil ich Spaß an unserer Lesestunde habe«, versichere ich und denke, schade. Würde er wieder schreiben, könnte er mich liebend gerne in seinen ältesten Lumpen empfangen.

»Dann gehe ich mal Kaffee machen«, sagt Yvonne und verlässt den Raum.

Ich frage Curt, ob ich den Simenon weiterlesen soll.

»Jack hat mir erzählt, dass du *On the Road* nicht kennst«, entgegnet er. »Wenn du Lust hast, das zu lesen. Ich würde den Text gerne einmal wieder hören …« Er greift nach dem Buch, das dicht neben ihm liegt. »Das habe ich zuletzt vor Jahrzehnten gelesen. An der Uni war es wie unsere Bibel …« Curt dreht den Kopf, als würde er in die Vergangenheit schauen, als er jung war und alles sehen konnte.

»Dieses Kultbuch sollte ich als Buchhändlerin sowieso kennen.« Ich nehme den Kerouac entgegen.

Yvonne kommt mit einem Servierwagen zurück, auf dem außer Espresso und Wasser auch noch ein Teller mit Keksen steht. Sie verteilt die Tassen und stellt den Keksteller auf den Wurzelholztisch direkt vor Curt hin. »Deine Lieblingskekse …«, sagt sie, ohne zu erklären, wo der Teller steht.

Fasziniert beobachte ich einmal mehr, wie Curt sich in einer fließenden Bewegung über den Tischrand an die Tasse und die Kekse tastet. Wer keine Ahnung von seiner Blindheit hat, würde denken, es wäre seine ganz persönliche Marotte. Nach meinem

Empfinden hat er sich längst mit seinem Handicap arrangiert. Mit professionellem Training würde er sich auch draußen bald gut zurechtfinden. Sobald sich eine Gelegenheit ergibt, werde ich ihn vorsichtig darauf ansprechen. Ich weiß, dass Yvonne das Thema schon oft genug erwähnt hat, ohne Erfolg. Ich werde es trotzdem riskieren und nehme einen Wutanfall in Kauf.

Nachdem wir unseren Kaffee genossen haben, verabschiedet sich Yvonne; Kerouac ist nicht ihr Genre.

Ich frage Curt, ob er bereit ist und ich anfangen soll.

Er nickt in meine Richtung. »Ja, bitte, leg los.«

Seine Antwort kann nur bedeuten, dass wir nicht auf Jack warten müssen. Ich bin ebenso erleichtert wie enttäuscht.

Aber dann konzentriere ich mich auf das Buch, und schon nach wenigen Sätzen entfaltet der Text eine überraschende Sogwirkung auf mich. Die Schreibweise, die lebendige Umgangssprache, aber auch das teilweise übertriebene Nutzen von Metaphern machen das Lesen zu einem großen Vergnügen. Hin und wieder werfe ich einen schnellen Blick auf Curt, der entspannt zurückgelehnt auf der Ledercouch sitzt.

Nach einer halben Stunde sage ich eine kurze Pause an.

»Wie gefällt er dir bisher?«, wendet sich Curt an mich.

»Großartig, ich bin wirklich begeistert. Hätte nicht erwartet, dass es so toll ist. Immerhin ist der Roman, soweit ich weiß, in den fünfziger Jahren erschienen. Doch die Sprache wirkt überhaupt nicht alt …«

»Ganz genau.« Curt streckt sich, verschränkt die Hände hinterm Hals, und ich habe den Eindruck, als würde er zur Decke schauen. »Daran erkennt man ein Meisterwerk. Eines, das auch nach Jahrzehnten noch frisch und aktuell wirkt. Das heute noch die Jugend anspricht, genau wie 1957, als es erschienen ist, und dann wieder in den wilden Siebzigern, als meine Generation darauf abfuhr.«

Seine Begeisterung rührt mich. Ob ihn der Roman an den jungen Curt erinnert, der einmal voller Mut und Pläne und Träume war? Als jeder Tag für ihn sorglos war? Und die Zukunft voll unendlicher Chancen? Wäre es nicht wundervoll, wenn er sich erneut von Kerouac motivieren ließe? Wenn es sich an sein damaliges Ich erinnern würde, das unbedingt schreiben wollte? Das sich von niemandem hätte aufhalten lassen?

28

Kerouacs Roman hat mich so sehr begeistert, dass ich ein Exemplar für mich bestelle, um weiterzulesen.

Die Geschichte der beiden Freunde, die auf der Suche nach Freiheit, Freundschaft und neuen Menschen durch Amerika reisen, hat mich an Eric erinnert. An seinen Drang nach einem ungebundenen, wilden Leben. Wie glücklich er war, wenn wir in den Campervan eingestiegen und losgefahren sind. Ich muss nur die Augen schließen und sehe ihn mit einem strahlenden Lächeln am Steuer. Oder von Reisen berichten, die er ohne mich unternommen hat. An seine Rückkehr aus Japan erinnere ich mich noch so lebhaft, als wäre es gestern gewesen. Die Route von Tokio nach Berlin ging über Amsterdam, und er war noch zwei Tage in der niederländischen Stadt geblieben, ehe er mit der Bahn zurückfuhr. Er liebte Zugfahrten, die Landschaft am Fenster vorbeifliegen zu sehen und neue Menschen kennenzulernen. Beim Verstauen des Gepäcks zu helfen, sich im Speisewagen bei einem Getränk zu unterhalten oder den Sitznachbarn in ein Gespräch über Gott und die Welt zu verwickeln. Kontakte zu knüpfen gelang ihm in einem Wimpernschlag.

3 Jahre vorher

Es war Mitte Oktober, als Marie zwischen einer Schar Wartender am Berliner Hauptbahnhof stand. In wenigen Minuten würde der Zug aus Amsterdam ankommen. Drei Wochen waren seit Erics Abreise vergangen. Einundzwanzig Tage. Über fünfhundert Stunden. Mit jeder Stunde und mit jedem Gespräch via FaceTime war die Sehnsucht stärker geworden. Nur der schlichte silberne Ring, den sie sich vor seiner Abreise zum Zeichen ihrer Liebe an die Daumen der linken Hand angesteckt hatten, tröstete, wenn Marie ihren berührte. Sie hatten sich versprochen, ihn wenigstens einmal am Tag zu drehen und aneinander zu denken. Seit sie am Bahnsteig wartete, drehte sie ihn unablässig, stellte sich vor, wie er aus dem Zugfenster blickte und sich langsam Berlin näherte. Wie er ungeduldig die Gänge auf und ab lief, als könne er dadurch die Geschwindigkeit steigern.

Er hatte ihr via Nachricht die Nummer des Waggons geschickt, aus dem er aussteigen würde. Sie stand an der exakt richtigen Stelle, von der sie sich keinen Millimeter wegbewegen wollte.

Ein Ding-Dong ließ sie aufhorchen: »*Der Zug aus Amsterdam, geplante Ankunft zweiundzwanzig Uhr fünf, wird mit zehn Minuten Verspätung eintreffen.*«

Marie schnaufte wütend. Na super! Verspätungen waren die neue Normalität, auf allen Kanälen kursierten Witze darüber. Züge wa-

ren nur noch zufällig pünktlich, doch genau auf diesen Zufall hatte sie gerade heute so sehr gehofft.

Ungeduldig war sie von zu Hause mit dem Campervan losgefahren, hatte die Suche nach einem Parkplatz eingeplant und sofort einen legalen Platz in der Nähe gefunden. Viel zu früh war sie am Bahnsteig gewesen. Jetzt also noch zehn Minuten länger.

Um sich abzulenken, beobachtete sie die Mitwartenden. Ein junger Mann, fast noch ein Teenager, drehte nervös den in Folie verpackten Rosenstrauß in seinen Händen. Wie lange er wohl schon auf seine Liebste wartete? Drei Kinder hatten sich auf den kalten Steinboden gesetzt, spielten mit Geldmünzen und kümmerten sich nicht darum, wenn sie angerempelt wurden. Aber die meisten der Abholer oder Abreisenden waren mit ihrem Handy beschäftigt. Was hatten diese Leute nur früher gemacht?

»Achtung, Achtung auf Gleis fünf fährt ein ...«

Maries Herzschlag erhöhte sich. Endlich. Sie reckte ihr Gesicht in die Richtung, aus der der Zug kommen musste. Umfasste den Ring und fühlte ein vorfreudiges Kribbeln über ihren Rücken laufen.

Schließlich öffnete sich die Wagentür, ein breitschultriger, rotblonder Mann tauchte auf und winkte fröhlich lachend.

Eric!

Bis zur letzten Sekunde hatte Marie gegen die Angst gekämpft, dass er doch nicht in diesem Zug sein könnte. Dass er durch einen dummen Zufall aufgehalten worden wäre. Einem neuen Abenteuer nachgelaufen wäre. Oder den Zug verpasst hätte.

Doch jetzt stand er leibhaftig vor ihr, strahlte sie an, ließ sein Gepäck fallen, schlang die Arme um sie und zog sie fest an sich. »Endlich, endlich, endlich, ich habe dich so sehr vermisst ...«

Unbeweglich in ihrer Umarmung versunken, vergaßen sie die Welt um sich herum. Überhörten Durchsagen, Begrüßungsrufe, aufgeregte Gespräche. Erst als der Zug wieder aus dem Bahnhof rollte, lösten sie sich voneinander.

»*Jetzt schnell nach Hause, ich kann es kaum erwarten, dich zu inhalieren*«, sagte Eric mit diesem vielsagenden Glitzern in den moosgrünen Augen und einem frechen Grinsen auf den weichen Lippen. »*Meine Sehnsucht nach dir war tausendmal so groß wie die Entfernung zwischen uns. Jede Nacht habe ich mir gewünscht, mit meinen Händen in deinen Haaren zu wühlen. Dich zu küssen, dich zu lieben, mit dir einzuschlafen, neben dir aufzuwachen.*«

»*Ja ... schnell ...*« Marie konnte vor Glück kaum sprechen. Wollte ihn nie wieder loslassen. Sich am liebsten an ihn ketten.

Eric schulterte den Rucksack, nahm den Rollkoffer in eine Hand und fasste mit der anderen nach ihrer.

Marie hatte sich einigermaßen wieder gefangen, als sie hinterm Steuer saß. Eric hatte ihr den Platz freiwillig überlassen. Er war doch ziemlich geschafft von der langen Reise und spürte den Jetlag. Entspannt saß er auf dem Beifahrersitz, hatte die Lehne weit zurückgestellt und sich hineinsinken lassen.

»*Erzähl, wie war es im Land der aufgehenden Sonne? Was hast du erlebt? Was sind die Asiaten für Menschen?*«, überschüttete sie ihn mit Fragen, während sie den Wagen startete.

»*Japan ist ein unglaubliches Land, so exotisch wie aufregend, so geheimnisvoll wie modern und das Land des Lächelns, wie es oft bezeichnet wird. Es stimmt nämlich, dass die Japaner ständig lächeln. Und natürlich bei jeder Begrüßung, egal ob Geschäftspartner, Freund oder Nichtfreund. Ist es ein geschäftliches Treffen, überreichen sie einem lächelnd ihre Visitenkarten mit beiden Händen und einer kleinen Verbeugung. Man muss die Karte sofort aufmerksam lesen und sich ebenfalls mit einer kleinen Verbeugung bedanken, bevor man sie einsteckt. Und nicht vergessen zu lächeln. Anschließend überreicht man lächelnd die eigene Karte mit beiden Händen und einer angedeuteten Verbeugung. Man bezeugt mit diesem etwas komplizierten Ritual seine Verehrung.*«

»*Klingt faszinierend, aber auch ein bisschen anstrengend*«, befand Marie und fragte, ob er ein Buch mit Benimmregeln studiert hatte.

»Mariko hat mir die wichtigsten Regeln vermittelt. Sie hat sich rührend um mich gekümmert. Ohne ihre Hilfe wäre ich ständig in irgendein Fettnäpfchen getreten und hätte mich ziemlich unbeliebt gemacht. Der Europäerbonus schützt einen nur rudimentär davor, als unhöflicher Mensch abgestempelt und dann gemieden zu werden. Sogar, wenn man unfallfrei mit Stäbchen essen kann. Die Japaner fürchten nichts so sehr wie Unhöflichkeiten. Mariko war für mich unentbehrlich. Ich beherrsche ja die Sprache nicht, bis auf ein paar Brocken. Die jüngeren Menschen sprechen Englisch, da gab es keine Verständigungsprobleme, aber in Restaurants oder bei privaten Einladungen war ich anfangs doch überfordert. Wenn der Kellner die Rechnung bringt, sagt er shitsurei shimasu, das bedeutet so viel wie ›Entschuldigung‹. Wenn Mariko mir nicht erklärt hätte...«

»Ah, ihr wart also gemeinsam essen«, unterbrach Marie ihn eine Spur zu heftig.

Gemeinsam ein Restaurant zu besuchen, bedeutete Maries Ansicht nach mehr als nur eine geschäftliche Beziehung. Eifersucht stieg in ihr auf wie bittere Galle. Eric hatte diese Frau in keinem der Telefonate erwähnt, und jetzt schwärmte er von ihr, als wären sie täglich zusammen gewesen. Hatte sie Grund, sich Sorgen zu machen?

»Wir haben einige Restaurants besucht, für meinen Blog und die Fotos für den Insta-Account. Die hast du doch bestimmt gesehen. Schließlich war ich dort, um über die Landessitten und die japanische Esskultur zu berichten. Mariko ist ein echter Schatz. Ihr Name bedeutet übrigens ›kluges Mädchen‹, was ich sehr passend finde.«

Marie kniff die Augen zusammen. Ein entgegenkommender Wagen hatte sie geblendet. »Ja, die Beiträge haben massenhaft Klicks generiert.« Es hatte kühler geklungen als beabsichtigt.

»Mir ist die Trennung von dir auch schwergefallen«, sagte Eric un-

vermittelt, als ahne er die Gründe für ihren Stimmungswechsel, und streichelte zärtlich ihre Hand. »Übrigens ...«

Marie schaute kurz zur Seite. Nach Sätzen, die mit »übrigens« begannen, kam selten etwas Positives und ganz sicher keine Liebeserklärung.

»Direkter Blickkontakt ist ebenso verpönt. Man schaut seinem Gegenüber niemals direkt in die Augen, anders als hierzulande würde es als Beleidigung ausgelegt.«

»Und wohin schaut man stattdessen? Doch nicht ins Leere, oder?« Sie lachte trocken, als wäre es ein schwacher Witz.

»Mariko hat mir erklärt, dass der Blick auf den Nasenrücken, einen Punkt in der Stirnmitte oder über den Augenbrauen gerichtet werden sollte. Dann könne nichts schiefgehen.«

Marie antwortete nicht. Sie hatte genug von diesen seltsamen Sitten im Land des Lächelns.

Doch die Schwärmerei auf Mariko hielt weiter an. Langsam erhärtete sich bei Marie der Verdacht, dass seine Begeisterung tatsächlich der Anfang vom Ende ihrer Beziehung war. War Eric nur nicht mutig genug, direkt zu sagen, dass er sich in eine Frau verliebt hatte, die unablässig lächelte?

Aber sie würde sich nicht so einfach gegen eine andere Frau austauschen lassen, vorher ergriff sie selbst die Initiative.

Die restliche Fahrt konzentrierte sie sich auf den Verkehr, hörte ihm nicht mehr zu, antwortete auch nicht mehr.

Zu Hause angekommen, fand sie keinen Parkplatz. Natürlich nicht. Marie stellte den Van im Haltverbot ab und rannte hinauf in die Wohnung. Eric hatte Mühe, ihr zu folgen.

Oben zog sie den Ring vom Daumen und legte ihn auf den niedrigen Tisch im großen Zimmer. »Den kannst du Mariko anstecken«, *knurrte sie düster.* »Vielleicht passt er ihr ja. Ich packe nur schnell meine Sachen, dann verschwinde ich aus deinem Leben.«

Eric starrte den Ring an, hob dann den Blick und musterte sie mit offenem Mund, als verstehe er die Welt nicht mehr. Doch dann lachte er leise auf. »*Mein Liebling, mein Alles, mein Leben* …« *Er nahm den Ring und ging vor ihr auf die Knie.* »*Ich liebe doch nur dich.* Shit-surei shimasu, *verzeih mir, wenn ich so viel von einer anderen Frau geplappert habe. Mariko ist um die fünfzig, sie könnte meine Mutter sein. Ihr gehört die Autovermietung, bei der ich den Van geleast hatte. Sie wollte mir nur helfen, ganz ohne Hintergedanken. Tut mir leid, dass ich es nicht erwähnt habe. Offensichtlich leide ich noch unter Jetlag. Aber ich leide nicht unter Gedächtnisschwund, und ich werde bis zu meinem letzten Atemzug nicht vergessen, dass du allein meine große Liebe bist.*«

Marie wollte es im ersten Moment kaum glauben. »*Eine ältere Frau?*« *Sie kam sich dumm und unreif vor, Eric misstraut zu haben. Es war wohl die lange Trennung, die sie verunsichert hatte.*

»*Uralt!*« *Noch immer auf den Knien schaute Eric zu ihr auf.* »*Bitte, nimm den Ring zurück.*«

Marie ging ebenfalls auf die Knie und streckte ihm die Hand entgegen.

»*Ich habe keine andere Frau angesehen*«, *sagte Eric, während er den Ring auf Maries Daumen schob, ihre Hand an seinen Mund führte und sie auf die Handfläche küsste.*

Marie kicherte. Seine kleinen Küsse kitzelten, und er wusste, wie sehr sie das mochte und es doch kaum aushielt. Als sie versuchte, ihm ihre Hand zu entziehen, landeten sie beide auf dem Parkett. Lachend, sich umarmend und küssend. Wieder vereint.

Unsere Versöhnung werde ich niemals vergessen. Zwei, drei Tage lang verließen wir das Bett nur, um etwas zu essen, gemeinsam unter die Dusche zu gehen oder den Fast-Food-Lieferanten die Tür zu öffnen. Wir haben versucht, die Zeit anzuhalten. Das profane Leben auszusperren.

Doch lange ist es uns nicht gelungen. Die Realität war stärker.

Eric hatte sich auf der Reise offensichtlich einen Virus eingefangen. Zwei Tage nach seiner Rückkehr fing er an zu husten und bekam schließlich so beängstigend hohes Fieber, dass ich den Notarzt verständigte. Eine konkrete Diagnose konnte er nicht stellen, und Eric wollte sich nicht in eine Klinik überweisen lassen. Als sich sein Zustand verschlechterte, gab er seinen Widerstand auf und wir fuhren in die Charité, wo ich mich als seine Verlobte ausgab.

Unzählige Untersuchungen später schaute uns ein Onkologe, klein und rundlich und freundlich, durch seine randlose Brille an. Doch alle milden Blicke, übersetzte Fachbegriffe oder simple Umschreibungen änderten nichts an dem erschütternden Urteil: *Cancer of Unknown Primary*, kurz CUP genannt.

Eine fortgeschrittene Krebserkrankung, bei der im gesamten Körper Metastasen gefunden werden, aber kein Ursprungstumor. Kein Tumor, den man herausschneiden oder bestrahlen und solange bekämpfen konnte, bis er besiegt war. Ohne den Verursacher der Metastasen zu orten, können nur die Beschwerden mit starken Medikamenten gelindert werden. Heilung ist so gut wie ausgeschlossen.

Eric hat nur gelacht, als der Arzt versuchte, ihm die Schwere der Erkrankung zu erklären. »Das wäre der totale Zufall, wenn ich sterben würde«, war seine erste Reaktion. Und dann wollte er wissen, ob irgendwo noch Probanden für ein neues Krebsmedikament gesucht würden. Ich ahnte, dass er den Krebs als ein aufregendes Abenteuer begriff. Während ich verzweifelt versuchte, meine Tränen zu schlucken und in meiner Angst nicht laut aufzuschreien.

Eric unterzog sich noch verschiedenen Tests und holte die Meinung von zwei weiteren Koryphäen ein. Das Ergebnis änderte sich nicht. Trotzdem blieb er weiter gut gelaunt, nannte seinen Krebs *ALF* und versicherte mir jeden Tag, dass er nicht die Absicht habe, sich von *ALF* töten zu lassen. Er sprach es völlig angstfrei aus, als wäre es nichts weiter als ein Schnupfen, der nach einigen Tagen von allein abklingen würde.

Ich wollte ihm so gerne glauben und konnte es nicht. CUP war ein Todesurteil, daran bestand kein Zweifel, nachdem ich nächtelang dazu recherchiert hatte. Auch wenn die Ärzte über einen Behandlungsplan redeten und das Wort *Tod* oder *sterben* niemals aussprachen. Für mich kam die Diagnose einem Erdbeben gleich. Von einer Sekunde zur anderen zersplitterte meine Welt in Millionen Teile. Und ich wollte lieber mit Eric sterben, als allein weiterzuleben.

29

Mich an Erics Rückkehr aus Japan zu erinnern und über seine plötzliche Erkrankung zu schreiben, hat mich mehr mitgenommen als erwartet. Trotz der Distanz durch die Marie-Perspektive habe ich noch einmal unsere letzten gemeinsamen Wochen durchlebt. Habe mich in den Schlaf geweint und von Erics letzten Tagen geträumt, als er schon nicht mehr aufstehen konnte. Alles ging so verdammt schnell. Wir hatten das Ende schon gespürt, als er mich bat: »Leg dich zu mir, ganz nah, das verscheucht den *ALF*.« Ich hätte alles getan, um ihn zu retten.

Seitdem sitze ich morgens mit rot verquollenen Augen und in schwarzen Klamotten am Frühstückstisch. Meine Mutter ahnt natürlich, was mit mir los ist, kommentiert meinen Zustand aber nicht. Stattdessen bereitet sie extra starken Kaffee zu, brät Rühreier und schmiert Butterbrote zum Frühstück.

In unseren Läden funktioniere ich wie auf Autopilot und schaffe auch den nächsten Lesesonntag. Zu meiner großen Erleichterung wieder allein mit Curt. Jack hat beruflich in New York zu tun, und ich bin froh, ihm nicht zu begegnen.

Eine Woche später scheint die Geduld meiner Mutter am Ende. Als sie mir eine Tasse tiefschwarzen Kaffee an den Tisch bringt und dazu den Teller mit Rührei danebenstellt, stemmt sie die Fäuste in die Hüfte und schaut mich mit strenger Miene an.

»Nina-Marie, es reicht!«

Ich schrecke aus meiner Lethargie und sehe sie an. Kein freundliches »Schatz«? Sie ist eindeutig sauer.

»Wenn du dich weiter so hängen lässt und mit dieser Trauermiene durch die Gegend läufst, werden noch die Kunden wegbleiben.«

Ich seufze in die Kaffeetasse.

»Ich werde dich bei einer Therapie anmelden. Irgendwas für Langzeittrauernde oder so ähnlich. Diese Seelenklempner haben doch für jedes Wehwehchen ein Rezept.«

»Nein, ich brauche keine Therapie, es geht mir gut«, widerspreche ich brüsk und nehme mir vor, mich am Wochenende mal richtig auszuschlafen. Den ganzen Tag im Bett zu bleiben. Mir positive Gedanken zu machen.

»Es geht dir überhaupt nicht gut«, widerspricht sie und kippt zwei Teelöffel Zucker in ihren Kaffee. »Aber wenn du so vehement gegen eine Therapie bist, geh wenigstens noch mal zu dieser Selbsthilfegruppe. Das hat dir gutgetan.«

»Hmm ... vielleicht«, murmle ich halbherzig.

»Nix da, *vielleicht*. Das musst du mir versprechen. Du bist jung und solltest dich vergnügen und nicht für den Rest deines Lebens einem Mann nachheulen, der tot ist.«

Tot! Mühsam dränge ich meine Tränen mit einem großen Schluck Kaffee zurück.

Sie spricht das schrecklichste aller Worte so gelassen aus, als redeten wir über unseren Großhändler, der im Juli keine Tulpen mehr liefern kann. Für mich ist dieses Wort eine tickende Zeitbombe, die jetzt auf der weißen Tischdecke liegt und jeden Moment hochgehen kann.

»Diese Gruppe trifft sich doch jeden Donnerstag, wenn ich mich richtig erinnere?«

Ich stochere mit der Gabel im Rührei. »Hmm ...«

»Heute *ist* Donnerstag!« Sie strahlt mich an wie die Siegerin eines Floristenwettbewerbs. »Nach Ladenschluss gehen wir zum Italiener auf einen Teller Nudeln ...«

Verwundert lasse ich die Gabel sinken. »Zum Italiener?«

»Die Zeit ist zu knapp, um zu Hause zu kochen, und uns mal wieder bedienen zu lassen, haben wir uns verdient. Danach bringe ich dich höchstpersönlich zu diesem Treffen!« Sie nickt mir lächelnd zu, und ich weiß, gegen ihre Entschlossenheit wären jede Gegenwehr und jedes Argument zwecklos.

Dieser Donnerstag ist einer von den Tagen, an denen mir kaum Zeit bleibt, auf die Toilette zu gehen. Zahlreiche Kunden möchten Buchempfehlungen und kaufen auch tatsächlich alles, was ich vorschlage. Büchersendungen werden geliefert, und ich schaffe es erst gegen Abend auszupacken. Wäre Gisbert aufgetaucht, ich hätte gefragt, ob er nicht helfen mag.

Auch im Blumenladen ist ungewöhnlich viel Betrieb. Ellen bindet Sträuße wie am Fließband und schafft die Arbeit nur mit der Hilfe meiner Mutter.

Meine Hoffnung, dass sie nach so einem Tag übermüdet ist und doch nicht beim Italiener essen möchte, löst sich auf, als wir die Tageseinnahmen zählen.

»Na, dit is doch een Grund, sich och mal wat zu jönnen«, berlinert sie vergnügt und zieht einen Hunderter aus dem Geldscheinbündel. »Ick lade dir ein, mein Kind.«

Sie hat mich in ihrer mütterlich-sorgenden Gewalt.

Vielleicht findet die Gruppe ja gar nicht mehr statt, rede ich mir ein, während mich meine Mutter nach dem Essen tatsächlich zu dem kleinen Hotel begleitet.

Doch die Hoffnung zerschlägt sich, als ich die Lobby betrete und die Endvierzigerin an der Rezeption mir wohl an der Nasenspitze ansieht, warum ich hier bin.

»Rechts am Lift vorbei, dann die zweite Tür links, kleiner Konferenzraum«, erklärt sie.

Der kurze Weg durch den schlecht beleuchteten Flur ist mir vertraut. Am Konferenzraum angekommen bin ich immer noch unschlüssig, starre die Tür an und muss an Jack denken.

So viel ist geschehen, seit ich mich im Mai überwunden habe, an dieser Gruppe teilzunehmen. Und ich muss meiner Mutter zustimmen, nach den beiden Besuchen ging es mir tatsächlich besser. Ohne den Zuspruch der Teilnehmer hätte ich vermutlich auch nicht mit dem Schreiben begonnen.

Ich hebe den Kopf, hole Luft und drücke auf die Klinke. Im Türrahmen bleibe ich einen Moment stehen.

Die Gruppe hat sich verändert. In der Runde sitzen fünf Frauen und drei Männer. Ich kenne nur Markus, den elegant gekleideten Teilnehmer um die sechzig, der um seinen Ehemann trauert. Und Ursula, die neben ihm sitzt; wieder mit dem kleinen schwarzen Hund auf dem Schoß. War sie nicht nach ihrer Scheidung depressiv geworden?

»Hallo, guten Abend«, begrüße ich die Runde und bemühe mich um ein freundliches Lächeln.

»Hallo, ich bin Sandra, die Leiterin der Gruppe. Herzlich willkommen. Nimm dir einen Stuhl und setz dich zu uns«, spricht sie mich nun direkt an und nickt mir aufmunternd zu.

Ich erinnere mich auch noch gut an die sympathische Gruppenleiterin mit der dunklen Lockenpracht. Sie sich jetzt wohl auch an mich. »Warst du nicht schon mal bei uns?«

»Ja, vor einigen Wochen ...«

»Nina, richtig?«

»Stimmt ...«

Ursulas Hund springt von ihrem Schoß und läuft auf mich zu. »Das ist Lucy, die will dich nur begrüßen«, sagt sie und schaut mich fragend an.

Ich erinnere mich, halte Lucy die Hand hin, damit sie schnuppern kann, und streichle ihr erst dann über die schwarzen Wuschelhaare.

Ursula beobachtet zufrieden, dass ich anscheinend alles richtig mache. Dann lockt sie den Hund zurück, der aufs Wort folgt und wieder brav auf ihren Schoß hopst.

Ich nehme einen der Stühle, die etwas abseits an der Wand stehen, und setze mich in die größte Lücke zwischen Sandra und Markus.

Sandra blickt auf die Wanduhr über der Eingangstür. »Ich denke, wir sind für heute vollzählig«, erklärt sie und beginnt mit der Einleitung: »Jeder stellt sich vor, mit Klarnamen oder Pseudonym, was in der Gruppe erzählt wird, bleibt in der Gruppe. Jemand eine Frage dazu?« Als sich niemand meldet, fragt sie, wer beginnen möchte.

Ursula meldet sich. Munter erzählt sie, wie sehr ihr die Scheidung zugesetzt und sie erst durch Lucy wieder neuen Lebensmut gefunden hat ...

»Danke, Ursula, für deine Offenheit«, sagt Sandra und schaut nach links und rechts. »Möchte jemand von sich erzählen oder zu Ursulas Statement etwas sagen?«

Eine junge Frau, etwa in meinem Alter, meldet sich. Sie hat langes blonden Haar, dunkle Ringe unter den Augen, ist sehr blass und ziemlich dünn.

»Bitte ...«

»Hi, ich bin ... ähm ... Hanna ...« Sie bricht ab und holt ein

Taschentuch aus der Tasche ihrer Jeans »Mein Verlobter hat mich verlassen, weil ich keine Lust habe, Hausfrau zu spielen ...« Tränen laufen über ihre Wangen, die sie mit dem Tuch abwischt und sich dann die Nase putzt. »Er wollte jeden Abend eine warme Mahlzeit auf dem Tisch haben.«

Niemand sagt etwas dazu. Das Geständnis war doch zu befremdlich.

Für mich hört sich Hannas traurige Erfahrung so an, als lebten wir noch im vorigen Jahrhundert. Als kochen, putzen, waschen und der ganze Haushaltskram zur »Grundausstattung« einer Frau gehörten wie ein Satz Bettwäsche und Handtücher mit eingestickten Monogrammen.

»Ich bin Nina«, durchbreche ich schließlich die Stille. »Vor zwei Jahren habe ich die große Liebe meines Lebens durch eine unheilbare Krebserkrankung verloren ...« Auch ich muss kurz Luft holen, um die aufkommenden Tränen zurückzudrängen. Ich habe mir fest vorgenommen, nicht mehr zu weinen.

Hanna blickt mich an. Ich lächle zaghaft, unsicher, ob sie versteht, dass mein Verlust den ihren nicht herunterspielen soll. Ein leichtes Zucken umspielt Hannas Mund. Kein Lächeln, eher der Versuch, etwas zu sagen. Doch sie senkt wieder den Kopf.

»Es spielt keine Rolle, warum oder um wen wir trauern. Trauer ist ein steiniger Weg, der einem alle Kraft abverlangt und den Lebensmut nehmen kann«, sagt Sandra mit sanfter Stimme. »Für manche Menschen ist es ein sehr langer Weg, der an manchen Tagen kein Ende zu nehmen scheint ...«

»Es wird leichter, das kann ich aus eigener Erfahrung sagen ...«, verspricht Markus, als wollte er Sandras Satz beenden. »Die Steine werden kleiner, wenn ich die Metapher aufgreifen darf ...« Er nimmt seine randlose Brille ab und massiert mit zwei Fingern die Nasenwurzel. »Mein geliebter Ehemann hatte Lungenkrebs. Tödlich. Und ich musste nach dreißig Jahren plötzlich ohne ihn weiterleben. Anfangs wollte ich sterben, stand oft stundenlang an seinem Grab und habe geheult. Inzwischen gehe ich seltener auf den Friedhof ...« Er schaut zu Hanna und dann zu mir. »Die Treffen helfen mir sehr, auch das Bildertagebuch von unserer gemeinsamen Zeit, davon habe ich schon erzählt. Wenn ich traurig bin, blättere ich darin und bin dankbar für die gemeinsamen Jahre. Dass er mich geliebt hat. Er hätte auch gewollt, dass ich eine neue Liebe finde und tatsächlich ...« Er stockt, macht eine Pause, und ein Lächeln überzieht sein Gesicht. »Vor wenigen Tagen habe ich jemanden kennengelernt. Was immer daraus werden wird, meinen Ehemann werde ich niemals vergessen.«

Ein älterer Mann, ich schätze Ende sechzig, hebt etwas zögerlich die Hand.

»Bitte, Werner ...«

»Also, ich bin der Werner, seit einem Jahr in Rente ...« Er streicht sich über das akkurat geschnittene ergraute Haar. »Ich war im Vertrieb tätig, viel mit dem Auto unterwegs und vermisse meine Arbeit ganz schrecklich ... bitte nicht falsch verstehen, das ist natürlich kein Vergleich mit den traurigen Schicksalen von Hanna oder Nina oder Markus. Mein ehrliches Beileid ... Ich trauere *nur* um meine Arbeit. Mir fehlt einfach ein Grund, morgens aufzustehen, und ich fühle mich, als würde ich in einem riesigen Loch sitzen. Meine Frau hat mich hergeschickt, damit ich auf andere Gedanken komme und höre, dass andere Menschen echte Probleme haben. Wie immer hat meine Frau recht ...« Er schmunzelt fast unmerklich, als sehe er sie vor sich. »Mein Problem ist eigentlich gar keines, ich sollte dankbar sein für das, was wir haben ...«

»Vielleicht solltest du dir auch einen Hund anschaffen«, sagt Ursula.

Werner schüttelt den Kopf. »Wir haben zwei Katzen.«

»Wie wäre es dann mit einer ehrenamtlichen Tätigkeit?«

Die Frage kam von dem dritten Mann in der Runde. Er sieht sehr jung aus, ich schätze um die zwanzig. Seine Augenlider sind halb geschlossen, das Gesicht glatt rasiert, das dunkelblonde schulterlange Haar zu einem Nackenzopf gebunden.

»Hmm ... ich weiß nicht ...« Werner wiegt den Kopf.

»Melde dich bei den Tafeln, die brauchen immer Fahrer ... dann bist du wieder in deinem Element und tust gleichzeitig etwas wirklich Sinnvolles ... Ich bin übrigens der Luke ...«

»Die Tafeln?« Werner schaut den jungen Mann überrascht an. »Jute Idee, Luke, werde ich mal versuchen ...«

»Willst du uns etwas über dich erzählen, Luke? Du bist heute zum ersten Mal hier, deshalb möchte ich wie anfangs der Stunde noch mal betonen, dass niemand etwas über sich oder sein Anliegen sagen *muss*. Auch wer nur zuhören möchte, ist willkommen.«

»Also, mein Problem ...«, Luke setzt sich aufrecht hin und malt Anführungszeichen mit den Händen in die Luft, »ist im Vergleich zu den eben gehörten traurigen Geschichten ziemlich albern. Ich wage kaum, darüber zu reden.«

»Sag's einfach«, fordert Markus ihn auf. »Außerdem hast du uns neugierig gemacht.«

Werner nickt zustimmend.

Luke schluckt und holt dann Luft, ehe er beginnt: »Ich habe mich in eine verheiratete Frau verliebt.« Er senkt den Blick, als würde er sich schämen.

»Ist sie auch in dich verliebt?«, fragt Markus sofort.

Luke schaut Markus an, zuckt die Schultern und schüttelt dann den Kopf. Es scheint ihm nicht leichtzufallen, darüber zu reden. »Ich glaube, sie weiß nicht einmal, dass ich überhaupt existiere.«

Niemand sagt etwas dazu, alle warten gespannt, wie die Geschichte weitergeht.

»Einseitige Lieben stehen selten unter einem guten Stern«, sagt

Markus nach einigen Sekunden des allgemeinen Schweigens. »Und wenn du den Rat eines alten Mannes hören willst ...«

»Ja, bitte«, erwidert Luke.

»Glücklich wird man nur, wenn beide die gleichen Gefühle füreinander haben. Die Frau ist verheiratet, sollte also tabu sein. Und da sie dich auch nicht wahrnimmt, sind deine Chancen offensichtlich gering.«

Luke hat mit aufmerksamer Miene zugehört. »Ich weiß, es wäre das Klügste, sie zu vergessen. Aber ...«, sagt er leise, als würde er sich schämen.

Jeder im Raum versteht, was Lukes *Aber* bedeutet. Gegen Gefühle ist man meist machtlos.

Bis zum Ende des Treffens wird über Liebe, Glück und Unglück diskutiert. Wie schnell eine Liebe vorbeigehen oder ein Unglück über uns hereinbrechen kann. Und dass trübe Gedanken nicht heilen.

Auf dem Heimweg gebe ich meiner Mutter recht. Zu hören, wie andere Menschen ihre Schicksale meistern und sich nicht unter der Bettdecke verkriechen, hat mich getröstet.

30

In den nächsten Tagen denke ich oft an Markus, wie er mit dem Tod seines Ehemannes umgeht und wie dankbar er für die gemeinsame Zeit ist.

Eric und mir war nur etwas mehr als ein Jahr gegönnt. Voller Intensität und Erlebnisse und großer Gefühle. Heute frage ich mich oft, ob Eric unterbewusst gespürt hat, dass er nicht lange leben wird. Dass er deshalb so gierig war nach Leben und Liebe.

An seinen letzten Tagen habe ich unbezahlten Urlaub genommen, um bei ihm sein zu können. Eric wollte nicht in ein Hospiz gehen und die ihm noch verbleibende Zeit mit anderen Sterbenden verbringen. Er wollte zu Hause sein, mit mir an seiner Seite. Er bekam starke Medikamente gegen die Schmerzen und war oft nicht mehr ansprechbar. Dennoch habe ich die Hoffnung nicht aufgegeben. Auch in der größten Not sollte man immer noch auf das Beste hoffen, aber auch auf das Schlimmste vorbereitet sein. In den wenigen klaren Stunden betrachtete Eric am liebsten die Fotos auf unseren Handys. Besonders die Bilder vom Eiffelturm mit unseren Lippen im Herz an der Fensterscheibe. »Uns bleibt immer Paris«, sagte er dann und lachte, wenn ich entgegnete, dass er den Satz von Humphrey Bogart geklaut hat. »Ich weiß, ich weiß, der stammt aus *Casablanca*, Bogart sagt ihn zu Ingrid Bergman. Ich werde mich bei ihm entschuldigen, wenn ich ihn sehe, er wird verstehen.«

Paris war unsere letzte gemeinsame Reise. Diesmal mit dem Zug und nicht mit dem Campervan. Eric fühlte sich oft müde wegen der starken Schmerzmittel. Eine Fahrt mit dem Nachtzug stand angeblich schon lange auf seiner Wunschliste und war weniger anstrengend als eine zwölfstündige Autofahrt.

Zwei Jahre vorher

Marie hatte versucht, Eric die Reise auszureden, wollte er doch nur ihr zuliebe nach Paris, seit sie ihm einmal von der Stadt an der Seine vorgeschwärmt hatte. Vom literarischen Paris, das in der Nachkriegszeit der intellektuelle Mittelpunkt Europas war.

Eric freute sich aber nicht weniger als Marie auf die fünf Tage in Paris. »Wir reisen wie die alten wohlhabenden Engländer im Schlafwagen, logieren in einem Pariser Luxushotel, lassen uns bedienen, trinken gemütlich Tee und nehmen Cocktails vor dem Dinner. Ein Ausflug mit full service.«

Typisch Eric, hatte Marie gedacht, wenn er sich etwas in den Kopf gesetzt hatte, würde er sich nicht von ALF daran hindern lassen.

Marie buchte ein komfortables Erste-Klasse-Schlafwagenabteil für zwei Personen mit privatem Dusch-WC. Ein Miniapartment auf Schienen. In Paris hatte sie ein hübsches Hotel im 6. Arrondissement gefunden, direkt auf dem Boulevard Saint-Germain. Ganz in der Nähe des berühmten Café de Flore, das durch Sartre und de Beauvoir zu einem Renommee gelangte, das bis in die heutige Zeit strahlte.

Als es ans Kofferpacken ging – diesmal würden sie mit Gepäck fahren –, stieg bei Marie das Reisefieber. Sie freute sich sehr auf die Stadt der Liebe. Auf romantische Tage. Auf die Zweisamkeit mit Eric. Aber *sie würde sehr genau darauf achten, dass die Unternehmungen nicht beschwerlich würden und er sich auch ausruhen konnte.*

Nachdem sie das Zugabteil bezogen und sich soweit möglich eingerichtet hatten, nahm Eric sie in die Arme. »Ich möchte, dass du mir etwas versprichst, mein Liebling.«

»Wenn du willst, dass ich Froschschenkel esse, vergiss es«, sagte Marie und zog eine Ekelgrimasse.

»Keine Froschschenkel, verstanden. Aber bitte auch keine Erwähnung von ALF. Solange wir in Paris sind, will ich vergessen, was dieser schlaue Doc mir prophezeit hat. Ich glaube ihm sowieso kein Wort. Deal?« Eric hob die Hand.

»Deal!« Marie klatschte ab. Sie würde die grausame Wahrheit nicht benennen und verdrängen, was ihr jede Nacht den Schlaf raubte. Sie hatte dem Arzt sehr wohl geglaubt, auch wenn er die Brutalität dieser Krankheit nicht explizit benannt, aber ausführlich die Eigenart dieser seltenen Krebserkrankung erklärt hatte: Die Patienten wirkten lange Zeit vollkommen gesund und fühlten sich auch so, bis es eben zu spät war. Bis es keine Heilung mehr gab. Bis nur noch die Schmerzen gelindert werden konnten.

Nachdem der Zug Fahrt aufgenommen hatte, schlenderten sie Hand in Hand durch die schmalen Gänge Richtung Speisewagen. Die Abendsonne malte lange Schatten auf die vorbeifliegende Landschaft. An einer Waldlichtung ästen Rehe, die sich durch den ratternden Zug nicht bei ihrer späten Mahlzeit stören ließen. Eric war beim Anblick der Wildtiere sofort wieder zu Scherzen aufgelegt: »Guck mal, so dünne Kühe sieht man selten ...«

Lachend stieg Marie auf den Spaß ein. »Gras allein hält eben schlank.«

»Weißt du, was ich schade finde?«, fragte Eric dann unvermittelt.

»Nein, erzähl's mir ...«

»Dass ich kein unermesslich großes Erbe besitze. Dann hätten wir den gesamten Zug gebucht und wären ganz für uns allein. Wir wür-

den beim Lokführer vorbeischauen und das Tempo bestimmen. Natürlich würden wir coole Selfies im Führerstand schießen. Das Personal im Speisewagen mit skurrilen Extrawünschen wie ›Rosenblättertee‹ beschäftigen oder uns nach dem Dinner noch eine Flasche Champagner am Bett servieren lassen. Wir hätten einen ganzen Waggon als Schlafzimmer ausstatten und überall Blumen verteilen lassen. Einen Pianisten engagiert, der uns in den Schlaf klimpert und ... ach, mir fielen bestimmt noch ein paar verrückte Extras ein ...«

Marie schüttelte amüsiert den Kopf. »Deine Einfälle sind wirklich einmalig. Aber würde ein so reicher Mensch nicht eher mit einem Privatjet nach Paris fliegen?«

»Nicht, wenn er ein echter Exzentriker ist. Privatjets sind doch vollkommen out, nur was für spießige Geldprotze. Nein, nein, der wahre Geldadel pflegt kleine Marotten, nur das macht ihn einzigartig. Und so ein gemieteter Zug, der hätte was. Wir wären natürlich berühmt und berüchtigt, so ähnlich wie der von mir hochverehrte Oscar Wilde zu seiner Zeit. Bei der Ankunft in Paris würden wir von einer Horde Paparazzi empfangen und andertags auf den Titelseiten der französischen Boulevardblätter erscheinen.«

Marie schlang ihren Arm um seinen Hals. »Ich liebe dich trotzdem über alle Maßen, obwohl wir im Vergleich zu deiner Vision bettelarm sind und den Zug mit anderen Passagieren teilen müssen. Es kommt nämlich nicht darauf an, wie, sondern mit wem man reist. Und du bist mein allerliebster Reisebegleiter.«

»Und du bist meine Lieblingsreisebegleiterin.« Er führte Maries Hand an seinen Mund, küsste sie auf die Innenseite. »Dann lass uns was essen. Für eine Scheibe trocken Brot und ein Gläschen Wasser reicht meine Barschaft noch.«

Im Speisewagen waren die Zweiertische besetzt, aber an einigen Vierertischen war noch Platz.

Sie steuerten zu einem Tisch, an dem ein junges Paar um die dreißig saß. Ihre farbenfrohe Kleidung hob sich erfrischend vom allgemeinen

Grau-Blau der anderen Passagiere ab. Ihre schwarzen lockigen Haare waren eindeutig afrikanischen Ursprungs und ihr fröhliches Lachen war ansteckend.

»Hi«, *sagte Eric freundlich.* »Dürfen wir uns zu euch setzen?«
Der junge Mann nickte und strahlte dazu über das ganze Gesicht. »Of course.«

Eric bedankte sich, und die anfängliche Zurückhaltung löste sich schneller auf als Zuckerwürfel in heißem Tee, als Eric seinen und Maries Namen nannte und dass sie nach Paris wollten.

»I'm Ronny and this is my wife Kate ...«

Wie sich herausstellte, kamen die beiden aus Chicago, hatten vor kurzem geheiratet, befanden sich auf einer dreimonatigen Weltreise, und ihr Ziel war ebenfalls Paris.

Marie ahnte, dass Eric ein wenig enttäuscht war, dass Kate und Ronny nicht aus Brasilien, Kuba oder Jamaika stammten, wie ihr exotisches Aussehen vermuten ließ. Ganz besonders Kates, deren Haar zu unzähligen dünnen Zöpfen geflochten und mit Perlen verziert war.

»Europe in two weeks ...«, *erklärte Kate mit der lässigen Einstellung vieler Amerikaner, denen zwei Wochen für Europa ausreichten. Für die Stadt der Liebe waren immerhin drei volle Tage eingeplant.*

»Was für ein schöner Zufall, dass wir auch nach Paris fahren«, *sagte Eric und erklärte dem frisch getrauten Ehepaar seinen Glauben an Zufälle. Später tauschten sie Handynummern, um sich zu einem Dinner oder wenigstens einem Kaffee zu treffen.*

Die Unterhaltung wurde von Ronny dominiert, der selbstbewusst über seinen Job an der Börse berichtete, wo er schon »a fortune« *gemacht habe. Kate erzählte mit glänzenden Augen, dass sie und Ronny sich bald Kinder wünschten. Mindestens vier. Und sie hoffte, auf dieser Reise schwanger zu werden. Marie wünschte viel Glück, und sie stießen mit einem Glas Mineralwasser darauf an.*

Später, als sie im Schlafwagenabteil eng umschlungen in den gestärkten Kissen lagen, sagte Marie: »Ronny könnte sich vermutlich einen Privatzug buchen ...«

»Er ist ein netter Zeitgenosse, aber kein Exzentriker«, urteilte Eric. »Die beiden würden sich nicht wohlfühlen, allein in einem Zug. Sie möchten sich mit anderen Reisenden unterhalten, um in Chicago tolle Geschichten erzählen zu können.«

»Genau wie du«, entgegnete Marie. »Heute konnte ich wieder beobachten, wie sehr du es liebst, neue Menschen kennenzulernen. Ich glaube, du bist kein Exzentriker, sondern ein Menschensammler.«

Eric schnaufte übertrieben, als fühlte er sich falsch beurteilt. Doch dann küsste er Marie auf die Schläfe und flüsterte: »Und du bist das wertvollste und wunderschönste Menschenkind, das ich je ›eingesammelt‹ habe.«

Am frühen Morgen erreichte der Nachtzug den Pariser Bahnhof Gare de l'Est. Sie wurden von keiner Fotografenmeute empfangen, und schossen dafür selbst eigene Fotos mit ihrem Handy. Die historische Bahnhofshalle mit den Säulen und Skulpturen musste unbedingt für den Reiseblog und Instagram abgelichtet werden. Optisch spannend war auch der Kontrast zu den modernen Imbissbuden, die wie überall auf der Welt auch hier zu finden waren. Kein Bahnhof der Welt ohne Kaffeeketten, Burgerimperien oder Süßwarenmonopole.

Eric hatte dazu seine ganz eigene Betrachtung: »Würde man wie Ronny und Kate durch Europa reisen und sich nur auf Bahnhöfen verköstigen, käme man vermutlich auf die Idee, die Europäer lebten von Burgern und Bonbons.«

Mit reichlich Fotos in der Handygalerie schoben sie ihre Rollkoffer Richtung Taxi und ließen sich in das Hotel am Boulevard Saint-Germain chauffieren.

Das Doppelzimmer mit einem rosa gefliesten Badezimmer lag wie gewünscht in der Beletage. Marie stellte die Koffer einfach ab und lief sofort zum Fenster. Und da war er, der Eiffelturm. Das imposante eiserne Wahrzeichen der Stadt.

Eric probierte inzwischen das Bett aus. Die Reise hatte ihn sichtbar angestrengt, was er jedoch vehement abstritt. Die Liege im Schlafwagen war bequem gewesen, aber kein Ersatz für ein richtiges Bett. Dazu hatten die Fahrgeräusche, die Durchsagen vor den Haltestellen, das Stoppen und Wiederanfahren für dauernde Störungen gesorgt.

Marie gähnte bewusst laut und ließ sich neben Eric in die Kissen fallen. »Was hältst du davon, wenn wir uns eine Stunde ausruhen und danach ein petit-déjeuner *im* Café de Flore *einnehmen.«*

»Alles, was du willst, Liebe meines Lebens«, antwortete er leise und war Sekunden später eingeschlafen.

Marie blieb neben ihm liegen und versuchte, düstere Szenarien von Schmerzkrämpfen und Notärzten zu verdrängen. Wenn CUP unheilbar war, wie sämtliche Artikel dazu erklärten, konnte das die letzte Reise mit Eric sein. Und dann war es einerlei, ob sie mit ihm durch die Pariser Boulevards schlenderte, im Louvre die berühmten Kunstwerke betrachtete oder seinen Schlaf bewachte. Hauptsache, sie war bei ihm.

Um sich die Zeit zu vertreiben, begab sie sich online auf einen Streifzug durch die Metropole an der Seine. Schlenderte via YouTube über die Champs-Élysées, durch Museen und die Galeries Lafayette. *Das berühmte Kaufhaus der Superlative, ein architektonisches Juwel, das mit seiner mächtigen Glaskuppel eher einem Opernhaus als einem Shoppingtempel glich. Aber sie begeisterte sich nicht für das Paris der Mode, der Haute Couture oder überhaupt der neuesten Trends. Sie wollte dem intellektuellen Paris nachspüren. Den Künstlern, Malern und Schriftstellern, die fast alle im Viertel Saint-Germain-des-Prés gelebt, gearbeitet und auch geliebt hatten.*

Gegen Mittag wachte Eric langsam wieder auf. »Hunger«, murmelte er, streckte sich und drehte sich auf den Ellenbogen gestützt zu Marie. »Hast du gewusst, dass Jean-Paul Sartre und Simone de

Beauvoir im Flore einen Stammtisch hatten? Jeden Tag um dieselbe Zeit trafen sie sich mit Freunden, Schriftstellern und anderen Intellektuellen. Auch Picasso oder Jean Cocteau sollen dazugehört haben. Es muss eine tolle Zeit gewesen sein.«

Eric rollte zur Seite, war mit einem Satz auf den Beinen und hielt ihr die Hand hin. »Dann komm, meine Geliebte, lass uns auf den Spuren des berühmtesten Liebespaars jener Zeit wandeln.«

»Wer in Paris nicht das Flore besucht hat, der war nicht in Paris«, erwiderte sie und ließ sich von Eric hochziehen.

Marie hatte sich das sagenhafte Café bereits in Onlinevideos angesehen und war gespannt, ob sie mit der Wirklichkeit übereinstimmten.

Vor dem Café, das sich über die Ecke Boulevard Saint-Germain und Rue Saint-Benoît zog, standen zierliche Stühle aus gebogenem Bambus und runde Tische, die gerade genug Platz für zwei Tassen Café au lait und zwei Kuchenteller boten. Mit etwas Geschick ließe sich noch ein Aschenbecher dazwischenquetschen.

Im Inneren boten rot gepolsterte Sitzbänke und rechteckige Tische Platz für zwei oder vier Gäste. Den mittleren Raum besetzten ähnliche Tische und Stühle wie auf der Außenfläche.

Ein ziemlich unspektakuläres Ambiente, dachte Marie, wenn man wusste, welchen Glanz allein der Name ausstrahlte. Das Stimmengewirr aus unterschiedlichen Sprachen, das Klappern von Geschirr oder die Rufe nach dem Garçon ergaben auch keine magische Atmosphäre. Es war die gewöhnliche Geräuschkulisse einer gut besuchten Gaststätte.

Sie schauten sich nach freien Plätzen oder einem der herumeilenden Kellner um, die aber nur an ihnen vorbeirannten.

»Auf den ersten Blick sehe ich nur Touristen«, stellte Marie fest. »Es fehlen junge Männer in Tweedanzügen mit akkuraten Haarschnitten und der typischen Hornbrille à la Sartre, die ein wenig intellektuelle Atmosphäre verbreiten würden.«

»Schade«, seufzte Eric, »in den Klamotten von Earl Mortimer hätten wir als Existenzialisten auftreten können.«

Marie streckte sich, um Erics Wange zu erreichen und küsste ihn. »Egal, wie sehr du dich verkleidest, du wirst immer aus der Menge herausragen wie ein typischer Nordmann. Und die waren eher bekannt für Landeroberungen.«

»Okay, dann versuche ich, einen Tisch zu erobern ...«

»Eric!« Ein muskulöser Arm ragte aus der Menge.

Ronny und Kate. Sie saßen an einem Vierertisch am anderen Ende, und es hatte den Anschein, als würden sie auf jemanden warten.

»Problem gelöst«, lachte Marie.

Sie begrüßten sich wie alte Freunde, und Ronny meinte, sie hatten das Café eigentlich schon verlassen wollen, weil Eric seine Anrufe nicht angenommen hätte.

Verwundert kontrollierte Eric sein Handy: Es war lautlos gestellt, und er hatte es beim Verlassen des Hotels nur eingesteckt, ohne auf das Display zu schauen. »Aber selbst in Paris kann man sich auf den Zufall verlassen«, merkte Eric mit einem Augenzwinkern an.

Ronny bestand darauf, sie für einen Abend ins berühmte Varieté Moulin Rouge zu einem Champagner-Dinner einzuladen. Das gehöre doch zu einem Parisbesuch, genau wie den Eiffelturm oder den Louvre zu besichtigen.

Marie tastete nach Erics Hand und drückte sie. Er schaute sie hilflos an, wusste aber genau, was sie ihm signalisiert hatte. Alkohol vertrug sich nicht mit seinen Medikamenten. Der Arzt hatte eindrücklich davor gewarnt. Marie überlegte, wie sie die Einladung ausschlagen konnte, ohne unhöflich zu sein und ohne ALF zu erwähnen. Sie hatte es Eric versprochen. »Thanks a lot, Ronny, leider sind wir heute Abend schon verabredet«, sagte sie.

Eric atmete hörbar auf. »Damit hast du uns einen stressigen Abend erspart. Die beiden waren ja sehr nett, aber die gängigen Touristenattraktionen abzuklappern, zeugt nicht von sehr viel Fantasie. Vielleicht fällt uns ja etwas Aufregenderes ein, als halbnackte Tänzerinnen anzusehen.«

Marie wusste, dass Eric unter normalen Umständen trotzdem sofort zugesagt hätte.

Ein Kellner kam an den Tisch, erkundigte sich nach den Wünschen von Madame *und* Monsieur *und beendete so das Thema.*

Sie bestellten den Welsh rarebit, *einen Toast mit geschmolzenem Cheddarkäse, den Lieblingssnack von Sartre und Beauvoir, wie die Speisekarte verriet. Dazu prickelndes Mineralwasser, das in Weingläsern serviert wurde.*

»Nach dem Essen habe ich eine Überraschung für dich«, sagte Eric, als sie mit Wasser auf Paris anstießen.

»Wenigstens einen kleinen Tipp«, bettelte Marie. Sie liebte Überraschungen, aber momentan wollte sie alles vermeiden, was Eric ermüdete.

»Tut mir leid, meine über alles Geliebte, aber dann wäre es keine Überraschung mehr. Nur so viel, wir steigen in ein Taxi ...«

Marie war zufrieden. Taxifahren stand auf ihrer Liste mit den erlaubten Unternehmungen.

»Rue Racine«, sagte Eric zu dem Taxifahrer und stellte ihm eine Frage auf Französisch.

Maries Französisch beschränkte sich auf wenige Worte, aber sie verstand Fleurs *– Blumen. »Du willst mir doch keine Blumen kaufen, oder doch?«*

Eric legte seinen Arm um ihre Schulter und küsste sie zärtlich. »Abwarten, in sieben bis acht Minuten sind wir am Ziel.«

Der Verkehr war an diesem Nachmittag kaum dichter als in Berlin an einem gewöhnlichen Werktag. Die Fahrt dauerte tatsächlich nur wenige Minuten. In der Nähe des Jardin du Luxembourg hielt der Wagen an.

»Unglaublich«, lachte Marie, als Eric den Fahrer bezahlt hatte, sie ausgestiegen war und verzückt die »Überraschung« betrachtete: ein Blumenladen! Auf den ersten Blick unterschied er sich nicht sonderlich von dem ihrer Mutter. Eine schmale Eingangstür und ein nicht

sehr großes Schaufenster. Warum Eric sie ausgerechnet hierher brachte, verriet die Schrift auf der Glasscheibe. Fleurs. Poteries. Littérature. Gravures. *Diese Worte standen unter dem Namen des Inhabers.*

Eric legte den Arm um ihre Schultern. »Stanislas Draber ist ein leidenschaftlicher Fan von Charles Baudelaire«, flüsterte er ihr ins Ohr, als wäre der Laden ganz für sie allein konzipiert. »Inspiriert von Baudelaires' Gedichtband Les Fleurs du Mal, *den Blumen des Bösen, verkauft Draber nicht nur Blumen, sondern auch Gedichtbände und Töpferwaren mit literarischen Zitaten. Als ich ein bisschen zu Paris recherchiert habe und dieses Geschäft fand, war mir sofort klar, dass ich dich hierherführen muss.«*

Marie war so gerührt, dass es ihr nur mühsam gelang, die Tränen zurückzuhalten. Eric war sogar jetzt, als er eigentlich allen Grund hatte, sich in ihre Arme fallen zu lassen und sich um nichts zu kümmern als um sich selbst, liebevoll und darum bemüht, sie zu verwöhnen. Was für eine unnachahmliche Art, ihr seine Liebe zu zeigen.

Eric tastete nach Maries Hand. »Wollen wir reingehen und uns anschauen, was Stanislas zu bieten hat?«

»Warum nicht, wenn wir schon mal hier sind«, antwortete Marie bewusst cool, um ihre Rührung in Griff zu bekommen. Was sollte Draber von ihr denken, wenn sie heulend zwischen Blumenkübeln stünde?

Im Inneren des Ladens überwogen die Farben Pink, Rosa und Violett. Dazwischen ein paar Tupfer Weiß. Der Philosophie des Inhabers zufolge, nur Blumen der Saison zu verkaufen, bestand das Angebot zurzeit aus Rosen, Anemonen und den letzten Pfingstrosen. Die einzelnen Sorten standen in unterschiedlich großen, mit Girlanden und Ornamenten verzierten Steintöpfen. Auch einige Topfpflanzen wie Hortensien mit ihren dicken weißen Blütendolden konnte Marie bestaunen. An den Wänden gerahmte Gemälde von Bouquets in Körben oder Sträußen in Vasen. Außerdem ein offenes Regal mit Büchern, deren Ledereinbände reichlich Gebrauchsspuren aufwiesen. Antike

Gartenstühle oder zierliche Tische dienten als Abstellfläche für außergewöhnliche Topfpflanzen. Auf einer Gartenbank aus Gusseisen saß ein etwa Fünfzigjähriger mit dunklem Haar, der sie freundlich grüßte.

Marie, beeindruckt von der fantasievollen Kombination aus Blumen, Büchern, Bildern und antiken Kleinmöbeln, genoss diesen unvergleichlichen Anblick. Atmete den Duft ein und träumte davon, eines Tages solch einen Laden zu eröffnen. Blumen und Bücher waren die wunderbarsten Seelentröster, und die zusammen zu verkaufen, wäre das allergrößte Vergnügen.

»Welchen Strauß sollen wir mitnehmen?« Eric, der sich angeregt mit Stanislas unterhalten hatte, stand jetzt neben ihr.

Marie schaute sich um. Jedes einzelne Gebinde war traumhaft und die Farbenpracht überwältigend, sich nur für eines zu entscheiden, war fast unmöglich. Doch dann fiel ihr Blick auf eine Topfpflanze, die aus einem Märchenland zu stammen schien. Herzförmig geschwungene weiße Blätter mit rosa Flecken, durch die sich grüne Blattadern zogen. Sie hatte noch nie solch eine außergewöhnliche Pflanze gesehen, und doch kam sie ihr bekannt vor. Dann fiel ihr ein, dass diese Sorte Caladium *mit botanischem Namen hieß, landläufig auch Buntblatt genannt, und es unzählige Varianten der Blattfärbung gab. »Diese hier.«*

Eric musterte sie irritiert. »Eine Topfpflanze?«

»Es sind Herzen an hohen Stielen«, erklärte Marie. »Bei guter Pflege wird sie ewig leben und mich für immer an diese wundervolle Reise erinnern.«

31

Mein Wunsch ging in Erfüllung, als direkt neben dem Blumenladen die ehemalige Änderungsschneiderei frei wurde und wir sie übernehmen konnten.

Vor der Renovierung stand ich inmitten des leeren Raumes

und habe mir so sehr gewünscht, Eric wäre bei mir. Er hätte behauptet, der Zufall habe das für mich gedeichselt.

Unser Laden sieht zwar völlig anders aus als der des französischen Floristen, aber auch wir verkaufen Blumen und Bücher. Als Eric ihm erzählt hat, auf welche Weise wir uns kennengelernt hatten, bestand er darauf, mir die *Caladium* zum Andenken an Paris zu schenken.

Wenige Wochen nach Erics Tod wurden die Blätter der Pflanze langsam unansehnlich, und schließlich ist sie eingegangen. Vielleicht fand auch sie ein Dasein ohne Eric sinnlos.

Eric hatte noch einen Strauß Rosen erworben, den wir den Zimmermädchen überlassen haben. Sie hätten die Reise nicht unbeschadet überstanden, und die Mädchen haben sich sehr gefreut.

Nach dem Sonntagsfrühstück überarbeite ich das Kapitel über unsere Parisreise. Wieder brennen Tränen in meinen Augen, doch ich weine nicht mehr. Wie Markus es so bildhaft beschrieben hat: Die Steine auf dem Weg der Trauer werden kleiner. Jeden Tag schmerzt der Verlust weniger, und die Hoffnung wächst, dass ich mich eines Tages an meine große Liebe erinnern kann, ohne so schrecklich traurig zu sein.

Ich schließe meinen Laptop und trete ans Fenster. Es ist September geworden, die Blätter an den Bäumen verfärben sich langsam, es hat viel zu wenig geregnet. Doch die tropisch-heißen Sommertage sind vorbei. Man kann wieder in den Straßencafés sitzen, ohne das Gefühl zu haben, gegrillt zu werden. Curt könnte seine Terrasse genießen, aber er hat noch immer keinen Fuß nach draußen gesetzt.

Ich habe es aufgegeben, ihn zu motivieren. Nur das Vorlesen findet nach wie vor am Sonntagnachmittag statt. Ich überlege, welches Buch ich heute mitnehmen soll. Curt hat mich gebeten, eines meiner Lieblingsbücher auszusuchen. Er möchte wissen, was junge Menschen heute so lesen. Ich habe ihm erklärt, dass Krimis nach wie vor zu den meistverkauften Büchern gehören und seine auch beim jüngeren Publikum beliebt sind. Aber er wünscht sich etwas anderes; eine Familiengeschichte oder auch ein Drama sei willkommen. Da er plötzlich so offen für Neues war, habe ich einen Spaziergang angeregt. Und argumentiert, dass er mit Sonnenbrille nicht auffallen würde. Er reagierte ziemlich unwirsch: Ob er an meinem Arm wie ein alter Tattergreis durch die Gegend laufen solle? Nur über seine Leiche!

Ich habe mich entschuldigt und versprochen, das Thema nie wieder zu erwähnen. Yvonne hat mir dann beigestanden und gemeint, er solle sich nicht so aufführen. Am Arm einer schönen jungen Frau würde er eher beneidet als bemitleidet.

Ihr trickreicher Versuch, ihn aus der Schmollecke zu locken, war leider nicht erfolgreich.

Um sicherzugehen, dass Curt sich beruhigt hat und ich wirklich zum Vorlesen kommen soll, rufe ich vorsichtshalber Yvonne an. Sie bejaht. Unbedingt!

Auch für mich sind die Nachmittage bei Curt längst zu einem festen Termin geworden, den ich nur aus gutem Grund absagen würde. Obwohl wir uns erst ein paar Wochen kennen, ist in dieser Zeit eine zarte Freundschaft entstanden, die mir wichtig ist. Ich schätze die Gespräche über Bücher und finde seine manchmal etwas schroffe Art erfrischend. Er sagt, was er denkt, und ich weiß längst, dass er damit Emotionen herausfordern möchte, weil er Reaktionen nicht an Gesichtern ablesen kann.

Eine halbe Stunde vor der vereinbarten Zeit mache ich mich auf den Weg. Das Wetter ist noch warm genug für eine wadenlange Baumwollhose und ein dünnes Shirt. Meine Mutter drängt mir noch eine Strickjacke auf. *Auch wenn die Sonne scheint, sollte man mit Regen rechnen.* Sie muss die Worte nicht aussprechen, sie »kleben« wie eine Waschanleitung an jeder Jacke.

Ich stopfe sie in die Umhängetasche, dazu einen historischen Roman, der in der Nachkriegszeit spielt, und nehme kurz entschlossen auch meinen Laptop mit. Ich habe schon mehrmals darüber nachgedacht, Curt einige Seiten meiner Geschichte vorzulesen. Es bisher aber noch nicht gewagt, ihn darauf anzusprechen. Jetzt, wo er nach neuem Lesestoff gefragt hat, käme das vielleicht in Frage. Ob ich mich tatsächlich traue, weiß ich noch nicht. Ich werde es spontan entscheiden. Auf einen passenden Zufall hoffen.

Yvonne öffnet mir die Tür. Sie ist nicht geschminkt und wirkt übermüdet, was ich von ihr gar nicht gewohnt bin. Heute trägt sie Jeans, einen hellblauen Pulli und ähnliche Slipper, wie Curt sie neulich anhatte.

»Werdet du und Jack heute auch zuhören?«, frage ich auf dem Weg ins Wohnzimmer.

Sie gähnt hinter vorgehaltener Hand. »Entschuldige Nina, ich habe schlecht geschlafen. Muss am Vollmond liegen … ich werde mich lieber eine Stunde hinlegen … Jack hat sich heute noch nicht gemeldet …«

Schade, denke ich im ersten Moment und hoffe, dass er doch noch kommt.

Curt erwartet mich auf dem Ledersofa wie jeden Sonntag. Heute mal wieder in Jogginghosen und einem zerknitterten Sweatshirt. Die Füße stecken in Stoffschuhen, die ziemlich gebraucht aussehen und demnach aus seinem früheren Leben stammen müssen.

Irgendwas stimmt hier nicht. Yvonne ist müde, Curt wirkt erschöpfter als sonst. Dicke Luft, meldet mein Bauchgefühl.

»Hallo Curt, gut geschlafen?«, begrüße ich ihn wie üblich, während ich mich in einen der hellgrauen Ledersessel setze. Einen Blinden, der nicht aus dem Haus geht, nach den Erlebnissen der vergangenen Woche zu fragen, wäre seltsam. Aber schlafen muss jeder Mensch, deshalb erschien mir diese Floskel am harmlosesten.

Er antwortet aber nicht, sondern erkundigt sich, ob die Menschen noch lesen oder nur noch an diesen Mobilteilen hängen. Eine wiederkehrende Frage, auf die ich die immergleiche Antwort gebe: Ja.

Seine Stimme klingt kratzig, als hätte er die ganze Nacht gefeiert. Ob das zutrifft, schwer zu sagen, mögliche Augenringe werden von der verspiegelten Sonnenbrille verdeckt. »Dann hast du also genug verdient, damit ihr den Laden am Laufen halten könnt?«

Ich nicke.

»Dein Schweigen kann zweierlei bedeuten: Entweder die Einnahmen waren ausreichend oder eben nicht.«

»Tut mir leid«, entschuldige ich mich, weil ich kurz vergessen habe, dass er mein Nicken nicht sehen kann. »Die letzte Woche lief gut, kein Grund zur Sorge.«

Yvonne bringt uns den gewohnten Espresso, dazu Gläser, eine Flasche Wasser und Zitronenmuffins. »Die hab ich heute Morgen beim Konditor besorgt«, sagt sie, stellt alles auf den Wurzelholztisch und huscht eilig davon.

»Sag mal, Nina …«, beginnt Curt nach dem ersten Bissen. »Trägst du heute eine Hose?«

Ich bin so verblüfft über diese Frage, dass ich fast die Kuchengabel fallen lasse, ehe ich antworte. »Ja, wie hast du das erraten?« Im Stillen frage ich mich, ob er vielleicht doch wieder etwas sehen kann. Ob es eine Art spontane Selbstheilung gab. Soll schon vorgekommen sein.

»Beim Gehen entsteht ein ganz bestimmtes Geräusch, ein leises Rascheln, du hattest sie schon einmal an, und daran habe ich mich erinnert. Wie sieht die Hose genau aus?«

»Sie ist aus Baumwolle, khakifarben, schmaler Schnitt, halblange Beine, schräge Eingrifftaschen, der Stil nennt sich Chino. Der Bund hat Schlaufen für einen Gürtel. Aber ich trage sie ohne Gürtel.«

»Chino«, wiederholt Curt und lässt das Wort eine Weile stehen, ehe er weiterspricht. »Nie gehört, aber Mode ist natürlich nicht mein Metier. Und was hast du sonst noch an? Wie sind deine Haare? Entschuldige, wenn das zu persönlich ist, aber ich würde mir gerne ein genaues Bild von dir machen.«

»Ähm ... nein, schon okay, aber warum hast du nicht Yvonne oder Jack gefragt, wie ich aussehe?«

Curt grinst, als hätte ich Unmögliches verlangt. »Natürlich hab ich sie befragt, doch keine übereinstimmende Antwort bekommen. Was zum einen daran liegt, dass Yvonne dich aus weiblicher und Jack aus männlicher Sicht beschrieben hat. Immer wieder spannend, wie abweichend die Wahrnehmungen sind. Unterschiedliche Aussagen von Zeugen machen gerade Krimis spannend. Diese Technik benutze ich auch beim Schreiben ... *habe* sie benutzt ...«, verbessert er sich eilig.

Curt hat inzwischen einen Zitronenmuffin verspeist und stellt den Teller zurück auf den Tisch.

Mich würde natürlich interessieren, wie Jack mich sieht, aber Curt direkt danach zu fragen, lasse ich lieber sein. Also beschreibe ich mein Aussehen, was gar nicht so einfach ist.

»Aha ...«, grummelt Curt danach und wiederholt mit monotoner Stimme: »Rote Locken, blaue Augen, schlank, ungeschminkt ... trägt Chinohosen, ein rosa T-Shirt, nicht mehr ganz weiße Turnschuhe ...«

»Und, stimmt es mit den anderen Zeugenaussagen überein?«

»Mehr oder weniger«, antwortet er, tastet nach der Espressotasse und nippt daran. »Bah ... der ist ja kalt ...« Angewidert stellt er die Tasse ohne besondere Vorsicht ab.

»Ich kann gerne einen frischen machen«, biete ich waghalsig an.

Ob ich mit der Hightech-Maschine in der Küche zurechtkäme, steht auf einem anderen Blatt.

»Ne, lass mal ... ich trinke Wasser.« Er holt Luft, als müsse er sich konzentrieren, tastet nach der Flasche und dem Glas.

Yvonne hat mir schon zu Anfang gesagt, dass ich keine Hilfe anbieten soll. Wenn er welche benötigt, bittet er darum. Aber allein Kaffee zubereiten wäre sicher problematisch für ihn. Fasziniert beobachte ich, wie Curt zuerst die Flasche öffnet, das Glas auf dem Tisch stehen lässt, es mit einer Hand umfasst und den Zeigefinger über den Glasrand legt. Dann gießt er vorsichtig Wasser ein, bis er es mit dem Finger spüren kann. Kein Tropfen geht daneben. Nichts läuft über. Ich bin beeindruckt.

Er stellt die Flasche zurück auf den Tisch und trinkt einen großen Schluck. Als er das Glas wieder abgestellt hat, fragt er: »Also, was lesen wir heute? Ich bin gespannt, was du ausgesucht hast.«

Ich ziehe das Buch aus der Tasche, die ich am Fußboden neben dem Sessel abgestellt habe. »Ich dachte, vielleicht probieren wir mal einen historischen Roman«, sage ich und lese den Text auf der Rückseite.

»Hmm ... ich weiß nicht. Hast du noch etwas Leichteres?«

»Zufällig habe ich meinen Laptop dabei, da lese ich gerade eine Liebesgeschichte. Erst neulich durch Zufall entdeckt und als E-Book runtergeladen. Es geht um ein Paar, das viel verreist, unter anderem auch nach England in ein Bücherdorf. Ziemlich kurzweilig, und du wolltest doch wissen, was jüngere Menschen so lesen.«

»Ein Bücherdorf, so was gibt's? Verrückt, aber ja, lies mal, wenn es mich langweilt, gehen wir an meine Regale ...«

Dass Curt so schnell einverstanden ist, freut mich sehr, und ich hoffe auf seine ehrliche Meinung. Ich werde ihn nicht direkt danach fragen. Wenn er mich mehr als ein, zwei Seiten lesen lässt, wäre es schon eine Bestätigung.

Curt lehnt sich entspannt zurück und gibt das Startzeichen: »Okay, leg los, ich bin gespannt ...«

Nervös räuspere ich mich hinter vorgehaltener Hand. Meinen eigenen Text einem erfolgreichen Schriftsteller vorzulesen, ist doch ziemlich aufregend. Mit leichtem Herzklopfen beginne ich: *»Sie hatten im Morgengrauen losfahren wollen, Marie wurde aber erst wach, als helles Licht durch die Jalousielamellen fiel ...«*

Nach zehn Minuten lege ich eine kurze Atempause ein und wage einen Kontrollblick zu Curt.

Er sitzt unverändert zurückgelehnt auf dem Sofa und – wegen seines Barts nicht genau zu erkennen – lächelt kaum merklich. »Sehr unterhaltsam. Und wie geht es weiter?«

Curts indirektes Lob ist mehr, als ich zu hoffen gewagt habe. Ich wäre auch nicht allzu sehr enttäuscht gewesen, hätte er einen anderen Lesestoff gefordert. Umso motivierter lese ich weiter.

»Das war's«, sage ich nach einer Stunde an einer günstigen Stelle und schließe die Datei. Curt hat konzentriert zugehört, nicht unterbrochen und auch nicht gegähnt. Ein gutes Zeichen.

»Hat mir gut gefallen«, urteilt Curt, legt die Arme in der ihm eigenen Manier hinter den Kopf und streckt sich. »Leichte Kost, aber kein Kitsch. Mal was anderes. Nächste Woche gerne wieder.«

»Hallo zusammen!«

Jack steht plötzlich im Raum, in schmalen schwarzen Hosen und einem schwarzen Hemd, die Ärmel bis zur Hälfte umgeschlagen. Eine Sonnenbrille beult die Brusttasche aus. Überrascht sehe ich ihn an.

»Schön, dass ich dich noch antreffe, Nina, ich hatte Sorge, dass ich zu spät komme.« Jack schaut mich an, als wären wir verabredet gewesen.

Verlegen fahre ich mir durchs Haar, obwohl sich dadurch absolut nichts ändert. Sie sehen trotzdem zerzaust aus. »Wenn du zuhören wolltest, bist du tatsächlich zu spät, mit dem Vorlesen sind wir leider schon am Ende.«

»Schade, Pech gehabt ... Aber vielleicht magst du zum Abendessen bleiben. Ist es dir recht, wenn wir Nina einladen?«, wendet sich Jack an seinen Vater.

»Klar, von mir aus gerne. Auf eigenes Risiko.«

»Nina?« Jack sieht mich fragend an. »Vorausgesetzt natürlich, du hast überhaupt Zeit. Curt kocht!«

»Jack kocht, ich gebe nur Kommandos«, stellt Curt richtig.

»Na klar, sehr gerne. Vielleicht kann ich auch helfen.« Ob ich tatsächlich eine große Hilfe wäre, wird sich zeigen. Erst mal freue ich mich über die Einladung, und es hat den Anschein, als wollte Jack den etwas unglücklichen Ausgang unseres letzten Treffens »unter den Tisch fallen lassen«. Der Spruch passt ja genau.

32

Die Küche erstrahlt in der gleichen klinischen Sauberkeit wie bei meinem ersten Besuch. Als ich ewig vor dem Haus stand, ehe ich eingelassen wurde. Als ich mich über Curts Ruppigkeit wunderte. Und schließlich schockiert bemerkte, dass er blind ist. Ich halte mich im Hintergrund, während Curt und Jack an den doppeltürigen Kühlschrank treten.

»Auf was darf ich mich denn freuen?«, frage ich in Erwartung eines leckeren Essens. Nach dem Vorlesen bin ich jedes Mal hungrig wie ein Bär.

»Curt hat sich ein asiatisches Currygericht gewünscht«, erklärt Jack mit einem Blick über die Schulter. »Ich werde es nach seinen Anweisungen zubereiten. Und versuche, nichts anbrennen zu lassen ...« Er blinzelt mir zu, und ich verstehe die Andeutung natürlich sofort.

»Ist mein Lieblingsgericht«, sagt Curt und dreht sich in meine Richtung. »Die meiste Arbeit macht das Gemüse schnippeln. Aber ihr seid ja zu zweit ...«

Ein leichtes Lächeln umspielt seinen Mund. Ich nicke und entgegne: »Schnippeln kann ich gut.«

Jack holt eine prall gefüllte Tüte aus dem Kühlschrank. »Curt, kannst du bitte das Gemüse nehmen.«

Curt umfasst den Beutel mit beiden Armen und geht damit zur Arbeitsplatte. Es sind keine ausladenden Schritte wie die eines sehenden Mannes, aber auch keine unsicheren. Noch vor Wochen lief er im Flur dicht an der Wand entlang, diese Orientierungshilfe benötigt er offenbar nicht mehr. Auch den freien Platz zwischen Kochfeld und Spülbecken kennt er inzwischen oder fühlt ihn auf den Zentimeter genau. Ganz selbstverständlich legt er das Gemüse ab, wie auch ich es tun würde. Wenn ich nicht um sein Handicap wüsste, würde ich glauben, er kann sehen. Je öfter ich Curt beobachte, umso überzeugter bin ich, dass er sich mit entsprechendem Mobilitätstraining überall zurechtfinden würde. Aber wie ihn von dieser Chance überzeugen? Der Streit wegen des Spaziergangs hat ja gezeigt, wie heikel dieses Terrain ist. Wenn ich noch einmal davon anfange, wird er mich bestimmt aus dem Haus werfen. Ich seufze leise vor mich hin.

»Nina, alles in Ordnung?«, höre ich Jack fragen.

Mein Seufzer war wohl nicht so leise wie beabsichtigt. »Alles bestens, jederzeit bereit, ein Messer in die Hand zu nehmen.« Motiviert klatsche ich in die Hände.

Jack holt diverse Messer und einen Sparschäler aus einer Schublade. »Kann losgehen ...«

»Den Bioabfall bitte in den kleinen Eimer unter der Spüle«, meldet sich Curt, der jetzt gegenüber an den niedrigen Schubladenschränken lehnt.

Ich öffne die Tür unter der Spüle, entdecke einen grauen Behälter mit Deckel, nehme ihn heraus und will ihn Curt zeigen. Ein unbewusster Mechanismus, geschuldet der Tatsache, dass man Curt seine Blindheit zuweilen nicht anmerkt. »Hab ihn gefunden«, verkünde ich stattdessen und stelle ihn oben ab.

Curt lacht laut auf.

Ich freue mich über seine gute Laune und hoffe, dass sie anhält. Nicht nur der allgemeinen Stimmung wegen, ich weiß aus eigener Erfahrung, was Lebensfreude bewirkt.

Jack grinst mich an, während er einen Blick auf den Gemüseberg wirft. »Such dir was aus ...«

»Karotten, die passen so gut zu meinen Haaren.«

»Hast du Biokarotten gekauft?«, möchte Curt wissen.

Jack dreht sich zu Curt. »Ja, warum?«

»Die müssen nicht geschält werden, nur gut waschen, das reicht. Macht weniger Abfall. Eine Gemüsebürste sollte auch da sein ... unter der Spüle ...«

Besagte Bürste liegt in einem Körbchen zwischen Schwämmen und Gummihandschuhen. Emsig beginne ich zu schrubben.

»Ich glaube, die sind sauber genug.« Jack blickt auf meine schrubbenden Hände.

»Oh ... okay ...« Ich lasse die Möhren abtropfen und lege sie auf das Holzbrett, das Jack bereitgelegt hat.

Die nächsten zwanzig Minuten bin ich mit Kleinschneiden beschäftigt und sehe zu, mir nicht in den Finger zu säbeln. Passiert schneller, als man denkt.

Jack setzt inzwischen Reis auf und stellt nach Curts Angaben die Zutaten für eine Erdnusssoße bereit.

Kochen sollte man den Köchen überlassen, war Erics Credo. Das sind Fachkräfte, deshalb schmeckt es dann auch so gut. Als Laie den Profis nachzueifern, kann nur schiefgehen.

Auf mich trifft es zu einhundert Prozent zu, aber als Handlangerin bin ich unschlagbar, lobe ich mich selbst. Sollten Paula und Gisbert eines Tages ... nein, darüber will ich jetzt nicht nachdenken. Meine trüben Assoziationen werden von Yvonne unterbrochen, die sich zu uns gesellt.

»Hmm, das riecht göttlich. Als hätte Curt selbst am Herd gestanden.«

Yvonne möchte den Tisch decken und öffnet einen der Oberschränke.

»Moment«, stoppt Jack ihren Eifer und wendet sich an Curt. »*Wo* wollen wir essen? Wir haben noch keinen Esstisch!«

»Leider«, seufzt Yvonne.

Mir war ein fehlender Esstisch bisher nie aufgefallen, ich habe mir aber auch keine Gedanken darüber gemacht. An den Vorlesenachmittagen wurden ja nur Kaffee, Kuchen oder Kekse serviert.

Es entsteht eine Pause, in der Yvonne einen Stoß Teller aus dem Oberschrank nimmt und ihn abstellt, als warte sie auf Curts Anweisung, wohin damit.

»Dann bleibt wohl nur die Terrasse, der Tisch ist groß genug für vier«, sagt Jack schließlich in beiläufigem Tonfall. Langsam kommt mir der Verdacht, dass die beiden sich abgesprochen haben.

Curt entgegnet nichts, auch Yvonne und ich schweigen. Jack blickt von mir zu Yvonne, als wollte er sich unseres Beistands versichern. Ich merke, dass wir angespannt auf Curts Antwort warten.

Curt lehnt unbeeindruckt an den Schubladenschränken. Mit einem Mal richtet er sich auf und sagt: »Dann werden wir uns wohl einen Esstisch anschaffen müssen. Aber heute haben wir keine Alternative, als auf dieser verdammten Terrasse zu essen.« Er knurrt leise, grinst aber.

Wir schauen uns verblüfft an. Ich staune über Curts Sinneswandel, traue mich aber nicht, den zu kommentieren. Vielleicht war es sarkastisch gemeint, und wir essen doch auf dem Fußboden oder im Wohnzimmer mit den Tellern auf den Knien.

Aber Yvonne hat sich schnell gefasst und geht auf ihn zu. »Kluge Entscheidung, Curt. Die Luft ist heute auch besonders angenehm. Warm, aber nicht heiß, und jetzt gegen Abend duften die Immergrünen besonders intensiv. Dann hole ich mal den Servierwagen.«

Curt kommentiert Yvonnes Statement nicht, sondern schreit jetzt panisch: »Jack! Nimm die Pfanne vom Herd!«

Jack schreckt auf, dreht sich zum Kochfeld und zieht die Pfanne von der Platte. »Verdammt ... das war knapp ...«

»Wie konntest du das wissen?«, frage ich tief beeindruckt.

Curt tippt sich an die Nase. »Die funktioniert ja noch bestens.«

Ich frage mich, ob ihm bewusst ist, wie sehr seine anderen vier Sinne bereits das Sehen ersetzen. Mein Geruchssinn, und sicher auch der von Jack, hat nur die Aromen der scharfen Currygewürze wahrgenommen, die sich angenehm in der Küche verbreitet haben. Curt jedoch hat feinste Brandpartikel gerochen, ehe die Soße verbrannt wäre. Erstaunlich und auch wieder nicht. Seine Vorliebe für duftende Blumen ist die Bestätigung. Dass er jetzt tatsächlich die Terrasse betreten und dort sogar essen will, begeistert mich so sehr, dass ich ihn am liebsten fragen möchte, woher der Sinneswandel plötzlich kam. Aber ich beherrsche mich, der passende Moment wird kommen. Wenn du es eilig hast, gehe lieber langsam!

Yvonne rollt den Servierwagen in die Küche. Die Teller und vier mit einem roten Koi verzierte Schalen stellt sie auf das untere Fach. Dazu Papierservietten, Gläser und zwei Flaschen Mineralwasser, die sie aus dem linken Abteil des hohen Kühlschranks holt.

»Und zur Feier des Tages einen leichten Weißwein!«, verlangt Curt in bestimmendem Tonfall, als er den Klang der Gläser hört.

»Ausnahmsweise ...«, entgegnet Yvonne. Sie nimmt Weingläser aus einem anderen Schrank und eine Flasche Wein aus dem Kühlschrank, die sie auch gleich öffnet.

Jack platziert die Speisen auf der oberen Ebene, und gemeinsam marschieren wir den Flur entlang.

Auf der Terrasse kümmern Jack und ich uns ums Tisch decken, während Yvonne Curt bei der Stufe nach draußen hilft.

Er tastet zuerst mit der Hand nach der offenen Terrassentür, dann mit einem Fuß die zwanzig Zentimeter hohe Hürde, bevor er vorsichtig darübersteigt. Draußen nimmt er Yvonnes Arm, ohne sich anmerken zu lassen, ob er sich womöglich hilflos in der neuen Umgebung fühlt. Es ist schön zu beobachten, wie sehr sie aufeinander eingespielt sind.

Curt bleibt erst einmal stehen, hebt den Kopf und atmet mit großer Geste die Sommerluft ein. »Doch ... ja ... gar nicht übel dieses immergrüne Zeugs ... Nina, du musst mir nachher die einzelnen Sorten erklären. Wie sie aussehen und woher sie stammen. Vielleicht gebe ich ihnen sogar Namen ...«

»Aber jetzt essen wir erst einmal, sonst wird das leckere Curry kalt«, sagt Yvonne mit einem Lächeln, das deutlich ausdrückt, wie sehr auch sie sich über Curts Veränderung freut. Leise gibt sie die Entfernung der Gartenmöbel an.

Mir bleibt der Mund offen stehen. Einfach unglaublich, Curt ist wie verwandelt. Ob es daran liegt, dass er »gekocht« hat? An der entspannten Atmosphäre in der Küche? Bei dieser Überlegung fällt mir ein, wie ich das Gespräch in eine Richtung lenken kann, die vielleicht noch viel mehr für ihn verändert.

Jack hat inzwischen auch die Speisen vom Servierwagen auf den Tisch befördert. An seiner entspannten Miene kann ich erkennen, wie zufrieden er ist. Curt sitzt auf einem der Stühle an der Kopfseite und tastet über den Tischrand nach dem Löffel und der chinesischen Schale. Wo er das genau findet, hat Yvonne ihm beschrieben. Beides geht nicht ganz so schnell wie im Wohnzimmer an dem niedrigen Walnussholztisch, aber es ist ja auch eine neue Situation für ihn.

Jack sitzt Curt gegenüber an der anderen schmalen Seite, Yvonne und ich haben auf der Bank Platz genommen.

Yvonne füllt unsere Weingläser, und wir stoßen auf den gelungenen Tag an.

Nachdem wir alle den Wein gekostet und gelobt haben, nimmt Yvonne die Schale von Curts Teller.

»Eine kleine Portion«, sagt Curt, als wäre es nicht sein Lieblingsgericht, sondern irgendeine Pampe, die er nur aus Höflichkeit probieren wird.

Während Yvonne einen Löffel Reis und zwei Löffel Erdnusscurry auffüllt, sehe ich aus den Augenwinkeln, dass Jack die unausgesprochene Kritik gelassen hinnimmt.

»Bitte, bedien dich, Nina ...«, fordert er mich auf.

»Danke ...« Ich halte mich nicht vornehm zurück, sondern nehme mir eine große Portion. Die Soße duftet verführerisch und überhaupt nicht angebrannt.

Jack beobachtet Curt, der die Schale dicht an sein Kinn hält, den Löffel vorsichtig in das Curry taucht und dann nur ganz wenig davon probiert.

Jack, Yvonne und ich starren Curt ungeniert an, was er ja nicht sehen kann, und warten auf sein Urteil.

Curt lässt sich Zeit. Nimmt einen zweiten Löffel und einen dritten. »Doch ja ... kann man essen ...«, grummelt er und lacht dann. »Es schmeckt köstlich. Als hätte ich es selbst gekocht. Gut gemacht, Jack. Und Nina ... das Gemüse ist perfekt in Form und Größe.«

Ich bedanke mich lachend.

»Puh ...«, sagt Jack und stöhnt erleichtert auf. »Das war knapp.«

Wir löffeln eine Weile genüsslich vor uns hin, und als ich spüre, wie sich die Stimmung entspannt, wage ich meine erste Frage: »Sag mal, Curt … ich überlege die ganze Zeit, ob es in deinen Krimis Rezepte gab? Erinnern kann ich mich jedenfalls nicht, und ich habe alle gelesen.«

Curt stellt seine Schale mit großer Vorsicht zurück auf den Teller. »Nein, es gab keine. Ich fand diese Mode immer schon total absurd. Was hat ein Rezept in einem Krimi zu suchen? Vielleicht erinnerst du dich an meinen Detektiv Emil Ross, der sich fast ausschließlich von Fast Food ernährt hat. In einem Band habe ich mich verleiten lassen, über einen Hamburger zu schwadronieren. Doch wie das so ist mit Menschen, die sich ungesund ernähren, sie erleiden gerne mal einen tödlichen Herzinfarkt.«

»Oh, ich erinnere mich sehr gut an Emil … ich habe ihn sooo geliebt …«, entgegne ich begeistert. »Warum musste er sterben? Er war so liebenswert und schrullig und ein klasse Kommissar. Einhundert Prozent Aufklärungsquote.«

Curt tastet nach seinem Weinglas, nimmt einen Schluck und behält das Glas in der Hand. »Weil mein Agent meinte, es wäre Zeit für eine neue Reihe. Deshalb musste Emil gehen und wurde durch die junge, hippe Cora ersetzt, die ständig grüne Äpfel futterte.«

»Die mochte ich auch sehr. Aber Emil hätte doch nicht sterben müssen. Er hätte sich wandeln, überzeugter Veganer werden und alle damit nerven können.« Kaum ausgesprochen merke ich, zu weit gegangen zu sein. »Entschuldige Curt, meine Fantasie ist grade mit mir durchgegangen.«

»Oh, das macht gar nichts«, sagt Curt, und ich sehe, wie er lächelt. »Aber Emil ist nun mal tot, also vergessen wir ihn einfach …«

Ich seufze. »Nein, Emil vergessen kommt nicht in Frage, ich werde alle Bände noch einmal lesen. Da fällt mir ein … Hatte Emil nicht einen Sohn? Der könnte doch …«

»Vergiss es, Nina«, fährt Curt mich erbost an. »Ich ahne, was du mit deinen Fragen bezweckst. Aber es hat keinen Sinn. Ich werde *nie* wieder schreiben. Punkt!«

»Entschuldige, ich wollte dich nicht verärgern. Es war nur so eine spontane Eingebung, völlig unangebracht. Sorry.«

Curt brummelt Unverständliches vor sich hin. Wir essen schweigend weiter. Die Stimmung ist durch meine Bemerkung spürbar gedrückter. Nur Jacks Nicken tröstet mich. Wir hatten ja verabredet, Curt mit allen Mitteln wieder zum Schreiben zu verleiten. Jacks Essen hat eine Veränderung in Curt bewirkt, die ich ruiniert habe. Es war vermessen von mir zu glauben, ich könnte Curt mit ein paar Fragen neuen Lebensmut vermitteln. An seine Kreativität zu appellieren. Ihn an den Schreibtisch zurückzubringen. Ich sollte in Zukunft den Mund halten und mich glücklich schätzen, wenn ich weiter vorlesen darf.

33

Am frühen Abend verabschieden Jack und ich uns. Wir haben noch beim Aufräumen geholfen und sind dann gegangen. Curt hatte sich nach meinem Fauxpas sehr schnell mit einem gemurmelten »Schönen Abend« und dem nachgefüllten Weißweinglas in sein privates Reich verzogen.

Wütend über mich selbst lehne ich mich jetzt an die verspiegelte Wand des Aufzugs und seufze leise. »Ich habe ein total schlechtes Gewissen, mein unüberlegtes Geplapper hat alles versaut …«

»Mach dir keine Vorwürfe«, unterbricht Jack mich und lächelt mir aufmunternd zu. »Deine Fragen waren genau auf den Punkt, und nachdem seine Stimmung schon in der Küche eindeutig positiv war, habe ich auch gehofft, dass sie ein Anstoß für Curt wären. Aber er ist ja so schrecklich stur, man könnte auch gegen eine Wand reden …«

Der Lift hält im Erdgeschoss.

Jack fragt, ob ich selber mit dem Wagen unterwegs bin oder mit ihm fahren möchte. »Mein Roter steht vor dem Haus.«

»Danke, ich bin zu Fuß gegangen, fahre gerne mit …« Curts abweisende Reaktion durch meine Schuld hat mich ziemlich demoralisiert.

Jacks Kleinwagen steht direkt vor dem Haus. Ein knallroter Farbklecks in der grauen Abenddämmerung, die sich jetzt über die Stadt senkt.

»Wer weiß, ob ich überhaupt noch mal zum Vorlesen kommen darf«, murmle ich, als wir eingestiegen sind.

»Warum nicht?« Jack startet den Wagen und fährt los. »Curt liebt die Nachmittage und freut sich die ganze Woche drauf. Hat er nicht gesagt, dass er das Lesen vermisst und Hörbücher nicht abkann?« Er schaut mich fragend an.

»Hat er …«, bestätige ich.

»Na bitte. Deine Besuche sind das einzige Licht in seiner Dunkelheit, wenn ich es mal so blumig ausdrücken darf. Er hat doch kaum Beschäftigung, auch keine Bewegung, und wartet darauf, dass er müde wird und schlafen gehen kann, mehr oder weniger. Sein Tagesablauf ist eintönig. Wenn er nicht endlich zur Einsicht kommt und sich helfen lässt, wird er in eine böse Depression abrutschen. Wenn er die nicht bereits hat. Also bitte, Nina, nicht aufgeben.«

Jacks Statement heitert mich trotz teilweise düsterer Perspektive ein wenig auf. »Ich werde dranbleiben, aber Yvonne fragen, wie die Lage ist, wenn sie am Donnerstag frische Blumen holt.«

Wir sind am Lindenufer angekommen. Jack hält vor unserem Haus. »Apropos Blumen … ich bin dir noch Fotos von euren

Läden schuldig.« Er stellt den Motor ab und dreht sich zu mir. »Mittwochabend hätte ich Zeit. Würde dir das passen?«

Das kommt zwar überraschend, aber ich freue mich, dass er es nicht vergessen hat. »Ja, ich habe nichts anderes vor. Soll ich was vorbereiten? Was willst du fotografieren? Und ich muss doch nicht unbedingt mit aufs Bild, oder?«

Jack mustert mich einen Moment. »Unbedingt *muss* gar nichts. Aber ich finde, als die eine Hälfte von *Buch & Blume* sollten die Kunden dein Gesicht kennen. Das macht Fotos viel authentischer, und der Wiedererkennungseffekt ist nicht zu unterschätzen.«

Ich nicke stumm. Da hat er wohl recht.

»Mach dir keine Gedanken«, beruhigt er mich, als könne er sie erraten. »Es wird eine lockere Angelegenheit, ich knipse ein paar Sträuße oder einzelne Blüten und irgendwo finden wir eine Ecke, in der du dich wohlfühlst. Dann drücke ich dreimal auf den Auslöser, und schon sind wir fertig.«

»So formuliert hört es sich total *easy* an.«

»Sag ich doch.« Jack beugt sich zu mir und küsst mich sanft auf die Wange. »Bis Mittwoch, ich freu mich …«

Dieser überraschende Kuss verwirrt mich so sehr, dass ich mich hektisch aus dem Sicherheitsgurt befreie. Halblaut antworte ich: »Ja cool, bis Mittwoch« und flüchte fast aus dem Wagen.

Vor der Haustür finde ich das Schlüsselloch nicht sofort, als wäre ich ein verliebter Teenager, den ein alberner Wangenkuss aus der Fassung bringt. Zu meiner Erleichterung höre ich Jack aber sofort wegfahren.

Um mich abzureagieren, laufe ich die vier Etagen zu Fuß nach oben. Keuchend stehe ich vor der Wohnungstür und atme erst einige Male tief durch, ehe ich aufsperre.

Aus dem Wohnzimmer vernehme ich fröhliches Gelächter. Ist meine Mutter plötzlich schwerhörig geworden und der Fernseher läuft volle Pulle?

Nein, der Fernseher ist es nicht. Unter der Garderobe stehen auf Hochglanz polierte Herrenschnürschuhe. Fein säuberlich neben neuen Pumps von meiner Mutter.

Gisbert!

Leise schleiche ich zu meinem Zimmer. Frisch erblühtes Glück auf der Couch ist das Letzte, was mir heute noch fehlt.

»Schatz, bist du das?«

Nein zu sagen, wäre albern, obwohl auch sie weiß, dass ich es bin, die sie seit kurzem nicht mehr Nina-Marie nennt. »Jahaaa ...«

»Komm doch rein ...«

Auch das noch! Ich atme tief durch, hebe den Kopf und mache ein freundliches Gesicht, ehe ich die nur angelehnte Wohnzimmertür öffne.

Ungläubig reiße ich die Augen auf: Der Wohnzimmertisch, auf dem wir bei Fernsehabenden unsere Beine ablegen, wurde zur Seite geräumt.

Auf diesem Platz: Paula und Gisbert.

Im Schneidersitz, die Hände auf den Knien abgelegt.

Verwirrt starre ich die beiden in ihren enganliegenden Trainingsklamotten an. Paula, klein und knubbelig ganz in Bordeaux, und Gisbert, eher dünn und durchtrainiert in Dunkelblau, sitzen sich gegenüber auf knallgrünen Schaumstoffmatten, die Beine untergeschlagen, die Hände auf den Knien.

»Was macht ihr da?« Ich bin zutiefst irritiert.

Meine Mutter strahlt mich an. »Meditieren!«

»Wir versuchen, in uns zu gehen, nicht nachzudenken«, merkt Gisbert an, der unter seiner blauen Pelle ziemlich muskulös wirkt.

»Aber ihr kichert! Meditieren geht anders.«

Und schon prusten sie wieder los.

»Weiß ich doch: Augen zu und *nichts* denken ist aber gar nicht so einfach«, entgegnet meine Mutter.

»Ist es nicht immer so? Wenn man nichts denken soll, dann

denkt man doch doppelt so viel. Obwohl die erfahrenen Yogis empfehlen, man soll die Gedanken einfach so vorbeifließen lassen. Wie ein kleines Bächlein. Bloß nicht festhalten«, doziert Gisbert.

»Kannst gerne mitmachen«, sagt meine Mutter und klopft kichernd mit der Hand auf die Matte. »Gruppenmeditation liegt doch voll im Trend.«

»Vielen Dank, aber ich habe da ein spannendes Buch, das ich unbedingt zu Ende lesen möchte …« Schnell ziehe ich die Tür zu, ehe ihr doch noch einfällt, mich zu fragen, warum ich heute später zurückkomme als üblich.

Im Bad putze ich die Zähne, hole aus der Küche noch ein Glas Apfelschorle und lasse mich dann aufs Bett fallen.

Aber bloß nicht die Augen zumachen, sonst schlafe ich ein und träume von Paula und Gisbert auf grünen Matten in unserem Wohnzimmer.

Stattdessen komme ich ins Grübeln. Wie intensiv ist die Beziehung zwischen den beiden schon geworden? Anfangs geht man doch eher miteinander ins Kino, auf Konzerte oder ins Theater. Später guckt man fern und kuschelt ein wenig. Aber meditieren? In engen Trikots? Ist das nicht auf eine sehr seltsame Weise intim? Oder macht man das im fortgeschrittenen Alter so? Während ich mir den Kopf zerbreche, dringt wieder fröhliches, direkt übermütiges Lachen zu mir. Ich gönne ihr natürlich die Freude, sie hat es verdient. Aber ich wäre nie auf die Idee gekommen, dass Meditation so lustig sein kann.

Kurz darauf höre ich schwere Schritte, und meine Mutter ruft mir durch die Tür zu: »Alles in Ordnung, Schatz?«

»Ja, alles prima!«

»Okidoki!«

Okidoki? Noch ein neuer Ausdruck. Ob sie sich den von Gisberts Wörterliste ausgeliehen hat? Langsam mache ich mir doch ein wenig Sorgen um mein Bleiben in dieser Wohnung. Wäre sicher nicht verkehrt, mal auf dem Immobilienmarkt zu recherchieren. Mehr als ein Zimmer brauche ich nicht. Auch wenn ich nicht zum Ausziehen »genötigt« werde, ist es nach zwei Jahren höchste Zeit. Aber bin ich tatsächlich schon so weit? Habe ich die vier Phasen der Trauer durchlaufen?

Nicht-wahrhaben-Wollen: In den ersten Wochen habe ich den Tod verdrängt!

Aufbrechende Emotionen: Das Versinken in Schmerz und Tränen. Nicht aufhören können zu weinen.

Suchen und sich lösen: Ich glaube, das waren die Besuche in der Selbsthilfegruppe.

Neuer Weltbezug: Das ist ohne Zweifel meine Buchhandlung. Aber auch die Freundschaft mit Curt und Jack. Oder ist das mit Jack schon mehr als Freundschaft?

Die Antwort darauf schenke ich mir noch, fahre stattdessen meinen Laptop hoch und rufe das Immoportal auf.

Die Angebote an kleinen Apartments in Spandau sind überschaubar, positiv ausgedrückt. Gerade mal drei Wohnungen kämen preislich in Frage. Wenn ich tatsächlich ausziehen muss, wäre ich am Arsch.

Seufzend schließe ich den Computer und versuche mich mit positiven Gedanken zu beruhigen. Vielleicht wird alles nicht so schlimm werden. Auch in der größten Not sollte man die Hoffnung nicht verlieren, um meine Mutter zu zitieren. In meiner Situation hieße es, auf das Ende der Beziehung zwischen Paula und Gisbert zu hoffen.

Nein. Das wäre böse und gemein.

Sie wirkten so glücklich auf ihrer grünen Matte. Und das gönne ich ihr von Herzen.

Mittwochmorgen stehe ich eine halbe Stunde früher auf, dusche ausgiebig, wasche die Haare, creme mich ein und inspiziere dann meinen Kleiderschrank. Was soll ich für den Fototermin anziehen? Ich bin unschlüssig und probiere mich durch meine Kollektion. Bald liegt ein Berg Klamotten auf dem Bett, und nichts davon hat mich überzeugt. Meine Alltagskluft für den Laden ist unaufgeregt, zweckmäßig. Outfits aus Samt und Seide wären beim Bücherauspacken hinderlich und beim Binden von Bouquets schnell ruiniert. Nur am Kassentresen könnte ich auch in einem seidenen Gewand posieren. Wenn ich denn eines hätte.

Wehmütig denke ich an die Reise nach London. An den Bummel über die Straßenmärkte in der Brick Lane. Die dort erstandenen Klamotten habe ich ziemlich bald nach Erics Tod verschenkt oder online verkauft. Der Anblick und die Erinnerungen an diesen Tag waren einfach zu schmerzhaft.

Ganz plötzlich verspüre ich den Drang, mir die Fotos von damals anzuschauen. Schaffe ich das wirklich, ohne mich in Tränen aufzulösen?

Ich fahre meinen Laptop hoch. Dann starre ich eine Weile auf den Ordner, in dem die Fotos gespeichert sind. Noch einmal tief Luft holen und anklicken.

Da ist er. Eric. Die Liebe meines Lebens. Auf allen Bildern so lebendig und fröhlich und voller Kraft. Groß, rotblonde Bartstoppeln am kräftigen Kinn, moosgrüne Augen, die in der Sonne glänzen. Doch am intensivsten ist sein Lachen. Wenn ich die Augen schließe, höre ich es auch jetzt noch.

Ich klicke mich durch die Fotos und stoppe an einem, das ich komplett vergessen habe. Eric hält sich eine rote Karte, die er aus Japan mitgebracht hat, vor die Nase. Darauf in klarer roter Schrift: *IKIGAI*. Sinngemäß bedeutet es: etwas zu haben, wofür man jeden Morgen mit guter Laune aufsteht.

Eine riesige Emotionswelle läuft über meinen Körper. Mein *Ikigai* ist *Buch & Blume*, dafür stehe ich jeden Morgen auf und gehe mit Freuden in die Läden. Es ist, als würde Eric mir durch dieses Bild eine kleine Botschaft schicken. Tapfer lächle ich vor mich hin. Er wird immer bei mir sein, ich muss nur die Fotos anschauen. Ja, ich befinde mich in der vierten Trauerphase. Im selben Moment klopft es an der Tür.

»Guten Morgen, Schatz! Willst du frühstücken?«

Eilig klappe ich den Laptop zu, reibe mir die Augen und rufe: »Komm rein.«

Vorsichtig öffnet sie die Tür, bleibt im Türrahmen stehen und fixiert den Kleiderberg mit großen Augen. »Modenschau am frühen Morgen? Das kenne ich ja gar nicht von dir. Ist was passiert?«

»Ja, und nein«, antworte ich und berichte von der Verabredung mit Jack.

»Oh, das ist ja ganz wundervoll. Und wie freundlich von Jack. Ich sag ja, er ist ein besonders netter Mann.« Verzückt spitzt sie den Mund und wiegt überlegend den Kopf. »Vielleicht darf ich auch mit auf das Bild. Ich werde mir auf jeden Fall ein hübsches Kleid raussuchen und mir besonders viel Mühe mit dem Make-up geben. Das solltest du übrigens auch tun. Und die Haare nur an der Luft trocknen lassen, das sieht am gepflegtesten aus.«

Lufttrocknen ist eingeplant. Aber auch noch schminken? Daran hatte ich nicht gedacht. Wenn ich die Wimpern tusche, darf ich mir nämlich nicht über die Augen reiben. Doch im Blumenladen, bei all den herumfliegenden Pollen kann es schnell passieren, und zack sehe ich aus wie nach einer durchzechten Nacht. Also wäre es das Klügste, das Schminkzeug mitzunehmen. Aber die Kleiderfrage ist damit noch nicht geklärt. Ob ich eine Tasche packen sollte?

Ich begebe mich in die Küche und frage meine Mutter.

»Du willst was?« Sie schaut mich an, als wäre ich nicht mehr ganz bei Sinnen.

»Na ja ... dann kann Jack was aussuchen. Als Fotograf muss er doch auch ein bisschen wissen, was passt, oder nicht?« Ich warte auf einen ihrer schlauen Tipps. Die schüttelt sie normalerweise sofort aus dem Ärmel.

»Ach so ... ja, schon möglich«, sagt sie unkonzentriert und treibt mich zur Eile an.

Ich zwinge mich zu einer Tasse Kaffee und einer halben Scheibe Brot mit Butter und Nutella. Nur so entkomme ich bohrenden Fragen, die sie mir garantiert stellen würde, wenn ich behaupte, keinen Hunger zu haben.

Danach stelle ich ein klassisches Outfit zusammen, in dem ich als Buchhändlerin ernst genommen werde: Jeans, sandfarbener V-Pullover und schwarze Lederslipper. Mein liebstes Blumenfee-Outfit, ein rosafarbenes Shirt mit langen Ärmeln, eine grüne Trägerhose und rote Sneakers werde ich einpacken. Darin falle ich zwischen bunten Sträußen und grünen Topfpflanzen kaum auf. Wenn Jack überhaupt Zeit hat, um mich mit Blumen und auch noch vor den Bücherregalen abzulichten. Da fällt mir ein, welches Buch ich in der Hand halten möchte.

Erics Reiseführer. Das Buch, von dem er mir fünf Exemplare als Grundstock für meine Buchhandlung geschenkt hat. Es liegt verpackt im Schrank, damit die Seiten nicht so schnell vergilben wie im Regal.

Als ich es heraushole und aus dem Papier befreie, liegen auch der Ring für den Daumen und der Schlüsselanhänger mit dem Eiffelturm dabei, den Eric mir in Paris gekauft hat. Die beiden Sachen hatte ich vollkommen vergessen. Ich stecke mir den Ring an, schiebe den Anhänger in die Hosentasche und weiß noch genau, was er gesagt hat: »Für deinen eigenen Buchladen. Jeden Tag beim Aufsperren wirst du dann an mich denken.« Er war so sicher, dass ich es eines Tages schaffe. Zärtlich streiche ich dann mit der Hand über das Buch und fühle mich zurückversetzt in den Moment, als er mir die Exemplare überreicht hat. Erstaunt bemerke ich, dass es mir gelingt, an die wunderschöne Zeit mit ihm zu denken, ohne zu weinen.

Während ich das Buch und das andere Outfit einpacke, fällt mir auch eine Idee für das Blumenfoto ein.

34

Wir sind spät dran, meine Mutter hat sich noch dreimal umgezogen.

Ellen ist aber vor Ort und hat längst aufgesperrt, auf sie ist einfach Verlass. Vielleicht wäre mal eine Gehaltserhöhung fällig.

Meine Mutter saust direkt in ihr Büro. Ohne die obligatorische zweite Tasse Kaffee weigert sich ihr Gehirn, in den Arbeitsmodus hochzufahren; O-Ton Paula. Ich eile in den Buchladen, wo zwei Stammkundinnen, Zwillingsschwestern, vor der Tür stehen. Typisch, wenn man sich einmal fünf Minuten verspätet. Meine Tasche deponiere ich unter der Ladentheke, auspacken kann ich später. Kundschaft hat immer Priorität.

Die farbenfroh gewandeten älteren Ladys suchen Lesestoff für einen dreiwöchigen Urlaub auf Sardinien. Psychothriller oder Krimis sind gewünscht.

»Was von den Neuerscheinungen können Sie empfehlen?«, fragen sie fast einstimmig.

»Bitte ohne Blutvergießen, alkoholsüchtige Kommissare oder Folterexzesse«, sagt eine der Schwestern.

»Wir wollen nachts noch schlafen können und nicht von Albträumen gequält werden«, fügt die andere hinzu und verdreht die Augen hinter ihrer Lesebrille.

Gar nicht so einfach, seit einiger Zeit wird der Markt mit brutalen Geschichten geradezu überschwemmt. Und als Stammkundinnen kennen sie bereits alle Werke von Curt Fernau.

Gemeinsam werden wir aber fündig, und nach einer Stunde verlassen sie den Laden mit fünf Büchern.

Gar nicht übel für einen Mittwochvormittag. Der Mittwoch scheint der neue Shoppingtag zu sein, denn die Kunden geben sich weiterhin die Klinke in die Hand. Auch bei Ellen ist viel los, ein Indiz für gute Beratung, erstklassige Ware und damit Kundenbindung. Wir dürfen zufrieden sein. Aber ich komme einfach nicht dazu, mich um das Accessoire für das Blumenfoto zu kümmern.

Erste gegen Mittag, als der Laden mal leer ist, eile ich ins Büro, um eine Tasse Kaffee zu trinken und meine Mutter um Hilfe zu bitten. Sie macht gerade eine Pause, hat die Beine auf den Schreibtisch gelegt, ganz die Chefin, und nippt an einem Glas Grapefruitsaft.

»Wo bekomme ich schnellstens eine roséfarbene Caladium her?«

Sie überlegt eine Sekunde. »Ein Buntblatt?« Sie stellt das Glas ab und schwingt die Beine vom Tisch. »Seit wann gibt es die in Rosa? Ich kenne nur Grüne mit weißen oder roten Schattierungen ...«

Ich zucke die Schulter. »Vermutlich schon immer, nur hierzulande sind sie selten oder gar nicht zu finden. Googel doch mal«, bitte ich sie und erzähle von Stanislas Draber und seinem Blumenladen in Paris. »Dort habe ich diese zauberhafte Topfpflanze zum ersten Mal gesehen. Mit so einer möchte ich mich fotografieren lassen.«

Sie tippt auf der Tastatur herum. »Das fällt dir ja früh ein ... ah, hier ist eine, sogar mehrere ... oh, was für eine Pracht ... wirklich toll!«

»Meinst du, wie können bis Ladenschluss eine besorgen?«

»Kommt auf einen Versuch an. Aber mach dir keine allzu großen Hoffnungen.« Sie greift nach dem Telefonapparat. »Ich starte einen Rundruf, vielleicht haben wir Glück.«

Ich bedanke mich mit Wangenküsschen und verziehe mich wieder in meinen Buchladen.

Wo ich tatsächlich eine halbe Stunde allein, aber nicht untätig bin. Es gibt reichlich zu tun, mein Geschäft soll strahlen, wenn Jack seine Kamera draufhält: Falsch einsortierte Bücher an den richtigen Platz zurückstellen fällt den ganzen Tag über an. Auch die Stapel auf dem Bestsellertisch akkurat ausrichten, und der Fußboden müsste gekehrt werden. Aber das erledige ich ganz zum Schluss.

Am Nachmittag beehrt mich Gisbert, wie immer in Anzug, Fliege und Hut. Aber seit ich ihn ganz in Blau auf einer grünen Matte gesehen habe, geht mir dieses Bild nicht mehr aus dem Kopf.

»Wunderschöner Mittwoch heute«, begrüßt er mich, zieht lächelnd den Hut und kommt zu mir an den Kassentresen. »Ich habe Ihnen eine Kleinigkeit mitgebracht.« Er legt ein schmales, mit blauer Schleife umwickeltes Päckchen auf den Tresen.

»Ein Geschenk?«

»Nicht der Rede wert. Nur ein winziges Dankeschön dafür, dass ich bei Ihnen ungestört schmökern darf.«

»Jederzeit«, entgegne ich, ziehe gespannt die Schleife auf und entferne das hellblaue Geschenkpapier. Zu Tränen gerührt sehe ich dann, was Gisbert mitgebracht hat: Lesezeichen mit Weisheiten von Berühmtheiten.

Wenn es mir schlecht geht, gehe ich nicht in die Apotheke, sondern zu meinem Buchhändler – Philippe Djian
  Bücher sind Schiffe, welche die weiten Meere der Zeit durcheilen – Francis Bacon

Es gibt keinen treueren Freund als ein Buch – Ernest Hemingway
Ein Raum ohne Bücher ist wie ein Körper ohne Seele – Cicero

»Was für eine zauberhafte Idee, ganz herzlichen Dank Gisbert. Ich darf Sie doch so nennen?«

»Aber sicher.« Er neigt den Kopf ein wenig, dreht sich um und steuert auf den Bestsellertisch zu.

Dass er die geordneten Bücher verschiebt, darüber muss ich mir keine Sorgen machen. Was Gisbert herausnimmt, steht später wieder am selben Platz, als wäre es nicht einen Millimeter bewegt worden. Könnte ich mir eine Aushilfe leisten, würde ich jemanden wie ihn suchen.

Nachmittags stürmt eine Gruppe Jugendlicher herein. Drei Mädchen, zwei Jungs. Obwohl das Geschlecht nur bei genauerem Hinsehen zu erkennen ist. Schlabberpullis, weite Jeans und wallende Haarpracht machen eine Identifizierung schwierig. Sie sind zum ersten Mal hier. So auffällige Kunden wie diese merke ich mir.

Unschlüssig bleiben sie dicht am Eingang stehen.

»Wenn ihr euch umschauen wollt, nur zu«, fordere ich sie auf. Beratung ist ja oft unerwünscht. Doch sie steuern geschlossen auf mich zu.

»Kann ich helfen?«

»Öhm ... ja ... also ...«

»Wir suchen ein Buch«, sagt einer von den Jungs nun doch mit klarer Stimme und schaut unter einem dichten, dunklen Lockenschopf hervor.

»Ein bestimmtes? Dann schaue ich im Computer, ob es da ist.«

»Ja schon, so ein gelbes.«

»Es hat also einen gelben Umschlag«, entschlüssle ich die Angabe und frage nach dem Titel.

»Irgendwas mit *warten* ... Und es ist für die Theater-AG, falls das hilft.«

Ich verkneife mir ein Grinsen. »Handelt es sich vielleicht um das Stück *Warten auf Godot*?«

Allgemeines Aufatmen und Grinsen. »Ja ... cool ... genau ... mega ... ultra ...«

»Den Text zu diesem Theaterstück gibt es als Reclam-Heft, die sind gelb. Leider habe ich es nicht vorrätig.« Ich biete an, es zu bestellen. »Morgen Abend wäre es abzuholen. Es sei denn, ihr braucht es sofort, dann müsstet ihr es in einer größeren Buchhandlung versuchen oder in die City fahren.«

Ich sehe in fünf geschockte Gesichter, die verdeutlichen, dass sie wegen eines dünnen Büchleins nicht so viel Aufwand betreiben wollen. Schließlich kommt die Bitte, es zu bestellen. Kurz darauf verlässt die Clique flüsternd den Laden.

Schmunzelnd schaue ich ihnen nach. Das liebe ich so an meinem Beruf: Diese bunte Mischung aus Alt und Jung, aus Nett und Mürrisch, aus Mitläufern und Last-Minute-Käufern. Aus Suchtlesern, die zu Hause ganze Regalwände voller Bücher horten. Und aus Verweigerern, die nur kommen, weil sie ein Buch für die Schule benötigen. Für mich ist Buchhändlerin der schönste Beruf der Welt.

Es ist schon nach sechs, als meine Mutter im Rundbogen auftaucht. Es sind zwei Kunden im Laden, deshalb kommt sie zu mir an die Kassentheke und flüstert: »Ich habe eine Caladium aufgestöbert!«

»Wirklich? Wo?«

»In Zehlendorf!«

»Oh, das ist nicht gerade ums Eck, aber egal, ich freu mich riesig, dass du eine gefunden hast.«

»War gar nicht so einfach«, schnauft sie und erzählt von einem Telefonmarathon und dass sie sich schließlich an einen Kollegen erinnert hat, der mit ihr in der Ausbildung war. »Der hat eine stinkfeine Blumenboutique in Zehlendorf. Deshalb kostet der Topf auch hundertfünfzig Euro. Hier …« Sie zeigt mir ein Foto in einem WhatsApp-Chat. »Ich habe ihm das Geld schon überwiesen. Er schickt den Topf mit einem Taxi, kostet noch mal eine Kleinigkeit.«

Es ist ein traumhaft schönes Exemplar mit weißen, von rosa Flecken durchzogenen Herzblättern von beeindruckender Größe. Ich schlucke ob der Sonderausgaben, aber das ist es mir wert. Und dieses Buntblatt werde ich mit extra viel Liebe pflegen, damit es nicht wieder eingeht, wie das aus Paris.

Als die Pflanze knapp vor Ladenschluss ankommt, ist sie noch schöner als auf dem Foto. Ich bringe sie in den Arbeitsraum, wo sie die Kundschaft nicht sehen kann. Sicher ist sicher.

Dann schließe ich die Tür ab und widme mich der täglichen Abrechnung. Ich nehme nur die Einnahmen heraus und stecke sie in eine unauffällige Stofftasche, die wir mit nach Hause nehmen. Seit in der Nachbarschaft eingebrochen wurde, leeren wir die Geldschubladen in beiden Läden komplett und lassen sie nachts offen stehen.

Aus den Augenwinkeln bemerke ich eine Gestalt auf der anderen Straßenseite. Ich sehe näher hin und erkenne Jack in einem dunkelblauen Anzug, mit einer Tasche über der Schulter und einer Kamera vor dem Gesicht. Nach ein, zwei Sekunden lässt er sie wieder sinken, winkt mir zu und kommt über die Straße.

Ich öffne ihm die Tür und sperre hinter ihm direkt wieder zu. »Hast du mich eben fotografiert?«

Er nickt. »Es war der perfekte Moment.« Er hebt die Kamera hoch und zeigt mir das Foto.

Er hat mich tatsächlich gut erwischt: Ich blicke über die Schulter nach draußen. In der Schaufensterscheibe spiegeln sich die Häuser von gegenüber und eine unscharfe Gestalt.

»Gefällt's dir?«

»Und ob, die Stimmung und das Licht sind ungewöhnlich, als wäre die Sonne bereits untergegangen.«

»Das liegt an der Belichtungszeit. Du erinnerst dich an mein Projekt?«

»Aber ja, *Women at work*, du hast mir Fotos gezeigt.«

»Richtig. Mit der Goldzypresse und dem heutigen Bild wirst du zweimal vertreten sein.«

»Und du, als Spiegelung.«

»Irgendwelche Einwände?«

»Na ja, du bist ein Mann, dann ist der Titel vielleicht nicht mehr so ganz auf den Punkt.«

»Du bist die Frau, die den Betrachter in den Bann zieht, ich bin nur der Schattenmann!« Er lacht und küsst mich auf die Wange.

Ich lache mit und freue ich mich jetzt richtig auf unsere Fotosession. »Wo willst du anfangen?«

»Ich würde mir gerne den Blumenladen genauer ansehen ...«

»Einfach durch den Rundbogen ...«

Ellen und meine Mutter sind gerade dabei, die Töpfe mit den Schnittblumen und die Blumentreppe hereinzutragen.

»Ah, Herr Jack.« Meine Mutter strahlt. »Wie großzügig, dass Sie *uns* fotografieren. Wenn Sie Kaffee möchten oder was Kaltes, ich bringe Ihnen gern was.«

»Danke schön, im Moment bin ich wunschlos glücklich, Frau Danner«, sagt Jack und lächelt sie freundlich an.

Ich amüsiere mich mal wieder über meine Mutter, wie raffiniert sie sich gerade »ins Bild« geschmuggelt hat. Genau wie auf der Terrasse, als sie dann doch das erhoffte Kaltgetränk bekommen hat.

Während ich die Blätterreste im Arbeitsraum zusammenfege, hat Jack seine Tasche auf dem Fliesenboden abgestellt und schlendert mit der Kamera in der Hand im Blumenladen umher.

Soweit das in unserem Miniladen von dreißig Quadratmetern überhaupt möglich ist.

Als Ellen sich verabschieden will, hält Jack sie zurück. »Moment noch ... diese ungewöhnlichen Blumen-Tattoos sollten mit auf das Foto. Ich würde gerne eines von euch dreien schießen. Das sollte unbedingt auf eure Webseite und wo immer ihr es hochladen wollt.«

Ellen nickt. »Is gebongt ...« Sie streckt ihre Hände aus und betrachtet ihre bunten Fingernägel. »Gut, dass ich gestern Abend zufällig frisch lackiert habe.«

Ellen möchte sich noch die Hände waschen. Meine Mutter verschwindet in ihr Büro, um den Lippenstift aufzufrischen.

Ich zeige Jack die Topfpflanze. »Würdest du ein Foto von mir und dieser Pflanze machen?«

»Was für ein ungewöhnliches Gewächs«, sagt Jack, hebt seine Kamera und betrachtet die Caladium von allen Seiten. »Wo wächst so was?«

»In Mittel- bis Südamerika, bei uns nur im Topf.«

»Ich wäre dann so weit!«

Meine Mutter taucht wieder auf, Sekunden später auch Ellen. Ich schlüpfe im Büro noch in mein Blumenfee-Outfit, dann können wir starten.

Doch die nächste halbe Stunde verbringen wir zuerst einmal mit dem Arrangieren von Schnittblumen, Topfpflanzen und Bindegrün. Zwischendurch serviert meine Mutter Kaffee und kalte Getränke. Ich hatte ja keine Ahnung, dass natürliche Fotos oftmals »gebaut« werden. Wir drei zwischen Blumen und Topfpflanzen, das sah chaotisch aus. Eine eher unnatürliche Zusammenstellung wirkte im Bildausschnitt dann wunderschön. Zum Schluss hat Jack uns noch zwischen Schnittblumen auf die Blumentreppe gesetzt. Und ich mit der Caladium im Arm.

Die ganze Session dauert insgesamt eine gute Stunde, in der

Jack jedoch Hunderte von Fotos schießt. Als er die Bilder dann auf seinem Laptop einspeichert und sie uns zeigt, bin ich sprachlos. Er ist wirklich ein Künstler.

Ich kann mich kaum sattsehen. Ellen mit den kurzen schwarzen Haaren, den tätowierten Armen und Doc-Martens-Stiefeln ist die Exotin. Paula in einem blumenbedruckten Kleid ganz eindeutig die Chefin. Und ich in Latzhose und rosa Shirt die Gärtnerin aus Leidenschaft.

Meiner Mutter fehlen kurz mal die Worte, ehe sie gesteht, dass sich die Anstrengung unbedingt gelohnt hat. Ellen glaubt sogar, dass sobald die Fotos im Netz stehen, die Kunden uns die Bude einrennen werden.

Meine Mutter gähnt verlegen hinter vorgehaltener Hand. »Modeln ist ganz schön anstrengend«, seufzt sie.

Auch Ellen verabschiedet sich in den Feierabend.

Wir löschen alle Lichter, lassen das Treppenarrangement stehen, und meine Mutter schließt den Laden ab.

Jack schlägt vor, noch ein paar Fotos im Buchladen zu schießen, wenn ich nicht zu müde bin.

Natürlich nicht, ich möchte doch unbedingt eines mit Erics Reisebuch haben. Aber nicht in Latzhose und rosa Shirt.

35

Wieder in Jeans, Pulli und Lederschuhen stehe ich mit Jack im Buchladen. Die Geschäfte um uns herum sind bereits geschlossen, nur bei mir brennt noch ein schwaches Licht an der Kasse. Im letzten, bläulich wirkenden Tageslicht fühlt sich unser Zusammensein wie ein konspiratives Treffen an.

Während Jack sich am Bestsellertisch umschaut, hole ich Erics Reisebuch aus meiner Tasche.

Als ich es ihm zeige, mustert er es irritiert und fragt, warum dieses Buch aufs Foto soll.

Ich erkläre ihm in Kurzform, warum mir das Buch so wichtig ist.

Jack hört aufmerksam zu. Als ich fertig bin, sagt er: »Lass uns einen Moment hinsetzen.«

Ich deute auf den roten Lesesessel. »Leider ist das unsere einzige Sitzgelegenheit, die überlasse ich dir gerne.« Er scheint eine Unterbrechung zu benötigen.

Doch er nimmt meine Hand und steuert die dunkelste Ecke des Ladens an, wo man uns durchs Schaufenster nicht sehen kann. »Wir setzen uns einfach auf den Fußboden.«

In meiner Buchhandlung zwischen den Büchern fühle ich mich zu jeder Tageszeit sicher. Aber jetzt erfasst mich eine Nervosität, als wäre ich zum ersten Mal allein mit einem Mann. Ich spüre, wie mein Herzschlag schneller wird. Ein Kribbeln über meinen Rücken läuft. Meine Hände leicht zittern. Als befände ich mich in größter Gefahr. Doch ich habe keine Angst davor, mit Jack allein zu sein. Im Gegenteil. Ich genieße die aufsteigende Spannung.

Ich stutze über den offensichtlichen Widerspruch. Das würde ja bedeuten, ich wünsche mir … nein, das kann nicht sein.

An ein Regal gelehnt verschränke ich die Beine zum Schneidersitz und presse das Buch wie ein Schutzschild an den Bauch. Nicht aus Abwehr gegen Jack, eher um mich daran festzuhalten. »Ist Auf-dem-Fußboden-sitzen eine spezielle Übung, um dich mental auf den Buchladen einzustimmen?«, flüchte ich mich in einen Scherz.

Jack hat die Kamera neben sich auf dem Boden abgestellt und die Beine angezogen. Die Unterarme liegen auf den Knien, die Hände locker übereinander. »Gar nicht so abwegig, der Gedanke. Buchhandlungen sind ja nicht meine Welt, wie du weißt. Aber seit ich dich kenne, finde ich mehr und mehr Gefallen an der Atmosphäre, an Büchern überhaupt und besonders an sonntäglichen Vorlesestunden ...«

»Bitte keine Witze über etwas, das zu meinem Leben gehört wie atmen. Meine Buchhandlung ist mein *Ikigai*.«

»Dein was?«

»Es kommt aus dem Japanischen ...« Ich erkläre die Bedeutung und dass ich mich erst vor kurzem durch ein Foto von Eric an diese Weisheit erinnert habe.

»Eric also ... hm ...« Jack dreht den Kopf in meine Richtung und schaut mich mit hochgezogenen Brauen an, als wäre ich eine Fremde.

»*Dein Ikigai* ist die Kamera, die neben dir liegt.«

»Schon kapiert«, entgegnet er nicht gerade freundlich. »Es ist ein anderer Punkt, der mich gerade nachdenklich macht. Besteht dein Leben eigentlich nur aus Erinnerungen an Eric?«

Die Frage irritiert mich. Was soll das hier werden? Ich bin kurz davor, das Ganze abzubrechen. Ich wollte ein Foto mit Erics Buch und nicht über mein Leben plaudern. Ich wollte auch nicht so dicht mit Jack auf dem Fußboden sitzen und mich dabei so nervös fühlen, als würden wir gleich übereinander herfallen. Wie bei einem romantischen Treffen, das mit wildem Sex endet.

»Was machst du außerhalb deines Ladens, wenn du die Tür abschließt und nach Hause gehst?«, setzt Jack wieder an, als ich nicht antworte, und dreht sich mit dem Oberkörper zu mir. »Wer sind deine Freunde? Gehst du gerne ins Kino? Treibst du Sport? Hast du große Träume, Ziele, auf die du fokussiert bist? Ich meine alles, was nur mit dir und nicht mit Eric zu tun hat.«

Ich könnte jetzt erzählen, dass ich schon als junges Mädchen von einer Karriere als Schriftstellerin geträumt habe. Von dem Tagebuch, mit dem ich begonnen habe. Dass ich Curt einige

Seiten daraus vorgelesen habe. Aber ich lasse es lieber, es scheint, als würde Jack nie verstehen, was Eric für mich bedeutet hat. »Sonntags lese ich Curt Fernau, einem blinden Schriftsteller, vor, vielleicht kennst du ihn ja ...«

Jack gibt ein kehliges Geräusch von sich, das eher ein unterdrücktes Prusten als ein Lachen ist. »Ich bin durchaus empfänglich für Ironie, aber meine Fragen waren ernst gemeint. Obwohl wir uns jetzt schon einige Wochen kennen, weiß ich nur wenig über die private Nina, und das finde ich sehr schade.«

»Ich weiß auch kaum etwas über dich als Privatperson, außer dass du Käsekuchen magst«, erwidere ich versöhnlich, um von mir abzulenken.

»Recht hast du, aber darüber denke ich jetzt lieber nicht nach, sonst kommt gleich der Appetit ...«, erwidert er. »Wolltest du schon immer Buchhändlerin werden? Oder vielleicht mal Ballerina?«

»Ballerina?«, wiederhole ich baff. »Wie kommst du denn auf diese absurde Idee?«

Er deutet auf meine Beine. »Nun, die Figur hättest du.«

»Danke schön, aber ich war und bin eine Leseratte und habe schon als Teenager von einer eigenen Buchhandlung geträumt. Als Eric mir fünf seiner Reisebücher geschenkt hat, war er fest davon überzeugt, dass ich eines Tages in meinem eigenen Laden stehe. Damals war das reinste Utopie, ich war ja noch in einer großen Buchhandelskette in Berlin-Mitte angestellt. Die Vorstellung, dass Erics Vision Wahrheit werden könnte, war genauso unwahrscheinlich wie der Weltfrieden.« Ich taste nach dem Eiffelturmanhänger, ich werde ihn später am Schlüsselbund befestigen. Die Erinnerung an Paris wird nie verblassen.

»Man sollte nie die Hoffnung aufgeben, du hast deine eigene Buchhandlung, und auch der Weltfrieden könnte eines Tages Einzug halten. *Imagine* ... wie John Lennon gesungen hat.« Er seufzt und starrt dann auf meine Hand. »Was hat es mit diesem Ring auf sich, den du ständig betastest?«

Ertappt halte ich inne. Mir war nicht bewusst, dass ich daran drehe. Nachdem ich ihn so lange nicht getragen habe, muss ich mich erst wieder an den Ring gewöhnen. Dass dieser Silberreif eine Verbindung zu Eric ist, werde ich genau wie den Schlüsselanhänger für mich behalten, und wechsle deshalb erneut das Thema. »Was ist mit dir, wolltest du schon immer Pressefotograf werden?«

»Nein, nicht direkt. Der Wunsch entstand erst nach und nach. Curt hat mir meinen ersten Fotoapparat geschenkt, da war ich zwölf. Damit ich mich nicht langweile, hat er gemeint. Ich bin ja ein Einzelkind, oder wie Curt früher immer gescherzt hat: Alleinerbe. Die Ironie daran, ich werde eines Tages tatsächlich die Rechte an seinen Büchern erben; und das, wo ich mit Büchern eigentlich nichts am Hut habe. Hast du Geschwister?«

Ich erzähle von Armin und dem Lokal in Kreuzberg, das er vor zehn Jahren eröffnet hat. Jack fragt, ob ich ihn oft besuche, und ich antworte, dass ich zuletzt mit meiner Freundin Suse dort war.

Draußen dämmert es, drinnen ist es fast dunkel. Mit Jack auf dem Fußboden zu sitzen, fühlt sich nun noch unwirklicher an. Unbeabsichtigt, jedenfalls von mir, sind wir plötzlich mitten in einer Unterhaltung über Familie, Freunde, Freizeit und die schicksalhaften Wendungen des Lebens. Über die Fragen, was man bereut oder was man anders machen würde, wenn man könnte.

»Ja, es gibt etwas, das ich gern ändern würde, aber darauf hatte und hätte ich auch heute keinen Einfluss.«

»Lass mich raten: Erics Erkrankung?«

»Ja. Ich würde alles dafür geben, sogar meine Buchhandlung.«

Jack hebt seine Hände und stützt seinen Kopf darauf. Es wirkt beinahe, als könne er meine Verzweiflung nachempfinden. Dann richtet er sich wieder auf und schaut mich an. »Du hättest keine eigene Buchhandlung, wenn Eric noch leben würde!«

Als ich diesen von Jack so ruhig ausgesprochenen Satz begreife, schnappe ich nach Luft und werde laut: »Das kannst du doch gar nicht wissen!«

Jack sagt erst einmal nichts, ehe er mir tief in die Augen schaut. »Doch, Nina, darauf verwette ich mein gesamtes Equipment. Du wärst nicht nach Spandau zu deiner Mutter zurückgekommen, sondern in Berlin geblieben. Ihr wärt weiter durch die Welt gereist, denn das war Erics Leben. Und von unterwegs kann man keine Buchhandlung vor Ort führen. Ergo?« Er bricht ab, als erwarte er meine Zustimmung.

Je länger ich darüber nachdenke, umso mehr muss ich Jack recht geben. Er hat mir mit wenigen Worten vor Augen geführt, was ich bisher nicht erkannt habe. Mein Traum von einer eigenen Buchhandlung wurde erst durch Erics Tod wahr.

Ganz langsam dringt die Erkenntnis in mein Bewusstsein. Eric Tod war das Ende der glücklichsten Zeit in meinem Leben. Aber auch der Anfang von etwas Neuem, das mich auf andere Art glücklich macht.

»Du solltest aufhören zurückzuschauen, aufhören, um Eric zu trauern«, setzt Jack erneut an. »Ich vergleiche das Leben gern mit einer Autofahrt: Durch die Frontscheibe blickt man in die Zukunft. Der Blick ist weit, man kann nach allen Seiten sehen und sich entscheiden, wann und welche Abzweigung man nehmen oder ob man weiter geradeaus fahren möchte. Im Rückspiegel sieht man die Vergangenheit, der Blick und die Sicht sind vergleichsweise winzig. Denn die Vergangenheit ist vorbei. Sie lässt sich nicht ändern, ist nicht mehr wichtig und wird jeden Tag unwichtiger. Und irgendwann haben wir die meisten Ereignisse vergessen.«

»Aber unsere Vergangenheit ist ein Teil von uns, sie hat uns geprägt und geformt«, protestiere ich mit zitternder Stimme und klammere mich noch fester an Erics Reisebuch. Ich bin so wütend auf Jack und seine blöde Metapher, dass ich ihm am liebsten einen Stapel Bücher an den Kopf werfen möchte. Ich werde Eric niemals vergessen! Er ist ein Teil von mir.

Jack scheint meine aufgewühlte Verfassung zu bemerken. Er legt seinen Arm um meine Schultern, zieht mich ganz sanft an sich und redet leise weiter. »Ich bin ganz deiner Meinung, ohne Erlebnisse, Erfahrungen, Dramen und Schicksalsschläge wären wir nicht die, die wir heute sind. Aber sich daran zu klammern, hieße in der Vergangenheit stehenbleiben. Sich nicht weiterzuentwickeln. Wir leben jetzt, und wenn wir eine Zukunft haben wollen, sollten wir Neues zulassen. Wer Neuem keine Chance gibt, blockiert jegliche Veränderung. Verhindert, jemals wieder glücklich zu werden. Um einen Vergleich zu verwenden, der dir bestimmt gefällt: Die Vergangenheit ist der Prolog, die Gegenwart ist die Story. Den Epilog verfassen irgendwann einmal vielleicht unsere Kinder.«

Mein Verstand stimmt jedem seiner Worte zu, nur mein Herz weigert sich, das einzugestehen. Gleichzeitig möchte ich meinen Kopf an Jacks Schulter schmiegen und einfach so lange weinen, bis auch die letzte Träne versiegt ist.

»Ich habe dich heute von der Straße aus einige Minuten bei der Arbeit beobachtet. Du sahst so zufrieden aus. Auch als wir die Pflanzen auf die Terrasse geschleppt haben, hatte ich den Eindruck, du wärst ein fröhlicher Mensch. Dann hast du dieses Buch in die Hand genommen, und genau in dieser Sekunde wurdest du wieder traurig.«

»Ich bin ein positiver Mensch, nur eben nicht immer«, sage ich trotzig und winde mich aus seiner Umarmung. »Jeder hat doch mal schlechte Laune oder einen miesen Tag.«

»Aber ja, habe ich auch«, gibt Jack offen zu.

»Siehste, denn is ja allet jut«, versuche ich das Thema im lockeren Jargon zu beenden, entknote gleichzeitig meine Beine und will aufstehen.

»Eine Frage noch ...« Er legt seine Hand auf meinen Arm.

Ich spüre seine Körperwärme auf meiner Haut, bleibe sitzen und strecke die Beine aus. »Okay, aber dann würde ich gerne das Foto machen ...«

»Was würde Eric sagen, wenn er wüsste, dass du fast drei Jahre nach seinem Tod noch immer so traurig bist?«

»Ich weiß nicht ...«

»Wirklich nicht? Du warst bei ihm, als er starb? Sicher erinnerst du dich an seine letzten Worte.«

Und ob ich mich daran erinnere: *Uns bleibt immer Paris. Wenn du an uns denkst, weine nicht, denke an die fröhlichen Stunden, an die wundervolle Zeit, die wir miteinander hatten. Es war die beste meines Lebens.* Ich beiße die Zähne zusammen, um mich von den aufkommenden Tränen abzulenken, schaffe es nicht und schluchze auf.

Jack fragt ruhig, ob ich Taschentücher habe, und holt sie dann aus meiner Tasche.

Er setzt sich wieder und wartet, bis ich aufhöre zu schluchzen. »Verzeih mir, ich wollte dich nur ein wenig zum Nachdenken und nicht zum Weinen bringen. Ich habe wohl kein Talent zum Psychologen, nicht mal zum Koch. Ich sollte mich auf die Fotografie beschränken. Wenn du magst, können wir jetzt das Foto mit dem Buch machen, mit einer winzigen Änderung.«

»Und die wäre?« Ich bin misstrauisch geworden. Die vergangene Stunde verlief so gänzlich anders als gedacht. Für heute ist mein Bedarf an Überraschungen gedeckt.

»Abwarten, es wird dir gefallen.« Er bittet mich, die Ladenbeleuchtung und die Lichtspots an den Bücherregalen einzuschalten. Anschließend soll ich die Romane, die mir am meisten bedeuten, herausnehmen.

Es wird ein ziemlich hoher, optisch bunt gemischter Stapel, in dem alle Genres vertreten sind. Darunter auch die Krimis von Curt.

»Jetzt setz dich bitte wieder auf den Boden ...« Er deutet auf eine hell erleuchtete Stelle.

»Wirklich?«

»Vertrau mir.«

Wenig begeistert komme ich seiner Bitte nach. Als ich wieder mit verschränkten Beinen auf dem Boden sitze, verteilt Jack die Bücher bewusst zufällig um mich herum. Zum Schluss gibt er mir fünf Exemplare von verschiedenen Genres in die Arme.

»Aber ich wollte doch Erics Buch in die Hand nehmen«, beschwere ich mich.

»Das stecken wir zwischen die anderen Bücher. Dann ist es dabei, aber nicht im Vordergrund, was eher den Tatsachen entspricht, weil du ja keine Sachbücher im Sortiment hast. Oder?« Jack schiebt das Reisebuch irgendwo in den Stapel. Dann nimmt er seine Kamera und geht einige Schritte zurück.

Ich versuche, den kleinen Bücherturm locker zu umfassen. »Soll ich irgendwas machen?«

»Einfach nur dasitzen, nicht verkrampfen. Ist ja kein Zahnarztbesuch.« Er grinst, hebt die Kamera vors Gesicht und lässt sie wieder sinken. »Erinnerst du dich noch an das Gefühl, als du den Laden zum ersten Mal betreten hast? Den Moment, als du dir deine Buchhandlung darin vorgestellt hast?«

Wie könnte ich dieses Gefühl jemals vergessen? Nachdem der Mietvertrag unterzeichnet war und meine Mutter mir die Schlüssel überreicht hatte, stand ich allein in dem leeren Raum. Ich sehe mich die Arme ausbreiten und in Zeitlupentempo um die eigene Achse drehen. Überlegen, ob ich helle oder dunkle Regale anschaffen, in welcher Farbe ich die Wände streichen und wo die Kasse stehen soll. Der Moment war der Beginn meiner Selbstständigkeit.

»Das war perfekt«, dringt Jacks begeisterte Stimme in meine Erinnerungen. Er kommt mit der Kamera zu mir, kniet sich vor mich hin und zeigt mir die Bilder.

Ungläubig betrachte ich die Fotos, die ich auf dem winzigen Display sehe. »Wow ... das ist ... toll!« Ich kann kaum glauben, wie aussagekräftig dieses Arrangement ist. Am meisten verblüfft mich aber mein Gesichtsausdruck. Ich lächle, was mir nicht bewusst war.

»Du siehts glücklich und zufrieden aus zwischen deinen Büchern. Aus meiner Sicht ist es ein ziemlich geniales Foto. Wir sind fertig.« Er steht auf und legt die Kamera zur Seite. Dann befreit er mich aus den Büchern, die so um mich herum drapiert sind, dass ich nicht ohne weiteres aufstehen kann. Erst dann streckt er mir seine Hand entgegen und zieht mich hoch.

Durch das lange Sitzen sind meine Beine eingeschlafen, ich schwanke und halte ich mich an Jack fest. Er reagiert blitzschnell und umfasst mich mit beiden Armen. Jack ist nur ein paar Zentimeter größer als ich, sein Gesicht ist meinem ganz nah. Ich nehme einen schwachen Aftershave-Duft wahr. Eine frische Note, die nach Frühling riecht. Wir lächeln unsicher.

»Alles in Ordnung?«, fragt Jack, während er mich loslässt.

»Ja, alles mega!« In einem Anfall von neu empfundenem Glück werfe ich mich ihm an den Hals und küsse ihn auf den Mund.

Überrascht zuckt er kurz zusammen. Doch dann zieht er mich fest an sich und erwidert den Kuss.

Was mein spontanes Dankeschön sein sollte, wird mehr. Viel mehr. Wird leidenschaftlich. Seine Hand umfasst meinen Nacken. Hält mich fest. Und ich wehre mich nicht. Lasse es einfach geschehen. Ich will ihn nie wieder loslassen. Will mehr als nur ein paar Küsse. Will die Nacht mit ihm verbringen. Es ist, als hätte Jack mir durch unser Gespräch eine Tür zu einem neuen Leben geöffnet. Mich verzaubert. Bis zu der Sekunde, als ich vor dem Schaufenster eine Bewegung wahrnehme und mir klar wird, wo wir uns befinden. Auf einem Präsentierteller – gut sichtbar von den Lampen über den Bücherregalen angestrahlt.

»Ich ... glaube, wir werden beobachtet«, flüstere ich zwischen zwei Küssen.

»Tatsächlich?« Jack lässt die Arme sinken.

Und der Zauber ist vorbei.

36

Am nächsten Morgen stehe ich eine halbe Stunde vor der Öffnungszeit wieder an den Bücherregalen. Das liegt nicht an meinem Ehrgeiz, sondern an einer schlaflosen Nacht. Müde bin ich trotzdem nicht. Eher benommen von einem Gefühl, das ich lange vermisst habe. Dieses einzigartige Kribbeln, das sich aus meinem Magen langsam über meinen ganzen Körper ausbreitet, wenn ich an Jacks Küsse denke. Verwundert schüttle ich den Kopf über meinen Sinneswandel. Darüber, wie sehr mich der gestrige Abend berührt hat. Denn das hat er tatsächlich. Ich kann es deutlich spüren. Bei jedem Gedanken an Jack schießen Glückshormone wie Minifeuerwerke durch meine Adern und sorgen dafür, dass ich unablässig grinse. Dass ich summend die noch herumliegenden Bücher einfach irgendwo einsortiere. Mich nicht darum kümmere, wo sie tatsächlich hingehören. Nicht aufhören kann, an den Moment zu denken, als ich mich Jack an den Hals geworfen habe. Als er mich an sich gezogen hat und wir vollkommen ineinander versunken sind.

Der Funke, der mein inneres Feuer zum Lodern gebracht hat, war dieses Foto: ich inmitten von Bücherstapeln und Erics Reisebuch irgendwo dazwischen. Da habe ich verstanden: Meine Liebe zu Eric und die Zeit mit ihm waren etwas Besonderes.

Doch er ist nicht mehr bei mir, es ist vorbei, ich muss loslassen. Gestern habe ich es getan. Genau wie das Reisebuch zwischen den anderen Büchern mit auf dem Foto war, wird Eric immer ein Teil von mir, aber unsichtbar für andere sein. Jack hat mir mit diesem einen Foto gezeigt, was ich heute bin: eine junge Geschäftsfrau, die mit ihren Büchern glücklich ist und endlich nicht mehr trauert. Die auch privat ein neues Glück finden kann. Sich neu verlieben kann.

Genau das ist nämlich passiert!

Ich habe mich in Jack verliebt. Nicht erst gestern Abend, vielleicht hat es schon an diesem Nachmittag begonnen, als ich in seinem Auto geweint habe. Oder als er mir auf der Terrasse mit den Immergrünen geholfen hat. Durch die gestrige Unterhaltung ist es dann endlich in mein Bewusstsein gedrungen. Jack hat ausgesprochen, was ich eigentlich längst wusste. Würde Eric noch leben, hätte ich keine Buchhandlung!

Nachdem der Zauber gestern Abend vorbei war, entstand ein Moment der Unsicherheit. Als wären wir bei etwas Verbotenem ertappt worden, lächelten wir uns verlegen an. Jack hat die Situation souverän gelöst und über die Fotos gesprochen, die er per Mail schicken wollte. »Die Bücher lassen wir einfach liegen, dafür ist morgen genug Zeit«, habe ich gesagt und auf den viel strapazierten Satz: »Zu dir oder zu mir?« gehofft. Leider hat er nur angeboten, mich nach Hause zu fahren. Nur zu gerne habe ich ja gesagt, es hatte auch angefangen zu regnen. Als emanzipierte Frau habe ich dann die Klischeekiste bemüht und gefragt, ob er noch auf einen Absacker mit nach oben kommen möchte. Lächelnd hat er den Kopf geschüttelt, mich auf die Wange geküsst und versprochen, sich zu melden. Im Regen stand ich da und schaute ihm nach, bis die Rücklichter seines Wagens in der Dunkelheit verschwunden waren.

Ich kann es kaum erwarten, ihn wiederzusehen, und weil es immer noch regnet, stelle ich mir vor, wie er durch die Tür kommen wird: das brünette Haar durchnässt, die blaugrünen Augen auf mich gerichtet. Dann streckt er die Hände nach mir aus, haucht einen Kuss auf meinen Mund und flüstert mir Koseworte ins Ohr. Ich würde mich aber auch freuen, wenigstens seine Stimme am Telefon zu hören. Selbst eine lapidare Nachricht würde mich glücklich durch den Tag schweben lassen. Aber da ist nichts. Obwohl das Handy in meiner Jeanstasche steckt und ich das leiseste Piepsen hören würde. Zehn Uhr ist vielleicht noch zu früh, fällt mir jetzt ein. Diese Events, auf denen er Promis und andere wichtige Persönlichkeiten fotografiert, finden ja zum großen Teil abends statt, was ihn zum Nachtmenschen hat werden lassen. Das hat er jedenfalls mal erwähnt. Ich stecke mein Handy in die Handtasche und werde es bis Mittag ignorieren. Wenn genug Arbeit anfällt, bin ich abgelenkt.

Eine halbe Stunde später kommt Yvonne die Bouquets abholen, die sie gestern bestellt hat. Meine Mutter bindet die Sträuße jetzt immer höchstpersönlich, seit sie auf Curts Terrasse Saft getrunken hat. Ich kann Yvonne leider nur kurz zuwinken und signalisieren, dass wir uns am Sonntag sehen. Momentan werde ich nämlich von einer Gruppe älterer Herrschaften belagert. Sie haben gerade einen literarischen Buchclub gegründet, sind auf der Suche nach gehobener Lektüre und möchten beraten werden.

»Aber bitte keines dieser unsäglichen Machwerke, in denen sich die gesamte Handlung nur um Liebe und Schnulzen dreht«, erklärt der Grauhaarige in moosgrüner Steppjacke und Schildkappe aus Tweed. Sein Tonfall lässt keinen Widerspruch zu, womöglich war er in früheren Zeiten Deutschlehrer. Autoritär genug ist er, so jedenfalls mein Eindruck.

Ich deute auf den Bestsellertisch. »Vielleicht mögen Sie sich hier umschauen … nur zur ersten Orientierung.«

Schulterzuckend wirft er einen Blick darauf. »Da ist nichts dabei«, erklärt er nach wenigen Sekunden.

Ich will ihm gerade Kafka, Hemingway oder Steinbeck empfehlen, die er vermutlich kennt, da wird er von den Damen gerufen, die am Liebesromanregal stehen.

»Karl-Heinz, wir ham wat jefunden!«

Er reckt den kantigen Kopf und bequemt sich zu den Damen.

Gleich darauf höre ich ein entschiedenes »Ihr seid wohl meschugge.«

Ich tippe auf einen Liebesroman von der schlimmsten Sorte: pinkfarbenes Cover, das Wort *Liebe* im Titel und ein garantiertes Happy End.

Vor dem Regal wird getuschelt. Schließlich verlassen drei Damen den Laden. Den gekränkten Mienen nach zu schließen, ist der Buchclub gerade um die Hälfte der Mitglieder geschrumpft. Karl-Heinz fragt erneut nach etwas wirklich Anspruchsvollem.

»Wie wäre es mit Stefan Zweigs *Schachnovelle* oder Sartres *Das Spiel ist aus*?«, frage ich, obwohl ich keines davon anbieten kann. Klassiker werden höchstens in der Weihnachtszeit verlangt, und dann muss ich sie bestellen.

»Verschwurbelter Mist von toten Dichtern«, schmettert er meine Vorschläge mit hochgezogenen Brauen ab. »Es muss doch auch noch lebende Autoren geben, die es wert sind, gelesen zu werden.«

Ich schätze, Autorinnen kommen vermutlich nicht in Frage, allein schon, weil sich in deren Werken doch wieder alles um Liebe drehen könnte. Mutig empfehle ich Haruki Murakami. »Er zählt zu den wichtigsten Autoren Japans, seine Bücher erhielten zahlreiche Literaturpreise und wurden in über fünfzig Sprachen übersetzt. Außerdem war er einige Jahre Gastprofessor an US-amerikanischen Universitäten.« Ich zeige ihm die beiden Werke, die ich vorrätig habe.

Es scheint ein Treffer zu sein, denn Karl-Heinz nickt nachdenklich, murmelt: »Aha, aha ... nicht uninteressant ...« und ist schließlich willens, einen Blick in die Bücher zu werfen.

Auch die verbliebenen Buchclubmitglieder wagen eine Leseprobe.

Eine davon gefällt. »Davon nehmen wir sechs Stück«, kommandiert Karl-Heinz.

»Das tut mir sehr leid«, entschuldige ich mich. »Wir sind eine kleine Buchhandlung, deshalb ist nur dieses eine Exemplar vorrätig. Aber ich kann die gewünschte Menge gerne bestellen.«

Karl-Heinz reagiert verschnupft. »Das wirft meine gesamte Planung über den Haufen, wir wollten heute Abend mit dem Lesen beginnen. Aber gut ...« Er schaut sich kurz um. »Sie sind zumindest noch eine echte Buchhandlung mit ordentlicher Beratung, der Japaner war mir tatsächlich nicht bekannt. Deshalb werde ich *Sie* unterstützen. Wie lange dauert es, bis ich die Bücher abholen kann?«

Ich lächle geschmeichelt. Ein Lob von einem so kritischen Kunden verleiht dem Tag ein Sternchen. »Morgen. Aber wenn Sie nicht warten möchten, gäbe es noch eine Möglichkeit: sämtliche Buchhandlungen in Spandau abklappern. Vielleicht finden Sie so wenigstens zwei, drei Exemplare. Dann rufen Sie an und ich korrigiere die Bestellung wieder.«

Er schaut mich an, als habe ich vorgeschlagen, in die Havel zu springen. »Ich laufe mir doch nicht die Schuhsohlen durch«, schnauft er.

Ich lächle extra breit. »Nur eine Idee.«

»Nu übertreib mal nicht, Heinzilein, dann fangen wir eben erst morgen an«, meldet sich eine der drei verbliebenen Damen, die hinter ihm steht, und wendet sich dann mir zu. »Bestellen Sie also bitte die fünf Bücher und rufen Sie mich an, wenn sie da sind.« Sie legt eine Kreditkarte auf den Tisch. »Und das eine bitte für uns reservieren.«

Ich bedanke mich, erledige die Bestellung und notiere noch die Telefonnummer.

Karl-Heinz steht bereits an der Tür, die er dann doch für alle höflich aufhält.

Amüsiert schaue ich der Gruppe nach. Dass es überhaupt noch Buchclubs gibt, stimmt mich zuversichtlich. Angeblich wird ja immer weniger gelesen, und vor allem die jungen Menschen würden nur an den Handys hängen. Das kann ich nicht bestätigen. Die Jugend liest Fantasy, manchmal sogar Theaterstücke. Die jungen Mädchen und Frauen sind teilweise süchtig nach romantischen Komödien. Und meine treuesten Kundinnen sind fünfzig plus und lesen querbeet. Weshalb Karl-Heinz so vehement gegen die Liebe war, kann ich natürlich nicht sagen. Aber was wäre die Welt ohne Liebe? Dass auch *er* seine Existenz vermutlich der Liebe verdankt, ist ihm vielleicht nicht bewusst.

Der Tag verläuft ohne nennenswerte Vorkommnisse, was am Regen liegen kann. Bei nassem Wetter gehen die wenigsten gerne einkaufen. Ich mag Regen, er bringt die Blätter an den Bäumen zum Glänzen, wäscht den Schmutz von den Straßen, und in der Dunkelheit spiegeln sich die Lichter der Stadt in den Pfützen.

Nachdem der Buchclub außer Sichtweite ist, checke ich wieder das Handy. Keine Nachricht von Jack. Ich bin ein wenig enttäuscht, zwinge mich aber zur Gelassenheit. Es muss nichts bedeuten, sage ich mir nach der Mittagspause. Er wird beschäftigt sein, rede ich mir am Nachmittag ein. Als ich den Laden schließe, bin ich ziemlich sicher, dass Jack einen dringenden Job zu erledigen hat und sich bald meldet.

Wann ist *bald?*, frage ich mich am Abend, als ich mal wieder mit meiner Mutter auf der Couch sitze. Seit sie so ein ausgefülltes Freizeitprogramm hat, sind die gemütlichen Stunden selten geworden. Im Fernsehen läuft eine Dokureihe, in der Drogeriemärkte unter die Lupe genommen werden.

»Oh, da muss ich auch demnächst wieder hin. Meine Anti-Falten-Creme ist fast verbraucht.«

Ich betrachte ihre ziemlich glatten Wangen. »Du hast doch kaum noch Falten, seit du Gesichtsyoga machst.«

»Danke Schatz, das ist Gisbert auch schon aufgefallen.« Sie betätschelt ihr Gesicht.

Ich lasse das mal so stehen. Mir ist nicht nach einem Gespräch über Hautcremes. Auch über Gisbert zu reden, kann gefährlich sein. Am Ende gipfelt es in der Frage, ob ich vielleicht ans Ausziehen denke. Irgendwann wird dieses Thema sicher akut, nur heute habe ich keinen Nerv dafür.

»Wann bekommen wir denn die Fotos von Jack?«, fragt meine Mutter dann unvermittelt.

»Er wollte sie per Mail schicken«, antworte ich und schiele wieder auf mein Telefon.

»Auf dieses Ding da? Oder warum guckst du da ständig drauf? Und wieso hast du dir nichts Bequemeres angezogen?« Sie selbst trägt einen Jogginganzug und schneidet einen Apfel klein.

»Öhm ... ich bin mit ähm ... Suse verabredet. Und die ist oft unpünktlich.« Eine kleine Notlüge, weil ich immer noch auf Jack warte und in der Hoffnung auf ein Treffen noch ausgehfertig angezogen bin. Doch kaum ausgesprochen, finde ich die kleine Notlüge gar nicht so verkehrt.

Ich würde meine Freundin gerne mal wieder sehen. Einen gemeinsamen Termin zu finden, ist schwierig. Ich kann nur abends, da hat Suse Vorstellung, sofern sie an einem Theater engagiert ist. Sonntagnachmittag, wenn Suse Zeit hat, lese ich Curt vor. Und dann ist da auch mein Versprechen, seine Erblindung geheim zu halten. Vielleicht sollte ich sie anrufen und ganz spontan was verabreden. Das hat bislang immer noch am besten geklappt.

»Warum rufst du nicht an?« Meine Mutter schüttelt leicht den Kopf.

»Hmm, das sollte ich wohl …«, murmle ich und verlasse den warmen Platz auf dem Sofa, um in meinem Zimmer ungestört reden zu können.

Bei Suse springt die Mailbox an und verkündet, dass sie auf Martinique in einem Feriendorf als Animateurin engagiert ist. Super für Suse, doof für mich. Ich schicke ihr eine Nachricht.

> Hi, wollte dich mal wieder treffen, leider mieses Timing. Viel Spaß beim Entertainen – mit hoffentlich netten Menschen an diesem wundervollen Ort. Love Nina 😊

Eine Antwort kommt nicht. Auch keine Nachricht von Jack. Und keine Spur mehr von Glückshormonen. Die wurden im Laufe des Tages von meiner Ungeduld absorbiert. Meine Stimmung färbt sich von grau zu anthrazit und bis Mitternacht ist sie endgültig tiefschwarz.

Dass Suse sich nicht meldet, ist zwar schade, aber vielleicht hat sie gerade keinen Empfang. Warum Jack sich in Schweigen hüllt, kann nur einen Grund haben: Es liegt ihm nichts an mir. Wie vermessen von mir, noch einmal auf die Liebe zu hoffen.

37

Tags darauf ist Freitag und die Woche fast vorbei. Bereits eine halbe Stunde vor Ladenöffnung ahne ich, dass es ein hektischer Tag werden wird. Jede Menge bestellter Bücher, auch die für den Buchclub wurden geliefert, müssen zugeordnet und die Kunden angerufen werden. Kaum habe ich aufgeschlossen, betritt auch schon Karl-Heinz den Laden.

»Sie haben einen neuen Stammkunden«, erklärt er mit strahlender Miene, als wollte er mir einen Orden verleihen.

»Würde mich freuen, Sie bald wieder begrüßen zu dürfen«, entgegne ich verbindlich und packe noch sechs von Gisberts Lesezeichen dazu.

Karl-Heinz steckt sie in einen umweltfreundlichen Stoffbeutel. Langsam wird er mir richtig sympathisch. Tür aufhalten, Müll vermeiden, Buchclub gründen und sechs Bücher auf einmal erwerben. Der Mann ist ein echtes Überraschungspaket.

Um neunzehn Uhr, nach einem erfreulich umsatzstarken Tag, steht noch eine große Blumenbestellung an. Ellen konnte sie bislang nicht erledigen, obwohl auch meine Mutter den ganzen Tag mitbedient hat.

Ein Brautbouquet und sechs kleinere Sträuße für die Brautjungfern müssen noch geliefert werden.

Das Bouquet fertigt Ellen, die prämierte Meisterin in dieser hohen Kunst. Speziell wenn der Wasserfallstil gewünscht wird. Ellen zuzusehen, wie sie langstielige Blumen, Ranken und Gräser mit Hilfe von Draht so bindet, dass daraus ein dichter Bund wird, der in länglicher Form ausläuft, ist ein großes Vergnügen. Damit das Gebinde bis zur morgigen Trauung frisch bleibt, umwickelt sie die Stiele mit feuchtem Küchentuch und Folie. Als Abschluss noch eine hellgrüne Satinschleife, damit die Hände der Braut sauber und trocken bleiben.

Ich kümmere mich zusammen mit meiner Mutter um die kleinen Sträuße für die Brautjungfern, die wir in der klassischen Kugelform binden. Auch da werden die Stiele in feuchtes Papier und Folie eingewickelt und mit Schleife verziert.

Die fertigen Bouquets lege ich in Kartons, die ich sofort mit unserem Wagen ausliefern werde. Als ich hinterm Steuer sitze und gerade die Tür schließen will, höre ich die schrille Stimme meiner Mutter. »Nina, Nina, warte ...«

Nina? Ich erschrecke so sehr, dass mein Herzschlag sich erhöht. Noch nie hat sie mich *Nina* gerufen. Irgendwo muss es »brennen«. Ich steige wieder aus und sehe sie auf mich zulaufen. In der Hand eine Zeitung, mit der sie mir zuwinkt.

Keuchend, mit hochrotem Kopf steht sie gleich darauf vor mir und hält mir das gefaltete Blatt vor die Nase. »Hast du das gewusst?« Sie fixiert mich mit zusammengekniffenen Augen.

Ich starre auf die in dicken roten Lettern gedruckte Schlagzeile. *Berühmter Krimischriftsteller erblindet!*

Fassungslos lese ich diese drei Worte erneut und dann den ersten Absatz, der über den Unfall informiert, bei dem Curt sein Augenlicht verloren hat. Dass Curts Oldtimer danach schrottreif war, hat Jack mir bereits erzählt. Aber wie kam die Zeitung an diese geheimen Infos? Ich spüre mein Herzklopfen jetzt noch deutlicher. »Woher hast du die Zeitung?«

»Gisbert hat sie eben gebracht«, antwortet sie und drängt ungeduldig. »Sag schon, hast du davon gewusst?«

Ich nicke. Leugnen hat ja keinen Zweck. Und nach diesem Artikel wird es nun die ganz Stadt wissen. Vielleicht sogar das ganze Land, denn die Zeitung ist von gestern. Da wollte Jack auch die Fotos von den Läden schicken. Hat er sich deshalb nicht mehr gemeldet, obwohl er es versprochen hatte? Gibt es da einen Zusammenhang?

»Und warum hast du mir das verschwiegen?« Meine Mutter schaut mich so streng an, als hätte ich in die Kasse gegriffen und wollte mich gerade aus dem Staub machen.

»Weil ich es versprochen …« Mein Handy, das auf dem Beifahrersitz liegt, schrillt. Ich beuge mich in das Auto und sehe, dass Jack anruft.

Endlich! Ich habe mich umsonst gesorgt. Ich melde mich mit: »Hallo, Jack, wie …«, werde aber sofort unterbrochen.

»Warum hast du das getan?«, zischt er mit so schneidender

Stimme ins Telefon, dass ich zusammenzucke. »Ich dachte, wir wären Freunde …«

Erst jetzt realisiere ich, dass nicht Jack, sondern Curt am Telefon ist.

»Aber …«

Er lässt mich nicht zu Wort kommen und poltert weiter. »Du bist zur Presse gegangen, obwohl du versprochen hast, mein Geheimnis für dich zu behalten. Wie konntest du nur? Warum musstest du mein Vertrauen so missbrauchen?«

»Ich war das nicht«, schreie ich zurück, als er keuchend innehält.

»Ach ja? Wer soll es denn sonst gewesen sein? Niemand weiß davon. Hast du für den Verrat wenigstens einen dicken Batzen Geld bekommen?«

»Ich schwöre bei meiner Buchhandlung, dass ich nichts damit zu tun habe. Ich habe mein Versprechen gehalten.«

»Ist ja klar, dass du es abstreitest. Aber mir ist auch klar, dass niemand außer dir in Frage kommt. Jack war es nicht, der hat mir eben erst die Zeitung gebracht und war selber baff. Yvonne wäre dazu gar nicht fähig, und mein Arzt ist an seine Schweigepflicht gebunden. *Du* bist die einzige Fremde, die von dem Unfall und den Folgen weiß.«

»Ich habe nichts mit diesem Artikel zu tun, bitte, Curt, glaube mir doch.«

»Hör auf zu lügen. Und wage dich ja nicht mehr in meine Nähe! Für mich bist du schlimmer als alle Journalisten zusammen! Ich will dich nie wiedersehen. Verstanden?«

»Bitte, Curt, ich schwöre, dass …«, flehe ich verzweifelt, aber das Gespräch wurde bereits beendet.

Geschockt nehme ich das Telefon vom Ohr. Meine Hand zittert, mein Herz rast, und die ganze Situation fühlt sich an wie ein Albtraum, aus dem es kein Erwachen gibt.

Meine Mutter steht immer noch neben mir. »War das der Schriftsteller?«

Ich nicke schwach. Es verschlägt mir die Sprache, dass Curt so etwas von mir denkt. Und Jack demnach auch, folgere ich. Warum sonst hat er sich nicht gemeldet? Wie kann er nur so eine Gemeinheit von mir annehmen? Kennt er mich denn wirklich überhaupt nicht? »Er glaubt, dass ich ...«, stammle ich schließlich.

»Dass du es der Presse gesteckt hast?«, kombiniert meine Mutter und fährt nach kurzem Überlegen fort: »Jetzt wird mir auch klar, warum wir nur kurz auf der Terrasse bleiben durften.«

Mir ist übel. In meinem Kopf dreht sich alles. Schwer atmend lasse ich mich auf den Autositz fallen.

Meine Mutter streckt mir die Hand entgegen. »Gib mir den Autoschlüssel ...«

Irritiert blicke ich auf.

»In diesem Zustand solltest du nicht fahren«, erklärt sie mit Nachdruck. »Also warte einen Moment, ich schließe nur schnell den Laden ab und sage Gisbert Bescheid, dann liefern wir die Sträuße gemeinsam aus.«

»Nein, es geht schon, ich muss nur kurz durchatmen ...«

»Kommt nicht in Frage ... Schlüssel her, aber dalli.«

Es ist dieser Wiederspruch-zwecklos-Tonfall, der mich den Schlüssel mechanisch aus dem Schloss ziehen lässt.

Als sie weg ist, breche ich in Tränen aus. Wie konnte ich nur glauben, dass sich auch mein Leben zum Guten wenden könnte? Noch am Mittwochabend habe im Gespräch mit Jack gedacht, dass ich glücklich sein darf. Jacks feinfühlige Analyse hat eine kleine Hoffnungsflamme in mir auflodern lassen, die jetzt erloschen ist, noch ehe sie zu einem belebenden Feuer werden konnte. Ich fühle mich wie betäubt, vor meinen Augen flimmert es, und mein Kopf brummt, als hätte ich einen Kater.

Als meine Mutter zurückkommt und sich ans Steuer setzt, bin

ich doch erleichtert, dass sie fährt. Schon nach wenigen Metern beginnt es zu regnen. Erst sind es nur ein paar Tropfen, die aber schnell dichter fallen und schließlich so heftig auf die Windschutzscheibe trommeln, dass die Scheibenwischer Mühe haben, die Wassermassen zu bewältigen.

Mir ist immer noch ganz flau im Magen, auch wenn ich begreife, dass Curt mich verdächtigen *muss*. Vorausgesetzt, ich bin die einzige Außenstehende, die von seiner Erblindung weiß. Aber ich bin keine Verräterin. Nie im Leben würde ich so etwas tun. Schon der Gedanke, mich mit seinem Geheimnis an die Presse zu wenden, ist mir vollkommen fremd. Ich muss einen Weg finden, den Irrtum aufzuklären.

Meine Mutter parkt den Wagen, wir sind am Ziel. »Was willst du jetzt tun?«, fragt sie.

»Was kann ich schon tun?«, antworte ich leise und fasse an den Türgriff, um auszusteigen.

»Warte, es regnet viel zu stark, die Kartons würden durchweichen ... auf ein paar Minuten kommt es nicht an.« Sie stellt den Motor ab. »Ich frage mich, wie man den wahren Verräter aufspüren könnte? Wer hat denn alles gewusst, dass der Schriftsteller blind ist?«

»Ich glaube, außer mir nur Yvonne und Jack. Ich hätte es vielleicht auch nie erfahren, wenn er nicht allein zu Hause gewesen wäre, als ich zum ersten Mal Blumensträuße geliefert habe. Damals stand ich ewig vor der Tür und wollte schon wieder gehen, als schließlich doch geöffnet wurde.« Meine Antworten kommen eher mechanisch.

»Und da hast du versprochen, nichts zu verraten?«

»Natürlich! Und mir alle möglichen Geschichten einfallen lassen. Auch für dich.«

Sie nickt eher amüsiert als verstimmt. »Dann bist du auch nicht die Erstleserin seiner Romane?«

»Nein, ich habe ihm jeden Sonntagnachmittag aus verschiedenen Büchern vorgelesen.«

»Vorgelesen? Ach so, er kann ja nicht mehr selber …«

Schweigend sitzen wir eine Weile da und lauschen dem monotonen Geräusch des prasselnden Regens. Und ich spüre, dass es mich genauso beruhigt wie die Regen-App. Mein Atem wird flacher und mein Herzschlag gleichmäßiger, aber egal wie lange ich Regentropfen zähle, es hilft mir nicht aus der Klemme.

»Ruf Jack doch einfach an«, durchbricht die Stimme meiner Mutter die unfreiwillige Meditation.

»Er wird nicht rangehen.«

»Das weißt du doch gar nicht. Versuch es einfach.«

Sie hat recht, also nehme ich das Handy zur Hand und drücke auf den letzten eingegangenen Anruf von ihm. Mein Versuch endet in einem »schwarzen Loch« – kein Freizeichen, auch kein anderer Signalton, einfach nur Stille. »Er hat mich blockiert.«

»Woher weißt du das?«

Ich wähle erneut und halt ihr das Telefon ans Ohr.

»Es tutet ja gar nicht.«

»Genau, und das bedeutet, er hat mich blockiert. Auch Jack hält mich für eine Verräterin.« Laut ausgesprochen fühlt sich dieses Wort noch abscheulicher an als in Gedanken.

»Okay, dann lassen wir es für heute gut sein«, sagt sie, als wäre das Problem damit beseitigt, und deutet auf die Windschutzscheibe. »Kiek mal, es hat nachjelassen. Wir liefern die Sträuße ab, dann fahren wir nach Hause, und ich koche uns was Schönes. Mit vollem Bauch sieht die Welt schon wieder viel freundlicher aus.«

Ich wünschte, sie hätte recht. Aber es fällt mir schwer, daran zu glauben.

Ein kleiner Trost ist ein großes Stück vom Probierkuchen der Hochzeitstorte, die wir für die prompte Lieferung erhalten.

Meine Mutter strahlt. »Kuchen zum Nachtisch, was für ein schöner Tag.«

Wenn es nur so einfach wäre.

Zu Hause will ich mich am liebsten sofort unter der Bettdecke verkriechen und erst wieder hervorkommen, wenn dieser Albtraum vorbei ist. Aber das lässt meine Mutter nicht zu. Sie hat in den Alles-wird-gut-Modus geschaltet, da gibt es kein Entrinnen.

Während sie direkt in die Küche stürmt, das Kuchenpäckchen auf der Arbeitsplatte abstellt, bleibe ich unschlüssig im Türrahmen stehen.

»Wie wäre es heute mal mit asiatisch?« Sie öffnet den Kühlschrank und greift in die Gemüseschublade. »Das geht schnell ...«

»Okay«, antworte ich lustlos. Mir ist nicht nach essen. Am ehesten wäre mir danach, mich zu betrinken, aber dieses billige Klischee wollte ich noch nie bedienen.

»Dauert höchstens eine halbe Stunde, kannst inzwischen unter die Dusche gehen«, kommandiert sie, als hätte ich lediglich ein Blumenbeet umgegraben und wäre einfach nur schmutzig.

Ich würde freiwillig zehn Beete ausheben, wenn ich damit meine Unschuld beweisen könnte.

Unter der Dusche lasse ich meinen Tränen, die ich wegen meiner Mutter zurückgehalten habe, freien Lauf. Sie hat mich in den letzten Jahren schon oft genug als heulendes Elend erlebt. Das hemmungslose Weinen erleichtert tatsächlich ein wenig, trotzdem kann ich das ganze Drama einfach nicht fassen. Es ändert auch nichts an meiner Verzweiflung, dass ich Curt in seiner Wut verstehe.

Als ich das Badezimmer verlasse, dringt der Duft von Basmatireis in Kombination mit Aromen von Gebratenem in meine Nase. Sofort meldet sich mein Magen. Ich habe mittags nur ein belegtes Brot gegessen und bin tatsächlich hungrig.

»Das riecht ...« Ich stocke, als ich die Küche betrete.

Gisbert sitzt am Tisch und lächelt mich an.

»Ich hab Gisbert eingeladen ... stört dich doch nicht ... setz dich«, sagt meine Mutter in einem Atemzug.

»Hallo«, begrüße ich den freundlich dreinblickenden Gisbert, der eine grüne Fliege zu einem blassrosa Hemd umgebunden hat und ohne Jackett am Tisch sitzt.

»Gisbert ist bereits im Bilde ...« Meine Mutter stellt eine Schüssel dampfenden Reis und eine mit einem rötlichen Curry in die Tischmitte. Es ist bereits gedeckt mit dem guten Porzellan und den Kristallgläsern. Nur der Kerzenleuchter fehlt, sonst wäre kein Platz für das Curry, den Reis, Gisberts Gedeck und die Flasche Weißwein, die er mitgebracht hat.

Stumm sinke ich auf meinen Stuhl und hoffe, mich nach dem Essen schnell verabschieden zu können.

Es schmeckt köstlich, und ich merke, wie meine Energie mit jedem weiteren Löffel zurückkommt.

»Dann erzähl Gisbert doch mal, wie sich die Situation genau verhält«, beginnt meine Mutter das Gespräch, nachdem wir das Gericht ausgiebig gelobt haben.

Exakt das wollte ich vermeiden, komme aber offenbar nicht drum herum. Ich trinke nun doch einen Schluck Wein und berichte vom Tag der Blumenlieferung bis zu den Vorlesesonntagen. Von den Treffen mit Jack und den Fotos bei *Buch & Blume* und ende mit den Worten: »Ich verstehe, warum Curt mich verdächtigt, aber Jack müsste es besser wissen.« Wie intensiv meine Beziehung zu Jack in den letzten Wochen geworden ist, behalte ich jedoch für mich.

Gisbert hat aufmerksam zugehört und dabei noch eine zweite Portion verdrückt. Nun legt er das Besteck auf dem Teller ab und wischt Soßenreste aus den Mundwinkeln. »Das war ausgezeichnet, liebe Paula.« Er lächelt ihr zu und wendet sich dann an mich. »Was sagt denn Frau Yvonne zu der ganzen Geschichte?«

»Wir haben sie gestern beim Abholen der bestellten Blumen zuletzt gesehen. Aber da hat sie nichts erwähnt«, antwortet meine Mutter.

»Und ich habe nur mit Curt gesprochen«, merke ich an. »Keine Ahnung, ob Yvonne überhaupt anwesend war. Warum?«

»Es wäre doch möglich, dass sie dir glaubt und den Irrtum aufklären kann. Ich würde sie anrufen, vielleicht ist sie anderer Meinung als die beiden Männer.«

Ich schüttle den Kopf, wähle dann aber den beiden zuliebe doch die Nummer. Eine Stimme erklärt, dass der Teilnehmer vorrübergehend nicht erreichbar ist. Wie zur Bestätigung halte ich das Handy mit der Ansage hoch.

»Verstehe …« Gisbert wiegt den Kopf. »Dann vergessen wir das ganz schnell. Es wird sich schon noch eine andere Lösung finden.«

»Gisbert, haben wir einen persönlichen Kontakt zur Presse?«

»Leider nein. Und selbst wenn, die geben ihre Informanten doch nie preis. Kennen wir aus Krimis …«

»Auch wieder wahr.« Paula kichert. »Aber es muss doch einen Weg geben, das Rätsel zu lösen.«

Gisbert hilft Paula, den Tisch abzuräumen und das Geschirr in der Spülmaschine zu verstauen. Mir fällt auf, wie selbstverständlich die beiden Hand in Hand arbeiten, als wären sie seit Jahren ein eingespieltes Team. Sieht ganz danach aus, als würden Beziehungen im Alter einfacher. Aber solange man jung ist, hat man nichts als Probleme.

Seufzend schiebe ich meinen Stuhl zurück. »Bitte, seid mir nicht böse. Ich muss mich hinlegen, mein Kopf brummt …« Das tut er tatsächlich.

»Möchtest du ein Stückchen von dem Hochzeitskuchen mitnehmen?«

»Nein, danke … lasst ihn euch schmecken …« Ich fülle nur

mein Glas mit Wasser auf und verschwinde in mein Zimmer.

Es ist noch nicht mal zehn, aber ich bin so müde, als wäre es weit nach Mitternacht. Ich putze mir die Zähne, schlüpfe in ein dünnes Shirt und lege mich ins Bett. Einschlafen kann ich trotzdem nicht. In meinem Kopf herrscht Chaos. Was Eric wohl zu diesem ganzen Schlamassel gesagt hätte? Aber ich kann ihn nicht mehr »hören«. Noch vor wenigen Wochen gab es oft Situationen, in denen ich sofort wusste, was er gesagt hätte. Manchmal kam es mir sogar so vor, als wäre er in meiner Nähe. Und jetzt? Hat er mich endgültig »verlassen«. Ob es daran liegt, dass *ich* mich in Jack verliebt habe? Dass ich mich in seine Arme wünsche? Hat sich dadurch alles verändert? Leider ist Jack nicht in mich verliebt, sonst würde er mich doch niemals verdächtigen. Er würde mir vertrauen. Er hätte mich angerufen und gefragt, ob an dieser Schlagzeile etwas dran ist.

Stattdessen hat er meine Handynummer blockiert!

38

Am nächsten Morgen fühle ich mich so erschöpft wie damals, nachdem ich mit Jack die Immergrünen auf die Terrasse geschleppt habe. Wie wundervoll wäre es, wenn es Zeitreisen gäbe. Wenn ich zu diesem Tag zurückreisen und das Wissen von heute in die Vergangenheit mitnehmen könnte. Ich würde Jack versichern, dass ich absolut loyal bin und Curts Geheimnis in der dunkelsten Ecke meines Gehirns vergraben habe. Dass ich unsere Freundschaft niemals verraten würde. Und er mir immer vertrauen könnte und nie am mir zweifeln sollte. Leider gibt es noch keine Zeitreisemaschine.

Ich dusche sehr heiß und drehe am Schluss das eiskalte Wasser auf. Der Temperaturwechsel ist so krass, dass ich laut schreie. Aber ich bin hellwach.

Meine Mutter muss mich gehört haben, denn kurz danach klopft es an die Badezimmertür: »Alles in Ordnung da drin?«

»Jaaa ... hab nur kalt geduscht ...«

»Okay ... Kaffee ist schon fertig ...«

In der Küche duftet es wie jeden Morgen nach starkem Kaffee, frischem Toastbrot und zerlassener Butter. Die Sonne dringt gerade durch eine dünne Wolkendecke, und die ersten Strahlen fallen direkt auf den Frühstückstisch. Meine Mutter steht an der Arbeitsfläche mit einer Schürze um den Bauch und einer kleinen Pfanne in der Hand. Die Szenerie ähnelt einem Werbespot, in dem gleich eine glückliche Familie zu einem megagesunden Müsli eintrifft.

»Rühreier?« Meine Mutter hält die Eierschachtel hoch.

»Nein, danke, ich habe keinen großen Hunger.«

»Aber du musst was essen!«

Ich nicke, setze mich und nehme brav eine Scheibe Toast aus dem Körbchen, die ich mit Butter und etwas Marmelade bestreiche. In den Kaffee gebe ich zwei Teelöffel Zucker.

Kurz darauf kommt meine Mutter mit einem Teller voller Rührei an den Tisch. »Also ...« Sie nimmt sich auch eine Scheibe Toastbrot. »Gisbert und ich haben gestern noch etwas länger über diesen Fall geredet ...«

»Fall? Du übertreibst«, merke ich kauend an.

»Ganz und gar nicht. Du kannst es auch Rätsel nennen. Da du dieser Zeitung keinen Tipp gegeben hast, muss es in unmittelbarer Nähe des Schriftstellers eine undichte Stelle geben. Wir kamen zu dem Schluss, dass nur Yvonne in Frage kommt.«

»Niemals. Unmöglich. Unvorstellbar«, protestiere ich.

»Aber Jack wird seinen eigenen Vater ja wohl kaum verraten, oder?«

»Vermutlich nicht.« Ich schüttle nachdenklich den Kopf. »Curt hat ja gesagt, dass Jack es nicht war, also wird er das wohl geschworen haben oder so ähnlich. Aber Yvonne kann es auch nicht gewesen sein. Curt ist sich da ganz sicher.«

»Hm ... sehr seltsam die ganze Sache. Vor allem die Zeitspanne.«

»Was meinst du?«

»Gisbert hat nachgerechnet. Die Zeitung war doch von Donnerstag. Der Anruf kam aber erst gestern, am Freitag, also einen Tag später. Warum hat Yvonne dann am Donnerstag beim Blumen abholen nichts gesagt? Weil *sie* die Informantin ist!«

»Das glaubst du wirklich?«

Meine Mutter häuft eine Portion Rührei auf eine Scheibe trockenen Toast, beißt ab und kaut genüsslich, ehe sie weiterredet. »Überleg mal: Wer hat Curt von dem Artikel erzählt? Er selbst kann ja nicht lesen.«

»Fakt ist, dass Curt über Jacks Handy telefoniert hat.«

»Also hat Jack deine Nummer aufgerufen und das Handy dann seinem Vater weitergereicht. Und was ist mit Yvonne?«

»Was soll mit ihr sein?« Ich nehme einen Schluck Kaffee, der trotz der zwei Löffel Zucker bitter schmeckt.

»Na ja, stand sie daneben? Weiß sie von der Geschichte? Wenn ja, warum hat sie nichts gesagt? Ich kenne Yvonne zwar noch nicht so lange, aber ich halte sie für eine gradlinige Frau. Andererseits kann man in niemanden hineinsehen.«

»In Jack habe ich mich auch getäuscht.« Ich schiebe meine Kaffeetasse weg, stehe auf und hole mir ein Glas warmes Wasser.

Meine Mutter wartet, bis ich wieder am Tisch sitze. »Noch mal zurück zu der Zeitfrage. Warum ist ein Tag vergangen, ehe man dich angerufen hat? Könnte es sein, dass Jack zuerst noch unsicher war, ob er Curt überhaupt davon berichten sollte? Er hätte es doch nie erfahren. In den Nachrichten wurde nichts darüber erwähnt, wir haben gestern Abend extra noch das Radio eingeschaltet.«

»Ein Beweis ist das aber nicht«, entgegne ich und erkläre meine Theorie: »Curt ist zwar ein berühmter Krimiautor, aber er müsste schon ein Menschenleben auf dem Gewissen haben, um in den Nachrichten erwähnt zu werden. Dass er sein Augenlicht verloren und den Oldtimer geschrottet hat, ist für die Allgemeinheit kein Drama.«

»Es waren die Nachrichten auf dem Regionalsender«, setzt sie dagegen.

Mir entschlüpft ein Lächeln. Ich sehe sie und Gisbert direkt vor mir, wie sie auf dem Sofa sitzen und grübeln, wie sich die ganze Sache verhält. »Das hört sich ja nach echter Detektivarbeit an, wie Miss Marple und Mister Stringer.«

»Wer?«

»Zwei Hobbydetektive aus Agatha-Christie-Romanen, die jeden Fall aufklären.«

»Leider ist das hier kein Roman«, seufzt sie, trinkt ihren Kaffee aus und erinnert mich daran, dass heute Samstag ist und wir bei aller Tragik immer noch Geschäftsfrauen sind. Mit dieser Feststellung beginnt sie, den Tisch abzuräumen, und verkündet nebenbei: »Abfahrt in fünfzehn Minuten.«

Ich stehe auf und helfe mit. »Kein Fußmarsch heute?«

»Wir sind gestern nach der Lieferung mit dem Firmenwagen heimgefahren, wenn du dich erinnern magst.«

Stimmt, dieses kleine Detail habe ich tatsächlich vergessen. Nicht vergessen kann ich dagegen das Telefonat mit Curt.

Während des ganzen Tages wandern meine Gedanken immer wieder zurück zu dem Moment, als mein Handy klingelte und Jacks Name aufleuchtete. Wie erleichtert ich war, dass er sich endlich meldet. Und mir dann Curt ins Ohr brüllte.

Dazwischen blitzt aber auch ein anderer Gedanke auf: Jack

wird sich bestimmt melden und den Irrtum aufklären. Trotz allem könnte er jeden Moment den Laden betreten, und dann wäre alles gut. Mein Verstand lacht über die naive Hoffnung einer verliebten Frau. Mein Bauchgefühl bleibt unbeirrt.

Jedes Mal, wenn sich die Ladentür öffnet, blicke ich mit Herzklopfen auf und werde doch enttäuscht.

Es ist viel Betrieb an diesem sonnigen Septembersamstag, wofür ich sehr dankbar bin. Dennoch lenkt mich der Trubel kaum ab. Ich bin unkonzentriert, gebe oft seltsame Empfehlungen und einer jungen Frau, die einen Liebesroman von Nicholas Sparks kauft, sogar zu viel Wechselgeld heraus. Doch die nette Kundin macht mich darauf aufmerksam. Der Vorfall lässt mich erneut hoffen, vielleicht ist heute ein guter Tag. Einer, an dem sich alles aufklärt. Einer, an dem das Leben doch ein Happy End für mich bereithält.

Gegen drei wird es ruhiger. Ein glückliches Ende ist aber nicht in Sicht. Es hat den Anschein, als müsste ich mich damit abfinden, eine neue Liebe begraben zu müssen, noch ehe es eine große Liebe hätte werden können. Auch dass ich einen Freund verloren habe, macht mich traurig. Dass der Blumenladen einen Stammkunden weniger hat, ist vielleicht noch der geringste Verlust.

Kurz vor Ladenschluss taucht meine Mutter im Rundbogen auf. Als sie sieht, dass keine Kunden anwesend sind, kommt sie zu mir an das Regal mit den Krimis, an dem ich gerade Ordnung schaffe. »Weißt du, was mir eben eingefallen ist?«

»Nein ...«

»Jack wollte doch die Fotos von den Läden per Mail schicken. Eigentlich müssten sie längst da sein. Aber gut, über diesen Zeitungsartikel hat er es sich vielleicht anders überlegt. Wenn sie trotzdem eintrudeln, könnte ich das Thema aufs *Tableau* bringen. Oder wenn Yvonne das nächste Mal Blumen bestellt, spreche ich sie darauf an.«

Zweifelnd mustere ich sie. »Du meinst wirklich, dass wir sie nicht als Kundin verloren haben?«

»Hm ... ganz sicher bin ich natürlich nicht«, gibt sie zu. »Aber der Blumenladen hat ja eigentlich nichts mit dir zu tun. Nicht zu vergessen, wie zufrieden Yvonne immer war, wie sehr sie unsere Ware gelobt hat.«

»Ja, vielleicht hast du recht ...« Überzeugt bin ich aber nicht. Andere Floristen haben auch gute Ware. Und sind ebenso in der Lage, Duftsträuße zu kreieren. Dennoch ist dieses *Vielleicht* wie ein aufleuchtendes Glühwürmchen, das mir ein Lächeln auf die Lippen zaubert.

Leider erfüllt sich meine schwache Hoffnung in den nächsten Tagen nicht. Weder lässt Yvonne sich blicken noch meldet sich Jack. Er schickt auch keine Fotos. Es ist, als existierte ich nicht mehr. Und mit jedem Tag, der unverändert verstreicht, werde ich trauriger. An manchen Tagen resigniere ich, dann wieder überlege ich, was ich zur Aufklärung unternehmen kann.

Aber wenn man einen genialen Geistesblitz oder einen verdammten Zufall benötigt, kommt sicher nichts davon. Tage vergehen, ohne dass mir das Schicksal zu Hilfe eilt. Bis Sandra, die Leiterin der Selbsthilfegruppe, den Laden betritt.

Sie schaut mich einen Moment lang irritiert an, weiß scheinbar nicht, woher wir uns kennen. Es könnte auch an meinen Haaren liegen, die ich heute streng zurückgebunden habe. Doch dann lächelt sie: »Nina, oder? Wir kennen uns doch.«

Ich nicke nur und bin erleichtert, dass sie nicht erwähnt, woher, denn es sind Kunden im Laden.

»Wie geht es so?«, fragt sie beiläufig, als wären wir einfach nur gute Bekannte.

»So lala«, sage ich ungewollt ehrlich und wechsle schnell das Thema. »Suchen Sie ein bestimmtes Buch oder möchten Sie sich nur umschauen?«

»Ein Geschenk für meine Tante«, antwortet sie und nennt mir den Titel.

Ich habe es sogar vorrätig.

»Komm doch mal wieder vorbei, wir treffen uns immer noch jeden Donnerstag«, sagt sie beim Bezahlen.

»Gern«, erwidere ich höflich, ohne die Absicht zu haben, die Gruppe noch einmal zu besuchen. Sie wird mein Problem auch nicht lösen. Also wozu mir traurige Geschichten von anderen Menschen anhören? Mir genügt mein eigenes Drama.

Doch während ich ihr nachblicke, ist er da, der ersehnte Geistesblitz: Jack! Der Zeitungsartikel könnte das Verhältnis zwischen ihm und seinem Vater wieder verschlechtert haben. Jack könnte über seinen Frust reden wollen, und ich könnte ihn dort treffen. Die Chance ist verschwindend klein, aber sie besteht. Es war der ersehnte Zufall, der Sandra in meinen Laden geschickt hat.

An diesem Abend liege ich nicht grübelnd in den Kissen wie seit jenem Anruf, sondern schlafe endlich mal wieder schnell ein. Ich werde auch nicht von Albträumen geplagt, in denen Curt in meinen Buchladen stürmt und mich vor Kunden beschimpft.

Am Donnerstag lasse ich mir nach Ladenschluss eine Pizza liefern, die ich im Büro verspeise.

Wenige Minuten vor acht betrete ich dann den Raum, in dem die Gruppe sich trifft.

Sandra begrüßt mich mit einem Strahlen, das mir zeigt, wie sehr sie sich über mein Erscheinen freut.

Ich nehme mir einen Stuhl, setze mich dazu und schaue mich um. Lauter neue Teilnehmer, drei Frauen, ein Mann. Jack ist nicht da. Ich schlucke meine Enttäuschung hinunter und denke positiv: Er könnte noch kommen.

Sandra beginnt die Stunde mit der kurzen Einführung, die ich bereits kenne und der ich nicht folge. Auch den Erzählungen der Anwesenden höre ich nicht zu, nur einzelne Worte durchdringen manchmal meine Gedanken, die sich um Jack drehen und darum, ob es nicht naiv ist, auf ihn zu warten.

Schließlich konzentriere ich mich doch auf die Schicksale der Anwesenden. Wenn ich schon hier bin, sollte ich wenigstens zuhören. Eine junge Frau erzählt von ihrer besten Freundin, die sie seit Schulzeiten kennt. Sie haben sich gestritten, und sie wurde auf dem Handy blockiert. Anrufen ginge also nicht mehr, aber sie würde so gerne etwas unternehmen, um den Streit zu beenden. Aber was?

»Wie wäre es mit einem Brief?«, sagt Sandra. »Das kostet heutzutage doch weit mehr Mühe als eine Mail, und dann weiß sie, wie wichtig dir die Freundschaft ist.«

Einen Brief! Was für eine simple und effektive Idee. Genau das werde ich auch tun. Ich werde Yvonne einen Brief schreiben.

39

Nach dem Besuch der Gruppe kommen mir doch Zweifel. Wie wird Yvonne den Brief aufnehmen? Kann sie Curt umstimmen? Hilft es mir, meine Unschuld schriftlich festzuhalten? Denn kein Brief, egal wie raffiniert er formuliert ist, wird mich von dem Verdacht befreien, wenn der wahre Verräter nicht gefunden wird. Gleichzeitig ist ein Brief meine einzige Chance.

Die richtigen Worte für eine falsche Anschuldigung zu finden, dauert drei Tage, in denen ich unzählige Versuche verwerfe, ehe ich zufrieden bin.

Liebe Yvonne,

diesen Brief schreibe ich in der Hoffnung, dass du ihn lesen wirst. Ganz sicher weißt du längst, dass Curt mich beschuldigt, sein Ge-

heimnis an die Presse verkauft zu haben. Ich schwöre bei meiner Buchhandlung, dass ich nichts damit zu tun zu habe. Auch wenn es für ihn logisch scheint, mich als die einzige Fremde in seiner direkten Umgebung zu verdächtigen. Ich bin unschuldig. Ich bin keine Verräterin!

Ich war so glücklich über die Freundschaft mit ihm und dir und hatte angenommen, er würde mir vertrauen. Wir haben uns sogar gemeinsam Ausreden für meine Mutter überlegt, warum ich ihn jeden Sonntag besuche. Welchen Vorteil hätte es für mich gehabt, das alles aufs Spiel zu setzen? Es macht mich traurig, dass Curt mir diesen Vertrauensbruch unterstellt und mich für eine heimtückische Person hält.

Wenn es irgendeine Möglichkeit gibt, die Angelegenheit aufzuklären, lass es mich wissen. Ich würde alles in meiner Macht Stehende dafür tun.

Herzliche Grüße
Nina

Als der Brief endlich im Umschlag steckt und frankiert ist, trage ich ihn trotzdem noch zwei Tage in meiner Handtasche herum, ehe ich ihn einwerfe. Ich klopfe mit der Hand auf den gelben Briefkasten und murmle dazu: Wenn es nichts bringt, habe ich es wenigstens versucht.

Dann warte ich auf Antwort oder einen Anruf von Yvonne. Aber die Woche vergeht ohne irgendeine Reaktion.

Um nicht trübsinnig zu werden, fange ich während dieser Tage sogar an, mein Zimmer auszumisten. Ich putze auch die Regale und den Kleiderschrank so gründlich, als plane ich auszuziehen. Der Gedanke ist so abwegig nicht, meine Mutter und Gisbert treffen sich mittlerweile jeden Sonntag und während der Woche besucht er uns oft an zwei Abenden. Es würde mich nicht überraschen, demnächst seine Zahnbürste oder sein Rasierzeug im Badezimmer zu sichten. Aber noch habe ich keine »Übernachtungsspuren« entdecken können.

Nach dem Briefeinwurf lasse ich mein Handy keine Sekunde mehr aus den Augen und gebe am fünften Tag die Hoffnung endgültig auf. Ich muss mich damit abfinden, als *Persona non grata*, als unerwünschter Mensch, zu gelten. Es deprimiert mich zutiefst, und das trübe Herbstwetter drückt zusätzlich auf mein Gemüt.

Samstagmorgen laufen wir durch den ersten dichten Nebel zur Arbeit, ohne auch nur einer Menschenseele zu begegnen. Meine Mutter scheint das Miese-Laune-Wetter nichts anhaben zu können, denn sie ist trotzdem zu Scherzen aufgelegt: »Wenn ich einen Bankraub verüben wollte, dann bei Nebel. In dieser Suppe entkommt man doch ganz leicht.« Es mag Bankräuberwetter sein, aber keines für gute Laune.

Die Nebelschwaden lösen sich im Laufe des Vormittags langsam auf, die Kunden bleiben dennoch lieber zu Hause. Selten hatten wir so wenig zu tun. Nicht einmal Gisbert lässt sich blicken. Schade, die Lesezeichen sind aus, ich würde ihn gern um Nachschub bitten.

Um nicht vollkommen in die Melancholie abzurutschen, zwinge ich mich nach dem Staubwischen zu einer gründlichen Putzaktion am Kassentresen. Das hat zumindest den Effekt, dass er danach wie neu aussieht. Kurz vor Ladenschluss stürmen dann doch noch drei Kundinnen herein, die mir in wenigen Minuten einen Umsatz von über dreihundert Euro bescheren und mich lächeln lassen. Manchmal muss man einfach Geduld haben.

Punkt vier Uhr verlassen die Damen mit prall gefüllten Tüten den Laden.

Ich will gerade abschließen, als ein später Kunde auftaucht.

Jack!

Erschrocken zucke ich zusammen und starre ihn fassungslos an. Mit ihm habe ich zuallerletzt gerechnet. Er trägt einen schwarzen Trenchcoat ohne Gürtel, der Kragen ist aufgestellt. Irgendwie sieht er aus wie ein Spion.

»Darf ich reinkommen?«, höre ich seine Stimme leise durch die Glastür.

Ich zögere.

»Bitte.«

Ich nicke schweigend, sperre die Tür wieder auf und lasse ihn eintreten.

»Hallo, Nina …«, sagt er und schaut mich unsicher an, als rechne er mit einem Rauswurf.

Meine Stimme versagt beinahe, als ich ein »Hallo« hervorpresse und ihn dann fragend mustere. Hat sein Auftauchen mit dem Brief an Yvonne zu tun?

»Du wunderst dich bestimmt …«

»Allerdings!« Ich schließe die Tür ab, hänge das beim Putzen aufgetauchte Geschlossen-Schild an die Türklinke und drehe mich dann zu ihm um: »Bist du nur zufällig hier, oder darf's vielleicht ein Buch sein?« Plötzlich bin ich zornig. Der Schmerz und die Wut der letzten Wochen ballen sich in meinem Bauch zusammen wie eine Bombe, die jede Sekunde explodieren kann. Ich möchte ihn anschreien, ihn mit allen Schimpfwörtern bedenken, die mir einfallen, und als gemeinen Verräter beleidigen, wie Curt es mir angetan hat.

»Ich komme in Frieden.« Er grinst fast unmerklich.

Fehlt nur noch, dass er Blumen mitgebracht hätte. »Und weiter?«

»Du bist unschuldig!«

»Was?«

»Du bist unschuldig«, wiederholt er.

»Akustisch habe ich dich schon verstanden. Aber wieso jetzt plötzlich? Hat es mit meinem Brief an Yvonne zu tun, hat sie den Irrtum aufgeklärt?«

»So ungefähr. Aber das ist eine lange Geschichte. Zuerst soll ich dich in Curts Namen um Verzeihung bitten ...« Er stockt, als warte er auf meine Reaktion.

So leicht will ich es ihm aber nicht machen. »Er hätte mich auch anrufen können. Warum schickt er dich?«

»Ich bin freiwillig hier, um dich einzuladen, uns zu besuchen. Curt möchte dich auch persönlich um Verzeihung bitten.«

Mein aufgestauter Frust kommt plötzlich hoch wie verdorbenes Essen. »Wozu?«, fahre ich ihn zornig an. »Curt hat mir deutlich erklärt, dass ich mich von ihm fernhalten soll.«

»Das ist Schnee von gestern. Aber ich kann deine Wut nachvollziehen, und du hast jedes Recht dazu. Du kannst mich gerne anschreien und beschimpfen, ich ertrage es, solange du willst, und sehe es als Buße an.«

Sein Verständnis lässt mich kurz Luft holen. »Ja, ich bin wütend, stinksauer, und wenn ich jetzt einen Drink in der Hand hätte, würde ich ihn dir über den Kopf ...« Ich stocke, erstaunt über meine sinnlose Assoziation.

»Wenn es dir Freude macht, kannst du das bei nächster Gelegenheit gerne machen. Verdient hätte ich es.«

»Aha! Dann hast *du* Curt an die Presse verpetzt? Sicher in der Hoffnung, dass er wieder unter Leute geht und vielleicht auch anfängt zu schreiben?«

»Nein, ich war es nicht ... Aber wir, also Curt, Yvonne und ich, würden dir gerne gemeinsam erklären, wie es dazu kam und wer eigentlich schuld ist.«

»Wer?«

»Das sollst du direkt von den Übeltätern erfahren.«

»*Die* Übeltäter? Plural?«

»Hm …« Er lässt den Kopf sinken, als wäre er doch mitschuldig, obwohl er es gerade verneint hat.

Ich halte es für eine List. »Kein Bedarf. Sag einfach, wer es war, und dann lassen wir es gut sein. Ich habe lange gebraucht, um diese miese Anschuldigung zu verdauen. Jetzt ein mordsmäßiges Vergebungsritual folgen zu lassen, darauf hab ich echt keine Lust.«

»Bitte Nina … auch in Curts Namen. Wie wäre es, wenn du jetzt gleich mitkommst, oder hast du eine Verabredung? Es liegt uns wirklich viel daran …« Er sucht meinen Blick und wird leise: »*Mir* liegt sehr viel daran.«

Seine Stimme ist jetzt ganz weich, fast schmeichelhaft. Doch es ist sein sanfter Blick, der mich schließlich nachgeben lässt. »Na gut, eine halbe Stunde. Aber warte draußen …« Ich gehe zur Tür, schließe auf und hinter Jack wieder zu.

Dann hole ich meine braune Lederjacke aus dem Büro und rufe meine Mutter an, die bereits vor einer Stunde heimgegangen ist. Sie ist genauso verblüfft und natürlich auch neugierig wie ich und würde am liebsten mitkommen. Eigentlich wäre es nur fair, aber auch übertrieben. Ich gehe also allein.

Die kurze Fahrt von der Ritterstraße zu Curts Wohnung verläuft schweigend. Mir ist ohnehin nicht nach Small Talk über trübes Herbstwetter oder fallende Blätter, ich will einfach nur erfahren, wieso ich als Böse verdächtigt wurde und wem ich das zu verdanken habe. Dann werde ich mich sofort wieder verabschieden und die Episode als Vorleserin bei einem berühmten Schriftsteller als ein unschönes Kapitel abhaken.

Im Aufzug schaue ich bewusst auf den Fußboden, um Jacks Blick nicht in den verspiegelten Wänden zu begegnen. Solange ich die Wahrheit nicht kenne, kann ich ihm einfach nicht in die Augen sehen.

Jack hat einen Wohnungsschlüssel, sperrt auf und kündigt uns vernehmlich an.

»Willst du ablegen?« Er zieht seinen Mantel aus und hängt ihn an einen chromglänzenden Garderobenständer, der neu sein muss.

Ich schüttele den Kopf. »Ich bleibe nicht lange.«

»Okay ... ich glaube, sie sind im Wohnzimmer ...«

Curt sitzt tatsächlich wie so oft auf dem schwarzen Sofa, die verspiegelte Sonnenbrille auf der Nase. Aber er ist glatt rasiert und das Haar extrem kurz geschnitten wie auf den Autorenfotos in seinen Büchern. Auch trägt er keinen schmuddeligen Jogginganzug, sondern eine schicke dunkelgraue Hose-Jacke-Kombination, ein rotes Polohemd und rote Sneakers.

Er hat wohl meine Schritte gehört, hebt den Kopf und sagt: »Hallo, Nina. Danke, dass du gekommen bist.«

»Hallo«, erwidere ich knapp.

»Bitte, setz dich doch.«

»Nein, danke.« Ich bleibe stehen. »Wo ist Yvonne?«

»Hier«, höre ich Yvonnes Stimme aus dem Flur, die gleich darauf mit einem Servierwagen in den Raum fährt. Darauf Tee, Kaffee, Geschirr und eine Kristallschale mit Schokoladenkeksen.

Ich drehe mich zu ihr. »Hallo, Yvonne.«

»Schön, dass du da bist, Nina. Nimm doch Platz. Was möchtest du trinken?«

»Nichts, danke. Es lohnt sich nicht, ich möchte nur wissen, wem ich es zu verdanken habe, so beschimpft und verdächtigt worden zu sein.«

»Das würden wir dir auch gerne erklären, aber es geht nicht in zwei Minuten«, entgegnet Yvonne, während sie Tassen und Teller auf dem Wurzelholztisch verteilt.

»Und wenn du dann noch Lust hast, mir ein Getränk über den

Kopf zu kippen, hättest du gleich eins zur Hand«, sagt Jack, der auf einem der hellgrauen Sessel Platz genommen hat.

Ich reagiere nicht auf seinen Scherz und setze mich widerwillig in den anderen Sessel. Aber ich lehne mich nicht bequem zurück, sondern bleibe an der Kante aufrecht sitzen. Ich fühle mich unbehaglich, meine Hände sind eiskalt, als stünde ich vor Gericht. Nicht zuletzt deshalb bitte ich doch um Tee, den ich mit zwei Teelöffeln Zucker versüße. Hoffentlich hilft das, mein Unwohlsein zu dämpfen.

»Nina«, beginnt Curt, nachdem Yvonne alle mit Getränken versorgt und sich neben ihn gesetzt hat. »Ich möchte dich ganz offiziell um Verzeihung bitten. Es tut mir sehr leid, dass ich dich verdächtigt habe. Und ich hoffe, du kannst mir vergeben.«

»Hm«, murmle ich und nehme die Tasse zur Hand. Doch der Tee ist noch zu heiß, und ich stelle ihn wieder zurück auf den Untertasse. »Mich interessiert nur, wer schuld ist. Ich musste lange genug warten.« Fragend schaue ich von Jack zu Yvonne.

»Es liegt daran, dass ich deinen Brief erst heute gelesen hab«, sagt Yvonne, während sie Curt eine Tasse mit Kaffee hinstellt.

»Aber ich habe ihn doch Anfang der Woche eingeworfen«, erkläre ich vorwurfsvoll.

»Ich war seit jenem Donnerstagnachmittag verreist, als ich die Blumen bei euch abgeholt habe«, erklärt Yvonne und erzählt, dass ihre in Frankfurt lebende Mutter einen Schlaganfall hatte. »Sie lebt allein, mein Vater ist schon vor einigen Jahren verstorben. Ich musste von einer Minute zur anderen losfahren, ein geeignetes Pflegeheim für sie finden und dann die Wohnung auflösen. Du kannst dir vielleicht vorstellen, dass es ein ziemliches Drama war ...« Sie holt Luft und trinkt einen Schluck Kaffee.

»Das tut mir leid«, sage ich und frage, wie es ihrer Mutter inzwischen geht.

»Sie ist in guten Händen, und das beruhigt mich. Das nur nebenbei, denn das ist der Grund, warum ich keine Ahnung von diesem Presseartikel und dem ganzen Rest hatte. In Frankfurt bekam ich keine Berliner Zeitungen zu Gesicht. Außerdem war ich vollkommen mit meinen eigenen Problemen beschäftigt und habe in der Zeit weder mit Curt noch mit Jack gesprochen. Ich habe nur einmal über WhatsApp nachgefragt, ob alles in Ordnung ist. Die beiden Männer haben sozusagen ganz allein hier gehaust, mit Unterstützung unserer neuen Zugehfrau.«

»Genau so war es«, bestätigt Jack. »Wir kamen gut zurecht und wollten Yvonne nicht noch zusätzlich mit diesem *Problem* belasten.«

»Okay, das habe ich verstanden, aber der wichtigste Teil der Story fehlt immer noch«, sage ich und blicke Yvonne an. »Wer war der Informant, der sich an die Presse gewandt hat?«

Yvonne wirkt schuldbewusst, als sie mich ansieht. »Indirekt bin ich es gewesen.«

»Du?«, fahre ich sie ungewollt heftig an.

»Wie gesagt, nur indirekt. Es muss etwa eine Woche vor meiner Abreise gewesen sein, da habe ich mich bei einer sehr guten Freundin ausgeweint, weil ich die Situation mit Curt kaum noch ertragen konnte. Dass sie sich dann gegenüber einem befreundeten Journalisten verplappert hat, wenn auch nicht absichtlich, hätte ich nie für möglich gehalten. Wir sind seit über dreißig Jahren befreundet, und ich habe ihr sozusagen blind vertraut.« Yvonne sinkt in sich zusammen. »Also muss auch ich dich um Verzeihung bitten.«

Curt lacht trocken auf. »*Blind vertraut* ... netter Kalauer, Yvonne. Aber genau betrachtet bin *ich* der Hauptschuldige«, gesteht er reumütig ein. »Und das tut mir unendlich leid, Nina. Wäre ich nicht so stur gewesen und hätte Yvonne nicht mit meinen Launen drangsaliert, wäre das alles niemals passiert. Als Jack dann mit der Zeitung kam, war ich alter Zausel überzeugt, dass du mich verraten hast. Das ist unverzeihlich, obwohl ich natürlich inständig hoffe, dass du es doch tust.«

»Und ich muss mich dafür entschuldigen, weil ich Curt nicht widersprochen habe«, schließt Jack sich seinem Vater an. »Erst als Yvonne heute Vormittag aus Frankfurt zurückkam und deinen Brief vorfand, hat sich alles aufgeklärt. Der war ja an Yvonne adressiert, und ich dachte, es wäre eine offene Rechnung für Blumensträuße. Deshalb habe ich ihn natürlich nicht geöffnet. Es waren einfach eine Menge Zufälle, die zusammenkamen und dieses Chaos angerichtet haben.«

So ist es also gewesen. Der »Fall«, wie meine Mutter gemeint hat, ist damit zwar aufgeklärt, aber ist jetzt alles wieder gut? Können wir einfach da weitermachen, wo wir aufgehört haben? Bin ich noch in Jack verliebt? Ich kann es nicht so richtig fühlen. Überhaupt ist da ein Rest Fremdheit, als wäre ich zum ersten Mal hier und würde diese drei Menschen gerade erst kennenlernen. Und das alles wegen eines dämlichen Zeitungsartikels!

Wir sitzen schweigend da, alle Blicke sind auf mich gerichtet, als wäre es nun an mir, etwas zu sagen; ein finales Urteil auszusprechen. Curt hat sich aufgerichtet und mit dem Oberkörper zu mir gedreht. Mein Blick geht ins Leere, ich weiß nicht, was ich sagen soll.

»Ich mache mir bis heute große Vorwürfe, Nina, weil ich dich nicht angerufen habe. Vielleicht wäre es dann gar nicht zu diesem schrecklichen Missverständnis gekommen«, durchbricht Jack das anhaltende Schweigen.

Er hat leise gesprochen, als wäre er ganz allein schuldig an diesem Desaster. »Es tut uns entsetzlich leid und wir fühlen uns schrecklich, dich verdächtigt zu haben. Aber was noch viel wichtiger ist, wir wollen dich nicht als Freundin verlieren ...« Er schaut mich an, verzieht die Mundwinkel zu einem kaum merklichen Lächeln, ehe er fast flüstert: »*Ich* will dich nicht verlieren.«

Es klingt beinahe wie eine Liebeserklärung. Ich weiß nicht, ob ich genau auf diese Worte gewartet habe, aber die Fremdheit bröckelt von mir ab wie Schorf von einer Verletzung, die verheilt ist. Und jetzt spüre ich, wie sehr ich das alles hier vermisst habe. Wie sehr ich Jack vermisst habe.

»Entschuldigung angenommen«, sage ich, und nach einer kurzen Pause frage ich: »Und wie geht es jetzt weiter?«

Curt seufzt so laut, dass Yvonne erschrocken fragt, ob alles okay sei.

»Aber so was von okay«, antwortete er und an mich gerichtet: »Wenn du willst, machen wir genau da wieder weiter, wo wir aufgehört haben. Vorlesen am Sonntag, Kaffee und Kuchen, hin und wieder einen Wodka für den blinden Sturkopf, duftende Blumensträuße …«

»Sekunde, nicht so schnell«, unterbricht Yvonne ihn. »Du hast mir etwas versprochen …«

»Ich hab's nicht vergessen.« Curt tastet nach ihrer Hand. »Ich werde einen Blindentrainer engagieren …«

»Trainer für Orientierung und Mobilität ist die genaue Berufsbezeichnung«, korrigiert Yvonne und drückt seine Hand.

»Auch gut, Hauptsache, er versteht seinen Job und ich wage mich bald wieder auf die Straße. Vielleicht besuche ich dann Nina in der Buchhandlung, oder wir gehen gemeinsam spazieren. Außerdem würde ich gerne hören, wie die Tagebuchgeschichte weitergeht …«

»Wenn du willst …«

»Unbedingt. Ist es doch die Geschichte eines schweren Schicksals, und mit Schicksal kenne ich mich aus.«

»Ich würde auch gern wieder zuhören«, sagt Jack fast ein wenig schüchtern und sieht mir tief in die Augen.

Ich erwidere seinen Blick und bin zu Tränen gerührt. Ja, ich bin immer noch in ihn verliebt. Es ist noch da, dieses wundervolle Gefühl, das mich schweben lässt. Es war nur eine Weile verhüllt von einer Nebelwand aus Enttäuschung, Trauer und Wut.
»Wann immer du Zeit hast.«
»Die werde ich mir nehmen.«
Curt klatscht in die Hände. »Dann wäre das geklärt. Und da es bereits dunkel ist, könnten wir die Versöhnung doch mit einem Schluck Schampus begießen. Was meinst du, meine geliebte Yvonne?«
»Eigentlich ist es um fünf noch hell …«
»Bei mir ist es stockdunkel«, widerspricht Curt. »Einen Vorteil muss ich doch auch haben.«
Mit Curts selbstironischer Bemerkung ist die Stimmung wieder so leicht, wie sie früher an den Sonntagen war.
Aber ich muss leider ablehnen, denn ich muss mich doch kurz sortieren, außerdem wartet meine Mutter sicher ganz gespannt auf die Aufklärung. »Können wir den Versöhnungsschampus auf ein anderes Mal verschieben? Ich habe noch eine Verabredung.«
Curt grinst und sagt: »Verschieben wir es auf morgen. Zur üblichen Zeit?«
»Zur üblichen Zeit«, bestätige ich.
Jack wirkt enttäuscht, erhebt sich aber und bietet an, mich wie versprochen nach Hause zu fahren.
Wir verabschieden uns, und zum ersten Mal umarmt Curt mich. »Ich hoffe, es ist wirklich alles wieder gut«, raunt er mir dabei ins Ohr.
»Ja, alles wieder gut, und wir sehen uns morgen Nachmittag«, versichere ich nur zu gerne.
Als Jack und ich in den Aufzug steigen, schaue ich diesmal nicht an ihm vorbei, sondern sehe ihn direkt an. »Darf ich dich noch was fragen?«

»Natürlich.«

»Was ist nach unserem Gespräch zwischen den Büchern und den Fotos passiert?«

»Was meinst du?«

»Wir haben uns geküsst, und ich hatte das Gefühl, es war nicht nur ein freundschaftlicher Kuss. Dann hast du mich nach Hause gefahren und das war's.«

»Als du gesagt hast, wir werden beobachtet, hatte ich den Eindruck, es wäre eine Ausrede. Ich war überzeugt, du würdest wieder an Eric denken und den Kuss bereuen.«

»Nein, nein, so war es nicht, da war wirklich jemand, und ich hatte plötzlich den irren Gedanken, es könnten Kunden sein, und das war mir peinlich.«

»Wirklich?

»Ganz ehrlich!«

Jack macht einen Schritt auf mich zu, nimmt meine Hände und sagt leise: »Ich kann dir gar nicht sagen, wie erleichtert ich bin, dass alle Missverständnisse geklärt sind. Und wegen deiner Verabredung ...«

»Was für eine Verabredung?«

»Ach, du hast gar keine?«

Schmunzelnd schüttle ich den Kopf. Das war geschwindelt, in der Hoffnung, mit Jack allein sein zu können. »Nicht dass ich wüsste.«

»So ein *Zufall*, ich habe auch keine. Dann haben wir ja beide Zeit. Vielleicht möchtest du mir jetzt den Drink ins Gesicht schütten?«

»Das scheitert am mangelnden Drink. Aber wie wäre es stattdessen damit?« Ich schlinge meine Arme um seinen Hals und küsse ihn.

Epilog

Mehr als drei Jahre sind vergangen, seit ich den Schlüssel zu meiner Buchhandlung bekam, an dem jetzt der Eiffelturmanhänger baumelt, und ich jeden Tag beim Aufsperren mit einem warmen Gefühl an Eric denke. Drei Jahre, seit die Regale aufgebaut wurden und mit einer stattlichen Anzahl von Bänden aus unterschiedlichen Genres gefüllt wurden. Seit ich von großartigen Umsätzen, unzähligen Stammkunden oder ausgebuchten Lesungen mit bekannten Bestsellerautoren geträumt habe. Ganz oben auf meiner Wunschliste stand immer Curt Fernau.

Träume groß, denn kleinen Träumen fehlt die Magie; das war Erics Lebensmotto. Doch große Träume werden nicht automatisch wahr, egal wie magisch sie auch sein mögen. Ich bin nicht reich geworden, und Lesungen fanden auch nie statt; die Autorenhonorare waren leider immer zu hoch. Aber *Buch & Blume* ist zu einer festen Größe in der Spandauer Altstadt geworden, und das ist ein Grund, glücklich zu sein. Doch richtig stolz bin ich auf den heutigen Abend, an dem es sie doch geben wird: die erste echte Lesung. Gemessen an der Besuchermenge ist sie jetzt schon ein voller Erfolg. Vor wenigen Minuten hat Gisbert *Ausverkauft!* auf ein Stück Pappe gemalt und an der Tür befestigt. Volles Haus!

Gespannt schaue ich mich unter den Gästen um. Ich entdecke Buchclub-Karl-Heinz und drei seiner Mitglieder. Sandra, die Leiterin der Selbsthilfegruppe, und Markus mit seiner neuen Liebe. Meinen Bruder Armin, Suse und Ellen. Und natürlich meinen Ehrengast: Curt Fernau in Begleitung von Yvonne und Jack. Curt hat tatsächlich Wort gehalten, einen Mobilitätstrainer engagiert und sich schon nach wenigen Wochen wieder in die Öffentlichkeit gewagt. Er besucht mich auch regelmäßig im Laden. Oft kann ich es kaum glauben, wenn er durch die Tür tritt, mit seinem weißen Langstock die Umgebung erfasst und sich dann von mir Bücher empfehlen lässt. Anschließend nimmt er im Lesesessel Platz und hört mit einer speziellen Audio-App auf seinem Smartphone die ersten Seiten.

In wenigen Minuten ist es nun so weit. Gisbert, der die Anmoderation übernimmt, wird dem Publikum erzählen, was der heutige Abend mit Zufällen zu tun hat und wie sie ein Leben durcheinanderwirbeln können.

Mein Leben wurde immer wieder durch Zufälle verändert. Jack glaubt ja nicht daran, er nennt es »Schicksalsdomino«! Wie er mir an jenem Abend nach dem Fotoshooting im Blumenladen so schlüssig erklärt hat, hätte ich keinen Buchladen, wenn Eric nicht gestorben wäre. Das war der erste Dominostein, durch den ich zurück nach Spandau geschubst wurde. Via Blumensträuße folgte die Bekanntschaft mit Curt. Und so begegnete ich Jack wieder, den ich als Peter kennengelernt hatte. Inzwischen sind wir offiziell ein Paar.

Bald werde ich auch umziehen. Meine Mutter wartet schon sehnlichst darauf, obwohl sie es abstreitet. Gisberts Zahnputzzeug hat längst einen festen Platz im Spiegelschrank.

Ich werde mit Jack zusammenziehen. Nicht ins Atelier, dort wäre es auf Dauer zu eng für zwei. Ich wollte gerne in der Nähe meines Buchladens bleiben, Jack lieber in der City wohnen.

Vielleicht war es der Zufall, der uns eine passende Wohnung am Steubenplatz zugespielt hat. Nicht sehr weit weg von Spandau, aber auch nicht zu weit entfernt von der City; Kompromisse sind unser Ding. Dachte ich am Anfang unseres Kennenlernens auch noch, wir hätten keine Gemeinsamkeiten, hatte ich total vergessen, dass Curt unser »Gemeinschaftsprojekt« war; spätestens nachdem Jack beim Transport der Immergrünen mit angepackt hat. Dass Curt wieder am Leben teilnimmt, liegt aber auch an Yvonne und ihrer geschwätzigen Freundin, die das Geheimnis verraten und ihm damit unabsichtlich einen Gefallen erwiesen hat. Doch die wirklich aufregende Neuigkeit habe ich gestern erfahren: Curt wird wieder schreiben! Er plant eine Serie um einen erblindeten Detektiv, der mit seinem Sohn ermittelt. Tippen kann er auf einer speziellen Tastatur mit Brailleschrift, aber solange er die noch nicht beherrscht, wird Yvonne ihm helfen.

»Verehrte Damen und Herren, wenn Sie bitte Ihre Plätze einnehmen würden …«, höre ich jetzt Gisberts Stimme. Er macht eine Pause, bis alle Stühle besetzt sind. »Es war einmal eine junge Frau, die schon als Kind davon träumte, Schriftstellerin zu werden. Doch zuerst wurde sie Buchhändlerin, unterstützte dann ihre Mutter im Blumenladen, wo sie ganz zufällig ihren Traummann kennenlernte …« Nach einer kurzen Atempause fährt er lächelnd fort. »So beginnen Märchen, ob sie auch glücklich enden, darüber hat die Autorin einen Roman geschrieben, aus dem sie heute lesen wird. Ich darf vorstellen: Nina-Marie Danner und ihr Debütroman *Uns bleibt immer Paris*.«

Leicht nervös trete ich an den kleinen Tisch, der vor dem Rosensessel steht. Ich bin aufgeregt-glücklich. Noch vor einem Jahr hätte ich nicht geglaubt, jemals ein eigenes Buch zu schreiben, geschweige denn, es in den Händen zu halten. Bevor ich beginne, lächele ich meinen Ehrengästen zu. Curt kann es zwar nicht sehen, aber vielleicht spüren. Ohne seine Unterstützung und die seines Agenten wären die Erinnerungen an Eric womöglich nie gedruckt worden. Mein Blick wandert zu Jack, der mir ein stummes *Ich liebe dich* sendet.

Wenn die Realität die schönsten Träume übertrifft, dann ist es einerlei, ob auch dafür der Zufall verantwortlich ist.

Mein Dank geht an:

das Team von Atlantik, das von der Idee zu *Buch & Blume* so begeistert war und mich so herzlich aufgenommen hat. Es ist unser erstes gemeinsames Projekt, dem ich Millionen Leser und Leserinnen wünsche. Wie Eric gesagt hat: Träume groß, denn kleinen Träumen fehlt die Magie.

Ohne Träume und Magie kommt sowieso kein Roman zustande, aber auch nicht ohne die Unterstützung von so vielen Menschen, die mir vor und während der Arbeit an diesem Roman den Rücken gestärkt haben.

Meine Agentin Andrea Wildgruber, mit der ich seit über zehn Jahren erfolgreich zusammenarbeite, für die Gespräche zu unseren Projekten. Auf mindestens noch mal zehn Jahre.

Claudia Wuttke, die das Projekt lektoriert hat, für den angenehmen Austausch und die bereichernde Arbeit am Manuskript. Es war mir eine Freude.

Den kleinen Blumenladen an der Münchner Freiheit, der mir Einblicke in die tägliche Arbeit gewährte und wo ich mich bei jedem Vorbeilaufen an den Düften berausche.

Die Münchner Buchhandlung am Partnachplatz, wo ich ebenfalls »hinter die Kulissen« schauen durfte und wo man signierte Bücher von mir bestellen kann.

Den Buchblogger Thomas von *thomas_bookclub* auf Instagram,

der mich zu dem Lesesessel mit Rosenmuster in Ninas Buchhandlung inspiriert hat.

Meine Kolleginnen und Freundinnen Heidi Rehn und Bettina Storks für den regelmäßigen Austausch. Schreiben ist ein einsamer Job, und manchmal hilft »ein bisschen jammern«, um die »kleinen Schreibblockaden« zu überwinden.

Nicht zuletzt ein herzliches Dankeschön an Sie, liebe Leserinnen und Leser. Ich hoffe, Sie hatten viel Freude bei der Lektüre, und ich würde mich freuen, wenn Sie mich auf Instagram oder Facebook besuchen.